Samurais x Ninjas

Eduardo Kasse e
Erick Santos Cardoso (org.)

1ª edição

Editora Draco

São Paulo
2015

Publisher: Erick Santos Cardoso
Produção editorial: Janaina Chervezan
Edição: Eduardo Kasse
Revisão: Karen Alvares
Arte: Ericksama
Ilustração de Capa: Frank William

Dados Internacionais de Catalogação na Publicação (CIP)
Ana Lúcia Merege 4667/CRB7

Samurais x Ninjas / organizado por Eduardo Kasse e Erick Santos Cardoso. – São Paulo: Draco, 2015.

ISBN 978-85-8243-135-1

1. Contos brasileiros 2. Literatura Brasileira I. Título.

CDD-869.93

Índice para catálogo sistemático:
1. Contos : Literatura brasileira 869.93

1ª edição, 2015

Editora Draco
R. César Beccaria, 27 – casa 1
Jd. da Glória – São Paulo – SP
CEP 01547-060
editoradraco@gmail.com
www.editoradraco.com
www.facebook.com/editoradraco
Twitter e Instagram: @editoradraco

A tradição que se funde com o contemporâneo

Japão. Um pequeno e longínquo arquipélago com uma cultura fascinante e milenar. A sociedade honrada, organizada, focada no bem estar coletivo e que respeita suas tradições é no mínimo curiosa, para não se admitir que já conquistou o mundo. Basta olhar ao redor e certamente encontrará algum traço da cultura japonesa em nosso cotidiano, seja na sua exótica culinária, seja nos desenhos animados e videogames, seja nas suas artes marciais e filosofia baseada em antigos preceitos que inspira o comportamento de pessoas por toda a parte. Ou basta *fechar os olhos* para perceber que a grande contribuição está dentro de nós: eles nos ensinaram muito sobre a evolução espiritual e sobre o fortalecimento da mente.

O mercado também tem bases sólidas na Terra do Sol Nascente, seja por meio das empresas de tecnologia, da indústria automobilística e de entretenimento. Seus produtos têm verdadeiros exércitos de fãs ativos, fiéis e interativos: *cosplayers*, ilustradores, quadrinistas, músicos, designers de games e escritores – *isso só para citar alguns!* – se nutrem da riqueza cultural japonesa para desenvolver projetos criativos e diversos, viajando dos clássicos tradicionais ao *pop* contemporâneo.

E como não se lembrar dos honrados e disciplinados **samurais**, cuja filosofia já inspirou até profissionais de gestão, ou dos **ninjas**, guerreiros furtivos que estrelaram o imaginário popular em filmes e animações ocidentais, sempre repletos de demonstrações de artes

marciais. Esses dois símbolos também ajudaram a forjar com aço e sangue a grande nação que o Japão se tornou através da história.

E é para homenagear esse legado, essa viagem do tradicional ao contemporâneo, que idealizamos a coletânea ***Samurais X Ninjas.*** Pedimos sabedoria aos deuses, comemos bastante *soba, sushis* e *sashimis* (afinal, pensar gasta energia!), e selecionamos contos fantásticos que nos mostram a beleza das lendas e a influência delas em outros tempos, realidades e mundos.

Seres mitológicos, *youkais*, bruxas, robôs gigantes e alienígenas participam de histórias repletas de ação e sentem na pele e nas escamas o corte preciso das katanas, o golpe invisível das *Ninja-tō* e ouvem, segundos antes de morrer, o zunir das *shurikens* afiadas. Ou mesmo a bala de revolver dos guerreiros que já não seguem o código de honra ancestral.

Claro que também não poderia faltar o encontro entre essas classes guerreiras, seja em duelos até o último suspiro ou cooperando em missões inusitadas. Os **samurais** com sua solidez e obediência indelével e os **ninjas** com sua astúcia e imensa capacidade de criar soluções para tudo.

Como nós, sei que você tem seu guerreiro preferido ou seu período da história predileto, então chegou o momento de se esforçar para seguir o *bushidô* ou tentar rastrear os passos invisíveis dos guerreiros mascarados nessa jornada pelo passado, presente e futuro.

Iza jin jou ni. Ippon me. SHOUBU!

Os organizadores.

SAMURAIS
X
NINJAS

Dō-maru
Eduardo Kasse

Shintaro estava ajoelhado sobre o tatame. Feito de palha de arroz prensada e revestida de juncos dourados, perfeitamente entrelaçados sem qualquer rebarba ou ponta aparente, ele fora recém-colocado sobre o chão de madeira do aposento.

O homem de cabelos grisalhos e pele enrugada, queimada pelo sol, permanecia com os olhos fechados e a respiração controlada, em profunda meditação. Do incensário exalava o agradável aroma do cipreste embebido em sândalo, que acalmava o espírito e desnublava a mente. Lá fora o vento farfalhava as flores da cerejeira.

Atrás do *fusuma*, um painel translúcido, feito com papel de arroz decorado com árvores e aves, Takeru aguardava pacientemente o chamado do seu avô. Tinha apenas dez primaveras, mas já sabia se comportar, sabia o quanto a espera sem ansiedade era importante. Era melhor isso do que sentir a ardência da vara de bambu nas costas e nas pernas. Só a lembrança das pancadas o fez expressar uma careta de dor.

Viu uma joaninha andar calmamente pelo tatame, a lustrosa carapaça vermelha com pintas pretas desfilando à frente dos seus joelhos. Esticou a mãozinha para pegá-la. Interrompeu o movimento quando o silêncio foi quebrado, primeiro por uma prece quase sussurrada, depois por uma canção. O menino ouvia o cântico melancólico e grave sem entender direito do que se tratava.

Como poderia alguém viver depois de morrer? E por que a beleza é efêmera?

Viu a joaninha se espremer no vão entre os tatames e sumir. Soltou um muxoxo. Aquietou-se por um tempo incontável, os pezinhos formigando pela imobilidade e as pálpebras pesadas. Quase

adormeceu em alguns momentos em que o avô parava de cantar ou recitar as preces. Despertou de vez quando ouviu o toque do sino de bronze.

Sua avó, Shizuka, que permanecera todo tempo ao seu lado, puxou delicadamente a porta corrediça que dividia os aposentos e fez um gesto para o neto se aproximar. O menino obedeceu, as pernas rígidas e doloridas. Deu três passos curtos e ajoelhou-se novamente, como de costume, um palmo antes da faixa de tecido verde ricamente ornada que fazia o acabamento do tatame.

– Não podemos pisar na faixa. Ela foi feita com muito esmero – a avó de Takeru passou os dedos pelas flores e folhas brancas desenhadas por mãos habilidosas. – Devemos sempre respeitar o trabalho e a arte. O respeito é a melhor forma de contemplação.

Shintaro fez um sinal com a cabeça para o neto, que se levantou e caminhou até seu lado, prostrando-se novamente. Observou, admirado, a *dō-maru* vermelha, feita de placas de ferro laqueado e couro sobrepostas, trançadas uma a uma com cordões de seda. Era a primeira vez que via a armadura desde a morte do pai.

Sempre ficara fascinado e até mesmo com um pouco de medo quando o observava colocar o *kabuto* e a máscara na forma de uma boca feia e enrugada. É para espantar os inimigos e os maus espíritos, lembrou-se das palavras do pai, que sempre ia para a guerra tranquilo, como se fosse um dia qualquer. *Takeru, tudo o que você fizer na vida, seja na labuta no campo, no aprendizado com os mestres ou nas batalhas, faça com paz e o espírito leve, meu filho. Faça com satisfação e agradecimento.* – Ele falava se agachando e olhando o menino nos olhos.

Essa lembrança pareceu tão distante, tão difusa. Takeru piscou e encarou a armadura no pedestal, a máscara feia. Ela não mais causava assombro, apenas tristeza.

Takeru sentiu saudades. Quis chorar. Mas homens não choram. Conteve-se, prendendo a respiração. Acalmou-se ao se lembrar da última lição de *shodō* que tivera com o seu avô. Fechou os olhos e viu-se pegando o pincel para desenhar cuidadosamente cada caractere dos *kanji* na folha fina de papel de arroz.

– Assim como na vida, Takeru, há momentos em que precisamos de mais força – Shintaro fez um traço forte e preciso com a tinta preta, os movimentos do seu punho eram quase como se

estivesse empunhando uma arma. – Em outros, devemos ser delicados. Sempre devemos buscar o equilíbrio natural e a beleza – apontou para um borrão feito pelo neto em um momento de descuido e fez uma cara de reprovação. – Takeru, lembre-se de que tudo na vida segue uma ordem, e é nossa obrigação encontrar essa sintonia. Devemos passar a nossa vida nos aprimorando, meu neto.

O avô retomou as preces e tocou o sino mais sete vezes. Era o quadragésimo oitavo dia da morte de seu pai e agora o espírito dele havia completado todas as etapas necessárias e estava pronto para partir.

Takeru fixou os olhos na armadura, com a esperança de conseguir ver a alma sair de dentro dela e ganhar os céus. Nada. A *dō-maru* vermelha continuava inerte, morta. Coçou a cabeça, confuso.

O menino olhou para os doces e frutas frescas na tigela de cerâmica em cima do pequeno oratório e sentiu fome. Não comera nada desde o desjejum, e o Sol já estava alto no céu. Temeu a barriga roncar alto, mas por sorte ela só borborejava baixinho. Não compreendia como os adultos conseguiam ficar tanto tempo parados e em silêncio. Ele preferia estar correndo e pisando nas poças d'água enquanto brincava com os amigos de caçar girinos.

Shintaro acendeu uma grossa vela de cera amarelada. As chamas reluziram nas placas de metal da armadura. Takeru percebeu que duas delas, bem no meio da barriga, eram mais claras que as outras. Foram trocadas recentemente. Fora ali que seu pai recebera o ferimento fatal. Fora ali que a flecha certeira se cravara fundo, perfurando o *dō*, a pele, os músculos e o estômago.

Fora assim que seu pai morrera.

– Enquanto ele duelava no campo de batalha, o arqueiro inimigo colocou a flecha na corda do seu *yumi* e fez seu filho de alvo – Kouhei contou a Shintaro quando trouxe o corpo em uma carroça. – Consegui abatê-lo com o meu arco, mas não a tempo de evitar a sua queda – olhou para o amigo com pesar, prostrando-se com a testa no chão.

– Levante-se, homem – ordenou, a postura ereta e altiva como de costume. – Você não deve se lamentar. Quem vai para a guerra sabe que a morte é um dos caminhos. Agora me diga, meu filho lutou

bem? Lutou com dignidade e bravura, Kouhei-san? – Shintaro segurou no ombro do homem.

– Lutou bem como sempre lutava. Se a flecha não tivesse perfurado seu estômago, ele continuaria fazendo o seu trabalho – Kouhei retribuiu o gesto. – Aos seus pés jaziam seis rebeldes e o sétimo estava prestes a receber o golpe fatal. Seis cortes, seis mortes limpas. Estive ao lado do seu filho em várias batalhas, e mesmo assim sempre me impressionei com a maneira como ele e a sua katana se tornavam um só.

Shintaro deu um sorriso discreto por detrás do farto bigode grisalho.

– O próprio *daimiô* assistiu a batalha e comprovou o valor do seu filho, Shintaro-tono – prosseguiu o amigo.

Kouhei entregou um pergaminho ao velho samurai, com as condolências do senhor das terras, e isso fê-lo mais sereno. Sabia que a alma do filho encontraria a dos seus antepassados com honra e ele seria bem recebido e respeitado. A reputação da família estava intacta.

Shintaro se levantou e pegou a katana do filho com reverência. Ajoelhou-se novamente e desembainhou-a. A lâmina brilhava, fora lavada, escovada e polida com uma bola feita de algodão pulverizada com pó *uchiko* e depois ungida com óleo de *chogi*. Testou o fio nos pelos do braço e deu-se por satisfeito. Não havia ranhuras no metal ou qualquer dente na lâmina. Isso mostrava a habilidade do samurai que a empunhara por mais de uma década.

A katana não fora castigada por trocas de golpes imprecisos ou por pancadas inconsequentes. Ela sabia romper as armaduras e cortar músculos e carne sem esforço. Seu filho fora um dos melhores no ofício.

Mas até os melhores tombam.

O avô leu em voz alta as inscrições entalhadas na lâmina.

"Serenidade e sabedoria. Mão firme e espírito forte. A alma na espada."

Shintaro fez uma nova prece e embainhou a katana. Pôs a espada novamente no suporte com reverência e cuidado. Colocou a testa no chão, e Takeru repetiu o gesto. Ainda pensava como a alma

poderia estar em uma espada. Lembrou-se das conversas com o ferreiro da vila.

– Makoto, como pode a alma de um guerreiro estar na sua espada? – Takeru se aproximou do ferreiro enquanto este martelava o ferro incandescente, fazendo fagulhas voarem a cada pancada. – Não entendo como um pedaço de metal pode conter a essência de um homem.

O ferreiro, um homem pequeno de rosto duro, cujas rugas pareciam cinzeladas em sua face, sorriu. Ele não tinha filhos e gostava da companhia do menino curioso.

– Na lâmina, Takeru-san, temos a força do metal e do fogo, complementada pela habilidade e experiência da mão que molda o ferro – Makoto passou a barra avermelhada nas cinzas, colocou-a novamente entre as brasas da forja e apertou o fole três vezes para atiçar as chamas. – E depois de pertencer a um samurai, a katana vai adquirindo a sua personalidade, o seu espírito. A alma na espada.

O ferreiro pegou a barra e a colocou dentro de uma tina com óleo de amendoim, que chiou ao toque do metal vermelho. Depois, mais algumas marteladas e novamente para a forja.

– O aço da lâmina, Takeru-san, não pode ser muito duro, senão se parte – limpou o suor da testa em um pano sujo. – Tampouco pode ser mole, senão se entorta. O segredo é encontrar o equilíbrio entre a força e a flexibilidade. E assim deve ser o espírito do samurai que vai empunhar a espada.

O ferreiro apontou com o martelo para um bambuzal que nascera logo adiante, perto do riacho. Conforme o vento soprava, as hastes se envergavam, mas logo retornavam à posição inicial.

– Força e flexibilidade, menino.

Takeru assentiu com a cabeça. O menino possuía somente a sua *bokken* de madeira que usava para os treinos, e duvidava que sua alma se abrigasse naquele pedaço de pau. O que queria mesmo era crescer logo para poder ter sua própria espada, assim como o pai.

– Mantenha as pernas flexionadas, Takeru! – Katsumi-tono ralhou com o menino. – Sem flexionar as pernas, você não terá equilíbrio para se defender ou atacar. Não conseguirá impulso suficiente

para desferir um golpe certeiro ou repelir qualquer ataque. Se você fosse rígido como uma rocha tudo bem ficar parado, mas lembre-se de que é feito de carne mole!

Takeru se levantou e limpou a terra das vestes. Sua barriga doía das pancadas que levara do sensei, que empunhava apenas uma vara fina de bambu.

Ele deve ser mais velho que o meu avô e ainda é rápido como o vento.

– Observe como aquele gato se posiciona antes de dar o bote – apontou para o felino, que espreitava um passarinho em cima do muro de pedra. – Veja como todos os músculos se preparam para executar o ataque. Veja como os olhos e as orelhas estão fixos, travados em seu alvo.

O gato rastejou e saltou, prendendo a ave entre as garras. Saiu com o rabo ereto e a presa entre os dentes.

– Consegue compreender? Então ataque! – Katsumi-tono ordenou.

Takeru investiu segurando a *wakizashi bo* com as duas mãos. O sensei deu uma pancada de cima para baixo na espada de madeira, desestabilizando o garoto, que passou por ele, trôpego. Com um movimento preciso, o mestre acertou a vara de bambu em sua nuca, fazendo-o soltar a espada e levar as mãos à cabeça. Seus olhos se encheram d'água.

– A espada sozinha não é nada – Katsumi-tono aproximou-se com passos firmes. – A lâmina sem uma mão treinada se quebra ao primeiro golpe. Não consegue cortar sequer um pedaço de tecido. É inútil.

O menino assentiu e colocou-se em posição novamente, os olhos vermelhos. Cerrou os dentes e tentou mudar a estratégia, estocando na direção da barriga do sensei, mas Katsumi-tono esticou a sua varinha de bambu e colocou a ponta exatamente no meio dos olhos do garoto, cessando imediatamente o movimento.

– Não é a raiva que o fará desferir um bom golpe – o mestre deu uma rasteira no aprendiz, fazendo-o se estatelar novamente na terra. – Você precisa ter a mente limpa e focada. Nunca odeie o seu inimigo, respeite-o e tente subjugá-lo pelas suas habilidades. Só assim você poderá seguir o caminho da espada. Agora, levante-se!

Takeru se levantou com dificuldade, respirou fundo e colocou-se em posição de luta. Avançou devagar, as pernas flexionadas, os olhos focados. O sensei continuava com a guarda baixa. Então, com

um movimento rápido, o menino atacou. Trocaram quatro golpes até Katsumi-tono lhe dar uma varada ligeira na bochecha, deixando um vergão vermelho na pele.

– Bom – falou ao aprendiz. Seria o melhor elogio que ele teria naquele dia.

Durante toda a tarde o menino apanhou até cada pedaço do seu corpo latejar. Foi dispensado do treino e juntou-se aos outros garotos que se banhavam no lago de águas frias. Isso ajudava a diminuir a dor.

– Antes de tudo, um guerreiro precisa aprender a suportar o sofrimento – Katsumi-tono aproximou-se do grupo de oito garotos, que levantaram imediatamente, em respeito ao mestre. – E será mais eficiente aquele que sabe onde o golpe dói mais.

– Tudo está doendo – resmungou Manabu assim que o mestre se afastou. – Eu sou melhor com o pincel do que com o arco. Minhas costas parecem que vão se rasgar. Yuudai-tono me fez puxar a corda umas quinhentas vezes.

Os garotos estavam tão cansados e machucados que sequer tinham forças para conversar. Permaneceriam na água fria até o momento em que fariam a última refeição do dia e sonhariam com batalhas de verdade.

– Takeru – Shintaro olhou para o neto. – Um dia essa *dō-maru* e o *daishō* que pertenceram ao seu pai serão seus.

Takeru admirou a armadura e as duas espadas, a katana e a *wakizashi* sobre o suporte de madeira escura. Não conseguiu conter o sorriso. Mais alguns anos e já teria força e habilidade para empunhá-las.

– Em breve será sua vez de honrar o nome da nossa família e servir ao *daimiô* – colocou as mãos sobre os joelhos. – Por isso, você deve sempre treinar e aprender. E quando for um homem feito, encontrará o seu próprio caminho como guerreiro e samurai.

– Devo matar muitos guerreiros – o menino olhou para o avô.

– Esse é um dos ofícios de um samurai – Shintaro olhou para o neto. – Porém, para ser um grande guerreiro, nem sempre é preciso matar muitos inimigos. É melhor alcançar a plenitude e o respeito tendo a espada embainhada.

O neto assentiu com a cabeça. Sabia que as pancadas que levava do sensei o deixavam mais forte, tanto o corpo, quanto o espírito.

– De nada adianta ter bons músculos se a cabeça estiver fraca e o espírito corrompido – Katsumi-tono falou para os pupilos no primeiro dia que começaram a treinar com ele. – Suas armas não terão nenhuma valia sem a sua energia, sem o *Ki*.

Depois disso, mandou-os meditar diariamente durante o tempo que uma vela com quase dois palmos de comprimento levava até se apagar.

Takeru tinha seis anos quando iniciara seus estudos.

Shizuka abriu a porta e o avô se levantou, seguido por Takeru. Enfim chegara o esperado momento do almoço. O neto respirou fundo e sentiu o cheiro pungente do *tsukemono* e salivou com o aroma das enguias grelhadas, seu prato predileto.

A família comeu em silêncio. Permitiram ao menino dar uns goles no saquê levemente aquecido. Ele fez uma careta ao provar da bebida e sua avó achou graça.

Depois da refeição, Takeru agradeceu pelo alimento e foi ter suas lições de história junto com os outros jovens do vilarejo. Os adultos caminharam pela trilha de pedras do jardim bem cuidado, contemplando as *sakuras*, as borboletas e o pequeno curso d'água que terminava em um tanque com várias *koi* coloridas e de diversos tamanhos, que nadavam tranquilamente entre as rochas e plantas.

A família seguiu até o *chanouyu zashiki*, uma pequena construção de madeira e telhado feito com juncos do outro lado do jardim, onde preparariam e tomariam chá. Depois conversariam sobre assuntos importantes e definiriam as decisões a serem aplicadas.

O momento de luto chegara ao fim.

– Vamos entrar em guerra, Manabu-san? – Takeru perguntou para o amigo enquanto brincavam com quatro filhotes de *Shiba inu*. A mãe, uma bela cadela branca e castanha, descansava debaixo de uma nespereira, mas não tirava os olhos deles.

– Acho que sim, Takeru-san – o gorducho estava deitado na

grama enquanto os cãezinhos tentavam morder os seus cabelos. – Ouvi meu pai conversando com o *daimiô* e com o seu avô, e eles pareciam bem preocupados.

– Para o meu avô estar preocupado, o que está porvir deve ser muito grave mesmo – Takeru olhou para cima e viu um falcão voar em círculos no céu.

– Acredito que sim – Manabu protegia o rosto dos cãezinhos bagunceiros. – Eu fui dormir e eles continuaram falando sobre isso.

– E contra quem lutaremos? – Takeru acenou para Kazumi, que passou com um cesto de roupas recém-lavadas no rio.

– Você gosta dela – Manabu foi direto, ignorando a pergunta de Takeru.

– Ela é apenas uma amiga – Takeru corou.

– Ela é linda, isso sim! – Manabu puxou o rabo de um dos filhotes, que se virou para mordê-lo. – Eu gostaria que ela fosse minha amiga também.

– Você não deveria ter ido espiá-la no ofurô – Takeru encarou o amigo. – Eu também pararia de falar com você depois de um desrespeito como esse.

– O problema foi eu ter espirrado – o menino riu. – Se não fosse isso ela nunca me descobriria.

– Sei, sei... – Takeru balançou a cabeça em reprovação. – Mas me diga, Manabu-san, contra quem lutaremos?

– Não sei ao certo – o menino deu o dedo para um dos cãezinhos morder. – Acho que contra aquele tal de Isamu. Meu pai diz que ele sempre cobiçou as nossas terras.

– Ele não tem as terras dele? – Takeru pegou um pauzinho e começou a fazer um cabo de guerra com um dos cães. – Ouvi dizer que é uma área enorme, que pega mar e floresta.

– É verdade. Para percorrer suas terras de ponta a ponta são mais de dois dias a cavalo, mas elas não são férteis como as nossas – o menino matou umas pulgas na única fêmea entre os quatro filhotes. – A maior parte é terreno pedregoso.

– Ainda bem que não precisaremos lutar, Manabu-san – Takeru coçava a barriga de um dos cães. – Deve dar medo enfrentar guerreiros de verdade.

– O *nii-san* irá dessa vez – o menino sentou-se e olhou para a

vastidão da floresta e das plantações de arroz. – Ouvi nosso pai dizendo isso.

– Seu irmão tem quantos anos?

– Acho que fez quinze – coçou o nariz, e logo espirrou. – Sei que meu pai falou que ele já pode ser útil com seu *yumi*. Disse que não temos homens suficientes. Morreram muitos na última batalha, então nas próximas os mais jovens precisarão ajudar.

– Daqui a poucos anos vai ser a nossa vez – Takeru olhou para o amigo.

– Eu preferia nunca precisar lutar, Takeru-san – Manabu balançou a cabeça, tristonho. – Lembre-se do que aconteceu com o meu outro irmão e com o seu pai.

Takeru assentiu. Fazia dez dias que contemplara a *dō-maru* vermelha junto do seu avô. Todos diziam que seu pai era um exímio espadachim, experiente em guerras. E mesmo assim ele estava morto.

– Meu pai e o seu irmão morreram na mesma batalha? – Takeru observou os cãezinhos correrem até a mãe para mamar. Eles lutavam para buscar as tetas mais cheias de leite e a melhor posição.

– Foi sim, Takeru-san – o gorducho se levantou. – Veio um cavaleiro e pegou o *nii-san* por trás. Seu espírito deixou o corpo naquele momento.

– Fico pensando, Manabu-san, se todo o treinamento que fazemos vale a pena – Takeru estalou os dedos –, porque pelo que tenho visto, quando chega o nosso momento, de nada adianta as melhores armaduras ou habilidades aguçadas.

Os dois amigos seguiram pela encosta íngreme. Adiante, uma tempestade se formava, trazendo um vento frio, úmido e agourento, que rugia ao tocar os morros e as árvores.

– Shintaro-tono! – um dos homens que estava de vigia nos arredores do vilarejo veio correndo e ajoelhou-se na entrada da casa. Ele suava profusamente e quase não tinha fôlego; suas vestes estavam rasgadas e salpicadas de vermelho. – Isamu se aproxima. E com ele um exército de quinhentos homens!

– Quantos cavaleiros? – o velho samurai não hesitou, sabia que agilidade era essencial.

– Pelo menos quarenta, pelo que pude contar, Shintaro-tono – o vigia ofegou.

– Maldito! – Shintaro rosnou. – Ele não esperou nossos mensageiros. O cão sequer quis considerar uma trégua, um acordo.

– Talvez nossos mensageiros estejam mortos, senhor – o vigia colocou a testa no chão. – Eles não voltaram.

O velho samurai rosnou novamente.

– Junichi-san, encarregue mais quatro homens de avisar os outros vilarejos e o *daimiô*. Aqui será apenas o início da batalha, mas pela quantidade de soldados, ele vai levar a guerra para toda a região.

O homem se levantou, curvou-se em reverência e correu para cumprir suas missões. No chão de madeira duas manchas escuras de sangue delineavam o local onde ele estivera de joelhos.

Tocaram o sino de bronze. Os invasores estavam próximos. Shintaro não precisaria dar ordens; todos os homens, mulheres e jovens sabiam como agir, foram educados e treinados para esse momento desde pequenos.

O velho samurai foi até a sua armadura, uma *yoroi*, ideal para cavaleiros como ele. Shizuka já estava lá, aguardando, serena. Ela ajudou o marido a se vestir, um processo lento, ritual, em que cada parte era colocada e ajustada com cuidado e perfeição.

Não há como apressar o fluxo do rio, lembrou-se das palavras do seu antigo sensei, Joogi-tono.

Já podia ouvir os gritos trazidos pelo vento de outono. A batalha começara. E mesmo assim o velho samurai continuava tranquilo.

Por último Shintaro pegou seu Kabuto e colocou sobre o rosto a *menpo*, a *careta* que seu neto não gostava. Ela representava um *yōkai*, um demônio para afugentar os inimigos.

A velha senhora acompanhou-o até a sua montaria, onde o cavalariço ajudou-o a subir no belo garanhão castanho. Em seguida, ele lhe entregou sua *yari*. A ponta havia sido afiada e polida até brilhar. Shintaro partiu sem olhar para trás. Shizuka ficou, o coração apertado, mas sem qualquer medo. Sabia que a guerra era o destino dos samurais. E que seu marido lutaria com a vida e alma pela sua família, suas terras e seu *daimiô*.

A velha senhora caminhou até o seu aposento e abriu seu baú. De lá tirou sua katana, rezou uma prece à Amaterasu-Oho-Kami e foi se juntar à sua nora e seu neto, na sala onde ficava a *dō-maru* do seu falecido filho. Se os invasores viessem, as duas senhoras lutariam e não seriam apenas mulheres indefesas.

Shintaro cavalgou veloz pela plantação de arroz, fazendo a água espirrar a cada galope. A ele se juntaram outros quinze cavaleiros, os chefes das famílias do vilarejo. Seu primo trazia a bandeira branca com a insígnia Tsuki ni Hoshi desenhada em preto, que representava o clã. O velho samurai olhou para a estrada da cachoeira na esperança de ver outras flâmulas, principalmente a do *daimiô*, mas sabia que ainda era cedo. Algumas léguas os separavam.

Cerrou os dentes e fez o cavalo aumentar a intensidade do galope.

Eles deveriam resistir e morrer com honra.

Deveriam ser samurais.

Nos morros nos arredores os arqueiros já disparavam seus *yumi* e abatiam os soldados que subiam correndo pela estreita e sinuosa estrada de terra. Uns trinta tombaram, feridos ou mortos. Os quarenta cavaleiros, Isamu inclusive, saíram da estrada e rumaram pela plantação de arroz. Iriam se embater com os cavaleiros defensores do vilarejo.

Os samurais a pé avançavam, queimando casas e matando indistintamente homens, mulheres e crianças. Não restaram muitos soldados no vilarejo, a última batalha causara muitas baixas.

Os garotos que conseguiam portar armas tentavam defender seus lares, junto com as mães e irmãs.

– Vocês dois, subam no telhado e defendam a entrada da casa – Rin-chan deu três sacos de flechas para os filhos. – Não deixem ninguém entrar e destruir nosso lar.

– Quero ficar e ajudar! – Manabu segurou-a pelo quimono.

– Não discuta! – A mãe afastou-o. – Vá agora com o seu irmão.

Mesmo contrariado, ele seguiu o irmão e começou a colocar em prática o que aprendera com seu sensei. A primeira flecha disparada acertou o joelho de um dos atacantes, fazendo-o cair no chão, berrando de dor. A segunda rasgou a bochecha de outro e se fincou no chão de terra. A terceira, enfim, cravou-se no peito de um jovem um

pouco mais velho que ele. Enquanto isso seu irmão havia disparado seis flechas. Todas fatais.

Manabu deixou escapar um sorriso, apesar de saber que não era um momento adequado para qualquer expressão de alegria. Todo suor, lágrimas e dedos esfolados durante o treinamento estavam sendo recompensados.

Lá embaixo, Rin-chan lutava com bravura, como a mãe raposa que defende seus filhotes e a sua toca. Como toda esposa samurai, ela tinha habilidades aguçadas. Matou um dos invasores com um golpe de *naginata* no pescoço e feriu outro gravemente ao enfiar a lâmina na virilha desprotegida. Desviou da investida de um camponês que estocou com um *tsukubō* e, com um giro rápido, fez-lhe um corte transversal no meio das costas, fendendo o grosso quimono, a pele e a coluna. Ele desabou como um boneco de palha.

Um quarto homem deu-lhe um talho no braço direito com uma *nagamaki*.

Rin soltou a naginata e o braço ficou pendente ao lado do corpo. Rapidamente ela pegou a *tantō* de um dos mortos com a mão esquerda e olhou fixamente nos olhos do seu oponente. Ela não demonstrava medo ou dor. Ele hesitou.

Manabu colocou uma flecha na corda do seu *yumi*. Seu irmão se encontrava do outro lado do telhado, abatendo os guerreiros que tentavam subir a escada. Ele precisava ajudar a mãe. A vida dela estava na ponta de aço da flecha.

O menino puxou a corda no momento que o samurai investiu contra Rin. Uma gota de suor escorreu pelo lado do rosto. Prendeu a respiração e disparou. Seu alvo estava a uns trinta passos. E a linha de tiro era perfeita, sem obstáculos. A flecha seguiu seu destino, e esse provou ser mesmo inexorável. Um pequeno rouxinol, uma avezinha azulada de peito amarelo, do tamanho de um palmo de criança, resolveu voar justo naquele instante. A flecha varou o corpinho frágil e desviou-se um pouco para direita, passando ao lado do samurai.

O tempo pareceu avançar mais devagar.

O menino viu o guerreiro estocar com a *nagamaki* e ter o golpe aparado com dificuldade com a *tantō*. Manabu colocou outra flecha na *tsuru* de cânhamo do seu arco, mas, antes que conseguisse puxá-la, arregalou os olhos. O samurai fez um rasgo no pescoço de sua

mãe e o sangue esguichou manchando a terra. Ela caiu de joelhos com a mão na garganta, deu uma última olhada para o filho e tombou ao lado do rouxinol trespassado pela flecha.

Manabu gritou. Ele puxou a corda até a orelha, o que nunca conseguira fazer durantes os treinos. Cerrou os dentes e disparou. A flecha voou e dessa vez nenhum pássaro interrompeu sua trajetória. Ela se fincou no *kabuto* do samurai, que deu dois passos desajeitados para trás. O sangue escorreu pela face e ele morreu antes de cair no chão.

O menino chorou, mas continuou a abater os inimigos, um a um até que as flechas acabaram.

Então, tomado pela fúria e pela loucura, pela dor e pela culpa, Manabu gritou novamente e pulou do telhado caindo sobre a cerca viva. Correu até onde estava o corpo da mãe e apanhou a *naginata* dela, grande demais para ele.

Manabu matou todos que se aproximavam.

Os sobreviventes da batalha, em relatos posteriores, juraram por suas vidas que o menino estava possuído por um *oni*, um demônio com cara de macaco que mudou suas feições e o fez lutar bestialmente.

Verdade ou ilusão, o menino gorducho que preferia os pincéis à espada e o arco, sobrevivera e não permitira que seu lar fosse invadido, pois esse fora o último pedido da sua querida mãe.

– Pelo *daimiô*, pelas nossas famílias e pelas nossas terras! – Shintaro gritou e avançou com a *yari* em riste, a ponta de metal polido tremeluzindo.

Seus parentes e membros do clã instigaram os cavalos e deram gritos de guerra, pedindo força aos antepassados e aos deuses.

Havia mais de três inimigos para cada um. Nem Shintaro, nem qualquer outro cavaleiro estavam preocupados com isso. Eles seguiam em frente como fizeram tantas outras vezes. Seus espíritos eram fortes e suas mentes serenas.

Não lutavam com ódio ou raiva. Queriam apenas uma boa batalha contra seus oponentes. E, quem sabe, uma boa morte.

Poucos passos os separavam. Não buscavam a glória. Queriam apenas manter sua honra e integridade.

Veio o choque, os relinchos e o som do metal contra o metal. E do metal contra a carne e os ossos.

Cavalos morreram, os peitos e pescoços trespassados pelas lanças, enquanto seus cavaleiros agonizavam caídos no arrozal. Poucos permaneciam montados. E o velho samurai era um deles.

Takeru ouvia os gritos cada vez mais próximos. Arregalou os olhos assustado e apertou com força a empunhadura da sua *wakizashi bo*. Era apenas uma espada de madeira, mas o menino se sentia mais seguro tendo-a consigo. Sua mãe e sua avó permaneciam imóveis, katanas embainhadas, atentas aos ruídos ao redor da casa.

Ouviram barulho de cascos. As mulheres puseram-se em alerta, Takeru encolheu-se no canto. Olhou a *dō-maru* do seu pai. Como queria que ele estivesse ali para protegê-los.

O cavalo parou logo ao lado da porta de entrada. Então se ouviu um baque seco, como se um pesado saco de arroz tivesse sido jogado no chão.

As duas mulheres se entreolharam. Shizuka abriu a porta com um puxão rápido e a mãe de Takeru se preparou para atacar, levando a mão à boca em seguida, ao ver Shintaro caído do lado de fora, o rosto coberto de sangue.

– Marido... – Shizuka ajoelhou-se ao lado do velho samurai que tossiu antes de começar a falar.

– Não conseguimos. Falhamos – tossiu uma golfada de sangue –, não pudemos resistir. Eles eram muitos. Isamu venceu essa batalha.

– E os outros? – Shizuka limpou o rosto do marido com a manga do quimono.

– Alguns ainda lutam, a maioria está morta – a respiração do velho era chiada e dolorida. – Eu vim para lhes avisar. Fujam com Takeru. Procurem o *daimiô*, precisamos...

O velho samurai não pôde continuar a sua fala, pois um punhado de invasores logo atravessou o belo jardim. Ele cuspiu sangue, rosnou e com suas últimas forças pôs-se de pé apoiando-se em sua lança partida. Seu corpo estava dilacerado, mas seu espírito ainda ardia.

Avançou contra o primeiro dos atacantes, gritando, e cravou a lança no peito do homem. Rapidamente sacou sua katana e com

um golpe de cima para baixo abriu o crânio do segundo oponente. Com um giro rápido, rasgou a barriga de um terceiro. E deixou esse mundo quando um samurai com uma cicatriz no lugar do olho esquerdo atacou-o com sua katana, trespassando o velho samurai bem no tórax.

Foi uma boa morte. Uma morte honrada.

Shizuka gritou e correu em direção dos algozes do marido. Duas flechas certeiras selaram seu destino. Agora ela se encontraria com Shintaro e o seu amado filho.

A mãe de Takeru lutou bem, conseguiu abater dois atacantes antes de ser morta. O samurai com a cicatriz no rosto entrou, sujando o tatame com terra.

Takeru estava de pé, segurando sua *bokken.*

– Então sobrou você, fedelho? – ele cuspiu e apontou-lhe a katana. – Acha que pode lutar? Então lute!

O guerreiro desferiu alguns golpes com a parte chata da lâmina e Takeru se defendeu com lágrimas nos olhos.

– É somente isso que o seu sensei lhe ensinou? – Sorriu. – Por isso vocês foram derrotados com tanta facilidade.

Takeru olhou para a mãe morta. Cerrou os dentes e engoliu o choro. Ele era o último que restara da sua família e defender seu lar era sua obrigação.

Ele avançou e deu três golpes, todos aparados com facilidade. O samurai segurou a espada de madeira e puxou-a das mãos do garoto, jogando-a longe, rasgando o *fusuma* que dividia os aposentos.

Takeru, então, foi até o *daishō* que pertencera ao seu pai e pegou a *wakizashi.*

O samurai riu.

– Então o pequeno samurai acha que pode me vencer? – apoiou a katana no ombro e se aproximou com um semblante de desdém.

Antes que pudesse ter qualquer reação, o menino gritou e estocou a pequena espada. A lâmina afiadíssima penetrou na armadura, na carne e rompeu tendões da coxa do guerreiro caolho.

Ele berrou de dor e socou o rosto de Takeru antes de cair no chão. O menino deu dois passos para trás e desabou, o nariz e alguns

dentes quebrados, o sangue manchando o quimono e a luva revestida de metal do seu atacante.

Takeru estava zonzo. Não conseguia respirar direito e quase se afogara com o sangue que escorria profusamente. Apesar dos olhos embaçados, viu o samurai arrancar a *wakizashi* da coxa com um puxão seco. Viu-o tentar se levantar e não conseguir. Viu-o se arrastar para perto dele como um lagarto faminto.

Sentiu uma dor aguda no peito e depois um formigamento nos braços e pernas. Ouviu tambores e gritos, olhou para a armadura do seu pai e ela reluziu, como se estivesse *viva*. Quis se levantar; seu corpo não respondia, apesar de não sentir dor. De não sentir nada.

À frente dos seus olhos, somente vultos.

Será que isso é morrer?

Seu peito se enchia de vergonha; deixara seu o lar ser tomado, deixara que a família tombasse e agora a tão estimada *dō-maru* seria violada pelos inimigos.

– *Mesmo quando as cinzas consomem tudo, ainda há vida* – Takeru ouviu a voz do seu pai. – *Mesmo quando os deuses se zangam com os homens, ainda há vida. E quando tombamos, a carne apodrece, mas nosso espírito voa. A morte não é o fim, é um recomeço.*

O menino fechou os olhos.

Sentia-se mais sereno.

Viu sua mãe, sua avó, seu avô e seu querido pai. Eles estavam parados em um campo relvado. Nada falavam. Atrás deles uma magnífica cerejeira, as flores cor-de-rosa caindo com o farfalhar do vento entre os galhos.

Sorriu.

Estavam unidos novamente.

Canção do Corvo
Aya Imaeda

O piso cantou. Foi apenas um trinado baixinho, mas o suficiente para que a jovem prendesse a respiração e se preparasse para o pior. Escutou a noite, e a casa parecia continuar adormecida. Construído para delatar invasores, aquele maldito piso rouxinol era o único obstáculo entre a ninja e o seu alvo.

Ela soltou a respiração. Ninguém a ouviu. Sem perder mais tempo, focou-se no trabalho que tinha para fazer. Seus pés tocaram os pontos certos das tábuas de madeira, exatamente onde sabia que o piso não faria som algum. Dançou uma dança leve e silenciosa, como uma sombra na noite.

Sua mão alcançou a porta e, por baixo da máscara negra que cobria quase todo seu rosto, sorriu. Entretanto, o sorriso logo se apagou. Algo estava errado.

Abaixou-se a tempo de escapar da lâmina de uma espada, surgida da porta às suas costas. Chutou o seu adversário bem no estômago e pulou para longe dele, já com facas de atirar em suas mãos. As portas de outros quartos se abriram, e a ninja se viu cercada por homens com espadas erguidas. Havia caído em uma armadilha.

– Entregue-se – disse um deles. – Não pode lutar contra todos nós.

– Tem razão – ela concordou, movendo uma das mãos para dentro do bolso. – Eu não posso.

Atirou um ovo no rosto do homem mais próximo, que se viu cego pela nuvem de farinha que estourou em seus olhos. Chutou-o para trás e atirou suas facas, acertando as mãos de outros dois adversários, desarmando-os.

Desviou-se de uma espada curta, e atirou mais um ovo de farinha.

Abriu um leque, revelando pontas afiadas, e dançou por entre os seus adversários. O leque abria pequenos cortes aqui e ali, em lugares estratégicos, e a ninja seguia se desviando dos ataques. Ao alcançar o corredor, ela empurrou um dos homens em cima dos demais, aumentando a confusão e vendo-se desimpedida. Correu porta afora e virou à direita.

– Peguem-na!

– Para a direita!

De cima do telhado, a jovem ninja viu os seus perseguidores darem a volta na casa, enquanto ela se esgueirava de volta para dentro. Voltou ao quarto e pegou o pergaminho que estava procurando.

– Missão cumprida – sussurrou para si mesma, pronta para sair.

Uma lâmina fria tocou a sua garganta.

– Não se mova – disse uma voz às suas costas.

Por instinto, a ninja girou e tentou acertar seu adversário com uma faca, mas ele agarrou seu pulso e a jogou no chão. Era mais forte e não teve problemas em prender seus braços às suas costas.

– Eu mandei não se mexer – disse, colocando seu peso sobre ela.

Com sua respiração fazendo subir e descer o tecido de sua máscara negra, a ninja tentou lutar, mas viu que era em vão. Tudo o que pôde fazer foi lançar um olhar enraivecido ao seu captor. O pior de tudo era que ele não deveria ser muito mais velho que ela, pois ainda tinha traços da adolescência. Suas mãos, entretanto, já eram as de um homem que vivia pela espada.

– Ei, cara-de-bebê, que tal você deixar eu me levantar? Assim fica difícil respirar.

O guerreiro piscou, parecendo surpreso.

– Você é uma garota?

– Gênio. Fui pega por um gênio.

Ele puxou sua máscara, como se quisesse confirmar. A ninja ficou aliviada por sentir a brisa noturna em seu rosto suado, mas era um consolo fraco por estar naquela posição humilhante.

– Meu senhor quer falar com você. Não tente nenhuma gracinha.

Ele a ergueu e ela tentou lhe dar uma rasteira. Foi jogada no chão novamente, e um pó branco vazou de sua roupa.

– Ah! Meus ovos de farinha! Deu tanto trabalho fazer...

– Fique quieta de uma vez! – disse ele, entredentes. – Da próxima vez, corto o seu pescoço.

Sua resposta foi um olhar aborrecido. Ele a fez se levantar de novo e pegou o pergaminho que havia sido derrubado no chão. Depois de devolvê-lo ao seu devido lugar, conduziu a ninja com firmeza pelos corredores, mantendo uma espada em seu pescoço. Pararam em frente a uma porta aberta.

Um homem estava no centro do cômodo, e o quimono caro que usava indicava um alto nível social. Assim que a ninja e o guerreiro entraram, a porta foi fechada às suas costas.

– Bom trabalho, Takashi – disse o homem. – Pode soltá-la.

Ele a soltou, mas permaneceu atento, bloqueando a porta.

– Tem certeza de que quer me soltar? Vocês nem mesmo me revistaram – disse a ninja, mantendo-se afastada dos dois homens. Seus olhos procuravam por uma rota de fuga, enquanto suas mãos estavam preparadas para alcançar as armas escondidas sob as roupas.

O homem fez um gesto de desdém.

– Seria burrice você matar seu empregador.

Ela cruzou os braços.

– Tudo bem, agora estou curiosa.

– Eu sou Sakagami, dono desta propriedade. Fui eu quem a contratei, por meio de um subordinado, para invadir o quarto mais bem protegido da casa e roubar um pergaminho.

– Posso saber o porquê?

– Foi apenas um teste. E você se saiu muito bem, exceto por não ter conseguido pegar o pergaminho no final. Tenho certeza de que conseguiria, se eu não tivesse deixado meus homens esperando por você.

A ninja sorriu.

– Ah, espero que o senhor não leia o que está escrito no pergaminho daquele quarto – disse, e tirou um pergaminho de um bolso interno.

Ela o jogou para Sakagami, ao mesmo tempo em que lançava um olhar de provocação para o seu captor, que pegara o pergaminho falso.

– Ficou um pouco amassado porque *alguém* me jogou no chão, mas, agora que eu lhe entreguei, posso dizer que minha missão foi cumprida com êxito.

– Impressionante – disse Sakagami, ao verificar que tinha em suas mãos o objeto verdadeiro. – Neste caso, tenho certeza de que é a pessoa perfeita para o trabalho que tenho a propor. Pode nos dizer o seu nome?

– Tenho muitos nomes – disse a jovem, encostando-se casualmente na parede. – Tudo o que você precisa saber é que sou a melhor ladra de que já ouviu falar.

– A *segunda* melhor – corrigiu ele. – Você é aquela conhecida como ninja *Han'you**, certo?

– Então já ouviu falar de mim.

– Não sabia se os boatos sobre você ser uma garota eram verdadeiros, mas seus talentos são famosos. Dizem que emprega os poderes herdados de seu lado *youkai*** para invadir até mesmo casas guardadas pelos espíritos mais hostis.

A ninja *Han'you* deu de ombros.

– Como eu disse, sou a melhor.

– *Segunda.* Logo atrás do Corvo.

– O Corvo é uma lenda – riu a jovem. – Nem os ninjas conhecem seu rosto.

– Mas ele é bem real, e é o melhor.

– Se ele é tão bom, por que está falando de trabalho para mim agora, e não para ele?

– Porque ele nunca teria sido capturado tão facilmente assim, a não ser que quisesse.

A ninja fez uma careta.

– Nisso eu concordo.

– E, além disso – continuou ele, com um sorriso malicioso nos lábios –, o trabalho que tenho a lhe propor é que você nos ajude a capturar o Corvo.

Ela ficou alguns segundos em silêncio, esperando que se tratasse de uma piada. Porém, todos permaneceram sérios.

– Capturar o Corvo? – Ela conteve um sorriso. Era uma proposta bastante incomum. – Como pretendem fazer isso?

Sakagami sorriu.

– Conhece o senhor Yamane, governador das terras a leste daqui?

– Ouvi falar.

– Ele morreu há poucas semanas – disse Sakagami, sem parecer se importar muito com a notícia. – Dentre os seus pertences, existe uma pequena caixa de joias com uma bela esmeralda incrustada na

---

* Meio-*youkai*, filho de um humano com um *youkai*.

** Qualquer criatura sobrenatural do folclore japonês.

tampa. Vale uma fortuna por si só, mas dizem que o senhor Yamane guardava seu tesouro mais precioso dentro daquela caixa. Vivia a contemplá-la, mas nunca a abria. Depois de sua morte até agora, a chave nunca foi encontrada. – Sakagami fez uma pausa e olhou bem para os olhos escuros da ninja. – Daqui a três dias, um artesão tentará abrir a caixa. Tenho motivos para crer que o Corvo tentará roubá-la antes que isso aconteça.

– E onde eu entro nessa história?

– A caixa estará em um quarto como aquele onde você pegou o pergaminho, no final de um corredor de piso rouxinol. E existem *youkais* guardando a mansão. – Sakagami ergueu a mão em direção à ninja. – Você pensa como ele, e é uma ninja quase tão habilidosa quanto. Não há ninguém melhor que você para prever como o Corvo irá agir. Irá nos ajudar a montar a armadilha perfeita.

– Pode ser arriscado armar para um colega de profissão. O que ganharei com isso?

Sakagami tirou uma sacola de couro de dentro de suas vestes e a chacoalhou. As moedas tilintaram com um som agradável.

– Isto e mais um tanto no mesmo valor da esmeralda da tampa daquela caixa, depois de capturarmos o Corvo e recebermos a recompensa.

A ninja *Han'you* sorriu.

– Tudo bem, você me convenceu. Missão aceita.

– Ótimo – disse ele, jogando-lhe a sacola de dinheiro. – Acredito que você e Takashi já se conheçam. Ele é jovem, mas é um samurai leal. Ficará encarregado de escoltá-la em segurança até a residência dos Yamane.

– Perdão? – Disse a ninja. – Não preciso de babá.

– Estou investindo muito em você. Estes são os meus termos. Vocês dois partirão amanhã de manhã.

Contrariada, a *Han'you* lançou um olhar descontente para o samurai Takashi, que não emitiu nenhuma opinião a respeito de seu trabalho. Aquela seria, no mínimo, uma viagem interessante.

– Estas roupas são muito inconvenientes – queixou-se *Han'you* consigo mesma ao caminhar pela estrada.

O sol havia acabado de nascer e lançava seus raios sobre o traje

simples de camponesa que a ninja estava usando. As armas, é claro, estavam escondidas em todas as dobras possíveis da roupa.

De trás de uma árvore, surgiu uma espada que bloqueou seu caminho.

– Pensei que fôssemos nos encontrar em frente à casa de meu senhor – disse o samurai.

A ninja fez uma careta. O combinado era que Sakagami deixasse o lugar à frente com seus criados, e a ninja e o samurai saíssem depois. Como todos os clientes da ninja, Sakagami também preferia manter em segredo qualquer ligação entre eles.

– Não há motivos para termos que aturar a companhia um do outro – disse a *Han'you*, cruzando os braços e colocando as mãos dentro das mangas. – A gente se encontra na entrada do vilarejo onde fica a propriedade dos Yamane.

O samurai balançou a cabeça.

– Minhas ordens foram para levá-la até lá em segurança.

– Ordens? E você é o quê, um cachorro?

Ela acelerou o passo, mas isso não era o suficiente para deixá-lo para trás.

– Nós vamos usar a mesma estrada de qualquer forma, *Han'you* – disse ele, seguindo-a com a facilidade de seus passos mais largos.

– Não use esse nome em público! Quer que qualquer passante descubra a minha identidade?

Ele caminhou ao seu lado, a certa distância, e a ninja se conformou em ignorá-lo pela maior parte da viagem. Ambos seguiam no silêncio de seus próprios pensamentos, ouvindo apenas o canto dos pássaros e o ocasional gemido de uma carroça que passava na direção contrária. Era um dia quente de verão, e a ninja teria preferido pegar um atalho pela floresta. Seu companheiro de viagem, entretanto, descartara a sua sugestão.

– A floresta é perigosa – dissera ele. – Está cheia de *youkais*.

– E a estrada está cheia de humanos – resmungara ela, decidida a, na primeira oportunidade, se livrar do samurai. Sabia que ele estava ali para vigiá-la, e, como toda boa ninja, ela tinha bons motivos para não querer ser vigiada.

Já no final da tarde, pelo canto dos olhos, a ninja *Han'you* percebeu que ele a encarava há algum tempo.

– O que foi?

– Vestida assim você parece uma garota comum – disse ele, voltando o olhar para frente. – Não combina muito com as histórias sobre os assassinatos impossíveis ou sobre ter derrotado os *youkais* guardiões do templo do leste.

– Foi um dia divertido, aquele – recordou-se ela com um sorriso orgulhoso nos lábios. – Pois saiba que eu não apenas sou a melhor ladra...

– Segunda.

– Que seja – disse em um tom seco. – Não sou apenas uma ladra habilidosa, mas sou também ótima em me infiltrar no terreno inimigo. É um jeito perfeito de conseguir as informações que preciso e sempre estar à frente.

– Sei. Você parece boa é em se gabar.

– Não estou me gabando, estou dizendo a verdade! Francamente, você deveria levar mais a sério o que eu digo.

– Se é assim tão boa – disse ele, olhando para as sombras que se moviam atrás das árvores –, por que ainda não falou nada sobre estarmos prestes a cair numa emboscada?

– Porque isso é problema seu. Não meu.

Ao mesmo tempo em que os bandidos pularam de trás das árvores, a ninja detonou uma bomba de fumaça. Sem enxergar direito, os bandidos e o samurai começaram a lutar uns contra os outros.

Enquanto isso, a ninja se embrenhava na floresta, deixando para trás a confusão e os gritos da luta. Agora ela poderia seguir o seu caminho em paz. Sentiu o peso da bolsa de dinheiro que havia furtado de um dos bandidos ao passar por ele. Diminuiu o passo para abri-la e ver o que tinha dentro. Não era grande coisa.

Ouviu o som de alguém correndo em sua direção, e só teve tempo de tirar uma *shuriken** da manga quando alguém se jogou contra ela, expulsando o ar de seus pulmões. Era o samurai Takashi.

A ninja estava prestes a amaldiçoar todos os ancestrais dele por jogá-la no chão novamente quando percebeu que uma flecha estava cravada no lugar onde ela estivera parada um momento atrás. Sem perder tempo, visualizou o atirador e lançou sua *shuriken* contra ele, derrubando-o da árvore antes que soltasse a próxima flecha.

– Eles estão aqui!

---

* Arma de atirar, também conhecida como estrela ninja.

Os bandidos estavam vindo, o samurai já estava com a espada erguida, e a ninja tinha uma ideia melhor. Agarrou-se em uma árvore e a chacoalhou com toda a força, derrubando uma dezena de criaturinhas disformes e furiosas. Isso fez com que os bandidos escorregassem ao tentar parar e começassem a correr na direção oposta, como se os pequenos *youkais* fossem devorar as suas almas. A ninja sentiu o samurai agarrar a sua mão e arrastá-la consigo, correndo em outra direção, e foi difícil explicar a ele que aquelas criaturas eram inofensivas, embora mal-humoradas.

Quando pararam de correr, ambos estavam sem fôlego. Foi o samurai que recuperou a fala primeiro:

– Está tentando nos matar?

– A princípio, só a você – disse ela, ofegante. Então, virou-se para ele com raiva. Não sabia quais eram as intenções daquele intrometido, mas fazer com que ela lhe devesse um favor não iria funcionar.– Por que fez aquilo?

– Aquilo o quê?

– Por que me salvou da flecha?

O samurai fechou os punhos e se endireitou, olhando a ninja nos olhos.

– Não sou um covarde como a sua espécie, que foge sozinho. Meu senhor confiou em mim para protegê-la até o fim da missão e não pretendo decepcioná-lo. Você, por acaso, já ouviu falar em confiança? Em lealdade? Ou sequer conhece essas palavras?

– Não! Eu não conheço nada disso! – Disse ela, com o rosto vermelho. –A minha vida é diferente da sua.

Os dois desviaram o olhar. A ninja respirou fundo, recompondo-se.

– Já vai escurecer – disse ela. – Teremos que dormir por aqui. – Ela começou a se afastar a fim de procurar um lugar para o acampamento, mas parou por um instante. Girou os olhos para si mesma. – Em retribuição pela flecha, prometo não matá-lo durante a noite.

Como havia acordado se sentindo especialmente generosa, a ninja atirou uma pedra na cabeça do samurai.

Ele olhou para cima, piscando diante da luz da manhã que passava por entre os galhos da árvore onde a *Han'you* estava.

– Se quer viver, fique calmo e faça o que eu mandar – disse ela, enquanto observava o ser de pele escamosa e costas de casco de tartaruga que se aproximava do samurai.

Ao ver o *youkai*, Takashi se pôs de pé e ergueu a espada.

– Não! – Sibilou a ninja, do alto. – Cumprimente-o.

– O quê?

– Cumprimente-o! Abaixe a cabeça – percebendo que o samurai hesitava, ela insistiu. – Os *kappas* gostam de beber sangue humano, mas são muito corteses. Faça o que estou dizendo.

Com os músculos rijos, o samurai se curvou uma vez, e o *kappa* parou de avançar, olhando para ele com seus olhos de anfíbio. Então, o samurai o cumprimentou novamente, várias vezes. Não podendo ignorar a cortesia, o *youkai* de dedos membranosos se curvou também. Só então o samurai reparou na depressão em forma de tigela no topo da cabeça do *kappa*. Assim que ele se curvou, a água que estava presa no topo de sua cabeça escorreu, e o *kappa* deixou escapar um gemido frustrado.

– A água é a fonte de seu poder – disse a ninja. – Agora, ele terá que voltar ao rio.

Foi como ela disse. O *kappa* começou a caminhar lentamente na direção de onde viera, sem forças para atacar sua presa. Só quando ele já estava a uma boa distância, a ninja desceu da árvore.

– Fico surpresa por ter me dado ouvidos.

– Fico surpreso por não ser uma armadilha para fazê-lo comer minha cabeça.

A ninja conteve um sorriso. Talvez ela tivesse o coração mole demais.

– A outra opção para escapar de um *kappa* é oferecer-lhe pepinos. São doidos por eles. É a única coisa de que gostam mais do que sangue humano.

Com o olhar na direção que o *kappa* tomara, o samurai Takashi franziu as sobrancelhas.

– Você disse que aquele *youkai* veio de um rio. Só pode ser o rio que passa atrás da propriedade dos Yamane. Nós não devemos estar longe da vila agora.

Ambos, então, se puseram a caminho. Com um pouco de insistência por parte da ninja, o samurai concordou em usarem um atalho

pela floresta. Depois de algum tempo, já puderam ver, por entre as árvores, as montanhas que delimitavam as terras dos Yamane.

Sob o céu azul, um casal de corvos cruzou a frente dos viajantes e rumou para seu ninho escondido nas montanhas verdes. Era possível ouvir as suas vozes ao longe.

– Por que será que eles estão cantando? – A ninja perguntou baixinho.

– Talvez seja porque eles têm sete filhotes lá na montanha – respondeu o samurai.

– Como na canção de ninar? – Perguntou a ninja, inclinando a cabeça.

– Você conhece? Minha mãe cantava para mim.

– A minha também – a ninja voltou seu olhar para os corvos, que voavam no vento. – Não me lembro muito bem do rosto dela, mas nunca me esqueci desta canção. – Com o canto dos olhos, a ninja viu o samurai abrir a boca, mas ela falou primeiro: – Falando em corvos, o que pode me dizer sobre o Corvo? Para prever os seus passos, é bom que eu tenha o máximo de informação.

O samurai desviou o olhar dela e assentiu. Eles deveriam estar falando sobre trabalho, não cantigas de ninar.

– Há boatos de que ele seja filho de uma concubina do falecido senhor Yamane – disse ele. – Dizem que ele teria sido sequestrado por ninjas, talvez a mando de alguém da própria casa. Ou que já nasceu tão traiçoeiro que escolheu o caminho por si mesmo. O que sabemos, de fato, é que a suposta concubina morreu em um incêndio, e que a caixa de joias foi um presente dado a ela. Como a chave não foi encontrada, surgiram outros boatos.

– Estou vendo que a história está cada vez mais confiável – disse a ninja, com ironia.

O samurai pareceu concordar, mas boatos eram tudo o que tinham.

– O boato é de que o Corvo, único herdeiro do senhor Yamane, possui a chave.

A ninja parou de andar.

– É por isso que estão oferecendo um prêmio tão alto pela sua cabeça – disse ela.

– Exatamente. Seria desastroso para os Yamane se um ninja tentasse reclamar seu lugar como herdeiro.

– Seria mesmo – concordou a ninja. – Mas não acho que ele faria isso.

– Por que não?

– A vida de ninja é muito mais divertida – brincou ela. – Digo isso por experiência própria.

O samurai sorriu quase imperceptivelmente. Ambos viram, então, a floresta se abrir à sua frente. Haviam chegado à vila.

O lugar era bastante tranquilo. Havia plantações se estendendo ao longe, onde homens e mulheres trabalhavam. Por entre as casas simples, crianças corriam e brincavam, e suas mães cuidavam dos afazeres domésticos.

Já familiarizado com a vila, o samurai guiou a ninja *Han'you* em direção à residência dos Yamane, em um local mais afastado, para lhe mostrar a visão externa. Não chegaram a se aproximar demais, entretanto, para não chamar a atenção dos guardas a postos na entrada. Mostrar a casa de alguém para uma ninja nunca causava uma boa impressão.

– O muro cerca toda a propriedade – disse ele, apontando para a divisória de pedra de mais de dois metros de altura.

A ninja assentiu, analisando o local. Durante o dia, muitas pessoas passavam por perto, mas à noite deveria ser bastante tranquila.

Seguiram de volta para a vila e alugaram quartos em uma hospedaria próxima à propriedade dos Yamane, sob o disfarce de irmãos; a ninja riu da ideia.

– Amanhã, eu lhe trarei as plantas da casa dos Yamane – disse o samurai, na porta da hospedaria. – Então, você poderá começar a preparar a armadilha para o Corvo, *Han'you*.

– Shh! Já disse para não me chamar assim – disse ela, olhando ao seu redor. – Pode me chamar de Mei.

O samurai se inclinou em sua direção.

– Esse é o seu nome de verdade?

– Você iria acreditar em mim se eu dissesse que sim?

Ele riu. Não iria.

– De qualquer forma, por hoje, apenas fique aqui, Mei.

– Está bem – concordou a ninja.

Mas ela não o obedeceria.

O muro não era nada que a ninja *Han'you* não pudesse escalar rapidamente. Do lado de dentro, ela se abaixou atrás de alguns arbustos.

Viu que os guardas faziam a ronda perto do portão de entrada, certamente esperando que o Corvo batesse à porta para invadir. A ninja balançou a cabeça. Eles estavam prestando atenção nos lugares errados.

Esgueirando-se pelas sombras, verificou a disposição das construções. Fora a casa principal, havia também casas menores para os criados, um *dojo** e belos jardins.

E olhos brilhantes que a observavam na escuridão.

A ninja apontou-lhe uma faca, mas logo percebeu que se tratava de um gato demônio. Esperou para ver o que ele faria em relação à sua intrusão, mas o gato apenas a olhou com sua melhor cara de desprezo e se dirigiu para os fundos da propriedade. Talvez ele estivesse indo caçar alguns camundongos nos arbustos do jardim.

Agora que a ninja reparava, aquele era um local interessante. A casa principal tinha alguns cômodos que davam para os fundos, e, do outro lado do muro, passava o rio. Com uma ideia nova acendendo-se em sua mente, ela seguiu o gato demônio.

Na manhã seguinte, o samurai lançou um olhar desconfiado para sua cara de quem havia dormido pouco.

– Aqui estão as plantas da casa – disse ele, entregando-lhe os pergaminhos. – Aonde foi ontem à noite?

Sem necessidade de mentir, a ninja se sentou no chão do quarto da hospedaria e deu de ombros.

– Fui verificar a casa dos Yamane – respondeu, abrindo as plantas.

– Encontrou algo de interessante? – Indagou o samurai, em tom acusador. Ele sentou-se em frente a ela.

– Não roubei nada, se é o que quer saber. Não me arrisquei a entrar na casa principal. Mas, por outro lado, descobri que há um gato demônio no jardim. E o forro do teto está abarrotado daqueles *youkais* que encontramos na floresta. Nada que seja um grande obstáculo para o Corvo, desde que ele não tenha medo de *youkais*.

– Só isso?

– Ah, e tem um buraco no muro dos fundos, meio escondido pelos arbustos. Foi feito recentemente. *Bem* recentemente.

---

* Área de treinamento de artes marciais.

O samurai se levantou.

– Isso significa que o Corvo já está agindo – disse ele. – Precisamos colocar homens a postos perto daquele local. Consegue bolar a armadilha ainda hoje?

– Preciso estudar todas as possibilidades para descobrir como o Corvo pretende agir. O buraco no muro pode ser apenas distração. – A ninja traçou com o dedo um caminho no pergaminho, até o quarto onde estava assinalada a presença da caixa de joias. – Amanhã começaremos a montar a armadilha. Mas quero deixar claro que eu apenas fornecerei a vocês uma oportunidade de capturar o Corvo. Não pretendo participar da captura. Não é que eu tenha nenhum sentimento em particular sobre armar contra um colega de profissão, mas, se algo der errado, não quero que sobre para mim.

– Certo. Você só nos fornece os dados.

Fez-se silêncio entre eles. Não havia mais nada para discutirem no momento. Tudo o que faltava era a ninja fornecer um plano para capturar o Corvo no dia seguinte. Seus caminhos se separariam em breve.

– Nos vemos amanhã – despediu-se o samurai, virando-lhe as costas.

Com a mão na porta, pareceu hesitar em sair. A ninja ergueu os olhos por sobre os pergaminhos. Ela não podia ver o rosto dele, mas sentia a sua tensão.

– Você não é uma *han'you* de verdade, não é, Mei? – disse ele, ainda de costas. – Você é uma humana comum que conhece bem os *youkais*. Não tem nenhum poder sobrenatural.

– Eu nunca disse que tinha. Não fui eu quem inventou o apelido.

– Isso significa que se machuca como qualquer garota.

A ninja não entendeu aonde ele queria chegar. Permaneceu em silêncio.

– Você vai nos ajudar a capturar o Corvo – disse ele, em voz baixa. – Não teme que, um dia, outro ninja ajude alguém a capturar você? Ou que seu próprio empregador lhe traia?

A ninja se levantou e parou em frente ao samurai, fazendo com que olhasse em seus olhos.

– Pode acontecer, um dia. Mas, como disse antes, sei me cuidar, está bem? – Ela sorriu levemente. – Agora é melhor você ir embora. Está quase parecendo que se importa com uma ninja.

O samurai tentou retribuir o sorriso e assentiu.

– Adeus... Mei.

A ninja fechou a porta e suspirou pesadamente, sem vestígios do sorriso em seu rosto. Pegou sua bolsa de dinheiro e se preparou para sair. Tinha um trabalho a fazer e pepinos a comprar.

Uma das razões para a ninja nunca ter sido traída era por sempre trair as outras pessoas primeiro. Naquela noite, entrou na propriedade dos Yamane do mesmo jeito que tinha feito no dia anterior. Já familiarizada com o terreno, rapidamente alcançou a casa principal, que tinha o chão elevado vários centímetros acima do solo, e rastejou por baixo dele com facilidade.

Com alguns conhecimentos prévios que tinha a respeito da casa, sabia o truque perfeito para entrar. Encontrou o ponto certo entre as tábuas de madeira e ergueu o tatame*, encontrando-se dentro de um quarto escuro.

Colocou o tatame de volta no lugar e parou para escutar. Pelas plantas que recebera, sabia que aquele cômodo estava longe dos quartos de dormir, mas se manteve cautelosa mesmo assim. Abriu uma fresta da porta e enxergou o corredor de piso rouxinol se estendendo bem à sua frente. Na ponta oposta, estava o cômodo em que guardavam a famosa caixa.

A ninja sorriu consigo mesma. Ao entregarem-lhe as plantas e demais informações sobre a casa, era quase como se estivessem implorando que ela a invadisse. Não tinha a menor intenção de ajudá-los a capturarem o Corvo. Tudo o que queria, desde o início, era o tesouro dentro da caixa.

Daquela vez, ela não tivera tempo o suficiente para estudar o piso e saber exatamente onde pisar. A solução, obviamente, era não pisar nele.

Retirou seu equipamento de um dos bolsos e fez com que uma ponta de metal, presa a uma corda, se prendesse do outro lado do corredor, no alto de uma coluna de madeira. Com a ponta da corda em suas mãos, ela a amarrou a um batente de madeira ao lado de onde estava. Assim, construiu uma ponte aérea entre os dois extremos do corredor.

* Piso tradicional japonês.

Usou a corda para se pendurar até alcançar o quarto, e conseguiu abrir a porta. Repousando sobre uma mesinha no centro do cômodo estava a pequena e preciosa caixa. A ninja tocou sua tampa com a ponta dos dedos, sentindo a esmeralda fria que a adornava. As laterais possuíam belos detalhes dourados, que brilhavam mesmo na escuridão quase total. Com cuidado, a ninja segurou a caixa, surpreendendo-se por ela caber na palma de sua mão. Em suas lembranças, a caixa parecia maior.

O barulho de passos chamou a sua atenção. Eles estavam vindo.

Com o coração batendo forte em seu peito, como se marcasse o tempo de uma música, ela se afastou da porta e viu luzes se acenderem nos quartos à sua volta, revelando as sombras de uma dezena de homens. O piso cantava.

A porta se escancarou, e vários guerreiros armados entraram, formando uma muralha à sua frente.

– Eu não acredito! – Disse um homem bem-vestido por detrás dos guerreiros. Era, provavelmente, um irmão do falecido dono da casa. – Senhor Sakagami, o senhor capturou mesmo o Corvo!

Ao lado do surpreso membro da família Yamane, surgiram Sakagami e o samurai Takashi.

– Exatamente como lhe prometi – disse Sakagami, com uma expressão de triunfo. Dirigiu-se, então, para a ninja. – Nós o pegamos, Corvo. Renda-se agora, e talvez poupemos a sua vida.

Ao seu lado, o samurai Takashi lhe apontava uma flecha. Ele mantinha a mandíbula cerrada, e, quando a ninja olhou em sua direção, ele desviou o olhar.

– Entendo – disse a ninja. – Vocês precisavam de mim para capturar o misterioso Corvo e receber a recompensa, mas não do jeito que me contaram. Vocês precisavam de mim para *ser* o Corvo.

– Cale-se! – Ordenou Sakagami. – Não tente falar besteiras, Corvo. Ninguém acreditará em você.

– Era quase como se estivessem implorando para que eu invadisse esta casa – continuou ela, enquanto brincava com a caixa em suas mãos. – E estavam mesmo. A questão é... – Ela colocou a caixa dentro de seu bolso. – Vocês acham que eu não desconfiei?

Ouviu-se um tumulto do lado de fora. Alguém gritou, e uma porta foi aberta com força.

– Senhor! – gritou um homem, enquanto outros entravam correndo na casa. – Senhor, um bando de *kappas* está entrando pelo buraco no muro!

– O quê? Por quê?

– Estão seguindo uma trilha de pepinos!

Enquanto todos estavam agitados, a ninja puxou de dentro das vestes uma arma com uma pesada bola de metal e a atirou contra o teto, abrindo um buraco nele.

– Fique parada, senão... – Sakagami começou a dizer.

No mesmo instante, pequenos *youkais* furiosos começaram a cair do teto, e Sakagami perdeu a fala, branco como um fantasma. Quando um deles mostrou-lhe os dentes, sua voz se esganiçou:

– Arrg! – Gritou, tropeçando em suas próprias pernas.

Diante da onda de pânico que se seguiu devido às horrendas criaturas, o samurai Takashi foi o único a perceber a ninja tirar uma bomba de fumaça do bolso e, com uma expressão divertida, estourá-la. O caos foi imediato.

– *Youkais*! Demônios! Deixem-nos sair!

– *Kappas*! *Kappas*! Deixem-nos entrar!

Em meio aos homens que se empurravam cegamente em direções opostas, o samurai Takashi tentou erguer a voz acima da cacofonia geral:

– Esperem! Fiquem calmos! Cumprimentem os *kappas* com educação e...

Ao ouvir o que ele mesmo estava dizendo, o samurai Takashi se calou.

Sabendo que ninguém lhe daria atenção, desistiu de insistir e estreitou os olhos, tentando ver por entre a fumaça. Onde estava a ninja? Sentiu uma brisa passar por ele, em direção à saída. Era ela. O samurai a seguiu até o lado de fora, desviando-se de seus companheiros desesperados e dos pequenos e inofensivos *youkais* nervosos.

Ao chegar ao jardim, viu os *kappas* que comiam alegremente os pepinos escondidos entre os arbustos e debaixo das pedras. O buraco no muro estava próximo. O samurai correu até ele, parando apenas para cumprimentar um ou dois *kappas*. Espremeu-se pelo buraco estreito e, ao se ver do outro lado, encontrou apenas o rio à sua frente e uma noite calma de verão. Nem sinal da ninja.

O samurai suspirou e, ao observar aquela paisagem tranquila, admitiu que estava um pouco aliviado. Havia se convencido de que capturar aquela ninja e, além de tudo, beneficiar o seu senhor, era o certo a se fazer. Ela merecia ser capturada tanto quanto o Corvo, afinal.

A verdade, porém, era que o samurai não gostava daquele método. Por isso, embora nunca fosse dizer isso em voz alta, não se sentia nem um pouco decepcionado pelo fracasso daquele plano. Com a mente tranquila, virou-se para ir tentar colocar ordem na bagunça que a ninja havia deixado para trás. Talvez pudesse atrair os *kappas* com alguns pepinos.

Neste momento, entretanto, ouviu um ruído na copa das árvores e desviou-se antes que uma pedrinha acertasse a sua cabeça.

– Bomba de fumaça de novo, sério? – Disse ele, com um sorriso de deboche.

– Funciona, não funciona? – Respondeu uma voz do alto de uma árvore.

O samurai cruzou os braços.

– Por que ainda está aqui?

– Pelo prazer de sua companhia, é claro – respondeu ela, ao saltar para o seu lado.

Nas águas do rio, brilhou uma luz prateada dos raios de luar. Eles também se refletiram nos olhos escuros da ninja, que fitavam a pequena caixa em suas mãos.

– Você poderia ter atirado em mim naquela hora – disse ela, que havia percebido o olhar dele antes de lançar a bomba de fumaça. – Foi gentil de sua parte.

– Ainda posso atirar em você agora – replicou ele, mas ambos sabiam que não era verdade.

– Se fizer isso, não vou poder lhe contar um segredo.

– Que segredo?

– Não é uma caixa de joias. É uma caixa de música.

De um cordão preso em seu pescoço, a ninja puxou uma pequena chave dourada, que se encaixou perfeitamente na fechadura da caixa. Ela girou a chave, e a tampa se abriu, revelando uma melodia bela, conhecida pelos dois, sobre um corvo e seus sete filhotes.

– V-você...

– Ah, que nostálgico – disse a ninja, com os olhos brilhantes como os de uma criança. – Segura para mim, por favor.

Ela colocou a caixinha na palma da mão hesitante do samurai, e, de dentro da caixa, tirou um pequeno corvo entalhado em madeira. Em suas asas abertas, estava gravado um nome que o samurai não conseguiu ler, pois a garota envolveu a pequena figura em suas mãos, perto de seu coração.

– É um segredo, está bem? – Sussurrou ela, com um sorriso.

Vozes se aproximavam, dando a volta ao muro. Quando o samurai se virou para olhar, sentiu uma brisa suave, um silencioso ruflar de asas ao seu lado.

– Takashi, é você? – Chamou uma das vozes, ao encontrá-lo. – Achei ter visto alguém com você... Quem era?

Ele escondeu um sorriso, enquanto a melodia da caixa em suas mãos chegava ao fim.

Quem era?

Ela tem muitos nomes, mas, certamente, é a melhor ladra que o samurai já viu.

Inexpressivo
Bruno Magno Alves

Você sobe pelo elevador, bocejando. É madrugada. Ao abrir das portas, dá dois passos em direção ao parapeito esbranquiçado da cobertura, ainda tentando acender seu cigarro. É então que sente a picada discreta de uma agulha em sua nuca, precisa. Não demorará muito para cair morto no chão.

Dito e feito. Você não tem tempo ou vontade de proferir um som, mas bota a mão espalmada na nuca, a partir de onde começa a surtir o efeito da toxina. Você cai aos meus pés, ainda com a mão erguida. Seus movimentos são incapacitados; seu sistema nervoso é paralisado rapidamente.

Meus parabéns. Você acaba de ser morto por mim.

Desço, com seu corpo em meus braços, de volta ao estéril corredor do hotel de elite. Todas as paredes são revestidas com um límpido e entediante branco, sem uma irregularidade sequer. Alguns podem achá-lo elegante em sua simplicidade. Não eu. Prefiro algo mais decorado, mais característico, com *personalidade*. Aqui vejo apenas a entediante tendência mais recente em estética. Consigo vê-la em suas roupas, seu cabelo e sua expressão. Tudo em branco. Não demonstro meu desagrado. Meu rosto, como esse corredor, é completamente inexpressivo, mesmo cara a cara com a morte.

Ambos usamos roupas de peça tripla, mais do que muitos poderão bancar, de um branco completo e impecável que nos camufla entre estas paredes brilhantes. Você também usa seus cabelos descoloridos e nada além de um discreto brinco branco na orelha esquerda, que poderia chamar mais atenção se aqui não fosse tudo

irreparavelmente claro e despido de cor. Ou munido de todas as cores ao mesmo tempo, se você preferir ser pedante.

Mas claro que não prefere. Você morreu! Eu o matei, e agora poderei voltar aos meus superiores com o sentimento de um trabalho bem feito. Tenho de levar seu cadáver; sinto muito se você tinha outros planos para seu invólucro *post-mortem*. Acontece que um *desaparecimento* ganha mais tempo que a descoberta – inevitável – de um assassinato. Você provavelmente será cremado e suas cinzas, espalhadas discretamente sobre um rio ou mar. Isso é, se não precisarmos do seu corpo.

Mas o peguei de surpresa. Eu sei. Você provavelmente não esperava ser morto por um *shinobi*, não agora, não você, não nesse lugar. Não sabia que seu presunto estava encomendado. Isso não é nada demais e nada incomum, acredite: é procedimento de rotina. Mas não quero que ache que sua morte é desprovida de significado. Afinal, você é importante o bastante para que alguém o queira morto, mesmo que não soubesse disso. Mesmo assim, conforme carrego você em meus braços para fora daqui pelo modo mais discreto possível, sinto que lhe devo algumas explicações.

Em primeiro lugar, você provavelmente quer saber quem eu sou. Posso revelar algumas coisas, mas comecemos pelo essencial. Meu nome não é importante, e não pretendo contá-lo a você, mesmo ciente de que jamais terá chance de revelá-lo a alguém. Sou uma pessoa e tenho meus próprios anseios e desejos, mas, a trabalho, não sou ninguém – ou, melhor, alguém completamente diferente de quem nasceu com meu nome.

Acontece que sou um ninja. Prefiro *shinobi* porque, primeiro, ninja é uma palavra pouco usada oficialmente, e nos transformou em caras de preto com espadas e invisibilidade. Uma figura, no mínimo, defasada e historicamente imprecisa. Então falo que sou um ninja e já me vem todo um estigma, carregado de imprecisões. *Shinobi* é mais neutro, isento, e também era mais usado desde o surgimento de nossos clãs com nossos antepassados, hoje nossas organizações e grupos.

Sou *genin*, você sabe, parte do braço pesado que executa o trabalho. Minha organização é contratada para espionar e dar cabo de alguns elementos que nossos clientes consideram indesejáveis. Infelizmente, acabou que você é um deles. Mil perdões. Quero que

saiba que não é nada pessoal, de verdade. São apenas negócios, principalmente para mim, já que não conheço boa parte da história. Meu *chunin* deve saber mais e, então, o *jonin* que recebeu o pedido em primeiro lugar, mais ainda. Mas mesmo para ele não é nada pessoal. Somos apenas mercenários, mãos e cérebro que executam um trabalho muitíssimo bem pago.

Somos *shinobi*.

Você provavelmente achava, até morrer, que éramos aquelas pessoas do cinema, com facas, estrelas, vestidas de preto, atuando nas sombras. O problema é, meu alvo, que sombras aqui não servem para nada. Há vigilância, há câmeras, e este prédio é de tal forma *branco* que usar preto aqui seria mais danoso que qualquer outra atitude que ousássemos tomar.

Nosso maior orgulho e especialidade está na infiltração; a pessoa que lhe dará a facada nas costas – ou melhor, a espetada de agulha na nuca – será aquela em quem você nunca reparou ou deu a devida atenção, que talvez meramente lhe cumprimentasse com um aceno de cabeça pelos corredores.

Detesto quebrar suas expectativas. Não somos invisíveis, não nos multiplicamos nem controlamos os quatro elementos. Não somos especiais, superfortes, superágeis. Muitos abandonaram o *kenjutsu*. Ou seja, raramente nos verá brincando com espadas – estas eram as ferramentas de nossos antepassados. Ainda assim, somos precisos, perspicazes e dedicados, mesmo parecendo pessoas perfeitamente normais. Pode nos ver – ou não! Essa é a ideia – executar com maestria as técnicas de *hensoujutsu, shinobi-iri,* ou *taijutsu.* Ou, pensando bem, depende mais de quem você der o azar de encontrar. Estas são as *minhas* especialidades: infiltração, disfarce, luta corpo a corpo. Sou bom em me aproximar sem ser percebido e derrubá-lo antes que você possa dizer qualquer coisa. Quando já é tarde demais.

Nossos rituais se resumem a passagens e iniciações. A única espada na qual toquei com seriedade foi a do ritual no qual me tornei um homem. Únicos tributos aos velhos tempos, únicos usos de armaduras, roupas cerimoniais, luzes de fogo, o toque com a natureza que nos torna humanos. Mas se nos visse reunidos no dia a dia, provavelmente pensaria que somos uma equipe de vendas saindo de um restaurante ao fim do horário de almoço.

É por isso que somos o órgão perfeito para atuar nessa Capital, a Tóquio de outrora. Em um mundo inexpressivo como o nosso, na megalópole indestrutível e impessoal que chamamos de lar, apenas um braço tão impiedoso e tradicional como nós tem a contradição intrínseca que torna tudo isso possível. Inevitavelmente emocionais, mas certeiros e discretos como a brisa. Perfeitos para essa massa cinzenta de gente e coisas. Ou você jamais tirou os pés do complexo de escritórios para dar uma olhada no que, hoje, chamamos de cidade?

Você sabia, por exemplo, que não temos implantes? Não usamos a Interface da qual dependem para guiar suas vidas, seus passos, seus caminhos. Imagino ter a realidade aumentada frente aos meus olhos: fitar um prato de comida e ver quantas calorias estou prestes a ingerir, quanto dinheiro me custará; dados e números, informações palpáveis, textos em todos os lugares e todas as coisas, saturando minha mente de tudo o que é possível até me tornar uma casca vazia de gente.

A maioria dos *shinobi* abomina implantes, e com razão. Sem os dados, passamos a ver com mais clareza. Deixamos apenas os essenciais: aquilo que, se não fosse visto, faria com que parecêssemos idiotas andando a torto e a direito. Coisas que se todos enxergassem, menos nós, iriam nos colocar em desvantagem. E é também uma questão de princípios. O contato puro com a realidade ajuda na concentração, na mente vazia da qual dependemos para que possamos executar as nossas tarefas. Só algumas pessoas bem específicas de nossa organização fazem uso de todos os seus implantes, das quais a falta total de uso nos seria prejudicial. Pessoas responsáveis pela burocracia, por alguns planejamentos, tudo o mais. Mas, mesmo assim, são implantes modificados. Estamos fora de seus sistemas, de seus catálogos e registros. É tudo falso. Tudo simulacro. Em uma massa, sou invisível, tenho outro nome, não estou sob a vigilância constante de seus fotógrafos neurais, não posso ser detectado.

Somos os últimos humanos em um mundo de ciborgues.

E esse, meu alvo, é um de meus maiores trunfos. Nossa recusa em tomar parte de suas orgias de informação. Enquanto isso, você me via, assim como os mesmos dados em meu rosto em branco, mas mesmo assim, estava tão acostumado a tudo isso que nem percebeu que tinha se encontrado comigo regularmente durante a última

semana – o que não teria acontecido se eu não fosse *shinobi* e não estivesse atrás de sua cabeça.

Ou você não se lembra? Não percebeu até o último segundo quem eu era. Que não era ampliado. Que era um mercenário. E, por causa disso, agora você está em meus braços, conforme desço neste elevador de serviço sem fim, em busca de uma saída alternativa, do ponto de encontro de onde faremos a transferência de seu cadáver até o local combinado para a cremação.

Sua distração, sua indiferença a tudo que não eram seus números o matou, não eu.

Por exemplo, lá estava você, há uma semana, no restaurante. Foi o nosso primeiro encontro. Se estivesse vivo, você provavelmente poderia recordar como um filme, com todos os dados que armazenou nessa sua cabeça oca. Eu não tenho essa capacidade. Você estava sentado na mesa *premium*, aquela longa e oval, típico joguete de executivos. Sentava-se com outros quatro homens e duas mulheres, e com vergonha admito que demorei alguns segundos para perceber quem era você, meu alvo. Todos de cabelos descoloridos, pele clara despida de sol e o mesmo terno branco impecável.

Mas você tinha o brinco; aquele discreto acessório na orelha esquerda que o marcava especialmente como meu alvo. Quem diria que você seria o único com um pequeno resquício de personalidade naquela mesa? Justo você. Talvez isso estivesse relacionado de alguma forma a você ser o marcado? Admito que fiquei e ainda estou curioso sobre o brinco e seu significado. Seria meramente uma marca estética? Talvez seja um presente de algum ente querido, um filho ou esposa, antigo amigo, ou quem sabe uma herança de um antepassado?

Deveria ter perguntado antes de enfiar a agulha?

Não.

Estava ali com um objetivo em mente. Devia ouvir, conhecê-lo, apreender seus hábitos e maneirismos, tudo o que pudesse no sentido de tornar mais fácil sua execução. Não foi a minha primeira missão e não será a última. Acredite em mim, treino para isso desde que me conheço por gente. Acha exagero quando digo que literalmente nasci para isso?

Cada um reage de um jeito diferente a esse crescimento pouco

usual. Eu e meus colegas conhecemos uns aos outros desde infantes, mas aprendemos a ocultar nossa similaridade. Eu, por exemplo, passo a impressão de ser completamente inexpressivo. Não importa minha emoção, o grau de raiva, alegria ou tristeza: sempre passo a impressão, exceto quando em disfarce, que não sinto nada. Por isso, me apelidaram de "Calado".

Taí. Você pode me chamar de Calado, se quiser. Digo, se quisesse. Se pudesse.

Calado conseguiu com seu *chunin* as roupas necessárias para o restaurante. Ele poderia ter conseguido sozinho, mas já tinham o uniforme. Resquícios passados, bem armazenados, bem atualizados. Era, adivinhe, branco. Branco e limpo, brilhante e lúcido, como toda a Capital. O restaurante era um prédio alvo, inexpressivo e arredondado pelo qual entrou pela porta da frente.

Sentei-me à sua mesa e você nem reparou. Você era expansivo e despreocupado e magnetizava a todos ao seu redor; estava acostumado com o *glamour.* Quando me sentei em um dos lugares de sua távola, você procurava nos atrair com uma piada bem colocada. Um evento de *socialites*, uma reunião da elite intelectual-tecnológica. Você falava com um palavreado requintado que eu sabia ser cuidadosamente escolhido, mas que ainda assim passava uma sensação natural. Você era todo carisma, transbordando uma simpatia descontrolada em cada movimento de seu rosto delicado.

Não gostei do que vi.

Sentia que era tudo artificial em seus maneirismos. Só um Calado para reconhecer outro. Consegui identificar em sua linguagem corporal, no jeito como você flexionava os músculos da face, movimentava os olhos, gesticulava com os braços. De tanto tempo aprendendo a dominar a minha própria (in)expressão, identifico cada traço da linguagem facial de um indivíduo. O sorriso de verdade ou não, a leve flutuação de dentes e lábios, o brilho por trás de olhos sinceros. Você não é tão bom quanto eu. Era tudo falso, tudo visivelmente desonesto, tudo procurando angariar o bem querer alheio, e você conseguia; todos sorriam, pagavam-lhe bebidas, procuravam dar um agradinho ao arroz de festa.

Você não me enganou; eu não baixaria a guarda. Por isso, não me permiti uma aproximação. Eu ali, sentado a poucos lugares de

você, o sujeito que esbanjava carisma com seus sorrisos macios e olhos brilhantes. Mas me tornei um deles; de um jeito que você jamais perceberia, sorri, abri a boca, flexionei os músculos da face, exibi meus dentes, apertei os olhos. Ignorei o estresse ocular das luzes e paredes brancas, das roupas assépticas, alvas e lustrosas. Os ricos, todos os ricos, sua obsessão com o branco puro, quanto mais brilhante, melhor; todos mais do mesmo. Entre vocês, eu era apenas mais um na multidão, mais um dos infinitos bajuladores gravitando ao seu redor.

Perguntei-me por um minuto se você era *shinobi*. Se, como eu, transbordava uma frieza inexpressiva por trás de seu rosto de falsidades. Se vestia uma máscara que lhe permitia ser a simpatia encarnada, mas que em mim – que você jamais percebia – encontraria um igual. Alguém que lhe entendesse, que soubesse como é evitar o sentir, simular o plano vazio de um rosto em branco. E se tudo aquilo não seria uma missão simulada, uma tentativa de eliminar um concorrente, um teste absoluto para as minhas habilidades.

Só decidi que não, que você era apenas mais um presunto entre vários, quando enfim removi a agulha de sua nuca. Na morte, meu alvo, você se denuncia como um mero leigo. Mas, na hora, eu era todo cuidados. Suando internamente, sorrindo para os seus olhos que passavam sem nada registrar. Você era até minutos atrás o garoto-prodígio, o pequeno gênio da engenharia de software, o novo-rico.

Talvez seja coisa dos tipos criativos, essa ânsia irascível em ser uma mente perturbada. Você tinha todos os sinais: uma arrogância pouco escondida e ainda assim afável, um jeito simpático e instável, com surtos de euforia ou raiva, como quando o garçom esqueceu a sua, justo a *sua*, bebida.

Você não se lembra, não é? Uma daquelas coisas que fazemos em um dia e esquecemos na manhã seguinte. Gritou com o garçom, enquanto ninguém ao seu lado parecia constrangido. Gesticulou com as mãos como se pegasse algo invisível, provavelmente criando algo que só seus implantes viam, uma realidade aumentada à qual eu era insensível. Você destruiu o moço, pouco a pouco, com suas palavras, desconstruindo sua condição, uma expressão de ira gelada em seus olhos, fez o rapaz chorar, mostrou-o a sua face impetuosa de ser superior, übermensch.

Atos detestáveis.

Naquela noite, você levou todos para dar uma volta na cobertura do restaurante. Subimos os elevadores em grupos de cinco, e eu, claro, fiquei junto a você. Nós dois e mais três pessoas – podia ter acabado com você logo ali. Agulha na mão, sua nuca ao meu alcance. Despachar os outros três não seria difícil com meu treinamento. Mas valorizamos a paciência e a temperança como qualidades essenciais. Aquela não era a hora; seria apressado, amador. Dentro do elevador, você ativou aquele seu cigarro eletrônico, a fumaça branca como suas roupas, seus cabelos e nossos arredores, e sob as luzes ofuscantes do teto seu brinco brilhava. Você sorriu enquanto dava uma tragada e jogava a fumaça para cima, na direção de algumas das luzes, mas não todas. Ali, parecia que elas vinham de todos os lados, de cada centímetro da parede.

E você disse que era muito boa essa vida.

Aí sorriu e olhou para todos nós. Senti que você sorria para mim, especificamente para mim, e sob seu olhar cinzento me imaginei uma criança de novo, não um ninja treinado e completamente preparado. Mais uma vez cogitei que fosse um de nós, ou um de *mim*, um Calado às avessas, mas você logo voltou o olhar para o outro lado e nos ignorou.

Suspeitei que tivessem encomendado sua morte por questões de negócio, mas, pouco a pouco, também me perguntei se não era uma questão pessoal. De que você havia ferido os sentimentos de alguém. Porque você tinha essa aura ao seu redor, esse sentimento pulsante de indiferença que talvez só eu notasse e que se escondia por trás de seu carisma forçado. Seu sorriso de amizade escondia um ressentimento despropositado. E assim eu lia seu rosto como os anúncios da cidade.

Você me diz, acha que morreu porque era um gênio da realidade aumentada ou porque partiu o coração de alguém? O que é mais importante nessa vida, crédito ou sentimento?

Foi naquela hora que a ascensão parou e as portas se abriram. Algumas pessoas estavam espalhadas pela cobertura branca, olhando em contraste para o céu completamente escuro da noite. As luzes dos holofotes que deixavam o nosso prédio reluziam pela grossa camada de negras nuvens que cobriam o céu em todas as direções.

Lembro-me de olhar para cima e me perguntar se vocês enxergavam alguma ampliação nos céus; se por acaso sua percepção era alterada para simular o céu estrelado do século passado. Branco no preto, nossas roupas e nosso prédio contrastavam de um jeito um tanto doentio da natureza falsa nos arredores. Mas ninguém mais reparava no céu, e principalmente você, que continuava a lançar fumaça branca pelos lábios como um trem das antigas, sorridente e abrindo os braços para acolher a sua prole de subordinados.

Naquele momento, quando sorriam para você, com uma alegria tão abandonada que eu conseguia ler sinceridade em seus rostos, disse a mim mesmo, por dentro, que, às vezes, não importava se você era um salafrário falso ou não. Você fazia as pessoas genuinamente felizes. Quem sabe, à custa de sua própria felicidade.

Verdade seja dita, me surpreende que um menino das ciências exatas como você fosse tão bom com as pessoas. Talvez fosse uma máquina como as que aprendeu a manipular, e pudesse modular suas respostas sensoriais e pessoais de acordo com as necessidades de cada situação. Não é tão diferente do que precisei fazer para te matar, mas o seu dom teria sido usado em prol das outras pessoas, não é? Isso não faz de você uma pessoa melhor que eu, a despeito dos seus maus-tratos para com o garçom?

Só penso nisso agora, que estou livre da minha incumbência e posso me sentir à vontade para questionar meus próprios motivos. Enquanto conversamos, o elevador chega ao subsolo; eu apanho o seu cadáver e o carrego em meus braços como se estivéssemos em lua de mel em direção ao nosso quarto. A agulha, nossa aliança, e sua queda, nosso beijo. Na hora em que você sorriu, procurei não dar voz aos meus questionamentos, porque na hora não importava. Do que era relevante se era ou não uma boa pessoa? Você era meu alvo, e meu objetivo era liquidá-lo e transformá-lo em corpo, quer quisesse, quer não. Questionamentos trazem a hesitação, hesitação gera a falha. Não podemos nos dar ao luxo de nutrir pensamentos subversivos que possam nos prejudicar.

Eis o dilema dos mercenários.

Nunca disse que era uma vida fácil.

Quando você me viu pela segunda vez, na conferência de tecnologia, também não me reconheceu. Desta vez, eu o perdoo:

estávamos ambos acompanhados. Você ali, parado e sorridente, no canto direito da mesa longa, cochichando aos risos com uma mulher de cabelos curtos. Eu do outro lado, na plateia, também ao lado de uma mulher de cabelos curtos. Assistíamos às apresentações de *software*, de novas modalidades de ampliamento. Logo chegaria a sua vez, eu tinha o panfleto em minhas mãos: falar sobre um novo tipo de realidade aumentada, uma técnica de simular os nervos do tato, parecer que estávamos de fato *tocando* alguma coisa palpável em vez de apenas observar hologramas imaginários.

Mas ainda não era sua vez. Duvido que alguém mais reparasse, mas não tirei os olhos de você durante toda a convenção. Você cochichava e ria com a mulher, passava a mão em seu braço, e então rabiscava alguma coisa em um papel e passava para ela, e nem se dava ao trabalho de checar se ninguém estava reparando em seus atos. Você simplesmente não se importava. Quem teria a audácia de repreendê-lo? Você, o garoto gênio? Não, o mundo era o reino, e você o seu rei. Se não de todos, ao menos da Capital, o que, para todos os fins, já bastava.

Nem falei da minha companhia, não é? Acontece que, depois do primeiro encontro, que servia principalmente para avaliar que tipo de alvo você seria, meu *chunin* me deu carta branca para que eu agisse como considerasse mais eficiente. Temos esta relação de independência e interdependência que fortalece a confiança um no outro, e sabemos que os demais *shinobi* estarão sempre dando o seu melhor com o nosso fim em mente. Eu já tinha o terno, a peruca descolorida que me disfarçava como um dos seus da elite; só faltava uma acompanhante. Minha amiga também é *genin* e, quando não somos os agentes principais de uma missão, ficamos incumbidos de ajudar como podemos ou como somos requisitados.

Pedi delicada e polidamente à minha amiga que me auxiliasse ao posar como minha acompanhante; dei-lhe o *briefing* do contexto, situação social, papéis representados. Tudo transcorreu naturalmente. Crescemos juntos e nos sentimos naturais um ao lado do outro, o que fortaleceu o nosso disfarce. Entramos sem convite, pela porta da frente, com um sorriso amável, um fingimento discreto. É incrível pensar que, mesmo na era da realidade aumentada, não largamos certos arcaísmos, não é? Que ainda dependíamos de papel na mão

para entrar em um evento desses, e que a mera lábia, mais da minha amiga do que minha, teria nos permitido uma entrada que de outro jeito seria negada. É claro que ajudavam nossas perucas descoloridas e nossas roupas, que nos marcavam como pessoal de elite.

E, lá dentro, estávamos sintonizados. Ambos não tiramos os olhos de suas peripécias, de sua indiscrição, de seu jeito egoísta de me refletir. Mas mais uma vez, você fazia daquela mulher, a esquisita de cabelos curtos, uma pessoa mais feliz. E eu não podia pensar nisso, em momento algum. O que só piorou quando foi a sua vez, e você se levantou, sorrindo para toda a plateia, fazendo uma saudação exagerada com o braço. Quando começou sua apresentação, e me mostrou, nos mostrou, todo o potencial que a realidade aumentada tinha a oferecer para o mundo.

Achei balela. Ainda acho. Mas os outros gostaram. Vi a expressão no rosto dos demais, aquele êxtase chocado de possibilidades infinitas, e me perguntei naquela hora se, caso isso chegasse a acontecer, se pudéssemos ver e cheirar e ouvir e *sentir* os elementos falsos da realidade aumentada, então o que a diferenciaria, de fato, da realidade palpável? O que seria simulacro, mera imitação, e como os que não *shinobi* conseguiriam identificar a diferença? A barreira do tato, você começou, é a última que nos falta quebrar para que de fato a realidade aumentada se torne, sim, uma *realidade*. Todos os aplausos que recebeu, todas as saudações daqueles reunidos ao meu e ao seu redor; perguntei-me qual era, afinal, a razão de tudo aquilo?

O que importa eu matá-lo quando não sabemos mais o que será real e o que não será? Se viveremos em um sonho de pura fantasia tecnológica? E se chegar o dia em que acordaremos e passaremos a vida apenas interagindo com o vazio, com os fantasmas de coisas que um dia inventamos? Os animais, cachorros e os anjos vão achar que estamos em um estado perpétuo de neurose.

E então definharemos com o nada.

Talvez fosse por isso, mais do que tudo, que eu precisasse matá-lo. E que isso, por uma coincidência que só posso atribuir aos deuses ou ao destino, que éramos nós que fomos contratados para dar conta do serviço. Nós, que somos o último resquício de interação com a realidade tangível. Podíamos impedir o mundo de sucumbir às fantasias eternas.

Minha colega me sugeriu abordá-lo depois que sua parte da palestra acabou. Aquele amplo salão redondo e branco, todos andando de um lado para o outro; poderíamos interagir e, se fôssemos pessoas de verdade, até conseguir contatos profissionais. Você andava de braços dados com a sua companheira, a moça sorridente dos cabelos curtos, e eu com a minha. Nós nos topamos uma vez.

Minha colega estava curiosa sobre a realidade aumentada, queria experimentá-la, pelo menos uma vez. Eu, ao contrário, como a maior parte dos meus, abominava a possibilidade; mas a proibição a supriu com uma mórbida fome de explorar seus variados recantos. Você era o especialista. Ela queria uma palavra com você. E foi, porque não é a agente principal, e podia se dar ao luxo de ser vista novamente.

Ela não me pediu para ir junto, mas fui do mesmo jeito. De cabeça baixa, movi a peruca de modo que meu cabelo chamasse mais a atenção que meu rosto. E vi seu brinco de perto, o mesmo acessório na orelha esquerda; seus olhos cinzentos, seu rosto delicado e seu sorriso, que naquele momento era real. Você apertou minha mão e senti seu toque firme, mas distante. Seus olhos fitaram os meus e tive de encarar pela primeira vez a pessoa cujo cadáver estaria em breve em meus braços.

Fechei seus olhos, que quando vivos foram tão diferentes; eles mostravam os anos de dedicação que lhe deixaram inexpressivo por dentro. Eu vi o gelo naquele olhar, a falsidade, a casca vazia que eu mesmo habitava. E naquele toque deixei transparecer uma empatia por aqueles que estão calados, mesmo que não *shinobi*, e deixei que meu calor fosse um pequeno presente antes que precisasse mandá-lo embora dessa vida.

Tudo o que você me disse não passava de frivolidades e coisas sobre a palestra e como estava feliz de estar ali, e você falava a verdade e mentia ao mesmo tempo. Então minha amiga começou a fazer perguntas, pois sabia que você não podia prestar atenção em mim, não devia guardar meu rosto ou meus olhos. Os olhos são os mais difíceis de se ocultar; temo que reconhecesse os meus se tivesse dedicado um segundo a olhar para eles com atenção. Aí talvez, só talvez, não estivesse morto agora.

Vocês conversaram por três minutos antes de desviar a atenção para outra coisa.

Odeio como você dava pouca atenção para as pessoas e mesmo assim elas te amavam. O que fazia os outros correrem atrás de você desse jeito? Eu não saberia dizer; nunca fui de muitos amigos. Coisa de Calado.

Veja o carro que nos espera. É discreto, cinza. Não é branco, não é um veículo de luxo. Dou passos sem hesitação, ainda segurando seu corpo pesado, e o coloco delicadamente no porta-malas. Fecho-o com um estalido e sento no banco do passageiro. O motorista é um senhor de aparentes cinquenta anos, sem pelos faciais, quase calvo, com um quepe na cabeça. Não diz nada, e tampouco inicio uma conversa. Ao fechamento da minha porta, o motor dá partida, e logo estamos atravessando as ruas estéreis da Capital em direção ao ponto de encontro. Quanto tempo você acha que demorará até a notícia de seu desaparecimento ser substituída pela de sua morte? Acha que logo descobrirão, ou que será para sempre um mistério urbano?

Eu não gostaria de morrer assim. Sinto muito por você.

Mas eu disse que lhe devia explicações, não? Porque você foi morto, o porquê, *exatamente*, não sei dizer. Não é da alçada de um *genin*. Só posso dizer que foram contratados ninjas para dar cabo de sua vida. Pode ser um caso de crime passional, mas muito bem premeditado. Considero pouco provável, já que esse tipo de coisa se faz pessoalmente. Só posso imaginar que seja algum concorrente ou alguém para quem sejam inconvenientes suas propostas de quebrar a barreira do tato. Quem diria que os inovadores têm vida curta?

Mas posso dizer, se isso vai acalmar sua alma no limbo pós-vida, como foi de fato sua morte. Você deve ter levado um baita susto quando o surpreendi atravessando o corredor. O planejamento começou logo após a convenção, quando concluí que já tinha visto tudo o que era necessário.

Não foi difícil descobrir seu hotel. Fingir ser um agente da convenção que lhe convidara, combinando mais um pouco de lábia, o esquema de "sou importante demais para estar discutindo isso com você", fez seu motorista rapidamente deixar escapar para onde estavam indo. Fingi que queria confirmar, que queria passar tudo nos detalhes, mas que meu superior ainda não havia retornado o telefonema. Duvido que ele tenha comentado isso com você, mas, se o tiver feito, tampouco acho que tenha dado grande atenção.

Que eu saiba, você jamais deu grande atenção a nada.

Fazer uma reserva foi simples. Temi que estivessem lotados, mas foi só chegar lá com cabelos brancos, uma roupa bonita e um sorriso calculado para ser admitido. É incrível como uma presença imponente consegue rápido as coisas. Você deve saber. Se agir como se fosse importante, as pessoas vão supor que você o é, com receio de tratá-lo mal e ficar em uma lista negra qualquer. Eu acredito em destino, então só posso achar que você devia mesmo ser morto quando descobri que o quarto ao lado do seu estava vago. Perfeito.

Desci até o restaurante-bar do hotel e de lá pude observar o ambiente. Algumas pessoas desfrutando seus coquetéis, outros jantando, alguns mexendo em seus terminais – a mim invisíveis. Já você estava sozinho em uma mesa arredondada, olhando para os lados como se esperasse por alguém. Era a minha primeira oportunidade de vê-lo como de fato era, sem uma pessoa ou várias o rodeando por todos os lados, sem que você precisasse vestir a *persona* eterna de garoto popular. Esperava que sozinho se revelasse alguém como eu, uma pessoa calada, soturna e introspectiva.

Você olhou para todos os lados. Desviei o olhar e me virei. Seu rosto passou pelo meu e você não disse nada. Olhava para cá e para lá, com uma taça de vinho nas mãos. Olhava mas não falava, não sorria, e seus olhos mais uma vez retornaram à sua frieza cinzenta, seu jeito afastado, a expressão finalmente se encontrando com seus olhos e aparentando a rigidez de alguém cansado e marcado por pessoas, pessoas demais.

E depois, inexpressão. Inexpressão absoluta.

Naquele momento vi tudo o que queria em seu rosto, e o sentimento de felicidade que me preencheu foi tamanho que não quis matá-lo. Quis cumprimentá-lo, conversar cara a cara, desabafar e revelar que você não estava sozinho.

Mas sou um *shinobi*.

Eu me preparava para me levantar e voltar, me posicionar para levar o plano às últimas consequências quando ela chegou. De novo a moça dos cabelos curtos. Você se levantou quando ela se aproximou, retomou o sorriso carismático – meio falso, meio verdadeiro – e apertou sua mão. Você tinha companhia. Eu teria que apanhá-lo sozinho. Em alguma situação em que a mulher não estivesse olhando.

Então, conforme eu deixava o restaurante, ela o fez se levantar e trocar de mesa. Gelei, desviando para longe da sua vista, enquanto ela se aproximava de mim com você a tiracolo.

Naquele momento, prometi a mim mesmo que se você olhasse e me notasse, se eu pudesse perceber quaisquer traços de reconhecimento, por mais sutis que fossem, em seus olhos cinzentos e seu rosto magro, eu lhe daria uma chance. Jogaria tudo às favas, minha diligência, respeito e autocontrole, e contaria tudo. Deixaria que soubesse que está marcado para morrer, dar-lhe-ia uma chance de sumir da minha vista, ao menos algumas horas de vantagem. Uma chance de sobrevivência.

Mas você não olhou.

Você não me reconheceu.

Você passou direto.

E até agora não sei se isso me foi bom ou ruim.

Então voltei ao quarto e comecei a me planejar. Era uma questão simples que se tornava mais complicada, porém ainda assim contornável. Eu devia e estava mais ou menos preparado para a possibilidade de interferência. Esperei que retornasse para o quarto e usei alguns aparelhos – nada ampliado, pode ter certeza – que havia guardado em minha maleta. Nos fones sem fio ouvia o que se passava do outro lado do quarto, mas nada que tivesse muito significado. Apenas sons sem sentido. Você estava lá e sabe do que estou falando.

Compreendi que não seria aquele o momento em que eu o apanharia sozinho. Então, discretamente, fingindo procurar algo em meu bolso, esquadrinhei os arredores. O corredor tinha câmeras, mas nada na seção de escadas. Também, aquilo só seria usado de fato pelos funcionários. Aproveitando o tempo que tinha, subi e desci todos os lances e fui parar no saguão. Voltei ao quarto, ouvi mais um pouco, então ouvi sua voz, dizendo que queria fumar.

Você foi para a sacada do quarto, lembra? Lá, olhou para cima. Não sei o que passou por sua cabeça, mas o ouvi comentando em voz alta que a vista dali, daquele andar, era decepcionante. Convidou-a para tragar um pouco na cobertura do hotel, ao ar livre, onde as luzes brancas e o céu negro dariam um devir estético aprazível.

Mas, lembrando-me do caso do restaurante, pensei que sim, poderia sair com você de novo.

Estamos chegando ao nosso destino, de um jeito e de outro. O carro no qual nos encontramos desliza suave e mal ouço seu cadáver se mexendo no porta-malas. Está confortável? Você pode imaginar o que aconteceu. Apressei-me com a agulha nas mãos, aproveitando o seu estado pós-coito, relaxado, no qual estaria ainda mais distraído que o usual. Peguei o elevador para os andares abaixo, para que ficasse registrado nas câmeras, e desci ao saguão. Lá, subi todo o edifício pelas escadas até a cobertura ao ar livre.

Quando você apareceu, suas costas cobertas pela camisa branca combinando com os cabelos, hesitei. A agulha em minhas mãos pesou, e mais uma vez me perguntei se o que estava fazendo seria certo. Então me decidi, mais uma vez, que não importava – era meu dever.

Então eu o matei.

E enquanto você caía, eu o virei na minha direção e segurei seu rosto pelo queixo, com firmeza, e me debrucei para que você visse meus olhos e soubesse quem pôs um fim à sua vida. Seus braços e pernas tremiam em convulsões e você parecia querer abrir a boca sem conseguir, mas seus olhos permaneceram fixos nos meus o tempo todo. E tudo o que eu queria era um relance de reconhecimento, um brilho que mostrasse que você sabia quem eu era. Mas o brilho se apagou antes que pudesse ter minha pequena satisfação. Sua pele lisa ainda estava quente sob minha mão, e sua camiseta começava a se sujar com a poeira do chão da cobertura. Então você olhava através de mim, para o céu negro e sem estrelas, só mais um cadáver na minha longa lista.

Chegamos. Será que já deram por sua falta? Será que sua parceira agora dorme na cama vazia, apenas esperando pelo calor de seu corpo se juntar ao dela? Ou será que ela dorme profundamente, ignorante de que você jamais retornará?

Este é o ponto de encontro. Estamos à beira de um riacho, longe do centro urbano da Capital, onde a discrição é o mandamento máximo. Lá está o meu *chunin*, com seu cabelo bem aparado e feições severas. Recebo seu aceno positivo quando, receoso, mostro seu cadáver como encomendado. Repouso seu corpo aos pés dele, e recebo também uma bênção com algumas palavras convencionadas entre nós. O motorista, inexpressivo como eu, não deixou o carro.

Chega um segundo veículo, branco.

A sua amiga sai dele, sem sorrir, tampouco apresentando infelicidade. Ela se aproxima do corpo e olha para meu *chunin*, para você, e então para mim. Os mesmos cabelos curtos descoloridos, a mesma roupa de quando, mais cedo, encontrava-se com você no restaurante do hotel. Seu cabelo está um pouco desarrumado.

Ela se debruça sobre seu corpo, checa a camisa, e então fecha suas pálpebras com os dedos. Diz: "é mesmo uma pena que tenha chegado a isso".

Meu *chunin* parece satisfeito, mas não demonstra. Sei ler seu rosto. Enquanto me preparo para sair, voltando-me na direção do carro, como de praxe, ela me diz para esperar. Meu *chunin* a olha com confusão, então olha para mim com receio. Ela diz que você costumava usar um brinco, um discreto círculo branco na orelha esquerda, mas que ele está faltando. E me pergunta onde está ele agora.

Hesito.

Paro por um momento, olhando dela para o meu *chunin* e vice-versa, em completo silêncio. Então me aproximo, tiro seu brinco do bolso do meu paletó, e o coloco cuidadosamente sobre seu corpo. Digo, em baixas e poucas palavras, que ele caiu enquanto carregava seu cadáver para fora do hotel, e que o guardei para não deixar evidências. Meu *chunin* nada diz, mas sua amiga me olha de cima a baixo, sem qualquer sinal de já ter me visto antes, e hesita por alguns segundos antes de acenar positivamente a cabeça.

Vou embora. Peço para o motorista me deixar a alguns metros do local, ainda seguindo a margem do rio. Digo que pode me deixar aqui, que pode ir embora, que ficarei sozinho por um tempo. Salto do carro, piso nas pedrinhas por aqui e por ali, e penso em tudo. Suspiro.

Mais um trabalho realizado e bem cumprido. Olho para as pedrinhas e para o rio, e penso que, como aquela água, minha vida irá correr e correr. Novas coisas e novas pessoas virão e irão, assim como você foi um episódio tão breve de minha vida.

Mas verdade seja dita, menti sobre o brinco. Você sabe muito bem que ele não caiu durante o percurso, mas que o removi cuidadosamente de sua orelha esquerda e o coloquei no meu bolso. Admito que tudo o que queria era um *souvenir* do tempo em que nós, sem que você soubesse, brincamos de gato e rato. Algo que eu pudesse

deixar no meu bolso, mexer com nostalgia vez ou outra, lembrar tudo que se passou.

Seu corpo se desfará em cinzas e o brinco seria tudo que me restaria. Agora, de você, não fico com nada além das lembranças. Seu legado será muito mais amplo que isso, mas maior ainda será a promessa não concretizada que você se mostrou em vida, apenas para ser brutalmente cortada, incompleta, pelo anônimo e impiedoso braço da nossa organização.

Sentado aqui e olhando para o rio que corre, penso no que poderia ter sido se tivéssemos nos conhecido em outra situação, outra época, outro contexto, outras profissões. Ou se eu tivesse tido coragem, quando ainda éramos crianças, de falar com você no curso primário. Quando eu era apenas o Calado no canto do fim da sala e você era o garoto que, encostado na parede, assistia à aula com o resto sem expressão alguma.

Você não se lembrou. Não se lembra.

Pergunto-me o que teria acontecido se eu, que já via em você meu igual, tivesse me aproximado e estendido a mão, encarado seu rosto e feito a minha melhor inexpressão possível. Teria você replicado com a mesma face e apertado a mão? Teria você me reconhecido, tantos anos depois, quando os papéis seriam tão distantes e tivéssemos que brincar de gato e rato? Teria você se tornado alguém tão falso, tão artificial, tão desonestamente carismático, se eu tivesse então lhe puxado pelo braço e mostrado que está tudo bem em ser inexpressivo? Que não há necessidade de sucumbir às expectativas alheias, que podemos ser como nascemos para ser? Teria você, sob minha influência, tornado-se um aspirante a *genin*, ou teria, ao contrário, eu sucumbido às falácias da falsidade junto a você?

Por que você não me reconheceu como eu o reconheci? Na época você não usava esse brinco, e agora ele simboliza para mim tudo o que não foi e poderia ter sido.

Mas do que adianta imaginar o que não se deu? Ignoro. Talvez seja um resquício da minha não ampliação, do meu contato com a terra palpável que me deixe, apenas em mente, viajar para lugares mais distantes.

Minha cabeça baixa, minha visão turva, vejo por trás de água própria a água límpida e distante de um rio que desconheço. Talvez,

em outra época, possamos voltar a nos encontrar, você que é meu reflexo ignorante. Desejo sinceramente que um dia isso possa se dar. Mas não pense que isso signifique alguma coisa ou que alguém um dia perceberá que essa tarefa não foi cumprida na mais rígida diligência.

Sou *shinobi*, profissional, e não deixo nada transparecer. Ninguém nunca percebe nada. Eu sou o Calado. Estão acostumados.

Como agora, por exemplo. Veja meu rosto.

Inexpressivo.

Perfeitamente inexpressivo.

Vazio e em branco, como suas roupas e seus cabelos, como seu rosto, seu mundo, sua vida, como estas lágrimas, como você.

A Sombra na Cerejeira

Alexandre Heredia

A morte existe,
Mas não há quem morra.
O sofrimento existe,
Mas não há quem sofra.
O feito existe,
Mas não há quem faça.
O nirvana existe,
Mas não há quem busque.
O caminho existe,
Mas não há quem siga.

Visuddhimagga

A primeira coisa que reparei quando paramos na entrada da fazenda foi a imensa cerejeira; o grosso tronco retorcido, os galhos forrados de flores cor-de-rosa, afinando-se até cerca de dez metros de altura. Aquela árvore tão perene, tão acalentadora, tão terráquea, e ao mesmo tempo tão familiar e incongruente com a flora sombria e opressiva de Gliese 581c à sua volta, gerava mais desconfiança que tranquilidade. Aquilo não constava em nenhum dos relatórios que eu havia lido. Era uma árvore completa, não uma muda sedenta e raquítica. Não dá pra imaginar que algo tão importante pudesse ter passado despercebido até aquele momento.

Jaime, meu condutor, avisou-me logo que saí do veículo que eu não precisaria da máscara atmosférica naquele lugar. Vacilei por um instante, mas a retirei. Mesmo assim prendi a respiração por alguns segundos antes de permitir que o ar penetrasse meus pulmões, ainda acostumados ao ar reciclado e asséptico da cabine do Expresso Stardust durante a viagem de três anos da Terra até ali. Fiquei aliviada ao perceber que era uma atmosfera perfeitamente respirável, apesar de um leve aroma de ozônio, que não chegava a incomodar. Entreguei a máscara para Jaime, cujo sorriso condescendente mal disfarçava o desprezo que possuía de "alienígenas" como eu. Não importava que, biologicamente falando, fôssemos ambos humanos e originários da mesma matriz primordial. Eu era uma terráquea e ele um nativo geneticamente adaptado, cuja fisiologia tornava irrelevante o uso de máscaras atmosféricas, ou mesmo dos grossos e desajeitados trajes térmicos para suportar as temperaturas quase glaciais daquele lugar, como o que eu usava naquele momento.

Sem deixar aquilo me abalar, anunciei minha chegada pelo interfone no portão. Minha entrada foi liberada e me despedi de Jaime, que resmungou algo irreconhecível. Assim que o portão se abriu, entrei pela trilha que me levaria até a casa principal da fazenda. Ela tinha cerca de cem metros de comprimento, de terra escura batida. Enquanto caminhava, não consegui tirar os olhos da imponente cerejeira à margem do caminho. Era uma árvore magnífica, eclipsada apenas pela improbabilidade de sua existência. Por mais semelhante que a geologia de Gliese fosse com a da Terra, até onde eu sabia todas as tentativas de transplantar vegetais terrestres de grande porte, sejam nativos ou transgênicos, haviam fracassado até o momento. Mesmo assim lá estava ela, firme e orgulhosa, com seus galhos forrados de flores viçosas.

Tão encantada fiquei com aquela árvore que só notei o soldado sentado no meio do caminho quando quase tropecei nele. Ele estava com as pernas cruzadas, onde repousavam as mãos unidas pelas pontas dos dedos. Vestia uma armadura leve, sem capacete. O cabelo era raspado rente, exceto por um rabo de cavalo enrolado em um coque na nuca. O rosto, parcialmente coberto por tatuagens lembravam uma máscara *kabuki*, tanto que pensei que seus olhos estivessem abertos, mas era apenas suas pálpebras tatuadas como se fossem pupilas. Sequer se abalou com minha atrapalhada surpresa ao notá-lo. À sua frente jazia um longo arco de madeira e uma aljava com algumas flechas. Em sua cintura, duas espadas de cabo longo se sobressaltavam. Pedi desculpas desajeitadas, que foram igualmente ignoradas, e desviei-me dele, continuando em direção à casa principal. Respirei fundo o ar de ozônio e me recompus. Estava agindo como uma menina assustada. Tinha me preparado para esse trabalho nos últimos três anos. Não tinha nada a temer. Eu estava pronta.

Ergui minha cabeça e vi o objetivo de minha visita acenando do alpendre da casa principal, sentado em uma arcaica cadeira de balanço. Coronel Anthony Demetrius Nyialla IX. Subi os degraus da varanda e ele se ergueu.

– *Bonos días, segnora terráqui*! – cumprimentou-me com um afável aperto de mãos. – *Facíste bona viajo*?

Trocamos cordialidades e ele me ofereceu uma cadeira na imensa varanda na frente da casa. Anthony era uma pessoa grande em

todos os aspectos, mas que se movia com uma agilidade surpreendente, como se ignorasse a idade avançada. Mesmo assim gemeu antes de sentar em sua cadeira de balanço. Chamou uma empregada e ela logo apareceu com uma bandeja cheia de quitutes e uma jarra de suco. Assim que ela pousou a bandeja em uma mesa entre nós percebi que os tais "quitutes" ainda se moviam. Alguns tinham a aparência de pequenos camarões cor de chumbo. Outros eram vermes viscosos de diversos tamanhos e cores, nenhuma delas particularmente atraente. Anthony pegou um punhado com a manzorra e levou-os à boca.

– Coma enquanto ainda estão vivos – disse, frustrando minhas expectativas. – Vamos, coma, coma.

Tentando disfarçar meu nojo, peguei um dos bichos que se assemelhava a um camarão e o observei se debatendo entre meus dedos. Minha vontade era deixá-lo escapar. Vá, bichinho. Fuja por sua vida. Mas não queria desrespeitar meu anfitrião, então coloquei de uma vez na boca. Mastiguei o máximo que pude, para garantir que ele não chegasse ainda vivo à minha laringe, e engoli. Para meu desespero, não tinha gosto de frango. O suco, por sua vez, era doce e denso quase o suficiente para me fazer esquecer o desgosto anterior. Quase.

– *Segnor* Anthony... – comecei, assim que consegui me recompor da experiência. Ele sacudiu a cabeça, impaciente.

– Thony. Chama-me Thony. Não sou *segnor* de nada.

Sorri de sua falsa humildade. Se havia alguém em toda Gliese que merecia uma tratativa formal era o Coronel Anthony. Dono da maior fazenda de alginoides do planeta, era sozinho responsável por mais de um terço da produção de atmosfera respirável para a população local. Essa situação o colocava entre as pessoas mais ricas de dois sistemas planetários.

– Seg... Thony. Como informei previamente, estou aqui como parte de uma equipe multidisciplinar de cientistas para fazer um levantamento do estágio de terraformação de Gliese, e gostaria que o *segn*... você, como o último sobrevivente da pioneira Missão Héspera, pudesse responder a algumas perguntas.

Ele pegou mais um punhado de vermes da bandeja e mastigou-os com gosto. Abriu um sorriso cheio de gosma.

– Pode perguntar o que quiser, mas não prometo responder tudo. Já adianto que da *viajo* não lembro. Era só um *pequetito* quando chegamos *qui*. *Doi* ou *trêi* ano solar.

– Sei que faz muito tempo, mas há algumas questões que...

Ele tirou um naco de verme dos dentes e cuspiu sem cerimônia no chão.

– Quanto tempo durou sua *viajo* até *qui*? – perguntou.

– A minha...? Da Terra até Gliese?

– *Si*, claro.

– Três anos, quatro meses e dezesseis dias. Anos solares, é claro.

– *Trêi* ano... – repetiu ele, olhando para o forro do telhado como que fazendo contas de cabeça. – Sabe quanto tempo durou a *viajo* de Héspera? *Duciento* ano solar! Era a maior e mais rápida *espaçonávio* já construída pela humanidade, quando velocidade *inda* significava alguma *cosa*. E para uma *viajo* só de ida que levaria *duciento* ano! *Trêicenta* família embarcou. Ninguém chegou até *qui*. Só bisneto e tataraneto. Uma das principal diretrizes era a reprodução, e eles reproduziu como *gornaks* em tarde úmida. *Trêicenta* família partiu, mais de *cuatromileducenta* chegou. *Tudo* mundo dividindo a mesma nave, que a cada dia ficava menor. Faz ideia de como é *vivir* a vida *tuda* dentro de uma nave abarrotada de gente?

– Ainda não é uma viagem corriqueira...

– Você não faz ideia! Tenta imaginar como os primeiro a desembarcar *qui* se sentiram ao testemunhar pela primeira vez em muita vida como era a terra de verdade. Com gravidade de verdade. Em um mundo redondo! Consegue imaginar?

Não, eu não sabia, então não respondi. Ele não esperava que eu o fizesse.

– A *segnora* quer saber como foi chegar *qui*? *Nossei*. *No* lembro. Meus *popa* e os das geração anterior contavam histórias sobre isso o tempo todo. Só sei que quase não conseguimos *sobrevivir* quando desembarcamos *qui*. Primeiro foi o ar. Não era letal, mas aos pouco deixava a gente *meiloco*, sabe? – Bateu com a ponta do indicador no meio da testa. – E o frio! Frio o tempo todo. Verão curto demais. Levou mais *douze* ano pra que nós pudesse estabelecer uma colônia de verdade. Um quarto dos que aterrissaram não chegaram a ver isso. Minha *Moma* não viu.

– Do que ela morreu? – perguntei, sem pensar. – Isso é, se quiser contar...

Ele nem pestanejou.

– Suicídio. Ficou *meiloca* e correu pra longe da Héspera. *Popa* tentou buscar, mas ela se jogou em um precipício e morreu. Eu tinha *cuatro* ano.

– Sinto muito.

– Faz tempo. *Male* me lembro dela. O que lembro vêm das foto, dos vídeo e das história de *popa*.

Não consegui captar nenhum resquício de trauma em sua voz, mas mesmo assim preferi desviar daquele assunto. Por mais interessante que possa ser conhecer os genitores do Coronel Anthony, estava ali por outro motivo.

– E depois que vocês conseguiram estabelecer uma colônia, como foi?

– A vida foi dura na época. Nós vivia dentro da Héspera a maior parte do tempo, até que conseguisse estabelecer a primeira usina de atmosfera. Demorou para encontrar uma cepa de alginoide que se adaptasse e começasse a produzir o suficiente. A maioria morreu logo nos primeiros mês. As que aguentava mais tinham que ser separada e preparada pra modificação. Eu ajudava no processo de separação para os laboratório de transgênico. Aprendi tudo o que sei sobre elas nesse tempo. Meu *equipo* foi um dos primeiros a cultivar a *Thallophyte Gliesedae*, que permitiu que finalmente nós saísse da Héspera e começasse de verdade a colonização desse lugar esquecido por Eru. A gente não precisava mais ficar com medo de acabar *meiloco* só de botar a cara pra fora. Mas daí, quando pudemos começar a explorar, nós descobriu que não estava sozinho...

– Os shinobitas.

– Os *fidaputa* dos shinobita. Só que a gente *no* sabia que era eles. Nem *o quê* era eles. Mas daí as pessoa começou a sumir. Primeiro os que se aventurava sozinho pra perto do limite atmosférico. Mulher, criança, soldado, tanto faz. Começou a sumir um a um. Nossa primeira suspeita foi que havia um assassino entre nós. Não seria a primeira vez. O registro prisional da Héspera taí que não me deixa mentir. E quanto mais as pessoa sumia, mais aumentava nossa desconfiança. Nós começou a duvidar até dos parente. Pai chamando filho de "degenerado", filho chamando pai de "primitivo", vizinho

denunciando cunhado que acusava quem estivesse por perto. Essas coisa. Mas daí pessoas começava a sumir bem às nossa vista. Era como se uma sombra de repente os abraçasse e eles simplesmente desaparecia. Era rápido demais pra qualquer humano. Tão rápido que as vítima não tinha nem tempo de gritar. Daí *tivemo* certeza que aquilo só podia ser coisa de *qui*.

Estava aguardando que ele terminasse sua pausa dramática quando senti algo roçar minha perna esquerda. Saltei em minha cadeira. Uma criatura semelhante a um felino de médio porte, sem pelos e tão magra que era possível enxergar o formato de seus ossos através da pele, esfregou-se preguiçosamente em minha cadeira e pulou no colo do velho coronel. "*Namás*, Miko", disse ele enquanto afagava as vértebras salientes de sua nuca. A criatura esticou uma longa língua bífida que chicoteou o ar, numa clara demonstração de prazer. Mas continuou olhando desconfiada em minha direção.

– Não era pr'eles existir – continuou ele, enquanto recuperava meu fôlego. – Não tinham aparecido em nenhuma das varredura preliminar. A sonda Hawkings não tinha encontrado *ningum* sinal de vida relevante. Foi por isso que os *terráquio* escolheu esse planeta em primeiro lugar. Um ecossistema semelhante o suficiente ao nosso pra *facilita* o processo de terraformação, e a ausência de vida minimamente inteligente. Não sei quem programou aquela sonda, mas a verdade é que eles estava lá, dizimando nosso povo, um por um. E nós não fazia ideia de como eles era ou como se proteger. Naquele ritmo nós seria extintos em poucos mês. Mas daí apareceu o Nitobe.

Verifiquei minhas anotações de preparação. Ele estava lá.

– Nitobe Matsumoto – tinha uma alcunha – "o Primeiro".

– Ele era quinta geração. Eu sou nona. Ele era um velho meio pirado, mas que lutava bem. Era cabo ou tenente da força de segurança da Héspera. Não lembro. Era estudioso de um monte de artes marciais e seguia uma filosofia antiga lá da Terra, que era tipo uma herança de família. Um troço *meiloco*, se quer minha opinião, mas ele levava aquilo muito a sério, e não ligava pra zoeira. Nós estava em uma missão de colonização intergaláctica, em um planeta distante e por nossa própria conta, não em uma jornada espiritual. Tenha dó. Mas ele lutava muito bem, então nós relevava. Era preciso com o *baton* de retenção. Só sua presença já dissipava qualquer briga.

– E o que ele fez?

– *Tudo* aqueles ataque afetaram bastante o Nitobe. Ele meio que se considerava guardião da comunidade. Juramentado e tudo mais. Começou a prestar atenção nos detalhes dos ataque, nas pouca pista que eles deixava. Foi ele que deu o nome de "shinobita" pra essas peste, mas nem me lembro por quê. Algo com guerreiros invisível e demônio de história velha. Acho que ele tirou de um filme antigo. Coisa dele. O certo é que ele começou a vasculhar toda a estrutura da Héspera atrás de algo que ele chamava de "tamahagane". Parecia uma pilha de ferro velho, mas era tudo pedaço específico de metal que ele escolheu a dedo. Pegou tudo, derreteu e usou para fazer uma *ispada.*

– Uma o quê?

– Uma *ispada.* Como eles chama mesmo? Uma *katanga.*

– Você quer dizer uma katana?

– Sim, uma katana, uma *ispada* – fez uma mímica de quem provavelmente nunca tinha pegado uma espada na vida. – Ele se recusou a usar as oficina da Héspera. Fez tudo seguindo umas instrução milenar da sua família. Levou quase seis *semani* pra terminar algo que podia ter resolvido em poucas hora com as ferramenta certa. Mas ele fez do jeito que ele queria. Começou o treino logo que terminou a fabricação. Ficou outras tanta *semani* exercitando com a *ispada.* Só parava para meditar, comer e dormir. A gente perdeu as *pacência* com aquela demora e passou a ignorar. Nós tinha problema pra resolver. Não podia ficar perdendo tempo com *quilo.* Os maldito ataque não parou. Sumia *doi* ou *trêi* por semana. Às vez até *doi* no mesmo dia. Alguém tinha que fazer *alguna cosa.*

Ele parou para um gole de suco e outro punhado de vermes. Aguardei impaciente que terminasse de mastigar.

– Um dia, no meio da janta, o Nitobe se levantou da mesa, colocou a *ispada* na cintura e disparou na direção das margem da atmosfera, sem máscara nem nada. Apenas a roupa do corpo e a *ispada.* Todo mundo pensou: "Pronto! O Nitobe ficou *meiloco*!". Era só o que faltava. Um grupo de resgate foi atrás, mas não conseguiu alcançar ele antes que os filtro das suas máscara saturasse. Ficamos muito triste *quele* dia. Gostávamos de Nitobe, mesmo ele sendo *meistranho.* Uma pena que terminasse assim...

– Mas não terminou. O que aconteceu?

Ele olhou na direção do guerreiro sentado no meio do caminho da entrada e sorriu com o canto da boca.

– No final o *fidaputa* tava certo. Demorou três dia, mas ele voltou. Trazendo o corpo de um deles em suas costa, como se fosse uma caça. A *segnora* provavelmente já deve ter visto as foto e já sabe tudo sobre esses monstro, então não preciso entrar em detalhe. Mas aquela era a primeira vez que víamos o que era nosso inimigo. Nada naquelas *cosa* era física ou biologicamente possível pro que a gente sabia naquele tempo. Eram assassino perfeito. Rápido, silencioso e sempre letal, que agia sempre nas sombra, como se se alimentasse dela.

Eu conhecia a fama dos shinobitas pelos relatórios da missão. Vi diversos *infovídeos* e uma dezena de estudos, além de centenas de relatos históricos. Mas ver essa fama confirmada por alguém que tinha testemunhado seus ataques era um tanto perturbador.

– E como ele conseguiu derrotar um deles?

– Demorou alguns dia pra ele se recuperar o suficiente pra conseguir contar o que houve. Disse que seus meses de observação e treino demonstrou uma coisa: os shinobitas podia ser assassino perfeito, mas também era covarde por natureza. Temia se expor, e sempre atacava na escuridão. Elas provavelmente devia temer um ataque direto, ele pensou. Por isso saiu em carga desabalada pela selva. Sabia que aquela seria a melhor técnica para se defender. E deu certo, até certo ponto.

– Não dá pra derrotar uma criatura que só foge de você. Ainda mais sendo ela um mestre do mimetismo e da tocaia.

– *Issaí*. E sabe o que ele fez? Fez igualzinho o que aquele *fidaputa* lá na entrada tá fazendo agora. Ele sentou e meditou. A *segnora* imagina uma coisa dessa? Você, no meio de um monte de criatura mais ágil que qualquer um, e que só está esperando o melhor momento pra te devorar vivo, e você vai lá e se ajoelha e fecha os olho!

Não, eu não conseguia imaginar.

– Pois foi o que ele fez. Ele entrou num tipo de transe, ou seja lá como eles chamam esse *mambojambo* deles. O Orochi ali até já tentou me ensinar como se faz. Diz que você entra em "sincronia com o universo" e essas coisas. Eu acredito que funciona, mas nunca consegui chegar nem perto disso. Mas foi o que o *meiloco* do Nitobe fez. Ele sentiu todo o Universo, cada movimento, cada energia. Os

shinobita, ainda assustado com a sua carga, deram tempo pra ele canalizar tudo à sua volta. Mas não ia permitir que ele simplesmente se ajoelhasse e meditasse em seu território assim, sem mais nem menos. Lentamente eles foi cercando, saltando de sombra em sombra, apenas esperando o modo certo de atacar da maneira mais letal possível. Nitobe sentiu a aproximação de cada um deles e suas mãos seguravam sua *ispada* com firmeza, mas *no* se mexeu. Se preparou para cada ataque, de onde quer que viesse. Até que de repente... BAM!

– Ele matou um shinobita!

– Não. O maldito fez um talho nas costas do Nitobe. Feio.

– Ah.

– A *segnora* não tá entendendo! Foi a primeira vez que alguém teve um encontro com os desgraçado e sobreviveu. E não foi só uma vez, *no*. Depois do primeiro ataque os bichos ficaram intrigado. Mesmo sangrando muito, Nitobe manteve a calma. Horas se passaram em silêncio. Vieram mais três ataque, mas ele conseguiu escapar sem muitos ferimentos de quase todos. Só um deles acertou sua perna esquerda e quase a decepou. Ele começou a perder muito sangue mesmo. Não ia aguentar muito tempo. Não podia ficar apenas se desviando dos ataque indefinidamente. A próxima vez que eles o acertasse podia muito bem ser a última. Daí ele sentiu.

– O quê?

– O desgraçado do demônio que ia atacar ele.

– Ele sabia qual dos shinobitas ia atacá-lo?

– Ele sentiu. Até aquele momento ele sentia a presença de *tudos* os malditos de uma vez, escolhia os que considerava melhor posicionados pra um ataque, e se preparava pra contra golpear. Mas agora ele sentia, ele SABIA qual deles iria atacar. *No* precisava se preocupar com os outro. Era apenas uma defesa e um contra-ataque. Ele esperou até o último instante. Daí girou a *ispada* no ar e acertou bem no meio do bicho.

Ele fez a mímica de todo o movimento. Mordeu o lábio inferior para ressaltar a estocada.

– E o matou?

– Não naquela hora. O monstro não ia morrer sem lutar. Eles ficou se engalfinhando no chão, o Nitobe puxando e enfiando a espada até encontrar um órgão vital. E o bicho lá, esperneando com

as garra afiada. Arrancou um olho do Nitobe nessa. Foi o direito ou o esquerdo? Olha só, *no* lembro. Curioso como a gente pode se lembrar da história inteira, mas acaba se perdendo num detalhe desse...

– E os outros? – a pergunta saiu mais ansiosa do que eu gostaria. – Eles ficaram lá, só olhando enquanto um deles era esquartejado?

– O que você acha? Fugiram o mais rápido que puderam, pra bem longe dali.

– Fugiram?

– Fugiram. Tenta entender: Esses bicho era o topo da cadeia alimentar *qui*, *segnora*. *Ninguma* outra criatura desse mundo nunca conseguiu matar um deles. Sabe-se lá há quantos milênios. Nunca tinham visto aquilo acontecer com um deles antes. Foi o que salvou o Nitobe. Ele conseguiu se arrastar de volta, levando junto o cadáver do shinobita.

– E o que aconteceu depois?

– Depois que Nitobe se recuperou ele conseguiu permissão pra treinar um grupo de soldado com suas técnica. Centenas se candidatou, mas ele selecionou só sete rapaz. Lá eles jurou um voto mútuo: Nitobe se comprometia a ensinar toda sua filosofia e suas técnicas, e eles prometia que, quando estivesse pronto, tomaria sete pupilos cada um, e repassaria todo o conhecimento pra eles da mesma forma que eles *recebero*. Aos poucos, com a ajuda de mais e mais guerreiro treinado, nós começou a reverter a situação. Em pouco tempo matar um shinobita não era mais considerado um feito heroico, mas uma condição seletiva. Um pupilo só se graduava depois de abater seu primeiro shinobita. Hoje cada fazenda tem pelo menos um dos discípulos de Nitobe a seu serviço. Eu tenho três só nessa propriedade. Dois pra cuidar da segurança da fazenda e um só pra mim. Como pode perceber, hoje a ameaça está controlada. Quase não tem mais ataque. *Podemo* manter essas fazenda atmosférica com segurança por léguas e léguas. Graças a soldados como o Orochi ali.

Olhei na direção do guerreiro na entrada. Ele tinha se mexido. Não estava mais sentado com as pernas cruzadas, mas ajoelhado na terra. Não conseguia ver suas mãos, mas imaginava-as do mesmo jeito em seu colo, com os dedos unidos. Continuava com o corpo relaxado, apesar de firme.

– E aquela árvore. É mesmo uma cerejeira?

Ele bateu as duas mãos no peito e abriu um sorriso.

– Coisa linda, *noé*? Coisa do Orochi também. Ele e os amigos dele, além de meditar e matar shinobita, são especialista cada um de uma coisa diferente, à sua escolha. O Orochi ali é o melhor arqueiro da região, mas também é mestre em jardinagem. *Ikebana*, eles dizem. Ele que plantou e cuidou dela. Cuida até hoje.

– Como ele conseguiu? Quero dizer, nessas condições.

– Queria saber, *segnora*. Ele disse que não fez nada demais, que só cuidou. Mas eu peguei ele conversando com ela algumas vezes, desde que era um brotinho. Não sei se foi isso que ajudou.

Deixei uma risada escapar pelo meu nariz. Ele também sorriu, mas acho que só para me acompanhar. Eu sabia que havia chegado a hora de tocar no real motivo de minha visita.

– E o impacto ambiental? – perguntei, enquanto ele se servia de mais um punhado de vermes.

– Impacto? De uma árvore?

– Não. Quero dizer, também. Mas minha preocupação principal é com os shinobitas. O *segnor* disse que essas criaturas eram predadores perfeitos, sem competição. O que o seu controle e quase erradicação pode ter causado ao meio ambiente? Alguma alteração deve ter acontecido.

Ele pareceu se incomodar com a pergunta. Mas eu precisava saber. Era para aquilo que tinha me preparado nos últimos anos. O processo de terraformação ainda era uma técnica experimental, e todas as variáveis precisavam ser levadas em consideração. Transformar o ecossistema de um planeta não era a mesma coisa que construir uma estufa. O menor erro de cálculo poderia gerar resultados catastróficos. Precisava de respostas. Acho que ele viu nos meus olhos que eu não ia desistir do assunto.

– Olha em volta. Olha e me diz o que vê.

Obedeci. Tudo o que havia por perto era o guerreiro ajoelhado perto da cerejeira em flor e a criatura semelhante a um felino deitada a nossos pés. Não entendi o que ele tentava me dizer. Ele se levantou da cadeira e apontou na direção do portão de entrada. Olhei na direção que apontou. Era possível ver a flora nativa, tão diferente de qualquer tipo de vegetação terrígena. Mas havia algum movimento entre os troncos oblíquos. Aqui e ali, bastante rápido. Apenas

o suficiente para denunciar que havia vida ali, pulsante. Algumas criaturas decolavam e aterrissavam nos galhos, mas eu duvidava que fossem pássaros. Mas elas não eram as únicas. Outros tipos de movimento denunciavam criaturas se pendurando nos galhos ou rastejando ao rés do chão.

– Toda essa balbúrdia que a *segnora* está vendo agora não existia quando nós chegou *qui*. Todos esses bicho só começou a aparecer quando nós começou a dar cabo dos maldito shinobita. Antes eles era só gado, a maioria beirando a extinção. Agora tão aí, feliz e contente. A *segnora* quer saber qual foi o impacto ambiental? O impacto é que agora esse planeta tem um meio ambiente pra poder ter impacto. Antes era um monopólio, uma eugenia. Se nós não tivesse chegado *qui* a vida no planeta estaria condenada. Esses bicho era uma praga. E praga a gente extermina.

Eu não podia me levar por aquele raciocínio simplório.

– De acordo com seu próprio relato – levei um tempo para escolher as palavras –, quando vocês chegaram aqui só encontraram os shinobitas, e o resto da vida beirava à extinção, tanto que elas nem apareceram nas análises preliminares...

– A porcaria da sonda Hawkings. Isso.

– Isso significa que nos últimos setenta anos a fauna de Gliese teve uma explosão populacional sem precedentes. Quero dizer, comparado com a Terra. Mesmo a Explosão Cambriana levou milhões de anos. Aqui levou poucas décadas.

– Aonde a *segnora* quer chegar?

– E se foi essa reprodução exagerada que acabou culminando na origem dos shinobitas? É essa a função dos predadores, manter populações de animais sob controle demográfico. Só que essa evolução os levou ao patamar de, como o *segnor* mesmo disse, um "assassino perfeito". Talvez sua função fosse pavimentar o caminho para uma nova espécie. Talvez eles fossem o catalisador de uma evolução. Talvez fosse seu destino consumir toda a vida nesse planeta e em seguida ser extinto.

– Se a gente acreditasse nisso, não teria embarcado na Hépera pra começo de conversa, *segnora*.

Quase caí nessa. Quase.

– Sua função era exterminar a vida atual e desaparecer, para que

uma nova forma de vida pudesse recomeçar do zero, corrigindo falhas evolutivas do passado. Aqueles erros – apontei para a floresta além da entrada – que não foram corrigidos e que agora procriam lá fora sem predadores para controlá-los. A chegada da Héspera pode ter quebrado esse ciclo natural. Até aquela cerejeira ali no jardim, forte e viçosa, é um sintoma que algo está mudando por aqui, que algo está muito errado.

Ele rosnou seu desdém.

– Não foi pra isso que nós embarcou na Héspera pra início de conversa? Pra terraformar Gliese e fazer *qui* um lugar pra humanidade depois do inevitável esgotamento da Terra? Pode não ter sido a melhor das opção, mas estamos fazendo dar certo. *Quela* árvore é a prova disso.

– Tudo o que aquela árvore prova é nossa incapacidade de nos adaptar.

– *Comé*?

Eu não queria dizer para ele que aquela informação por si só poderia colocar em xeque todo o projeto de colonização de Gliese. Se os resultados das outras equipes corroborasse essa teoria, era muito provável que cogitassem o fechamento da colônia, mas eu tinha certeza que ele já sabia disso.

– Toda a história evolutiva deste planeta, desde o surgimento da vida até sua explosão demográfica, culminou no surgimento dos shinobitas. Sua existência tem uma justificativa biológica, como a de todos os animais. A Natureza não se engana. Sem a presença de um predador as outras criaturas estão experimentando um aumento populacional exponencial. Até quando eles crescerão? Conseguiremos domá-los, conviver com eles? E não falo apenas como animais de estimação como a sua, mas à nossa volta, pelas ruas e casas, espalhando doenças que ainda não conhecemos, esgotando nossos escassos recursos. Pode chegar um ponto que teremos que disputar o espaço e a comida com todo um planeta vivo. Os shinobitas eram os mais letais, mas acredito que haja um milhão de criaturas peçonhentas de alguma maneira por aí. Contra essas um "predador perfeito" não é só necessário, mas essencial na manutenção do equilíbrio natural. Sem ele, quem irá controlar essa explosão demográfica? É o ciclo natural da vida como a conhecemos. E a chegada da Héspera

rompeu esse ciclo, e nenhum de nós sabe com certeza as consequências de nossa chegada. Isso sem levar em conta as questões éticas envolvidas nessa interferência em um ecossistema alienígena. Ou mesmo morais. É por isso que elegemos Gliese, você mesmo disse. Um planeta geologicamente semelhante e sem a existência de vida minimamente inteligente. Para que não tivéssemos este exato problema. Então, toda essa história heroica de sobrevivência, de Nitobe e tudo mais, não significa nada. A única maneira de evitar isso é parando totalmente com o extermínio de shinobitas, permitindo com que o equilíbrio ecológico natural seja restabelecido.

– Ou colocando outra no lugar.

– Outra o quê?

– Outra criatura.

– E por acaso o *segnor* conhece algum outro predador tão cruel e destrutivo quanto os shinobitas?

Ele me olhou intrigado. Parecia se divertir com minhas dúvidas. Talvez estivesse matutando uma resposta. Não desviei o olhar, aguardando por ela. Permanecemos nesse impasse por um instante, até que ambos ouvimos o acorde aberto de uma corda de violão reverberando. Miko, a gata alienígena, saltou e saiu correndo em direção da entrada. Acompanhei-a com o olhar e vi quando ela passou ao lado do guerreiro de pé, a mão esquerda esticada para frente, segurando com leveza o arco que ainda vibrava. O braço direito dobrado com o cotovelo apontando para trás denunciava que ele havia disparado uma flecha bem no meio da copa da cerejeira. A felina ficou ao pé da árvore, olhando para cima ansiosa. Alguns galhos se mexeram e folhas caíram, até que finalmente uma sombra se precipitou por entre as flores e desabou com um baque seco no chão. As presas de Miko confirmaram o abate. Ela veio correndo na nossa direção com o cadáver na boca. Antes mesmo que o despejasse a nossos pés, eu já sabia o que era: um shinobita.

– Minha única preocupação neste momento, *segnora terráquia* – começou o Coronel, tirando uma faca da cintura e se ajoelhando ao lado da criatura – é se a carne dele está dura ou macia. A *segnora* fica para o jantar, não fica?

Gaijin

Roberta Grassi

Há um ditado japonês que diz que prego que se destaca é martelado. Eu vivi de acordo com este ditado, aprendi a me esconder nas sombras, a passar sem ser notado, mas o homem que me ensinou esta lição a esqueceu.

Diante do espelho, ajeito o nó da gravata e tiro um fiapo do ombro do paletó preto. A missão não exige roupas formais, mas a ocasião sim. Esta é a primeira vez que me sinto triste com uma execução. É só mais uma missão, digo a mim mesmo, mas não me convenço.

Antes de sair, engancho a alça do tubo para projetos no ombro e sinto o peso dos últimos anos me empurrando para baixo. Qualquer um que me visse entrar no elevador vestindo terno e gravata e carregando um tubo preto de PVC, daqueles usados para transportar projetos arquitetônicos, me tomaria por um arquiteto ou engenheiro. Ninguém jamais desconfiou que, em vez de plantas de edificações e desenhos, eu carrego uma *katana*. As portas do elevador se abrem e cumprimento um dos vizinhos no hall do prédio. O sujeito me deseja bom dia sem desconfiar que o suposto engenheiro que mora no andar de baixo é na verdade um assassino.

– Deixe que eles cheguem às suas próprias conclusões – o Mestre me instruiu. – E nunca permita que se aproximem demais para descobrir que estavam errados.

Segui cada uma de suas instruções, nunca questionei seus ensinamentos e agora sou a reação aos seus erros.

Acomodo o tubo para projetos no banco de trás do carro e, quando saio da garagem subterrânea do prédio, deparo-me com um céu carrancudo, o anúncio de que uma tempestade está chegando.

Aquele céu não poderia combinar mais com meu estado de espírito.

Dois dias antes, quando a caixa com o telefone celular e as instruções da nova missão chegaram, eu me deparei com a fotografia do homem que tinha me recrutado para a Ordem. Não podia acreditar: ele era o meu alvo e imediatamente soube que se cumprisse aquela missão parte da minha história seria obliterada com o corte preciso da minha katana.

Mas que opção eu tinha?

Ninguém desafia a Ordem.

Fazia anos que não via o Mestre, e aquela foto em preto e branco revelava que o homem que me treinara para ser um guerreiro havia envelhecido.

Peguei o telefone, procurei *Mãe* nos contatos e liguei para a Diretora.

– Por que eu? – Perguntei assim que ela atendeu.

– Porque você é um dos poucos capazes de executá-lo – ela respondeu com a voz fria. – Além disso, você era o executor mais próximo do alvo.

O tom da sua voz deixava bem claro que o homem que dedicou décadas de sua vida a serviço da Ordem, recrutando e treinando assassinos, não passava agora de um empecilho para o grande plano.

– O que ele fez para ser executado? – Já sabia que não receberia a resposta que desejava.

– O que qualquer um faz para ser executado? – A Diretora rebateu.

Ela não perguntou se seria capaz de matar o homem que tinha me ensinado a lutar, não questionou se todo o tempo que havia passado em treinamento sob a supervisão do Mestre criara um elo entre nós que me impedirá de assassiná-lo. Ela simplesmente acredita que porque me designou uma missão irei cumpri-la.

Ninguém desafia a Ordem.

– Boa sorte, *Gaijin* – ela disse e desligou.

Gaijin. Foi o mestre quem escolheu meu codinome, e me lembro nitidamente da primeira vez que me chamou assim. Era uma noite de sexta-feira como tantas outras; depois de sofrer o dia inteiro trabalhando num emprego que odiava, decidi encerrar a semana num bar com alguns amigos.

Não me recordo como começou, quem ofendeu quem primeiro, não sei se foi a afronta ou o álcool que me fez agir, mas de repente acertei um soco direto na boca de um dos caras que estava na nossa mesa; um outro infeliz resolveu tomar as dores do cara e o pandemônio se espalhou. De repente senti alguém me segurando pelos ombros. Um segurança brutamontes me arrastou para fora do bar e me jogou na calçada. A gravidade e a embriaguez me conduziram ao chão. Levantei-me humilhado e encarei o segurança que permaneceu na porta do bar, deixando bem claro que eu não era mais bem-vindo. Depois de despejar uma enxurrada de xingamentos sobre o segurança, Deus e o mundo, cambaleei para longe dali. Fui andando sem rumo, sem decidir se voltava para casa e dava aquela noite por encerrada ou se tentava a sorte em outro bar.

Foi quando escutei passos me seguindo. No começo achei que era paranoia, mas os passos persistiram na mesma velocidade que os meus, parando quando me virava para olhar. Usei a tontura causada pelo álcool e pelas porradas que tomei no bar como pretexto para encostar em um muro e esperar. O silêncio não durou nem um minuto, logo os passos recomeçaram, um homem aparentando uns quarenta anos veio andando na minha direção; tinha a autoridade estampada na cara e no andar, agia com tamanha tranquilidade e segurança que me atacava os nervos. O cara parou na minha frente e ficou ali, quieto, a me olhar.

– Qual o seu problema, velho?

– Tenho te observado – ele falou com toda a calma. – De bar em bar arrumando encrenca, se metendo com os piores tipos na esperança de sair no braço com algum infeliz. Mesmo de longe dá para ver a raiva fermentando em você, um ódio indefinido e generalizado que te conduz constantemente à idiotice.

– Você tem me seguido? – Perguntei em tom de ameaça.

A verdade era que pouco importava o que aquele homem tinha feito ou o quanto ele sabia da minha vida, tudo o que eu queria era me livrar daquele sujeito.

– Eu sei quem você é, *Gaijin*.

– *Gai* o quê? – Retruquei, louco por uma boa briga.

– *Gaijin* – ele repetiu. – *Gai* significa "de fora" e *jin* "pessoa". *Gaijin*, o estrangeiro.

Fiz minha melhor cara de quem não estava entendendo nada.

– É fácil ver que você não se encaixa em lugar algum – ele prosseguiu –, onde quer que vá, é sempre um estrangeiro.

Lutando contra a minha embriaguez, forcei-me a colocar um pé depois do outro e saí andando.

– Posso dar um propósito à sua vida – ele ofereceu, e fiz pouco caso de sua proposta. – Todo mundo tem seu preço, qual é o seu?

Isso me fez parar.

Virei-me e tentei imitar a confiança e autoridade daquele homem. Seu sorriso era largo e satisfeito. Pelo visto, suas palavras tiveram em mim o efeito esperado. Ele tirou algo do bolso e jogou na minha direção. Um bolo de dinheiro enrolado com um elástico aterrissou aos meus pés.

– Posso comprar sua força – ele disse, e esta oferta me interessou muito mais. Apanhei o dinheiro do chão. – A raiva lhe dá forças, *Gaijin*, faz com que se sinta poderoso, mas se essa ira não for corretamente direcionada, a chama que lhe dá forças irá reduzi-lo a cinzas. Você pode fazer da raiva seu sustento.

Gostei do que ouvi. Não entendi metade do que ele queria dizer com aquele falatório, mas gostei mesmo assim. Aquilo fez com que me sentisse importante.

Dê propósito a um inútil e ele se embriagará. Funciona melhor que álcool.

– Quem é você? – Perguntei, colocando o dinheiro no bolso.

Ele me encarou muito sério.

– Agora que esse dinheiro foi para o seu bolso, você pode me chamar de Mestre.

– Mestre – disse num eco de escárnio.

E logo eu aprenderia que quando você entra para a Ordem desiste de parte da sua identidade. Você é a sua função: ele é o Mestre, eu sou o Executor.

Até hoje não sei por que a Ordem me escolheu, mas na tarde seguinte meu telefone tocou e quando atendi o Mestre me cuspiu um endereço.

– Esteja lá antes de o sol nascer – ele instruiu.

– Mas amanhã é domingo – protestei, ainda de ressaca.

– Sim, e no dia seguinte será segunda-feira. Esteja lá antes de o sol nascer, *Gaijin*.

Foi a curiosidade que me fez acordar cedo no dia seguinte. O endereço que o Mestre tinha me passado era de uma fábrica desativada, mas as luzes estavam acesas e a porta de aço aberta cerca de um metro. Não havia nada que me impedisse de entrar ali. No lugar de máquinas e uma linha de produção havia um quadrado enorme formado por tatames. Era ali que o Mestre se encontrava, ajoelhado; parecia meditar, mas assim que escutou meus passos abriu os olhos e se levantou.

– É hora de dar forma à sua raiva e transformá-la em força.

Minha primeira tarefa era correr em volta do galpão da fábrica.

– Por que eu correria em círculos? – Evidenciei minha má vontade.

– Porque você será pago para isso – ele respondeu. E diante do meu silêncio acrescentou: – Isso é melhor que seu trabalho atual?

Ergui os ombros, mas era evidente que qualquer coisa era melhor que meu empreguinho de merda.

– Então corra.

E eu corri. Corri enquanto o domingo amanhecia. Nos dias que se seguiram, os exercícios se intensificaram; eu era pago para criar músculos e estava gostando de receber dinheiro para entrar em forma.

Algumas semanas depois o Mestre me surpreendeu com um desafio.

– Você gosta de brigar, *Gaijin*, vamos ver se consegue acabar com a minha raça.

Eu ri. Conforme minha barriga diminuía e meus bíceps aumentavam, fui me sentindo cada vez mais invencível. Claro, isso era só meu ego inflamado, mas enquanto caminhava para o centro do tatame naquela fábrica desativada, não tinha qualquer dúvida que poderia vencer o velho. Circulei e ginguei como um boxeador e na minha primeira tentativa de acertar um soco ficou mais do que evidente que estava errado. O Mestre encaixou um golpe que me levou ao chão, e levei algum tempo para me recuperar da pancada. Fiz outra tentativa de ataque e beijei o chão mais uma vez; levantei ignorando meus músculos doendo e o orgulho ferido. O Mestre exibia um sorriso felino.

– Você é bom de briga, mas posso ensiná-lo a lutar. Meu objetivo é torná-lo melhor que eu. Se fizer meu trabalho direito, você será

capaz de me exterminar – ele disse essa última parte em tom de brincadeira, mas suas palavras profetizaram seu próprio fim.

Comecei a aprender técnicas de luta. Às vezes, a disciplina e o esforço que o treinamento me exigia me torravam a paciência e eu pensava em chutar tudo para o alto. Também havia a dúvida sobre para que, afinal, eu estava sendo treinado, mas o dinheiro e as doses regulares de endorfinas proporcionadas pelos exercícios físicos me faziam voltar para o treino do dia seguinte.

Certa tarde, durante uma luta em que eu obviamente mais apanhava do que batia, consegui milagrosamente encaixar um golpe e imobilizar o Mestre segurando-lhe o braço. Foi então que notei a tinta contrastando com a pele clara: era uma tatuagem, uma sequência de traços intrincados que formavam ideogramas japoneses. Ele aproveitou minha distração para se soltar.

– Qual o significado? – perguntei, apontando para a tatuagem em seu antebraço. A verdade era que eu só queria ganhar algum tempo antes de continuar apanhando.

Ele ergueu a manga da camiseta e exibiu a tatuagem inteira.

– "Acredita na justiça, mas não na que emana dos outros e sim na tua própria". É do Código Samurai – ele explicou.

– É nisso que você quer me transformar? Em um samurai?

Ele meneou a cabeça.

– Quero que você tenha a honra e a lealdade de um samurai, mas o plano é transformá-lo em algo mais parecido com um ninja. Um ninja conseguia sozinho mudar o curso de uma guerra inteira.

– E para quem vou ganhar a guerra? – Perguntei, arrogante e curioso.

– Já ouviu falar da Ordem?

Ergui os ombros.

– Ninguém nunca ouve falar da Ordem – ele disse, sustentando um sorriso orgulhoso. – A Ordem combate o caos e luta pelo equilíbrio. Onde houver injustiça e destruição a Ordem estará lutando. Somos uma instituição formada por células anônimas e nos concedemos o direito de usar métodos pouco ortodoxos para lutar pelo bem-estar de todos. Você está sendo recrutado para lutar ao nosso lado.

Gostei do que ouvi, fez com que me sentisse parte de algo grande

e nobre. Aquilo dava sentido ao meu treinamento, fazia com que me visse como um guerreiro iluminado, e redobrou meu ânimo e o meu engajamento nos treinos.

A coisa seguiu assim: todos os dias eu corria em volta da fábrica e estava ficando cada vez mais ágil e forte; o Mestre me ensinava técnicas de luta para em seguida exigir que tentasse vencê-lo aplicando o que havia aprendido, e eu sempre levava a pior. Os hematomas e as dores eram constantes, mas o Mestre dizia que as cicatrizes me fortaleceriam e aguentei firme – como se ser espancado em nome da Ordem fosse uma honra. Eles estavam me transformando em um novo homem, melhorando e aprimorando quem eu era.

Minha primeira missão foi também meu teste para entrar na Ordem.

– Chamamos isto de segundo aviso – o Mestre me explicou, enquanto me passava as coordenadas. – Você irá sabotar uma linha de produção.

Escutei pacientemente como deveria estragar as máquinas; tudo precisava ser feito exatamente como planejado.

– Por que vandalizar esta fábrica? O que eles fizeram para merecer isso? –perguntei ao fim da explicação.

O Mestre ergueu os ombros.

– Por poluir demais, exploração de funcionários, manipulação do mercado ou talvez coisa pior. Esse tipo de informação não nos cabe e quanto menos soubermos, melhor. O fato é que a Ordem identificou uma infração e quando isso acontece é enviado o primeiro aviso: uma carta indicando-a e exigindo que o problema seja urgentemente reparado. Se o primeiro aviso é ignorado, nós passamos para o segundo: sabotagem.

– E se eles não derem atenção ao segundo aviso?

– Se isso acontecer a coisa vai piorar para o lado deles – ele respondeu. – Nossos métodos funcionam, são mais eficazes que os protestos pacíficos de universitários ou as greves de fome de ambientalistas hippies. A Ordem vai direto ao ponto, onde dói: sabotar as máquinas vai doer no bolso e dar ao primeiro aviso um significado mais profundo.

Aquilo fazia sentido.

– Agora escute, isto é importante: não ataque ninguém. Haverá

mais dois recrutados lá dentro, ajudando a completar a missão, mas com tarefas diferentes da sua. Como você não sabe quem eles são é importante que não ataque ninguém, a Ordem não tolera fogo amigo.

– E o que acontece se me pegarem? – Quis saber.

– Se te pegarem você está fora.

Eu não queria sair da Ordem, então cumpri o plano à risca. Entrei na fábrica vestido como os operários e, em meio a eles, sabotei uma máquina depois da outra. A princípio, achei que havia algumas falhas no plano, mas então percebi que em cada uma das máquinas havia deixado uma evidência de que o defeito fora causado propositalmente: aquela era a assinatura da Ordem. Minha última tarefa era puxar um cabo de força e provocar um curto-circuito. Assim que fiz isso, todas as lâmpadas se apagaram. A escuridão durou poucos segundos; logo as luzes de emergência foram acionadas. Os funcionários abandonaram seus postos e sob o som estridente de um alarme, começaram a deixar o prédio. Eu me embrenhei no meio da multidão e saí da cena do crime. Minha primeira missão tinha sido cumprida com êxito.

Naquele mesmo dia soube que a ordem me aceitara, e aquilo me trouxe uma alegria digna de uma criança feliz por agradar a professora.

Houve mais sabotagens e mais êxitos. O Mestre me ensinava a ter a agilidade de um ninja e a lealdade de um samurai, e eu desenvolvia a obediência de um soldado e a obstinação de um terrorista. A Ordem era a lei.

– Você está pronto para o próximo passo, *Gaijin* – o Mestre anunciou. – A Ordem agora lhe dará ferramentas.

Ele foi até a bancada que ficava ao lado do tatame onde treinávamos e pegou uma espada com a lâmina longa e curva.

– Katana, a arma dos samurais – ele disse, entregando-me a espada com tamanha formalidade que mais parecia que estava entregando um legado à geração futura.

Segurei a katana e vi meu rosto refletido na lâmina. Às vezes, a Ordem gostava de complicar as coisas.

– Não seria mais fácil simplesmente me dar um revólver? – Perguntei, segurando desajeitadamente a espada.

– Armas de fogo são para covardes, a Ordem está acima disso – o Mestre retrucou com solenidade.

A partir daquele momento, passei a treinar para me tornar um espadachim. Aprendi a diferença entre a katana, a *wakizashi* – espada com lâmina curta – e a *tantô* – um punhal de cerca de trinta centímetros. Aprendi em qual ocasião cada espada era mais adequada e soube que se quisesse continuar na Ordem teria que me tornar letal com todas elas.

O treinamento se intensificou. A princípio usávamos espadas de madeira para treinar, mas depois a coisa ficou séria. Junto com os hematomas agora vinham também os cortes. Eu não reclamava, sabia muito bem o que o Mestre pensava sobre cicatrizes.

Em uma das sessões de treinamento, o Mestre mandou que eu me agasalhasse e me levou até um frigorífico.

– Já ouviu falar do ritual *Seppuku*? – Ele me perguntou enquanto entrávamos na câmara frigorífica.

Respondi que não.

– Digamos que o *Seppuku* é uma espécie de suicídio honroso – explicou, sua respiração se condensando e o frio começando a mostrar que minhas roupas não eram páreo para ele. – Quando um samurai era derrotado pelo clã rival ou quando cometia um delito, ele tinha a chance de recuperar sua honra se matando. Para isso, ele cortava o próprio abdômen com uma espada, partindo do lado esquerdo para o direito, deixando as vísceras expostas em sinal de pureza de caráter.

Eu o observei andar pela câmara frigorífica e puxar um porco inteiro preso pelas patas traseiras no trilho que ficava perto do teto.

– A katana, Gaijin – ele apontou a espada que eu havia trazido embrulhada em um pano. Não era um bom negócio sair por aí exibindo uma espada com uma lâmina de noventa centímetros.

Tirei as luvas e apanhei-a. Achei que a ideia era esviscerar o porco, mas estava enganado.

– Cortar a si mesmo com uma espada exige autocontrole e determinação que só um guerreiro dispõe. E um golpe assim proporcionava uma morte dolorosa e muito lenta. Para encurtar o sofrimento, o suicida contava com a ajuda de um *Kaishakunin,* um exímio espadachim que tinha como função degolar o suicida e, por fim,

também seu sofrimento. O corte *Kaishaku* precisava ser perfeito e preciso e abrir a garganta do samurai sem romper suas vértebras. Não havia desrespeito maior num ritual *Seppuku* do que ver a cabeça do suicida rolando pelo chão.

Eu absorvia as informações do mesmo jeito que a minha pele absorvia o frio.

– É isso que eu quero de você agora, um corte *Kaishaku* neste animal. – Ele passou o dedo indicador pela garganta do porco morto preso de cabeça para baixo. – Abra a garganta sem cortar as vértebras. Apenas um golpe. Consegue isso, *Gaijin*?

Eu nunca tinha tentando nada tão preciso. Além disso, o frio chegando aos ossos e as pontas dos dedos dormentes não ajudavam em nada. Minhas mãos doíam e eu apelei para a força na tentativa de compensar a falta de coordenação motora. Segurei o mais firme que consegui no cabo da katana.

– Dizem que o frio é psicológico – o Mestre afundou as mãos nos bolsos do casaco. Um pouco de crueldade em cada palavra, mas eu sabia que se sobrevivesse àquilo me tornaria alguém maior. A ideia me embriagava.

Tentei não pensar no frio e em vez disso imaginei a lâmina da katana rasgando com precisão a carne congelada, meus braços traçando um arco perfeito, passando perto da vértebra, mas sem rompê-la; imaginei a cabeça do porco pendurada, um rasgo na garganta como um sorriso invertido, de onde deveria verter sangue se não estivesse congelado.

– Não se preocupe, *Gaijin*, temos a noite inteira – o Mestre disse com um sorriso de escárnio.

Eu me preparei para desferir o golpe, mas ele me interrompeu:

– Vamos tornar as coisas mais interessantes. Se a cabeça deste porco cair no chão, você passa a noite dentro deste frigorífico.

– E se eu não romper as vértebras? – Perguntei só para ter o que dizer.

– Se fizer o corte com perfeição, vai ter a honra de se tornar um *Kaishakunin*.

Em termos práticos isto não significava porcaria nenhuma, mas, como disse, eu estava cada vez mais hipnotizado com a ideia de ser aprimorado pela Ordem.

Inspirei e o ar gelado ardeu em meus pulmões. Expirei e minha respiração foi lentamente se condensando enquanto posicionava a katana próximo ao pescoço do porco pendurado.

– Lembre que... – o Mestre começou a falar, mas o som do golpe o interrompeu.

Quando terminei de desenhar o arco com a katana, a cabeça do porco balançava ainda presa ao corpo, a garganta aberta no vermelho mais vivo que eu já vira.

O Mestre riu e aplaudiu meu feito com as mãos enluvadas.

– Excelente, *Gaijin*, excelente.

Os músculos quase congelados do meu rosto se esticaram num sorriso largo. A sensação era que, a partir daquele momento, a lâmina da katana tinha se tornado uma extensão dos meus braços.

Não houve mais sabotagens depois disso e a Ordem julgou que eu estava pronto para agir em conjunto com outros.

O Mestre me apresentou ao General.

– Você vai responder a ele na próxima missão – ele explicou.

Logo de cara não gostei do General. E também não gostei de me reunir com outros agentes da Ordem, não me sentia seguro dependendo da cooperação e competência dos outros, e naquele momento soube que sempre me sairia melhor sozinho.

– Este é o último aviso da Ordem para um figurão – o General anunciou num tom que deixava claro o porquê do codinome militar. – O cara anda por aí e se sente indestrutível por ter um batalhão de guarda-costas ao seu redor. Nós vamos provar que ele está errado, ninguém é inalcançável para a Ordem.

Foi então que ele se virou e me encarou:

– Soube que você fez um corte *Kaishaku* perfeito.

– Foi em um porco congelado – fiz pouco caso.

Ele riu.

– Estamos sempre abatendo porcos! – Não havia qualquer sombra de remorso. – A sua parte é a mais simples e a mais difícil, você vai executar um dos guarda-costas. Os outros vão criar a situação perfeita para você degolar o sujeito, essa será a última mensagem da Ordem.

– E se isso não der certo? – Perguntei, só para confrontar o General.

– Se o figurão não escutar a mensagem da Ordem, a próxima garganta cortada será a dele – ele respondeu sem se alterar.

O plano não era complicado. A execução aconteceria num prédio comercial; nós entramos disfarçados de seguranças, não houve qualquer dificuldade. Eu levava uma *tantô* sob o uniforme de segurança. Não sei qual critério a Ordem tinha usado para definir qual guarda-costas deveria morrer, mas eu tinha meu alvo bem definido. Os outros criaram a distração e eu simplesmente segui as instruções e usei a técnica apropriada. Foi tudo muito rápido e deu tudo muito certo. Minha primeira missão como Executor, meu primeiro assassinato. Meu salário triplicou.

O sucesso da missão pôs fim ao meu treinamento.

– Você não é mais um aprendiz, *Gaijin*, e eu não sou mais seu mestre.

Aquela foi a nossa última conversa no galpão da fábrica desativada. Eu não sabia se me sentia mais orgulhoso por completar aquela fase ou triste pelo fim do treinamento.

– Qual o seu problema, velho? – Perguntei, percebendo que ele me encarava de um jeito estranho.

– Estou admirando o bom trabalho que fiz. Independente do que o futuro lhe reserva, você está pronto, *Gaijin* – ele disse, dando tapinhas nas costas como um pai orgulhoso do filho. Em seguida, virou e saiu da minha vida sem dizer adeus.

Logo a primeira caixa chegou; trazia um molho de chaves, um telefone celular e documentos falsos. O telefone tocou e surgiu na tela do aparelho a palavra "Mãe".

– *Gaijin*? – Ouvi uma voz feminina do outro lado da linha. – Você vai me chamar de Diretora. A partir de agora sou eu quem designa as suas missões, qualquer comunicação entre você e a Ordem acontecerá através de mim.

A autoridade daquela voz me deixava desconfortável. A Diretora apenas seguiu com as instruções:

– Você é um Executor agora. Suas missões chegarão até você através de pacotes como este que recebeu. Dentro de cada pacote haverá uma pasta contendo os dados do alvo a ser executado, onde e quando a execução deve acontecer, um telefone celular e, se necessário, novos documentos falsos. Cumprida a missão, o telefone

deverá ser destruído e você será removido de circulação por um tempo, transferido para outro endereço. Está compreendendo?

Respondi que sim e ela não perdeu tempo em continuar despejando informações no meu ouvido:

– As chaves que recebeu são de um carro que a Ordem está lhe disponibilizando e de sua nova casa. O endereço de onde o carro se encontra e da sua nova casa serão enviados via SMS nos próximos minutos. Você deve ir para lá e aguardar até que seus serviços sejam requisitados pela Ordem. Pode se misturar aos civis, mas sua identidade ou a da Ordem não devem ser comprometidas. Se algo imprevisto acontecer e precisar falar comigo, basta ligar para o contato "Mãe" e eu atenderei. E, sinceramente, espero não ser contatada por qualquer bobagem.

Ri, mas ela não me acompanhou.

– Boa sorte, *Gaijin* – disse e, sem se despedir, desligou o telefone.

Nem um minuto depois chegou a mensagem com os endereços. Peguei minha katana, a caixa e meia dúzia de roupas e fui até o estacionamento onde um carro novinho em folha me esperava.

O apartamento que a Ordem tinha me arrumado era pequeno, mas bem decorado e equipado, o primeiro de uma série de "quase lares".

A próxima caixa veio algumas semanas depois e a partir daí me tornei um degolador profissional. Um assassino solitário, o último recurso da Ordem. A cada execução ficava mais implacável, mais rápido, mais letal. A maioria dos alvos nem chegava a descobrir o que estava acontecendo e logo estavam mortos com as gargantas abertas jorrando sangue.

O sangue coagulado no tapete caro era a assinatura da Ordem.

A cada garganta cortada, seguia para um novo endereço. A Ordem me indicava o local e eu sempre encontrava uma nova casa asséptica e impessoal, tudo temporário. Nunca dava tempo de se apegar a nada. Eu era um estrangeiro onde quer que estivesse. *Gaijin*.

De vez em quando aparecia outro agente da Ordem para me entregar uma arma ou ajudar em uma missão. A interação era sempre breve, mais eficaz que humana. Às vezes, eu me pegava olhando para as pessoas que passavam na rua e pensando se algumas delas era agente da Ordem. Sabia que havia uma legião deles ao redor do globo, os anticorpos da podridão, as células anônimas de um gigante.

Nunca mais tinha sequer escutado sobre o Mestre até que a Diretora me telefonou querendo saber notícias dele.

– Seu Mestre tentou entrar em contato? – A tensão e a ameaça eram nítidas em cada sílaba.

– A última vez que falei com ele foi após minha primeira missão como Executor, depois disso não tive mais notícias dele.

– Você não mentiria para a Ordem, certo?

– Eu nunca menti para você. O que o Mestre tem aprontado?

– É o que estamos tentando descobrir. Se ele entrar em contato, quero ser a primeira a saber, ouviu bem?

Respondi que sim, mas o Mestre nunca me procurou.

Então veio a caixa com a fotografia em preto e branco mostrando como ele havia envelhecido, e agora eu chegava ao endereço onde a Ordem dizia que o Mestre se encontrava. Onde *eu* deveria executá-lo.

Estaciono o carro na quadra seguinte, pego o tubo de projetos com a katana e sigo a pé até o apartamento. Acima de tudo, o céu continua carrancudo, mas a tempestade ainda não chegou.

Quando chego à porta a encontro entreaberta, empurro-a e deixo que a estrutura de vidro e metal bata na parede. O estrondo ecoa pela escada e rezo para que o Mestre tenha escutado o meu aviso e fugido antes que eu galgue o último degrau. Sem fazer qualquer ruído, retiro a katana do tubo de projetos e a empunho. Entro no apartamento com o peso do mundo sobre os ombros.

– *Gaijin!* – A voz dele chega antes que eu consiga localizá-lo. Ela é alegre e saudosa e faz com que a culpa me esmague.

Giro e o encontro largado no sofá, um copo na mão e a atitude despreocupada.

– Nunca imaginei que eles o escolheriam para esta missão – diz com um sorriso. – Mas alguém tinha que cumpri-la e estou feliz que enviaram o melhor.

– Sabe por que estou aqui?

Ele responde com um gesto afirmativo.

– Hoje acordei com a sensação de que este era o dia em que eu morreria.

A tranquilidade dele me surpreende. Este não é o Mestre que conheço. Esperava uma luta – e muito provavelmente uma derrota –, nunca uma rendição tão fácil.

– Eu não lhe ensinei que a katana é usada para combates em campo aberto? – Ele ralha, ainda do sofá.

Não me dou ao trabalho de explicar que tinha escolhido a katana por motivos sentimentais. Aquela era a minha primeira espada e somente ela estaria à altura da ocasião.

– Por que está vestindo branco?

– Porque o contraste do sangue no tecido branco vai deixar tudo ainda mais dramático – ele responde com um sorriso felino.

– Você não vai lutar? – Pergunto e ele chacoalha a cabeça de um lado para o outro.

– A Ordem já me fez lutar demais, é hora de por um fim nisso. Estava só esperando um dos seus soldadinhos aparecer para ajudar em meu capítulo final.

Ele coloca o copo na mesinha ao lado do sofá, se levanta e vem na minha direção. Noto que tem certa dificuldade em andar.

– Se lembra daquela noite no frigorifico? Do seu primeiro corte perfeito com uma katana?

Aceno que sim. Lembro-me muito bem do frio batendo nos ossos, dos dedos dormentes e da satisfação ao talhar com perfeição a garganta daquele porco congelado.

– Pois bem – ele diz –, preciso que você seja meu *Kaishakunin*.

Isso me pega de surpresa. Na época pensei que aquilo era parte do treinamento, que todos que entravam para a Ordem escutavam aquela ladainha sobre o ritual *Seppuku* e a honra de ser um *Kaishakunin*. Agora percebo que naquele momento o Mestre estava me preparando para ser uma ferramenta, uma possibilidade para o futuro. Agora tudo faz sentido.

E então a hesitação toma conta de mim.

– Não sei se consigo matá-lo – confesso. É a primeira vez que hesito desde que entrei para a Ordem.

– O que foi, *Gaijin*? – O Mestre abre os braços e ergue o rosto, oferecendo o peito e a jugular. Se fosse qualquer outra pessoa eu já teria atacado e aquele teria sido seu último movimento. – O grande Executor da Ordem não vai cumprir sua missão?

– O que foi que você fez para ter que se redimir tirando a própria vida?

– Me redimir? – Ele ri. – Você nunca quis saber mais do que eu lhe

ensinava, não é mesmo? Para você sempre bastaram as informações que a Ordem lhe dava.

Não digo nada em resposta. Continuo ali parado, encarando a verdade que ele dispara na minha cara: sei obedecer e faço o que me é designado, mas nunca fui bom em tomar minhas próprias decisões.

– Se tivesse se preocupado em saber mais, *Gaijin*, teria descoberto que o ritual *Seppuku* também era cometido como forma de um samurai mostrar que discordava de seu senhor, de chamar atenção para algo errado, de adverti-lo.

– Você quer advertir a Ordem? – A simples ideia daquilo já soa estranha.

Ninguém desafia a Ordem.

– A Ordem nos manipulou; pegou a filosofia e conceitos orientais e diluiu em seus interesses, fez sua caipirinha de saquê e embriagou todos nós – ele diz. – Você nunca questionou a Ordem, não é mesmo, Gaijin? Nunca teve a curiosidade de saber quem condenou à morte aqueles que você executou.

– A Ordem é constituída de células anônimas – regurgito o discurso que ele mesmo tinha me dado um dia.

– O problema é quando essas células deixam de ser anônimas. Eu vi a cara da Ordem, *Gaijin*, e ela passa longe de ser bonita.

As palmas das minhas mãos transpiram no cabo da katana. Continuo sem saber o que fazer. Estou ali para matá-lo, mas se aceitar seu *Kaishakunin* estarei ajudando o Mestre a questionar a Ordem. *Ninguém desafia a Ordem.*

Nem todo o treinamento e os anos como Executor me prepararam para isso.

– A Ordem não é um monstro ou o inimigo – ele fala enquanto se afasta na direção de uma estante no canto da sala. – Mas ultimamente eles fizeram com que os anos que trabalhei recrutando soldados para a causa perdessem o sentido. Abandonei minha família me iludindo que estava criando um mundo melhor para meus filhos. A Ordem me possibilitou proporcionar-lhes uma vida confortável, mas me tornei um estranho para eles. No fim só queria que o preço que paguei pela escolha que fiz não parecesse tão caro agora.

O Mestre abre um compartimento da estante e tira de lá um punhal embrulhado em um lenço branco. Vem até o centro da sala e se ajoelha.

Acomoda o punhal embrulhado no chão, com toda a calma e solenidade que o momento exige, e desembrulha a *tantô*. Quando ergue a manga da camisa branca, vejo os ideogramas tatuados no antebraço.

"Acredita na justiça, mas não na que emana dos outros e sim na tua própria".

Agora tudo se encaixa.

Ele desabotoa e abre a camisa.

É só mais uma missão. Só mais uma missão, e eu fui treinado para isso. Fico repetindo este mantra mentalmente, tentando me convencer de que esta é só mais uma execução como todas as outras.

O Mestre me encara com olhos muito vivos.

– Não se preocupe, filho. Nesta Terra todos somos *gaijins*. Mais cedo ou mais tarde, todo mundo vai embora.

Ao vê-lo tentando me acalmar descubro que serei seu *Kaishakunin*. Darei o golpe de misericórdia que colocará fim ao seu sofrimento.

Sem dizer mais nada ele pega a *tantô*, segurando o cabo com o lenço branco. Deveria haver mais testemunhas para a determinação e coragem final do Mestre. Ele posiciona a lâmina no lado esquerdo do abdômen e pressiona a própria carne. O sangue jorra, mas sua expressão é impassível. Com as duas mãos, ele puxa o punhal para o lado direito, aumentando o corte.

Não consigo nem imaginar a dor que está sentindo, apenas sei que jamais terei o seu autocontrole.

O Mestre me olha uma última vez. Sua expressão continua determinada, mas seus olhos denunciam o inferno pelo qual está caminhando agora.

– Ainda bem que me mandaram o melhor – ele diz e então ergue a cabeça à espera do golpe final.

Um sentimento de dever e lealdade me impulsionam a agir. Desenho o arco com a katana, de carrasco a cúmplice. O sangue escorre e o corpo do Mestre desaba.

Como em toda missão, feito o trabalho não resta mais nada, apenas o vazio e sangue coagulando. Nesta hora tudo é silêncio. O tempo permanece suspenso, até que um trovão explode lá fora. Então as engrenagens do mundo voltam a girar e eu retorno ao movimento automático, apenas uma marionete a serviço da Ordem.

Foi só uma missão. Só mais uma missão. Repito o mantra enquanto deixo o apartamento, mas dentro de mim a Ordem está ruindo e

o caos ganha território. Na calçada, recebo o aguaceiro que o céu carrancudo anunciava, mas nem toda a água do planeta será capaz de lavar o sangue em minhas mãos.

Corro para o carro, meu sangue frio e a disciplina se dissolvendo a cada passo. Acomodo o tubo de projeto com a katana no banco de trás com a sensação de que cada glóbulo vermelho que ainda mancha sua lâmina pesa uma tonelada. Vou para o banco do motorista e antes de ligar o motor tento me acalmar. Um raio atravessa o céu e logo em seguida outro trovão explode. Aperto o volante até meus dedos doerem, desacelero a respiração e busco o sentimento de invencibilidade e poder que os anos trabalhando para a Ordem me proporcionaram.

A raiva lhe dá forças, faz com que se sinta poderoso, mas se essa ira não for corretamente direcionada, a chama que lhe dá forças irá reduzi-lo a cinzas.

Eu não importo mais. Deixo a ira queimar.

É nessa hora que percebo que algo se rompeu junto com aquele golpe de misericórdia.

Eles são a Ordem, mas eu desejo o caos.

Filha da Neve e os Sete Ninjas

Ana Lúcia Merege

Em Kyoto, há muitos anos, vivia uma jovem de lábios vermelhos e pele tão branca que sua mãe a chamou de Yukiko, que significa Filha da Neve. Há quem diga que o nome foi sugerido por Mifune, o jardineiro da casa, o qual, ao ser anunciada a gravidez da patroa, perguntou o que é que ele tinha a ver com isso. Mas essa é uma versão de que poucos ouviram falar.

Todos na cidade gostavam de Yukiko, mas também tinham pena dela, e por duas razões: a primeira é que a coitadinha tinha miolo mole, falava com passarinhos, com esquilos e até com ratos; e a segunda é que, tendo perdido a mãe muito cedo, seu pai se casara com a linda e impiedosa Madame Tempura, que fazia furor como estrela de *kabuki* e tinha multidões a seus pés. Ela virou a cabeça do pobre homem, fazendo-o investir sua fortuna – ganhada honestamente com uma franquia de restaurantes de *soba* – na construção de um teatro no bairro nobre de Kyoto. Não perdeu dinheiro, pois a mulher tinha cada vez mais admiradores, e estes pagavam rios de moedas e *koku* de arroz para vê-la atuar, mas perdeu o respeito dos outros negociantes e, além disso, se roía de ciúmes da esposa. Isso fez com que começasse a afogar suas mágoas no saquê, e certa noite ficou tão bêbado que acabou puxando briga com um samurai esquentado. Madame Tempura pagou a um cirurgião para costurar a cabeça do marido de volta no corpo, observou as prescrições do funeral e esfregou as mãos. Finalmente estava livre para mandar e desmandar no teatro, nos restaurantes e em sua enteada.

Se Yukiko fosse mais velha quando o pai morrera talvez seu destino tivesse sido outro e eu não estaria contando esta história. Mas,

naquele tempo, ela era uma menina tímida de onze anos, incapaz de se opor às ordens da madrasta e jovem demais para que sua beleza provocasse inveja. Assim, Madame Tempura não se livrou de Yukiko, mas a transformou numa espécie de criada, que levava recados, cuidava de suas roupas e de sua maquiagem. Com o tempo, ela se tornou muito querida pelo pessoal do teatro e pelos frequentadores, que a apelidaram de Princesa do Kabuki.

O sucesso de Madame Tempura cresceu ainda mais nos cinco anos que se seguiram à morte do marido. Multidões enchiam o teatro, e homens poderosos se engalfinhavam pelo privilégio de um encontro a sós. Depois disso, no entanto, a idade foi pesando, e alguns de seus admiradores começaram a olhar em torno, procurando novidades. Não as acharam no palco, porque Madame fazia questão de brilhar sozinha e só contratava atrizes feiosas, mas logo alguém notou a beleza e a simpatia daquela mocinha que sempre era vista nos bastidores, correndo para lá e para cá com os braços carregados de quimonos. Os comentários passaram de boca em boca, e em pouco tempo havia espectadores indo ao teatro só para ver Yukiko, ao passo que os clientes mais íntimos de Madame Tempura insistiam para que ela ensinasse a enteada a dançar e representar.

A madrasta nunca tinha ido com a cara de Yukiko, mas a tolerava porque ela fazia as tarefas mais pesadas e não causava problemas. Quando finalmente percebeu que sua beleza se tornara uma ameaça, ficou morta de raiva. A primeira medida que tomou foi afastá-la do teatro, mas isso foi pior, porque os fãs começaram a cercá-la na rua sempre que saía. Trancá-la em casa também não adiantou: na mesma noite havia admiradores rondando sua porta. Então, como nada mais funcionasse, Madame decidiu cortar o mal pela raiz, e para isso chamou à sua presença ninguém menos que Mifune, o jardineiro. Serviu-lhe uma taça de chá, certificou-se de que não estavam sendo ouvidos e segredou:

– Ao nascer do Sol, você vai levar minha enteada para uma peregrinação ao templo de Buda, a leste de Kyoto. Quando estiverem atravessando o bosque, mate-a e enterre o corpo, menos o coração, que você deve me trazer como prova. Eu o recompensarei muito bem.

Mandou embora o homem ainda apalermado com a proposta e

foi falar com Yukiko, que estava na cozinha, lavando panelas, enquanto conversava com o gato da casa.

– Ah, Yu-Chan, como tenho sido insensível! – disse a madrasta, pondo a mão sobre o peito. – Você trabalha tanto e nunca tem um momento de diversão! Pois bem, isso vai mudar. Amanhã cedo, você vai partir numa excursão até o templo de Buda, acompanhada pelo Mifune. Quero que veja lindas paisagens e faça suas orações. E depois me conte como foi, está bem, meu pequeno floco de neve?

– Sim, Madame! Obrigada! – disse Yukiko, quase em lágrimas de tanto contentamento. Não pensava que a madrasta pudesse ser tão bondosa.

Na manhã seguinte, bem cedo, ela deixou Kyoto numa carroça conduzida pelo jardineiro. Estava tão feliz que nem percebeu o quanto o homem parecia aflito. Ele sempre tivera carinho pela menina e não gostava da ideia de matá-la, mas também não tinha coragem de desobedecer Madame Tempura. Assim, viajou calado, pensando em como faria para poupar a vida de Yukiko, enquanto ela o chamava a todo momento para mostrar as menores coisas que via na estrada.

– Mifune-San, aquelas flores não são lindas?

– Mifune-San, olhe aquele passarinho!

– Mifune-San, veja aquele coelhinho fazendo cocô!

– Dá pra calar a boca um instante que seja? – explodiu, por fim, o jardineiro. Yukiko arregalou os olhos, fez que sim e ficou muda dali em diante. A viagem prosseguiu por algumas horas, com uma parada para comer numa estalagem à beira da estrada. Dali seguiram em frente e não tardaram a chegar ao bosque no qual Madame havia recomendado que Mifune fizesse o serviço. Ele, que já estava nervoso, começou a resmungar e suar frio, deixando Yukiko tão preocupada que ela quebrou a promessa de ficar em silêncio.

– Mifune-San, está passando mal? Será que foi aquele molho de soja?

– Eu, ahn, uhm...

– Não é melhor dar uma paradinha? – insistiu Yukiko.

O jardineiro concordou e puxou as rédeas. Os dois apearam e a moça se afastou para procurar flores e animaizinhos, enquanto Mifune pegava o machado que tinha trazido escondido na carroça.

Suas mãos, porém, tremiam, e quando Yukiko voltou toda feliz, querendo lhe mostrar um ninho de rouxinol ou coisa parecida, ele compreendeu que não teria coragem de fazer o que a Madame tinha lhe ordenado.

– Preciso confessar uma coisa – disse Mifune, e então despejou toda a história. Yukiko ficou apavorada e só não saiu correndo porque o jardineiro assegurou que não cumpriria as ordens de sua madrasta.

– Só tem um detalhe – disse ele. – Não posso levar você de volta pra casa. Se fizer isso, ela vai matar você de qualquer jeito e também vai se vingar de mim. Vamos fazer o seguinte: você continua pela estrada, que vai dar no templo de Buda, e pede abrigo aos monges. Eu finjo que fiz o que ela mandou, e assim fica tudo bem. O que acha?

– Acho melhor do que morrer – suspirou Yukiko, que era ingênua, mas não burra. – Mas você não tinha que levar o meu coração como prova?

Mal ela havia perguntado, um macaco saiu das árvores, aproximou-se dos dois e começou a provocá-los, fazendo caretas e mostrando o traseiro. Sendo um homem religioso e ao mesmo tempo muito prático, Mifune achou que os céus estavam mandando um sinal: atirou o machado com força e acertou bem na cabeça do macaco atrevido. Por fim, arrancou-lhe o coração. Yukiko ficou triste pelo pobrezinho, mas a alternativa seria morrer no lugar dele, por isso não reclamou. Ela e o jardineiro desejaram boa sorte um ao outro, e cada qual tomou seu rumo.

Mifune voltou a Kyoto, entregou o coração do macaco a Madame Tempura e recebeu o dinheiro prometido. Ao cair da noite, fez sua trouxa, surrupiou um vaso que sabia ser caro e sumiu da cidade, pois sabia que mais cedo ou mais tarde seria desmascarado. Assim, o jardineiro saiu da história e da vida de Yukiko, com a qual não tinha mesmo nada a ver, como, aliás, afirmara desde o início.

Yukiko continuou a caminhar em direção ao leste, mas pouco depois encontrou uma bifurcação na estrada. Não tendo a quem perguntar, errou o caminho para o templo e acabou se embrenhando no bosque cada vez mais. No fim da tarde, com fome, avistou uma casinha escondida entre as árvores, e decidiu se oferecer para trabalhar em troca de comida. Ela chamou e bateu, mas ninguém abriu a

porta, e, depois de algum tempo, Yukiko resolveu se arriscar a dar uma espiada.

Lá dentro, para sua surpresa, ela viu um monte de objetos de metal: leques, ganchos, agulhas e *shuriken* de vários formatos, todas cravadas nas paredes. Havia também muitas armas, principalmente bastões e espadas curtas. E, além disso, inúmeras peças de roupa, que pelos tamanhos deviam pertencer a vários homens, mas tinham em comum o fato de serem todas de um azul muito escuro. Estavam por todo lado, penduradas em ganchos, amontoadas no chão e até em cima do *kamado*, o fogão de barro, ao redor do qual se empilhavam panelas sujas.

Yukiko nunca tinha entrado naquela casa, mas a convivência com Madame Tempura a tinha feito desenvolver uma mania incontrolável: quando via alguma coisa suja, precisava limpá-la, e quando via bagunça, precisava arrumá-la. Do contrário, ficava muito ansiosa. Assim, mesmo sem saber como as pessoas que viviam ali iriam recebê-la, a moça se pôs a dobrar as roupas, empilhar tatames, esfregar panelas e esvaziar penicos. Arrancou as *shuriken* das paredes e as alinhou sobre uma prateleira. Varreu o chão de terra batida e tirou as teias de aranha. Enquanto fazia a limpeza, encontrou um cesto com arroz, uma caixa de peixe seco e outra de condimentos, e preparou o jantar para os moradores da casa.

Tudo estava pronto quando, de repente, Yukiko sentiu um friozinho nas costas. Achando que a porta havia sido aberta pelo vento, levantou-se para fechá-la – e, quando tornou a se virar, foi para levar o maior susto da sua vida.

Na sala, onde jurava estar sozinha, havia sete homens. Um deles empunhava uma espada, dois tinham arcos prontos para disparar, dois seguravam *shuriken* e os restantes estavam de mãos nuas, mas ainda assim em posição de ataque. Todos se vestiam de azul-escuro e usavam máscaras que cobriam o rosto, à exceção dos olhos. Yukiko recuou, apavorada, e começava a balbuciar um pedido de desculpas quando o mais gordo dos homens deu uma boa fungada.

– Pela madrugada! Que cheirinho bom! – exclamou, largando o arco e correndo para destampar as panelas. – Vejam isso! Tudo parece delicioso!

– A sala foi varrida – observou um homem alto.

– E as roupas estão arrumadas. Finalmente alguém teve coragem de mexer nas do Kagano – disse um magricela. – Quem é você, meu bem, e por que fez isso por nós?

– Seria melhor perguntar por que ela invadiu a nossa casa! – espumou um baixinho que parecia ser daqueles briguentos.

– Calma, Jushin! Seja quem for, não pode fazer frente a sete ninjas – disse um homem que, pela voz, dava a impressão de ter uma certa idade. – Mas o que está me parecendo é que ela se perdeu ou então está fugindo de alguém. Estou certo, mocinha?

– Sim, senhor. Na verdade, estou aqui pelos dois motivos – disse Yukiko. – Minha madrasta achou que eu poderia roubar seus admiradores no teatro *kabuki* e mandou nosso jardineiro me matar. Ele preferiu poupar minha vida, e eu me perdi tentando achar o templo de Buda, onde esperava conseguir ajuda dos monges.

– Mas lá não tem monge nenhum. É só um santuário – disse o magrinho. – Tem dois ou três devotos que mantêm o lugar limpo e um monte de macacos.

– Ai, não! E o que eu faço agora?

– Bem, o mínimo que podemos fazer é lhe oferecer comida e um lugar para dormir – disse o homem mais velho. – Não tenha medo, prometo que estará segura conosco. Ouviram, homens? Quero que jurem pela sua honra que não vão sequer tocar na nossa convidada.

– O Sakura também? – Perguntou o altão.

– Ele também, e você mais do que todos, Genji. Repitam comigo: juro pela minha honra que respeitarei minha hóspede. Eu juro!

– Eu juro! – disseram os outros, em uníssono.

Com isso, Yukiko ficou mais tranquila e se sentou para comer com os sete. Durante o jantar, que foi muito elogiado, eles lhe contaram que eram naturais de Koga, mas já tinham viajado para várias regiões e estado a serviço de senhores poderosos. Não deram muitas pistas sobre o trabalho que faziam, mas, pelo que ouvira a respeito de ninjas, a moça deduziu que se tratava de espionagem, assassinato e outras tarefas com as quais os samurais não podiam ou não queriam sujar as mãos. Mesmo assim, eles a trataram tão bem que ela não se sentiu ameaçada, nem mesmo quando acabou de lavar a louça e se deitou para dormir no cômodo em que os sete já roncavam.

Quando acordou, Yukiko viu os homens cochichando entre si.

Pouco depois, o mais velho a chamou e, falando em nome de todos, convidou-a para ficar morando com eles. Em troca de fazer o trabalho doméstico, teria casa, comida e proteção. A moça aceitou na hora, feliz por saber que estaria a salvo de qualquer perigo na companhia daqueles ninjas honrados e armados até os dentes.

Os dias se passaram e logo uma rotina harmoniosa se instalou na casa do bosque. Yukiko trabalhava bastante, mas seus novos amigos a impediam de fazer as tarefas mais pesadas e eram muito gentis. Ela não tardou a conhecê-los melhor, principalmente o mais velho, que se chamava Taro, e Sakura, o magrinho que adorava *kabuki* e achava uma injustiça os homens não poderem atuar. Gyoza, o comilão, era irmão de Genji, o cara alto e bonitão que vivia jogando charme para Yukiko. Os outros eram Kagano, que toda hora era flagrado tirando meleca; Jushin, o baixinho invocado, que nunca tirava a máscara na frente da moça; e o que lhe despertava mais curiosidade, um sujeito de cabeça raspada que os companheiros chamavam de Oni. Apesar do apelido, ele não se parecia com um ogro ou *youkai*, era educado e até mesmo tímido, embora Sakura garantisse que o amigo ficava uma fera quando provocado.

– Espera só alguém pisar no calo dele. Vira um *de-mô-nio* – afirmava, fechando o leque metálico que era sua arma preferida. Os sete estavam sempre praticando para aprimorar suas técnicas de luta, que chamavam de *ninjutsu*. Embora vivessem isolados na floresta, seus empregadores sabiam onde encontrá-los, pois era frequente que sumissem por um ou dois dias e voltassem carregados de moedas. Yukiko nunca lhes perguntou aonde iam e o que faziam, e eles também não contavam nada, a não ser quando a missão era comprar comida numa fazenda dos arredores. Aí, perguntavam o que ela queria. Uma vez por mês, iam ao mercado na vila mais próxima, e nunca deixavam de trazer um presentinho para Yukiko. A moça nunca fora tão feliz e poderia ter vivido assim para sempre... Se a sua madrasta não fosse tão vingativa.

Durante quase um ano, Madame Tempura viveu na ilusão de que a enteada estava morta. Para justificar sua ausência, inventou que Yukiko havia conhecido um jovem comerciante em sua peregrinação ao templo, que se casara com ele lá mesmo e fora morar em Edo. No entanto, passados alguns meses, viajantes a procuraram

para dizer que uma moça muito parecida com Yukiko estava vivendo no bosque, e outros afirmaram que tinham ouvido uns homens estranhos falando sobre ela numa vila do interior. Vila e bosque ficavam no caminho do santuário, por isso Madame não tardou a suspeitar de que fora ludibriada.

Para ter certeza, procurou um amigo dos velhos tempos, um ronin de maus bofes chamado Kimura, e o enviou em busca de informações. O homem passou três dias fora, após os quais voltou ao teatro com uma notícia que quase a matou de raiva. Segundo ele, Yukiko estava bem viva, morava com sete ninjas numa casa modesta e continuava falando com passarinhos enquanto pendurava bandanas no varal.

– Eu bem que achava que aquela garota não era boa da cachola – rosnou ele.

– E que importância tem isso? Doida ou não, aquela sonsa me enganou! Ela e aquele safado do Mifune! Mas eu vou me vingar, ah, se vou! E você vai me ajudar nisso, ouviu, Kimura-San?

– Só se você pagar muito bem. Já tive sorte uma vez, pois atravessei a floresta e só vi os ninjas de longe, quando voltavam de alguma missão. Se eles me pegam cortando a goela da garota...

– Cortar a goela? Ah, não, isso seria muito pouco! Eu quero que ela sofra por me fazer de idiota durante todo esse tempo! Esta noite vou pensar num jeito de me vingar em grande estilo, e você esteja aqui amanhã cedo para combinarmos tudo, entendeu? E largue essa tigela de saquê!

Dizendo isso, marchou a passos firmes para seu gabinete, ordenando aos berros que lhe levassem chá. Começou a maquinar seus planos de vingança, pensou até a cabeça doer, mas não conseguiu achar nada que conseguisse satisfazê-la. Estava quase desistindo e mandando Kimura usar seus próprios métodos quando a porta se abriu, deixando entrar um sujeito caolho e de sorriso sinistro: Takemoto Hanma, o mestre de teatro *bunraku* que às vezes alugava o teatro para dar seus espetáculos de bonecos.

– Olá, honorável senhora – disse ele. – Acabo de ter uma conversa interessante com seu amigo Kimura...

– O quê? Aquele traidor! – rugiu Madame Tempura.

– Calma! Sei guardar segredos – tornou o homem, com uma

risadinha. – Acontece que tenho uma ideia que pode contribuir com seu objetivo. Gostaria de ouvir?

A grande atriz hesitou, mas acabou fazendo que sim. O homenzinho se instalou diante dela e, sem demora, expôs não uma ideia, mas um completo plano de vingança. Você e eu o acharíamos macabro, mas, como era de se esperar, Madame Tempura o adorou e se esmerou nos detalhes da execução.

Dois dias depois, Yukiko se sentou à porta de casa enquanto cerzia meias. Os sete ninjas tinham saído, e ela queria ao menos a companhia dos passarinhos, já que mais ninguém costumava passar por ali. Estava tão habituada a isso que foi uma surpresa quando uma velha de coque alto, com queixo e nariz enormes, apareceu puxando um carrinho sobre o qual fora montado um fogão. Panelas estavam penduradas de um lado, e do outro havia um cesto contendo massa e temperos.

– Olá, menina! – saudou a mulher. – Eu me perdi no caminho, mas valeu a pena para ver alguém tão linda como você. Gostaria de uma tigela de *soba*?

– Obrigada, já almocei – disse Yukiko. A velha, porém, insistiu, abrindo os sacos de tempero para que ela os cheirasse, descarregando as panelas.

– Vamos, vamos! Só leva alguns minutos e é delicioso – disse, acendendo o fogo. – Dê uma chance à vovó que ainda não vendeu nada hoje!

– Bom, se é assim, acho que tudo bem – disse a moça, que não podia ver alguém necessitado sem ajudar como pudesse. A velha começou a cozinhar e pouco depois Yukiko franziu o nariz.

– O que é esse pozinho verde tão fedorento? – perguntou.

– É um ingrediente secreto, feito de uma planta rara. Cheira mal, mas dá um gostinho especial ao *soba* – garantiu a velha, despejando um bom punhado na panela. Acrescentou outros temperos, tampou por uns instantes e encheu uma tigela, que ofereceu a Yukiko. A moça olhou, desconfiada, porque o cheiro continuava ruim. A aparência, no entanto, estava normal, e a velhinha parecia tão gente boa que ela resolveu comer, nem que fosse só para ser gentil.

– Hummm! O caldo está gostoso, vovó – disse, tentando não cuspir. – Deixe-me ir lá dentro pegar seu dinheiro.

– Não tem pressa, querida. Prove a massa – disse a velha. Yukiko

pegou um pouco com os *hashis*, mastigou e engoliu. No instante seguinte, arregalou os olhos e caiu dura, como se um raio a tivesse fulminado.

Diante disso, a velha teve uma reação inesperada. Primeiro, levantou os braços e gritou: "Rá!". Depois, fez uma dancinha da vitória. Então, num gesto dramático, arrancou a peruca e o queixo falso, revelando seu verdadeiro rosto. Ou seja, o de Madame Tempura.

– Pensou que tinha levado a melhor, não é? – exclamou, dando pulinhos ao redor do corpo imóvel de Yukiko. – Pois bem, veremos quem ri por último!

Soltou uma gargalhada estridente, espantando os passarinhos, e gritou por Kimura. O ronin surgiu numa carroça que estivera escondida entre as árvores, e os dois transportaram a inconsciente Yukiko até Kyoto, onde um terrível destino esperava por ela.

Horas depois, quando os ninjas voltaram, surpreenderam-se por encontrar o fogo apagado e a casa vazia. Primeiro pensaram que Yukiko tinha saído, mas logo descartaram a ideia, pois a moça não teria aonde ir a uma hora daquelas. Gyoza conferiu as panelas e concluiu, desolado, que ela não fizera o jantar, enquanto Sakura, que era chegado a um drama, arrancou a bandana e se pôs a puxar os próprios cabelos.

– Yukiko nos deixooooou! – exclamava, todo choroso. – O que fizemos para merecer isso? O quê? O quêêêêê?

– Pare com essa ladainha! Ela não nos deixou! – disse Taro, zangado. – As roupas dela estão aqui, e há um trabalho de costura largado do lado de fora. Yukiko nunca iria embora deixando algo fora do lugar!

– É mesmo! – Sakura enxugou as lágrimas. – Então o que pode ter acontecido?

– Vamos procurar por aí. Talvez haja pistas – respondeu Oni. Dito e feito: ao esquadrinhar o solo em torno da casa, os ninjas encontraram marcas feitas pelas rodas da carroça e do carrinho de *soba*. Juntando os indícios, tiveram certeza de que alguém levara Yukiko dali contra sua vontade e logo suspeitaram de Madame Tempura.

– Agora complicou – disse Kagano, coçando a cabeça. – Essa madame é rica e influente. Não deve ser fácil lidar com ela.

– E daí? Nós somos ninjas! – Jushin deu um soco na palma da mão. – Vamos tirar Yukiko das garras da megera, nem que seja na marra!

– Vamos com calma – disse Taro. – Kagano tem razão, não vai ser muito fácil. Ela deve ter empregados e guarda-costas. Mesmo que a gente os derrote, se ela nos denunciar, vamos ter as autoridades de Kyoto atrás de nós. Mas Jushin também está certo: nós somos ninjas! Estamos acostumados a missões difíceis e vamos dar conta desta! Quem está comigo?

– Eu estou! – gritaram os outros seis.

Pelo resto da noite, eles discutiram sobre a melhor forma de agir, e de manhã cedo já estavam a caminho. Como ninjas experientes, sabiam que deviam atrair o mínimo de atenção possível, por isso entraram na cidade separados. Genji se vestiu como mercador e foi procurar o teatro de Madame Tempura, esperando que seu charme o ajudasse a arrancar informações das atrizes; Jushin e Gyoza foram investigar os restaurantes de *soba*; Oni, que era o melhor na arte do disfarce, ficou com a missão de sondar a casa de Madame. Os outros foram bater perna na cidade, ouvindo e observando tudo e se comportando de maneira discreta. De madrugada, reuniram-se num beco escuro para falar sobre o que haviam conseguido – o que, para o desânimo de todos, tinha sido muito pouco.

– Yukiko não está na casa da madrasta – disse Oni. – Aliás, a própria Madame não estava lá. Os empregados passaram o dia na farra. Quando foram dormir, saí do meu esconderijo e vasculhei todos os cômodos. Nada de Yukiko.

– Também não sabem dela nos restaurantes – contou Jushin. – Todos falam dela com carinho, mas pensam que está vivendo em Edo. Não adiantou nada irmos até lá.

– Adiantou sim! Comemos que foi uma maravilha! – declarou Gyoza, batendo na barriga.

– Também ouvi essa história de Edo. Foi o que Madame Tempura espalhou pela cidade – disse Genji. – Contou essa mentira até para as atrizes de sua companhia.

– Ela estava no teatro? Você a viu? – perguntou Oni.

– Não, ela também não esteve lá hoje. Mas as moças disseram que foi vista pela última vez saindo com um tal de Kimura.

– Já é alguma coisa – disse Taro. – Mais alguém?

– Eu! – Sakura levantou a mão. – Vi um rapazinho comprando uma seda caríssima e mandando pôr na conta de Madame Tempura.

Segui o garoto, mas uma carroça se meteu na minha frente e me fez perdê-lo de vista.

– Então Madame está se escondendo – disse Genji. – A seda certamente não é para Yukiko, mas ela está com a garota. Onde será que a mantém?

– Numa prisão – sugeriu Oni, sombrio.

– Obrigada a limpar latrinas – disse Kagano, cutucando o nariz.

– Passando fome! – gemeu Gyoza.

– Ou talvez coisa pior. Temos de nos apressar – concluiu Taro. – Sakura, vá amanhã à loja de tecidos e tente saber mais sobre o garoto. Oni, você volta a vigiar a casa, e eu vou ao teatro, pois as atrizes já conhecem Genji. Os outros vão tentar saber quem é Kimura, procurar pistas do paradeiro de Madame Tempura e, claro, de Yukiko. O próximo encontro é amanhã, neste beco, ao anoitecer.

Com isso, os ninjas se separaram, e cada um procurou um lugar para passar o resto da noite. De manhã, voltaram às suas diligências, e três dentre eles conseguiram resultados bem interessantes.

O primeiro foi Kagano, que, perguntando daqui e dali, localizou Kimura enchendo a cara numa estalagem. Depois de algumas rodadas de saquê, os dois viraram amigos de infância, e o ronin desembuchou o que sabia: que levara Madame Tempura ao bosque, disfarçada como vendedora de *soba*, a ajudara a pegar Yukiko já desmaiada e as trouxera de volta a Kyoto. Madame apeara numa casa da periferia com a garota nos braços, dera a Kimura o dinheiro prometido e o mandara sumir antes que viesse alguém. Isso não era grande coisa, mas Kagano se consolou com a ideia de que, pelo menos, Yukiko ainda estava viva.

Por sua vez, Sakura foi à loja de tecidos, onde lhe contaram que Madame Tempura era uma antiga cliente, mas não costumava fazer pedidos por intermédio daquele garoto. Ele fora atendido porque levara um bilhete com o selo dela, e também porque o conheciam, já que era filho de um alfaiate das redondezas. Sakura perguntou onde ele morava; quando chegou lá, teve a sorte de ver o garoto saindo com um cesto de palha, e o seguiu discretamente até a periferia da cidade.

O rapazinho parou numa casa arruinada, onde uma velha o recebeu e conferiu o conteúdo do cesto. Era um quimono deslumbrante, feito com a seda comprada em nome de Madame Tempura. Isso

despertou o sexto sentido de Sakura: quando o garoto foi embora, ele correu até uma loja ali perto, comprou uma caixa de bolinhos de feijão *azuki* e bateu à porta, anunciando-se como um vendedor de guloseimas.

– Não queremos nada, pode ir! – gritou uma mulher, que, pela voz, não podia ser aquela velha queixuda.

– Mas meus docinhos são uma delícia! Posso falar com a dona da casa?

– O dono da casa sou eu! – rosnou, lá de dentro, um homem muito mal-humorado. – Dê o fora ou chamo os guardas!

Lembrando-se da recomendação de Taro, Sakura não insistiu, mas antes de partir bateu em três casas vizinhas e, a pretexto de vender doces, descobriu que o sujeito grosso era um mestre de *bunraku* chamado Takemoto. Já a velha, ninguém sabia quem era: as únicas pessoas que viam entrar na casa eram o mestre e seus ajudantes, um punhado de rapazes caladões.

– A não ser, claro, que esteja falando dos bonecos do *bunraku*. São perfeitos, alguns parecem gente – disse uma vizinha. Sakura guardou a informação e foi dar uma volta para ver se descobria mais alguma coisa até a hora do encontro.

Pouco mais tarde, Oni, que estava no jardim de Madame Sakura disfarçado de estátua – ele era realmente bom nesse tipo de coisa –, viu a dona da casa chegar numa liteira e, da porta, gritar para que uma criada preparasse um banho e seu quimono mais luxuoso. Saiu três horas depois e rumou para o teatro, onde todos já trabalhavam nos preparativos da festa que Madame pretendia oferecer, naquela noite, após um espetáculo especial. Um mensageiro trouxera as ordens e um monte de convites que deviam ser entregues nas casas mais ricas da cidade.

Taro, que passara o dia em frente ao teatro vendendo frutas, presenciou tudo isso. Ele tentou pôr as mãos num convite, mas não teve como. Tudo que conseguiu, prestando atenção à conversa dos empregados, foi descobrir que o tal espetáculo grandioso seria de *bunraku*, e não de *kabuki*, como seria de se esperar.

No fim da tarde, os sete ninjas tornaram a se reunir no beco. Juntando as informações obtidas, eles concluíram que Takemoto era cúmplice de Madame Tempura no sequestro de Yukiko, e que o espetáculo daquela noite os deixaria perto de resolver o mistério.

Talvez até já pudessem agir – e assim, para alívio daqueles que se sentiam pelados sem máscara e bandana, todos voltaram a usar seus trajes de ninja e a se armar com tudo que tinham direito.

Naquela noite, não apenas o teatro, mas toda a rua estava iluminada. Lojas de lembranças, de comida e de saquê tinham aberto as portas, e um monte de vendedores ambulantes fazia ponto ali à espera dos ricaços. Os ninjas poderiam ter-se misturado a eles, mas Taro foi o único a lamentar não ter pensado nisso, e assim mesmo só um tiquinho. Usando suas habilidades, eles entraram sem ser vistos e se posicionaram em lugares estratégicos, onde podiam se comunicar por meio de sinais.

Aos poucos, o teatro se encheu de homens bem-vestidos. Todos estavam curiosos com o espetáculo, e um grupo de jovens logo puxou um coro animado:

– Co-me-ça! Co-me-ça! Co-me-ça!

– Selvagens – soprou Sakura para Oni.

– Kimura está ali – Kagano sinalizou para Gyoza. – Acho que tem outros ronins espalhados pelo teatro.

– Guarda-costas – disse o gordinho, e os ninjas compreenderam que deviam redobrar o cuidado.

Pouco depois, o espetáculo teve início, mas não com os bonecos e sim, como era costume, com tocadores de *shamisen*. Os velhos na plateia apreciaram o show, mas os jovens o consideraram chatíssimo e vaiaram os músicos até que eles saíssem com o rabo entre as pernas. As cantoras que vieram depois fizeram ainda menos sucesso. Então, de repente, todas as lanternas no teatro se apagaram, restando apenas aquelas que iluminavam o palco.

– Honoráveis senhores! – disse a voz falsamente adoçada de Madame Tempura. – É um prazer recebê-los nesta noite tão especial. Como principal atração, hoje teremos o mais novo sucesso de Mestre Takemoto Hanma... A Princesa Bunraku!

Ato contínuo, três homens vestidos de preto dos pés à cabeça – os manipuladores, que, segundo a convenção, eram considerados invisíveis pelo público –, apareceram no palco carregando um boneco vestido como um *daimyo*. A peça se iniciou com ele atravessando uma floresta e encontrando uma bela jovem que estava sob o poder de um demônio, certamente o boneco mais feio que qualquer um

ali já tinha visto. Por mais impressionante que fosse, porém, ele não chamava tanta atenção quanto a donzela, uma boneca vestida com um lindo quimono, que parecia uma pessoa real. Na verdade, lembrava muito Yukiko, e os ninjas se entreolharam quando perceberam aquilo.

– É ela! – sinalizou Jushin.

– Só se estiver morta ou muito drogada – replicou Taro, também por meio de gestos. – Podem ter feito uma boneca que...

– Boneca? Quem iria desperdiçar assim aquela seda *ca-rís-si-ma*? – Sakura cochichou, indignado. – É ela, tenho certeza!

Consultados, os outros acenaram para dizer que concordavam com o magrelo, e logo trocavam novos sinais, combinando a estratégia de ataque. Enquanto isso, alguns homens na plateia começaram a apontar, reconhecendo a semelhança da boneca com a antiga Princesa do Kabuki e perguntando uns aos outros quando ela teria voltado de Edo. Os cochichos cresceram a ponto de atrapalhar o espetáculo, levando Madame Tempura a intervir.

– Senhores, por favor, voltem a assistir à peça! – pediu ela, surgindo num canto do palco. – Esta é uma homenagem a minha pobre enteada, que faleceu vítima de um terremoto em...

– *Não*! – berrou uma voz furiosa, vinda do teto.

Nesse momento, três bombas, que os ninjas chamam de *kemuridama*, foram arremessadas à frente do palco, soltando densas nuvens de fumaça. Entre gritos e acessos de tosse, quase ninguém viu quando dois homens saltaram do teto e correram em direção à suposta boneca, ao mesmo tempo em que outros quatro caíam em diferentes pontos da plateia e se preparavam para fazer frente a guardas, ronins e o que mais se metesse em seu caminho.

Inclusive o inesperado.

– Que maravilha! Ninjas! – exclamou Takemoto, arrancando o capuz e exibindo um sorriso maléfico. – Sabia que iria me divertir com vocês, mais cedo ou mais tarde!

Seu único olho brilhava, vermelho como fogo. Os ajudantes se afastaram, deixando Yukiko inerte em seus braços. Genji, que estava mais perto, avançou para resgatá-la, mas uma lufada de vento quente, saída não se sabe de onde, o atirou para fora do palco.

Agora chegou o momento de confirmar o que você já deve ter

adivinhado: Takemoto, o mestre do *bunraku*, tinha poderes mágicos. Foi ele que arranjou o pozinho fedorento que, ao ser ingerido, fazia a pessoa apagar como se estivesse morta. Mas tem uma coisa que você provavelmente não sabe, a menos que seja um *otaku* ou fale japonês: é que *hanma* significa uma criatura que é metade gente e metade demônio. E é claro que, com esse nome, Takemoto só podia ser um deles. Felizmente, não era dos mais poderosos, ou teria fritado os ninjas de uma vez só. Mesmo assim, tinha planos para Yukiko, e usou suas habilidades – que incluíam o domínio do vento e mais umas coisinhas – para impedir que o detivessem enquanto corria em direção aos fundos do teatro.

Os ninjas tentaram alcançá-lo, mas estavam tendo problemas com seus adversários. Havia uns vinte ronins, liderados por Kimura, e meia dúzia de samurais, que não sabiam da história e estavam defendendo Madame Tempura e seu teatro daqueles supostos malfeitores. Três deles cercaram Genji, que ainda estava tonto e mal conseguiu escapar de ser fatiado por suas katanas. Gyoza, que acabara de rachar as cabeças de dois ajudantes de Takemoto batendo uma contra a outra, saltou do palco e aterrissou com todo o seu peso em cima de um samurai, enquanto Genji se recuperava o bastante para desarmar o segundo com um chute e o terceiro com o bastão curto chamado de *hanbô*. Os irmãos se voltaram então para outros adversários, que foram derrubando um a um como peças de dominó.

Do outro lado da sala, Taro liquidou nada menos que cinco ronins com seu experiente *ninjutsu*, mas se encontrou em apuros quando um sexto espadachim conseguiu desarmá-lo. Vendo isso, Kagano despachou seu adversário com um chute entre as pernas, saltou sobre uma escada que estava num canto e, lá do alto, usou sua arma secreta: um pum daqueles mortíferos, direto na cara do ronin. O homem fechou os olhos num "aaaarrgh!", permitindo que Taro recuperasse a espada e o decapitasse de um só golpe.

– Yukiko! Onde está ela? – perguntou, olhando ao redor.

– O demônio a arrastou para os bastidores! – gritou Jushin, que tentava abrir caminho em meio a uma massa de homens enfurecidos e atrizes tendo faniquito.

– E a megera também está fugindo! – alertou Genji, atirando uma *shuriken* que decepou o coque de um jovem samurai.

– Vou atrás dela! – gritou Sakura. Empunhando o leque, correu em direção a Madame Tempura, a qual, vendo que as coisas tinham desandado, tentava sair de fininho por um canto do palco. Antes que a alcançasse, porém, Kimura saltou à sua frente e golpeou com a katana, por pouco não degolando o ninja magrelo. Este deu um gritinho, mas aparou o golpe seguinte com elegância. Kimura tornou a investir, depois outra vez, e outra, mas tudo que a lâmina encontrava eram as pás metálicas do leque. Por fim, cansado daquele chove-não-molha, Sakura subiu numa graciosa pirueta, com o braço estendido e, quando aterrissou, já segurava o leque sobre a cabeça, protegendo-se dos pingos vermelhos que voaram do pescoço do ronin.

Nesse meio-tempo, Taro e Kagano tinham-se livrado de mais alguns adversários e ido ao encalço de Madame Tempura. Ela havia deixado o palco, mas, ao tentar sair do teatro, percebeu que a porta não abria. Lá fora se ouviu então o som de uma trovoada, e alguma coisa sacudiu as paredes, fazendo-as tremer.

Assustada, Madame se agarrou a uma estátua de Buda, usada como objeto de cena, e foi quando os ninjas finalmente a encurralaram. Deram alguns passos em sua direção, mas depois hesitaram, e após um momento ela percebeu o motivo.

– O que foi, meninos? Não querem atacar o Buda? – perguntou, com vozinha doce. Os dois fizeram cara feia, mas continuaram parados. A mulher se abraçou à estátua, soltando uma risadinha. Então, quando menos esperava, Jushin pulou sobre ela vindo das sombras e a derrubou com Buda e tudo.

– Comigo não adianta, megera – rosnou ele. – Sou *kirishitan*!

– Jushin, você sabe que os missionários foram expulsos, e hoje em dia é perigoso... – Taro começou.

– Chega de Jushin! – gritou o baixinho, arrancando a máscara e exibindo um bigodão viçoso. – Sou metade *namban*, Joaquim Yamashita de Faria, com muita honra!

Taro ia replicar, mas nessa hora o teatro voltou a tremer, e um barulho assustador se fez ouvir acima de suas cabeças. Os três se entreolharam, alarmados. Tentaram então abrir a porta, mas, sem obter sucesso, voltaram ao teatro, carregando Madame amordaçada e amarrada de pés e mãos como um porco.

A audiência, ou o que restava dela, estava em polvorosa. Os ninjas

tinham derrotado seus adversários, mas todo mundo estava sentindo o teatro estremecer, e ninguém conseguia abrir as portas que davam para o exterior. A maior parte das pessoas tinha se deitado no chão e protegia a cabeça, mas Sakura e os dois irmãos estavam de pé, em posição de ataque.

– E o Oni? – perguntou Kagano, dando pela falta do amigo.

– Não estava com vocês? – indagou Gyoza.

Nesse momento, um barulho mais forte veio lá de cima, e alguns pedaços do teto foram arrancados por um vento que mais parecia um tufão. As pessoas gritaram ainda mais alto, mas os ninjas viram nisso uma oportunidade e trataram de arremessar seus ganchos de escalada. Subiram facilmente, como aranhas por uma teia, e saíram pelos buracos do teto, onde se depararam com uma cena impressionante.

Takemoto Hanma estava sobre os restos do telhado, tendo Yukiko desmaiada aos seus pés. Seu corpo emitia raiozinhos vermelhos, que chiavam em torno dele, e os músculos estavam inchados feito bolas. Já a cara, que nunca fora lá essas belezas, estava retorcida, a boca aberta mostrando presas enormes e os olhos faiscando.

– Era *você* que eu queria o tempo todo – rosnou ele para o ninja à sua frente. – Compactuei com a megera e a deixei armar tudo isso tudo porque sabia que você viria com seus amiguinhos humanos. É um prazer tê-lo no meu espetáculo!

– Solte a garota – rosnou Oni. Sua pele estava azulada, e a bandana se rasgara nos pontos em que três pequenos chifres lhe brotavam da careca.

Isso porque, como você deve imaginar, Oni também não se chamava assim à toa, embora não fosse um ogro – como o nome indicava – e sim um *hanyou*, mestiço de humano e *youkai* que vez por outra sofria uma transformação. Quando pisavam no seu calo, como dizia Sakura.

– Solte-a – ele repetiu, erguendo a espada.

– Venha pegar! – replicou Takemoto. Bateu com o pé no chão, ou melhor, no teto, fazendo-o estremecer. Os seis ninjas escondidos na sombra se equilibraram para não cair, e Oni não resistiu à provocação.

– Ráááá! – urrou, avançando sobre o outro. O *hanma* encheu as

bochechas e soprou, provocando uma ventania que ergueu Oni, mas não conseguiu jogá-lo para longe. Ele deu uma cambalhota no ar e aterrissou quase ao lado de Takemoto, mas, em vez de tentar atingi-lo com a espada, desferiu-lhe um chute nas costelas. O *hamna* recuou e atirou uma descarga de energia vermelha, fazendo Oni cambalear. Ao se endireitar, tinha entre os dedos facas de arremesso, que foi jogando no adversário enquanto se aproximava. Takemoto se esquivou de uma, de duas, de três, mas a quarta se cravou em sua coxa, fazendo-o soltar um berro horrível.

Vendo-o distraído, os ninjas agarraram as mãos uns dos outros, formando uma corrente. O primeiro se segurou ao teto enquanto os outros se esticavam o máximo possível para chegar até Yukiko. Assim conseguiram puxá-la para junto deles, mas então o *hanma* se voltou e pegou-os no flagra.

– Malditos! Vão pagar caro! – rugiu, erguendo as mãos. Entre as palmas surgiu um disco de energia que girava rapidíssimo, expelindo pequenos raios elétricos. Takemoto disparou alguns contra os ninjas, que conseguiram se esquivar, e ia jogar mais quando Oni deu um salto no ar e aterrissou com os pés nas suas costas. O meio-demônio caiu para frente, e o adversário aproveitou a chance: montado sobre ele, soltou um grito de gelar o sangue, agarrou a cabeça de Takemoto e torceu seu pescoço com toda força. O *hanma* gritou, esperneou e se debateu, mas Oni continuou a torcer, torcer, torcer até que uma fumaça preta lhe escapasse das ventas. Um cheiro forte de queimado encheu o ar, e pouco depois Takemoto ficou imóvel, estatelado de barriga para baixo como um boneco de *bunraku*.

– Hã... Acho que acabou, né? – perguntou Gyoza, após uns momentos.

– Por que você não nos disse que conhecia o *hanma*? – indagou Kagano.

– Ele era um velho desafeto, mas eu não sabia que estava metido nisso até Sakura vir com a notícia – justificou-se Oni. – Não sabia nem que estava usando *bunraku* para encobrir suas trapaças.

– Falando nisso, Gyoza está errado. Ainda não acabou – disse Taro. – Temos de fazer Yukiko acordar.

Assim que Oni se acalmou, voltando a parecer apenas um careca sarado, os ninjas desceram para o teatro. Lá, encontraram a situação

consideravelmente mudada. As pessoas não tinham conseguido sair, mas, pelos rombos no teto, haviam assistido ao combate, ouvido as palavras de Takemoto e concluído que Madame Tempura tinha culpa no cartório. Akira, o samurai novinho que perdera o coque, a desamarrara e a fizera confessar tudo, de forma que os ninjas foram recebidos, se não como heróis, pelo menos como caras honrados que tinham feito a sua parte. Ajudou muito o fato de que eles haviam matado os ajudantes de Takemoto e os ronins, mas não os samurais, ainda que alguns estivessem um pouco machucados. Além disso, todos os presentes gostavam de Yukiko e estavam felizes por ela ter sido salva. Faltava apenas fazê-la voltar a si.

– Joga água fria nela – sugeriu alguém.

– Dá um tabefe – disse outro.

– Enfia um *hashi* na garganta e faz cosquinha – falou um terceiro.

– Parem! Não veem que esse não é um engasgo comum? Ela está enfeitiçada! – exclamou Akira. – Oh, Yukiko, e eu que tantas vezes vim ao teatro só para ouvir você cantar enquanto esfregava o chão! Por que não a levei embora enquanto pude?

Dizendo isso, ele se precipitou sobre a moça, que estava estendida num tatame, e lhe tascou um beijo daqueles. Fez isso com pressa, porque sabia que os ninjas iriam arrancá-lo dali, como de fato arrancaram. O que ninguém sabia é que o beijo de Akira era do tipo aspirador de pó e assim, no momento seguinte, Yukiko se sentou, tossiu até ficar roxa e finalmente cuspiu o fio de *soba* preso em sua garganta. Foi uma surpresa e uma grande alegria para todos, menos, é claro, para a madrasta. Um oficial que estava no teatro a levou para ser interrogada, e os outros voltaram a se sentar, querendo saber como terminaria aquela história.

Yukiko estava meio zonza, mas não precisou que lhe contassem o que acontecera, pois tinha ficado consciente o tempo todo. Ela revelou que os ajudantes do *bunraku* eram mortos-vivos – na verdade, só *mortos*, depois da luta com os ninjas –, mas o boneco-demônio era apenas isso, um boneco, inspirado na avó materna de Takemoto. Quanto a Yukiko, o plano era deixá-la daquele jeito a vida toda, ou até que o público se cansasse da Princesa do Bunraku.

– Mas, graças a vocês, isso não aconteceu – disse ela para os sete ninjas. – Vocês são maravilhosos!

– E eu? Fui eu que livrei você daquele *soba*! – protestou Akira. – Além disso, estou apaixonado por você há muito tempo... Então, que tal casar comigo?

– Ca... Casar? – Yukiko levou um susto.

– Ei, espere um pouco! – reclamou Genji. – Eu respeitei o juramento e tal, mas, se Yukiko vai se casar, a preferência é minha!

– Sua por quê? Talvez ela prefira um homem mais velho – Taro insinuou.

– Ou um mais exótico – apelou Jushin, aliás Joaquim de Faria, cristão e metade português.

– Deixem de ser ridículos! Ela vai se casar comigo! – disse Akira, estufando o peito. – Certo, princesa?

– Não – respondeu ela, para espanto do rapaz e alegria dos ninjas. – Sinto muito.

– Rá! Perdeu, playboy! – esnobou Kagano.

– Mas... Mas Yukiko... Por quê? – perguntou Akira, perplexo. – Você pode pelo menos me explicar?

– Bom, porque... Porque você é um samurai, e se pisar no calo do *daimyo* a família inteira tem que fazer *seppuku*. Ah, e além disso, não te conheço, você chamou meus amigos de ridículos e beija mal. Pronto, falei – disse Yukiko, cruzando os braços.

Akira soltou um rugido e já ia puxando a espada, mas um olhar para Oni o fez mudar de ideia. Ele bateu em retirada, pisando duro, e a plateia prendeu a respiração à espera do desfecho.

– Bom, Yukiko – Oni suspirou. – Eu adoraria me tornar seu marido, mas admito que seria complicado. Então, qual dos outros você escolhe?

– Os... Os outros, né? Eu... Bom...

– Ih! Não é por nada, rapazes – disse Sakura –, mas acho que vocês vão continuar na *friendzone*.

– Verdade? – fez Joaquim, acabrunhado.

– Acho... que é melhor, sim – murmurou Yukiko. – Como eu poderia escolher?

– Eu abro mão em nome do Genji, desde que me convidem pra jantar toda noite – ofereceu Gyoza.

– Obrigada, mas... Mas eu prefiro continuar jantando com os sete – disse a moça, criando coragem. – Não estou interessada em me

casar, e sim em assumir os bens que meu pai me deixou. Quero vocês por perto para me apoiarem. De repente pode até rolar alguma coisa, um dia, mas sem pressão. Vocês aceitam?

– Bom... Nós somos ninjas – disse Genji.

– Ninjas podem ser contratados para prevenir problemas... – continuou Kagano.

– E os primeiros que existiram eram gente do povo, que defendia suas terras e seus amigos – Taro concluiu, com um sorriso. Yukiko fez que sim, emocionada. Depois, abriu os braços, e os oito se juntaram num abraço tão apertado que ela quase perdeu os sentidos de novo.

A vida de Yukiko deu uma virada radical depois dessa noite. Com a madrasta na prisão, a moça levou os sete ninjas para morar com ela, e eles passaram a ajudá-la na administração dos restaurantes e do teatro. Meses depois, o *shogun* proibiu que mulheres participassem do *kabuki*, e Sakura realizou seu sonho de se tornar o astro de uma companhia, vestindo lindos quimonos e fazendo performances incríveis com seu leque. Mesmo assim, ele dava um jeito de acompanhar os amigos em suas missões, que continuaram a ser um mistério, até para Yukiko. Não que ela ligasse. Da sua parte, bastava ser feliz – e a Filha da Neve o foi para sempre, como só se pode ser na companhia de sete ninjas.

A busca pela Imortalidade

Ágatha Yukari

Costumo dizer que tive três vidas distintas, nas quais aprendi e presenciei coisas magníficas, assim como fiz coisas de que não me orgulho. Minha primeira vida foi boa, mas pensando hoje com clareza, foi inútil. Ela terminou no momento em que meu mestre morreu, e aquele poderia ter sido o fim de tudo, se não fosse por um homem: Mitsuhide Akechi.

Também costumo dizer que o momento mais importante da vida normalmente acontece no seu final. Um homem pode viver de forma ordinária se puder morrer heroicamente. E o começo deste fim ocorreu há muitos anos, na noite que hoje é conhecida como "O Incidente de Honnō-ji".

Passei minha lâmina em alguém jovem demais para estar no exército. Lembro-me de sentir mais uma alma se agarrar à minha, como um débito infinito de uma dívida que eu pagaria na morte.

Conseguia ouvir os gritos do lado de fora do castelo, os homens lutando, morrendo. Uma batalha da qual não me orgulho. Como muitas outras.

Entrei no grande aposento a tempo de ver Nobunaga rendido, torso nu, segurando uma tantô, com Mitsuhide pronto para decepar a sua cabeça.

– Então este é o motivo da sua traição? Vingança? – Foi o que Nobunaga perguntou, parecendo muito mais calmo do que imaginei.

– Eu? – Mitsuhide desatou a rir. Uma risada esganiçada e rouca, destoando da sua aparência serena. – É muito mais simples do que pensa. Estamos em um grande jogo pelo poder onde só existem

dois tipos de jogadores: os que roubam e os que são roubados. Hoje, eu roubei o seu futuro.

– Não haverá vencedores neste jogo – Nobunaga encarou-o.

– Este jogo não é nosso, você sabe – Mitsuhide continuava com a espada a postos.

Não havia raiva, tristeza ou medo nos olhos de Nobunaga, mesmo prestes a morrer. Eu gostaria de entender o que se passava na cabeça dele, mas Mitsuhide parecia compreendê-lo. Sussurrou algo que não consegui ouvir.

Nobunaga afundou a lâmina na barriga, rápido, sem seguir todas as etapas do ritual formal. Estávamos em campo de batalha, afinal. Foi o próprio Mitsuhide quem lhe arrancou a cabeça, e eu virei o rosto no momento em que ela rolou.

– Não gosta de presenciar a morte, Toke? – Mitsuhide me perguntou, encarando a lâmina suja de sangue que limpava na própria manga.

– Oda Nobunaga* era um grande homem – abaixei minha cabeça ao responder, em sinal de respeito. – Não gosto de ver grandes homens sem suas cabeças.

Mitsuhide ficou em silêncio por um momento, e eu temi ter dito algo que o teria desagradado.

– Tem razão – ele seguiu em frente, caminhando para fora com uma tocha em mãos. Eu me senti aliviado. – Queimem o castelo. Ninguém terá a cabeça de Oda Nobunaga.

Vi alguns homens correrem para dentro, jogando óleo no chão, e outros saírem com tesouros saqueados. Vi, no meio desse caos, um general que não comemorava por derrotar o maior xogum de todos os tempos. Ao invés disso, parecia lamentar a vitória.

– Não está feliz por conseguir sua vingança? Não era o que mais queria? – perguntei ao chegar ao lado de Mitsuhide, falando em voz baixa para que não nos ouvissem, mesmo que ninguém estivesse prestando atenção.

– Conseguir o que se quer e ser feliz são coisas diferentes. Ninguém me apoiará como xogum, isso não irá durar muito tempo.

---

* Oda Nobunaga foi o primeiro grande unificador do Japão. Conhecido também por ser o Daimyo mais violento da época, conquistou vários feudos menores, antes de ser morto por Mitsuhide Akechi.

– Então o que planeja?

– Muitas coisas foram tiradas de mim. E com esta empreitada, minha cabeça está a prêmio. O vencedor é quem sobrevive, então preciso ser imortal – Mitsuhide mantinha-se impassível.

Permaneci calado. Não sei se era por não ter nada o que dizer, ou se simplesmente tivesse medo da resposta. Mas ele entendeu meu silêncio como hesitação e continuou:

– A busca pela imortalidade é um caminho torto e desonrado. Entenderei se decidir parar de me seguir.

Colocou a mão sobre a espada e olhou o fogo, que se espalhava em incrível velocidade. Eu sabia que não era a imortalidade seu objetivo final, ele sempre teve outros planos, algo que nunca dizia pra ninguém. Mas se eu continuasse ao seu lado, talvez conseguisse compreender.

Curvei-me à sua frente, mesmo sabendo que Mitsuhide não me olhava diretamente. Sua alma queimava mais que o castelo às minhas costas, e foi a ela que jurei seguir, pelo resto de minha vida.

As predições de Mitsuhide sempre foram exatas. Não foi novidade para mim que uma corrida contra o tempo fosse armada, enquanto ele ainda detinha o poder de grande xogum, poder este que foi usado para trazer Yao, a *ningyo hime*, ao castelo. Rumores diziam que aquela garota estava viva há mais de quinhentos anos e sua aparência nunca mudara. Eu nunca havia acreditado naquilo.

– Yao-sama! Fico feliz que tenha atendido ao meu pedido – Mitsuhide murmurou assim que ela passou pela porta. Usava um véu branco sobre a cabeça, o que tornava impossível ver seu rosto.

– Yao-sama acredita que se ela pode fazer algo para acabar com estas guerras, ela o fará. – Um monge que a acompanhava respondeu em seu lugar.

Eu não esperava que ela viesse até nós com tanta facilidade. Mesmo escoltada entre tantos monges e sacerdotisas, aquilo mais parecia um grande show para nos enganar.

Ergui minha espada até a altura do pescoço de quem dizia ser Yao. Não precisei ser rápido. Ninguém nunca imaginaria que algo assim poderia acontecer; a crença, afinal, era que qualquer um que

atentasse sobre a vida da garota seria amaldiçoado em até cinco gerações.

Os monges me olharam como se eu fosse um monstro. Mitsuhide riu.

– Acharam mesmo que eu acreditaria que esta aqui é a grande Yao? – Quando Mitsuhide disse o nome da sacerdotisa sem nenhum honorífico, senti a garota sob minha espada estremecer de raiva. – Vamos ver se sou bom em adivinhação. – ele passou entre as sacerdotisas, analisando o rosto de cada uma enquanto retirava seus véus. – Devo confessar que o disfarce é muito bom – Mitsuhide parou na frente de uma delas, mas mirou a adaga nas costas de um monge ao seu lado. – É você, não é?

Um momento de tenso silêncio surgiu. Eu conseguia ver o suor brotando sobre a careca dos outros monges e seus lábios tremerem. Não era realmente necessária nenhuma afirmação, tendo em conta a reação daquelas pessoas.

– Eu poderia mandar matar a garota por decidirem continuar com este teatro. – Mitsuhide continuou, ao notar que o silêncio permanecia. – Mas se ela decidiu ser a isca, já estava pronta para morrer.

O monge que tinha a adaga mirada em suas costas se virou lentamente. Parecia ser a única pessoa calma naquele recinto.

– Como descobriu? – Mesmo que sua cabeça raspada a fizesse se passar com facilidade por um garoto, sua voz era doce demais.

– Você é obviamente a mais jovem daqui, nova demais para ser monge. Mas seus olhos trazem sabedoria e conhecimento.

Yao sorriu.

– Ganhou o direito de ser ouvido, Mitsuhide-san. Podem nos deixar a sós – ela disse, dirigindo-se a todos, que obedeceram com hesitação. A garota sob minha espada deixou uma lágrima escapar quando a abaixei, fazendo-me duvidar que estivesse mesmo disposta a morrer.

Mitsuhide acenou para que eu permanecesse na sala.

– Você é um bom guerreiro. Como se chama? – Yao me encarava diretamente ao falar, mas levei um tempo para perceber que a pergunta era destinada a mim.

– Toke – respondi.

– Seu coração é leal, mas bondoso demais – apenas assenti, sem saber se aquilo seria um elogio ou uma zombaria. Yao se virou para Mitsuhide e enrolou as contas nas mãos antes de encará-lo. – As

pessoas me procuram por dois motivos: conselho ou imortalidade. Sei que deseja o segundo, mas lhe darei o primeiro. A morte não deve ser temida, e a falta dela é uma maldição.

– Então compartilhe dela. Não está cansada de ser a única a viver eternamente?

Yao ficou em silêncio por um momento, enrolando e desenrolando as contas das mãos enquanto parecia analisar a alma de Mitsuhide.

– Qual o seu motivo?

– Dentro de alguns dias, me será tirado o título de xogum. Quando isso acontecer, me restarão apenas duas coisas: meu nome e minha memória – Mitsuhide guardou a adaga sem desviar o olhar de Yao por um único momento. – Então preciso que ao menos estas sejam eternas.

– Você tem a vida de muitos homens nas mãos. Isso não conta? – Ela passou o olhar sobre mim brevemente, como se tivesse pena do que eu era.

– Não é a vida deles que me pertence, mas sim sua lealdade. E ela é mutável.

– Como a sua foi com Nobunaga?

Mitsuhide não respondeu. Apenas sorriu.

Yao desviou os olhos para mim novamente.

– Pode me passar a espada? – Ao invés de lhe entregar minha espada, ofereci a adaga que sempre mantinha no *hakama**. Com incrível agilidade, ela passou a lâmina no próprio pulso e nenhuma gota de sangue escorreu, apesar do corte ser profundo o bastante para que eu pudesse enxergar sua carne. Assustei-me de início, desembainhando a espada por puro reflexo. O corte se fechou como escamas de peixe se encaixando até reconstituir a pele perfeita da garota.

– Então é real – Mitsuhide sussurrou, enquanto abaixava minha mão. Seus olhos mantinham um brilho de estranho fascínio. Era quase demoníaco.

– Comi carne de *ningyo*, o homem-peixe, e isso me deu a imortalidade. Mas eles não existem mais. *Ningyo* não era uma raça, mas sim um único ser divino.

– Se existiu um caminho, outros também podem existir, estão apenas escondidos. Você sabe o segredo – não era uma pergunta,

* Calça larga, usada mais comumente por homens e sacerdotisas sobre o happi. É amarrada na frente e atrás e leva uma grande quantidade de tecido.

mas naquele momento eu não havia pensado em como Mitsuhide poderia ter tanta certeza.

– Quando o grande Kirin dourado separou o Japão do resto do mundo, seres divinos foram criados para proteger o conhecimento maléfico da vida. Estes são Suzaku, o pássaro vermelho; Seiryu, o dragão azul; Genbu, a tartaruga negra e Byakko, o tigre branco. Se quiser a vida eterna, precisará eliminá-los.

Só percebi que havia prendido a respiração quando ela terminou de falar. Costumava ser cético antes e agora era o momento de acreditar em algo, mesmo que tudo que eu tivesse fosse uma ficção. Virei o rosto para ver Mitsuhide em uma estranha contemplação, entre euforia e medo.

– Você sabia disso, não sabia? – Yao perguntou. – Este era seu objetivo real.

Mitsuhide não respondeu. Ambos pareciam manter uma conversa sem palavras, com mensagens escondidas em seus olhos e sorrisos.

– Se eles deixarem de existir, o mundo dos deuses e o mundo dos humanos estará separado para sempre. Deseja mesmo continuar com isso?

Algo na última frase da garota fez a determinação de Mitsuhide aumentar visivelmente. Ele andou até a porta com pressa, parecendo empolgado demais para se conter.

– Vamos sair dentro de dez dias. Apenas nós três. – Mitsuhide disse, antes de fechar a porta de correr com mais força que o necessário, fazendo o papel de arroz estalar.

Voltei a olhar Yao, que encarava a porta parecendo assustada por ser incluída naquela jornada. Eu me aproximei dela, sentando-me à sua frente em uma tentativa de mostrar humildade. Éramos dois servos agora, e eu tinha dúvidas que não desejava.

– Você contou tudo a ele sem hesitar – comecei. – De tantos outros, por que Mitsuhide?

– Os deuses não deveriam viver entre nós. Seu mestre parece ambicioso à primeira vista, mas posso ver em seus olhos o verdadeiro código, esquecido há muito tempo. Ele tem motivos que não discutirei.

Não me importava que meu mestre guardasse segredos. Eu não tinha nem mesmo o direito de questionar seus verdadeiros motivos.

Mas aquilo me intrigava. Mesmo que eu fosse o samurai líder da tropa pessoal de Mitsuhide, não conseguia realmente perguntar por me sentir inferior a todas aquelas decisões.

– Por que o segue? – Yao perguntou, despertando-me do devaneio.

– Ele salvou minha vida e me aceitou, um ronin em desgraça, como general do seu exército. Deixei meu antigo nome e agora sou apenas Toke.

– As maldições que caem sobre quem mata divindades podem ser insuportáveis. Está pronto a seguir Mitsuhide mesmo assim?

– Jurei lealdade e lhe entreguei minha vida. Não me cabe a dúvida ou o medo.

– "Eu não tenho poderes mágicos, faço da personalidade minha magia. Eu não tenho vida ou morte, faço das duas uma, tenho vida e morte.".

Yao citou, não para mim, mas para que o vento levasse e tornasse as palavras sagradas.

Dez dias depois, Hideyoshi chegou ao castelo exigindo vingança. O fato de Mitsuhide ter previsto com tantos detalhes o que aconteceria não me surpreendeu na época. Eu era cego de várias formas para muitas coisas que diziam respeito ao meu mestre.

Metade do exército de Mitsuhide ficou para perecer e a outra metade foi a Yamazaki para despistar. Lembro que em nenhum momento os homens pareciam estar indo para serem iscas e morrer. Mitsuhide nada disse antes de se retirar. Mas com um gesto, um único gesto, fez os olhares de todos refletirem orgulho de lutar. Ele se inclinou, como um servo perante um deus. Foram alguns segundos de puro silêncio, onde até mesmo os cavalos pararam.

Estávamos agora subindo as montanhas, em uma caminhada de três dias em direção ao leste, vestidos de camponeses, exceto por Yao, que permanecia como um jovem monge. O meio da floresta parecia um pouco mais assustador por estarmos em poucas pessoas. Eu me perguntava se era mesmo sensato enfrentar um deus sem um exército.

– Pode ser estranho que eu tenha somente você ao meu lado neste momento. – Mitsuhide começou a dizer, como se pudesse ler meus pensamentos. – Mas confio na sua espada, e quero poupar o

restante dos meus homens da maldição. Uma morte em batalha é muito mais honrada.

Assenti, com um pouco do nervosismo me atingindo pela nossa missão. Eu não acreditava em divindades até poucos dias antes, quando Yao mostrou de forma convincente que os dois mundos estavam muito mais próximos do que eu imaginava.

Virei-me para olhá-la. Seus trajes atrapalhavam na subida da montanha, o que a fazia se atrasar ao nos seguir.

– Por que Yao está conosco? Ela é só uma garota... – perguntei em meio a sussurros para que ela não nos escutasse.

– Lembre-se que ela é muito mais velha que nós dois juntos. E passou todos esses anos buscando a mortalidade, pesquisando, estudando. Yao é a única que sabe como encontrar estas divindades.

– Não desconfia por ela estar nos ajudando?

– Com poucas perguntas, ela nos analisou melhor do que você conhece a si mesmo. Se ela decidir que eu não mereço, talvez ela esteja certa.

Acenei com a cabeça, mesmo não entendendo ao certo o que aquilo queria dizer. Olhei para trás, observando Yao, ofegante, enquanto subíamos a colina. Mitsuhide foi até ela e, sem dizer nada, obrigou-a a subir em suas costas. Mesmo com os protestos meus e dela, ele a carregou por toda a viagem, sem nunca parecer cansado.

Quando encontramos Seiryu, senti meu coração disparar e algo correr nas veias como se fosse gelo. Tremi, não de medo, mas de euforia. Não conseguia imaginar como um ser do tamanho de uma montanha poderia ter sido visto tão poucas vezes entre os homens. Ele não chegava a encostar-se ao chão, e embora flutuasse, não parecia conseguir alçar voo a uma distância muito acima das árvores mais baixas. Eu o seguia com os olhos, atento, até que, antes que pudesse perceber, ele sumiu.

– Ele pode ficar invisível – Yao sussurrou.

Estávamos os três escondidos em moitas amarelas e secas pelo outono. Mitsuhide estreitou os olhos e voltou à nossa direção.

– Seiryu tem um ponto fraco? – Mitsuhide perguntou, analisando sua própria lâmina, uma mania que eu sabia significar que estava planejando algo.

– Divindades não mostram seus pontos fracos. Mas ele tem um ponto forte: água.

Sem combinar nenhum tipo de esquema, nem comentar seu próprio plano, Mitsuhide terminou de desembainhar sua espada, e com o punhal na outra mão, começou a atritar as lâminas para criar faíscas. A espada flamejante de Nobunaga estava com Mitsuhide agora. Uma espada incandescente que queimava sem necessariamente pegar fogo. A lenda dizia que fora presente do próprio Suzaku, o pássaro vermelho. Naquele momento comecei a pensar que a lenda era real.

Não precisávamos entrar em um consenso por meio de palavras para saber o que seria feito. Eu apenas me levantei para agir, copiando o tilintar do ferro para colocar fogo no mato seco, com menos eficiência que a espada de Nobunaga.

O fogo se espalhou muito mais rápido do que imaginei ser possível, incendiando também a grama molhada e criando uma cortina de fumaça que praticamente nos ocultava.

Em meio ao fogo, senti uma brisa passar por mim de modo rasteiro. Era Seiryu, que se movimentava para apagar o fogo e proteger sua floresta.

Aguentando o calor das chamas ao meu redor, que sentia chamuscar minhas vestes, deitei-me na terra. Desembainhei a espada e deixei a lâmina no fogo mais próximo. Seiryu fazia movimentos incrivelmente graciosos, mas seu tamanho tornava impossível se ocultar em meio à fumaça. O plano de Mitsuhide seria perfeito se eu soubesse agir de forma prudente.

Aguardei, tentando o silêncio total, o que se tornava a cada segundo mais difícil graças à fumaça inalada, que fazia minhas narinas arderem. Foi então que vi a agitação da fumaça sobre mim, e quando percebi sua respiração gelada, levantei-me com a espada em punho. Senti a lâmina quente ser enterrada, abrindo caminho entre as duras escamas. O grito que a criatura soltou era ensurdecedor, um som gutural entre um sopro agudo de flauta e o estrondo de um trovão.

Não vi de onde Mitsuhide surgiu, apenas um traço de luz flamejante ser enfiado por baixo, correndo uma longa extensão que se mostrou ser a garganta da criatura quando voltou a ficar visível. Minha espada quebrou, me fazendo cair de lado com a empunhadura em mãos, ainda quente.

As pessoas normalmente acreditam que ao matar um deus, sentimos desespero ou grande euforia. Eu só consigo me lembrar do grito que ambos, Seiryu e Mitsuhide, soltaram em uníssono. Lembro também da dor que sentia pela empunhadura quente na mão. Foi só isso, assim como matar uma pessoa qualquer em um campo de batalha.

Na segunda vez que Mitsuhide espetou sua espada em brasa no dragão, Seiryu e a fumaça se tornaram um antes de desaparecer. Não havia sobrado um corpo ou nada que realmente pudesse provar que o havíamos matado. Apenas uma certeza dentro de nós, uma sensação de que o mundo havia perdido algo.

Mitsuhide colocou a mão no meu ombro quando terminou, murmurando algo que não entendi. Yao chorou, de forma estranhamente empática, mas sem mostrar arrependimento. Juntos, rezamos pela morte terrena de Seiryu antes de partir, construindo um templo improvisado com pedras e flores. E mesmo que, para quem ouça pareça ter sido uma batalha fácil, devo confessar que foi a mais difícil que já lutei.

Mitsuhide me proibiu de matar os outros deuses. Disse que não era certo que eu fizesse o trabalho. Tornei-me apenas um apoio estratégico que faz, como dizem, o trabalho sujo.

Apesar de não gostar muito da ideia e de me sentir um traidor de certa forma, não deixei de me sentir aliviado. A morte de Seiryu foi um grande fardo a carregar. Seus gritos pareciam ecoar por meus ouvidos infinitamente, de dia ou de noite, o que quase me levou à loucura em certos momentos da viagem.

Não sabia como Mitsuhide conseguia prosseguir depois da morte de Byakko ou de Suzaku. As queimaduras causadas pelo pássaro vermelho nunca cicatrizavam, criando bolhas que eclodiam dia após dia em seus braços. Já os raios de Byakko fizeram com que Mitsuhide tivesse espasmos vigorosos durante o sono. Ele não dormia desde então.

– Você sabe de algo sobre o objetivo de Mitsuhide que desconheço – confrontei Yao certo dia, enquanto Mitsuhide meditava para saciar seu próprio sono. – Ele não quer viver eternamente, não desta forma.

Ela raspava a cabeça com o punhal que Mitsuhide lhe dera. Seu

cabelo já havia crescido muito desde que saímos do castelo. Yao parou o que fazia, limpando a lâmina na água antes de se virar para me responder.

– A imortalidade é uma máscara. Seu mestre é muito mais do que todos acreditam. – Como sempre, ela respondeu daquela forma enigmática que sempre falava. – Nobunaga, Ashikaga, Masamune, o que acha que eles têm em comum?

– Foram eles que começaram as guerras.

– Mitsuhide quer acabar com as guerras e unificar o Japão. Este é o caminho que ele está seguindo.

– Qual a relação dos deuses com tudo isso?

– Abra a mente, Toke. Mitsuhide é um deles...

– Não diga coisas desnecessárias – Mitsuhide nos interrompeu, parecendo surgir de lugar algum ao nosso lado. Sua aparência não era das melhores. A falta de faixas em seus braços revelava as feridas causadas pelas queimaduras. Suas olheiras eram profundas e escuras. E os espasmos pareciam ficar mais frequentes. – Não acho bom que conversem sem minha presença.

O que ele disse não me pareceu uma ordem ou uma ameaça, fora mais como uma sugestão. Não parecia ser típico de Mitsuhide aquela forma de falar.

– Se sente melhor? – Perguntei, evitando a questão que realmente queria fazer: se conseguiria prosseguir para matar Genbu.

– Estou pronto. É tudo que preciso para continuar.

Curvei-me um pouco, em um pedido mudo de desculpas pela pergunta.

Ele segurou Yao em suas costas novamente para que continuássemos a viagem. Tentei não me concentrar muito no que ela havia dito, mas era difícil não pensar na frase "Mitsuhide é um deles".

Passei o caminho todo tentando limpar minha mente, pois sabia que a próxima criatura seria a última. E pelo estado que Mitsuhide estava, podia ser a última batalha dele também. E isso eu não permitiria.

Quando vi que a grande montanha à nossa frente era na verdade Genbu, a tartaruga negra, estremeci. Foi uma sensação estranha, principalmente quando Mitsuhide foi até ela de frente.

Genbu não era como os outros deuses. Sua força não era mágica e não havia imprudência em seus atos. Ela era a única que conseguia falar em uma língua humana, mas tinha uma cobra enrolada em torno de seu casco que não emitia nenhum som. Genbu era tanto a cobra quanto a tartaruga, duas criaturas que dividiam o mesmo corpo, com personalidades totalmente contrastantes. E eu acreditava que seus pensamentos também não eram compartilhados.

– Mitsuhide Akechi – Genbu, a tartaruga, chamou com uma voz estrondosa, e mesmo assim, serena. Calou até mesmo o cantar dos pássaros, como se a natureza parasse para ouvi-la. – Sinto o cheiro dos meus irmãos em você, mas há um que se sobressai dos outros.

– Sim, eu sou filho do deus Byakko. – Mitsuhide respondeu em alto tom, produzindo um choque nas minhas veias.

Sem me conter, saí do local onde Mitsuhide ordenou que ficasse escondido. Yao segurou a barra do meu *happi**, obrigando-me a virar para olhá-la.

– Mitsuhide é um deles. Assim como Nobunaga era filho de Suzaku, Ashikaga de Genbu e Masamune era filho de Seiryu. A batalha pertence a eles.

Apesar de surpreso com a revelação, senti que uma parte de mim já havia percebido aquilo há muito tempo. Todos estes grandes samurais que se tornaram xoguns, com suas habilidades acima do normal. A capacidade de Mitsuhide prever o futuro e matar os deuses com tanta eficiência. Todos esses indícios sempre estiveram ali, diante de meus olhos.

Acatei o pedido de Yao de permanecer ali, mas não voltei a me esconder. A cobra Genbu virou sua cabeça para mim, arregaçando os dentes de forma ameaçadora. Mas a cabeça da tartaruga não se moveu. Sua atenção estava voltada totalmente para Mitsuhide.

– Por que matou seu próprio pai nesta empreitada?

– O mundo não é nosso, Genbu. Essas guerras devem terminar – Mitsuhide gritou, ainda sem tirar a espada da bainha.

Genbu riu.

– Acha que as guerras terminarão quando os deuses deixarem a vida terrena?

* Kimono curto, amarrado na frente por uma faixa ou preso pela calça. Normalmente não passa da altura do joelho.

– Não irão. Mas será o início do fim. Os deuses têm ditado todas as guerras até agora. Se forem para ocorrer, os humanos devem resolver por conta própria. Continuando a interferir desta forma, isso nunca vai acabar – ele finalmente desembainhou a espada, fazendo com que a cobra se agitasse. Mas ao invés de empunhá-la, ele jogou sua arma no chão. – Você é sábia. Não é como meu pai e os outros, deve entender que tenho razão.

Houve um momento de silêncio que pareceu se estender por horas. Eu já estava pronto para acudir meu mestre caso a escolha de Genbu fosse negativa. E a cobra parecia tão ansiosa quanto, com seu veneno escorrendo até o casco.

– Há algum tempo seu pai havia previsto que isso aconteceria. Foi difícil de acreditar ou de aceitar, mas Byakko nunca errava – a voz de Genbu soou mais baixa, ainda gentil. – Por todos esses anos imaginei o motivo. Assistindo nossos filhos espalharem destruição e morte por todas estas terras, acho que consigo entender.

Mitsuhide abaixou a cabeça em respeito e agradecimento antes de empunhar a espada caída no chão. Genbu levantou a cabeça e fechou os olhos, esperando o golpe em sua garganta. Mas apesar da tartaruga estar visivelmente entregue, a serpente não parecia estar de acordo com sua escolha. Quando Mitsuhide enterrou a espada na garganta flácida de Genbu, sua cabeça de cobra avançou sobre ele com os dentes à mostra.

Não fui rápido o suficiente para golpeá-la, mas consegui evitar que Mitsuhide fosse atingido. Uma das presas atravessou meu ombro, jorrando um veneno que me paralisou imediatamente. Caí ao lado da cabeça da cobra desfalecida. Eu ainda tinha consciência, mas não conseguia falar ou me mexer.

– A cobra já estava morta. Ela e Genbu são o mesmo ser – Mitsuhide murmurou ao meu lado, correndo para enfaixar meu braço para impedir que o veneno se espalhasse. – Eu deveria morrer com ela.

Lembro-me de ter visto o grande Kirin dourado ao lado de Mitsuhide antes de fechar os olhos. Hoje já não sei se foi minha imaginação ou um sonho acordado. Mas não duvido que ele estivesse mesmo lá naquele momento.

– Como seu servo, acha que ele deixaria que fizesse isso? – Ouvi

Yao dizer, vindo em nossa direção. Seus passos na areia foram as últimas coisas que escutei com clareza antes de perder a consciência.

Acordei com sede e desorientado. Yao estava ao meu lado, rezando sobre um túmulo sem nome, onde uma espada marcava o local onde o corpo estava enterrado. A espada de Mitsuhide.

– Seu senhor não sofreu ao morrer, se é isto que está se perguntando – ela disse, esfregando as mãos sujas de terra nas contas do rosário.

– Sou eu quem deveria estar morto. E a imortalidade?

– Não se condene. Os planos de Mitsuhide eram estes desde o início. A imortalidade não lhe pertencia.

– O que quer dizer?

– Você foi o último a tocar os quatro deuses*. Recebeu um veneno que deveria ser mortal, mas está vivo – Yao se levantou e abanou a terra de suas vestes antes de finalmente olhar para mim. – Estava disposto a morrer pelo seu senhor, mas terá que se conformar a viver por ele.

Ela me entregou a bainha da espada de Mitsuhide e começou a andar.

– Ele disse algo antes de morrer? – perguntei.

– "Obrigado. E me desculpe.".

Yao** sorriu e se despediu. Esperei que ela sumisse por entre a floresta antes de cair na terra novamente. Apesar de ainda estar confuso, eu me sentia estranhamente em paz.

Gostaria de dizer que as guerras haviam acabado. Mas elas ainda duraram muito antes do Japão estar finalmente unido. Talvez tenha sido a intervenção de Mitsuhide*** que fez tudo acabar, ou talvez isso

---

* Suzaku, Genbu, Seiryu e Brakko são os quatro deuses celestiais da mitologia chinesa e japonesa. Cada um representa um elemento, uma virtude e um extremo cardeal.

** A mitologia da freira que comeu carne de *ningyo*, a sereia japonesa, diz que Yao Bikuni viveu por oitocentos anos, até que, pelas boas ações que pregou por todos aqueles anos, os deuses a perdoaram e a deixaram morrer.

*** Mitsuhide Akechi foi um samurai, seguidor de Oda Nobunaga, que o traiu e o forçou a realizar o Seppuku no Incidente de Honno-ji. Muito se especula sobre o motivo de sua traição, mas ninguém sabe ao certo até hoje. Ele ficou poucos dias no poder, sendo atacado por Hideyoshi. Acredita-se que foi morto por um camponês em Yamazaki, mas há uma crença popular de que ele não morreu, mas se tornou um monge. Seu corpo nunca foi encontrado.

não tivesse feito nenhuma diferença. Mas ninguém pode realmente afirmar nem negar nada.

É por isso que conto a história em todos os vilarejos. Não a história do samurai que virou xogum. Ou do general que matou os quatro deuses. Conto a história de um homem gentil, que trocou sua vida pela de seus companheiros.

E, assim, tornou-se imortal.

Cedo

Jessica Borges

"– Eu tô falando dessa pessoa fantasiada de samurai aqui.
– É inútil... Humanos normais não são capazes de me ver. Eu sou um shinigami."

Bleach 01, The Death and the Strawberry

A primeira vez que Lúcia o viu, estava voltando para casa depois da aula.

Tinha oito anos na época e se encontrava no banco de trás do carro que o pai sempre mandava para apanhá-la. O motorista seguia por caminhos já bem conhecidos pelos dois. Passava por ali duas vezes ao dia e mesmo assim nunca tinha reparado como as ruas daquela parte da cidade ficavam desertas depois das seis, nem como havia pontos cegos. Só notara isso quando um policial em uma moto pediu que o carro parasse e que o condutor saísse.

Fred abriu a janela e perguntou se havia algo errado, mas o policial apenas apontou uma arma em sua direção. Lúcia não ouviu o disparo; de alguma maneira estranha, não escutou nada, apenas *viu* a cor vermelha tomando conta de todo o banco da frente.

– Descendo, mocinha – ele olhava em volta. Soltou a arma dentro do carro e agarrou a menina pelo braço. Entrou com ela em um prédio do outro lado da rua e bateu a porta. Subiram até o terceiro andar e entraram em um dos apartamentos.

O homem a fez sentar em uma cadeira.

– Fique quieta! Fique quieta ou estouro seus miolos!

Ela se encolheu, enquanto ele começava a andar de um lado para o outro. Tirou a jaqueta do uniforme falso de polícia.

– É bom que eles liguem logo! Nós não temos o dia todo, não é, princesa?

Lúcia ficou muito quieta, ainda não acreditava... Que Fred... Como... Talvez se deslizasse para o lado, talvez pudesse dar um jeito de fugir... Se gritasse...

– Nem pense nisso! – Lúcia choramingou ao vê-lo esticar a mão em sua direção, mas foi apenas para pegar o telefone que berrava ao seu lado.

– É, sou eu, quem mais seria? Sim, peguei a menina. Claro que me livrei do motorista. Acha que sou estúpido? Assim que o carro chegar eu a levo... Ainda acho que é um pouco demais, é só uma *menina*... É... Eu sei. O velho Chefe vai ter um infarto, vai ser uma guerra daquelas... – foi então que ela o viu, arregalando os olhos, um vulto escuro, com a forma vaga de um homem, aproximar-se da figura que falava ao telefone. Parecia ter saído diretamente das sombras, andava abaixado, quase de cócoras. Tinha uma espada pendurada nas costas e uma máscara sobre a boca. – Eu sei que são só negócios, mas devíamos, sei lá, ter pego um dos sobrinhos do Vitor, não a... – o homem gritou e se virou ao ser golpeado pelo homem de preto, agora plenamente visível. Foi um golpe rápido, com a palma da mão direita, diretamente na nuca. O sequestrador largou o telefone e se virou para o agressor, estranhamente perplexo, olhando para o lugar errado. O homem de preto recuou com um salto e desembainhou a espada e com um movimento rápido cortou o peito do adversário, a lâmina mais parecendo um feixe de luz prateada.

Lúcia não esperou para ver o que aconteceria, levantou-se e saiu correndo. Ouviu a porta da rua bater às suas costas. Não podia parar. A qualquer minuto podiam vir atrás dela. A qualquer minuto... Passou pelo carro com Fred, não lembrava se tinham desligado o motor...

No portão da casa em que morava, o pai estava dando ordens para uma dúzia de homens e, quando a viu, correu também. Ela nunca se esqueceria do abraço dele e de como parecia pálido.

Claro.

– Quero que deem um jeito nisso – a voz dele saiu mais baixa que o normal, enquanto a levava para dentro de casa. – Quero cabeças.

Olhando por cima do ombro, Lúcia ainda pôde ver o homem de preto. Ele a seguira até a casa, mas nenhum dos homens do pai parecia vê-lo.

O psicólogo que a mãe levou Lúcia após o "incidente" insistiu que o homem de preto armado com a espada era apenas fruto de

sua imaginação para superar o trauma, uma maneira mais fácil de lidar com a morte do motorista, o sequestro e a fuga milagrosamente bem-sucedida.

Apesar de fingir concordar, a menina obviamente sabia que não era nada disso: sempre que olhava de relance, percebia um leve movimento nas sombras, algo se movimentando silenciosamente de quarto em quarto pela grande casa.

E a segunda vez que se viu frente a frente com ele foi no enterro de seu avô.

Com a morte do Chefe, Lúcia sabia que o seu pai era agora o novo senhor de uma sociedade muito mais poderosa e muito mais perigosa do que se poderia supor.

Seu avô fora uma pessoa forte. Viam-se pouco, mesmo vivendo na mesma casa, apenas nas refeições ou quando ele tinha algum presente para lhe dar. Sabia que agora seu pai teria muito mais a fazer e possivelmente o passaria a vê-lo menos que o habitual. Sabia que as tardes de sábado que passavam juntos teriam de ficar no passado: o avô sempre viajava aos sábados. E fora voltando de uma dessas viagens que ele tivera o ataque cardíaco. Fulminante. Nada que os médicos pudessem ter feito.

– Lúcia... Luci, pode vir aqui, por favor?

Ela obedeceu. O pai a apresentou a um homem baixinho e barbudo, que lembrava vagamente o detetive das histórias que ela tanto gostava:

– Lúcia, esse é Antônio Ventura. Ele queria conhecer você.

– Olá, Lúcia. Soube como você foi muito corajosa com aquele homem mau... – fora no ano anterior, mas ainda havia conhecidos de seu pai que gostavam de parabenizá-la pelo modo valente com que escapara do perigo.

– Obrigada – ela apertou a mão do homem e sentiu um arrepio. Algo gelado e incômodo... Foi então que ele apareceu. No outro lado do salão, por trás do caixão do avô. Os olhos da garota passaram por cima do ombro de Antônio e se fixaram no estranho homem de preto.

– Todos nós ficamos muito orgulhosos – Vitor passou o braço em volta da filha. – Ela mostrou que tem a coragem da família. Vai trabalhar para mim um dia, não é, Luci?

– Hum... – ela olhou para o pai, que não pareceu perceber sua confusão. Como ele não via aquele homem usando um... roupão preto no meio do velório? – Claro.

Antônio sorriu para ela.

– E você cuidou do homem?

– Não, não conseguimos – ele apertou o ombro de Lúcia. – O safado estava morto quando chegamos lá. Acho que os parceiros se irritaram por ele ter deixado Luci escapar. Esfaqueado... Uma pena, gostaria de eu mesmo ter acabado com ele.

Antônio voltou a sorrir e passou a mão na cabeça de Lúcia. Outra vez aquele arrepio. O homem de preto pareceu se aproximar um pouco mais. Ninguém estava vendo aquilo?!

– Chefe?

Era Andreia, a advogada dos negócios do seu avô há mais de dez anos.

– Chefe, Augusto está aqui.

– Ah, claro. Se me dá licença, Antônio.

– Claro, Vitor, claro. – O sorriso parecia pregado no seu rosto em uma imitação grotesca do Gato da Alice.

– Luci, volto já, está bem?

Andreia o acompanhou e Lúcia pôde vê-los passando ao lado do homem de preto, sem lhe dar qualquer atenção. Ele também não pareceu se importar com eles. Na verdade, continuou a se aproximar com aquele passo agachado e veloz.

– Menina? Lúcia?

– Sim? – Ela o encarou e o sorriso dele pareceu vacilar. – Ah... Sim?

– Você se lembra se o homem...

– O sequestrador... – ela interrompeu. O homem de preto estava muito perto agora, poderia tocar o homem se quisesse. Matá-lo na frente de todas aquelas pessoas...

– Se o sequestrador disse alguma coisa? Alguma coisa importante?

– Não!

O homem de preto parou no meio do movimento e voltou à posição ereta.

– Não?

– Não. – Ela voltou a olhar para Antônio. Ele estava sério agora. O rosto contraído, tentando avaliar a menina.

– E como você escapou...

– Desculpe... Eu... Vou procurar o meu pai.

Ela se afastou, tentando manter o ritmo do passo; enfartaria como o avô se continuasse daquele jeito.

Saiu para o corredor e se viu cara a cara com seu homem de preto. A máscara de bronze cobria a boca e se prendia à nuca. Havia desenhos e linhas nela. Apenas seus olhos e sobrancelhas, extremamente finas e altas, eram visíveis por baixo do capuz.

– Quem é você? – Lúcia soprou a pergunta, fascinada com o modo como ele a olhava.

– Sou a sua morte.

Ela piscou e recuou, batendo contra a parede. O homem continuou parado, encarando-a.

– Minha... Minha morte...? – Ele assentiu com a cabeça – Você vai... Vai me matar?

– Vou. Mas ainda é cedo. Ainda é muito cedo. – Ele tinha uma voz suave, quase musical, mesmo parcialmente abafada pela máscara.

Ela olhou para a espada em sua cintura.

– Vai me matar com essa espada?

– Talvez. É difícil saber, ainda é muito cedo.

Ela respirou fundo e ele se sentou sobre os próprios pés, olhando para ela. Seus olhos não deixavam transparecer muita coisa. Eram apenas escuros e vazios. Pensativos.

– Você é um ninja.

Ele virou a cabeça para o lado, como um cão que fareja um frango no forno.

– Mais ou menos. Talvez – ele tirou uma estrela-ninja de um dos bolsos secretos de sua roupa. – Posso usar um *shuriken*.

– E você matou aquele cara...

– Ele ia matar você.

– Ele era um sequestrador.

– Que tinha ordens para matá-la e mandar um recado para o seu pai – explicou calmamente. – Não era sua hora ainda. Era muito cedo. Então, tive de dar um jeito nele.

– Era a hora dele?

O ninja demorou um pouco para responder:

– Talvez.

– Mas...

– Eu só preciso cuidar de você. A morte dele teria de tomar conta dele.

– A morte dele?

– Sim.

– Tem mais mortes...

– É só olhar com atenção – ele se levantou e apontou para dentro do salão.

Lúcia colocou a cabeça para fora do corredor e semicerrou os olhos:

– Não estou vendo nada...

– Tem certeza? – A voz vinha de cima. – Olhe direito.

E ela olhou. Foi como transpassar um portal de fumaça e adentrar um novo universo. Por trás de cada homem e mulher vestidos de preto, havia uma segunda criatura; alguns eram seguidos por ninjas, mas havia muitas outras mortes: babuínos brancos, mulheres de longos cabelos, aranhas do tamanho de cães, homens vestidos em armaduras brilhantes e carregando espadas... Lúcia levou a mão até a boca para sufocar um grito. Era impossível de acreditar. Todas aquelas formas e as pessoas...

– Eles não conseguem... As pessoas do salão não conseguem ver as *mortes*?

– Não. É preciso ser bastante sensível para nos ver.

– Mas eu vejo.

– Fiquei surpreso também. Eu queria só criar uma oportunidade para você fugir, mas você me viu... Foi espantoso. – A voz soava tranquila, apesar de tudo. Tranquila e divertida.

Ela piscou várias vezes, apertando os olhos. Quando os abriu novamente, as criaturas tinham sumido e o salão estava novamente ocupado apenas pelos enlutados. Lúcia se virou novamente para o ninja, que a observava com atenção, parecendo esperar que ela começasse a gritar ou algo assim.

– O que aconteceria se eu morresse fora da minha hora?

Era uma pergunta curiosa.

– Eu não sei.

Era uma resposta inadequada.

– Mas, mesmo assim, você não poderia deixar isso acontecer?

Ele sacudiu a cabeça.

– Não.

Lúcia olhou novamente para o salão. Antônio estava lá. Se não estava enganada, sua morte era uma grande e peluda aranha. Talvez por isso fosse tão arrepiante ser tocada por ele.

– Você sabe por que queriam me matar fora de hora?

– Você sabe o que seu pai faz?

Lúcia corou. Pela primeira vez desde que a conversa com sua morte tinha começado, ela pareceu realmente perdida.

– Sei... Bom, acho que sei.

– Ele tem inimigos.

– Um inimigo do meu pai queria me matar?

– Isso mesmo.

A garota ficou em silêncio por alguns instantes, observando o salão.

– E você sabe *qual* inimigo fez isso?

Ele ergueu as sobrancelhas, já bastante altas.

– Não.

– Pode descobrir?

– Posso. Posso descobrir, mas não vejo qual seria a utilidade disso...

Lúcia levantou os ombros e sorriu:

– Você tem um nome?

O ninja negou com a cabeça.

– Não tem problema. Eu te arrumo um.

Antônio, claro que era ele. Mas a obviedade não fez a raiva de Lúcia desaparecer.

Naquela noite, a morte apareceu no quarto da garota e contou que seguira o homem até sua casa. Ele procurara pelo sobrinho, Fernando, e relatara seu encontro com a menina.

– Ele chamou o rapaz de idiota imprudente. Aparentemente foi ele quem deu a ordem para fazê-la de alvo. Antônio queria pegar um de seus primos. Seria muito mais correto, segundo ele. – O ninja estava sentado sobre o parapeito da janela. – Mas Fernando quis atingir seu pai o mais profundamente possível.

– E o tio sabia o tempo todo... – A garota estava empoleirada na cama, as pernas cruzadas em posição de borboleta. – Você *tem certeza* que ele ia me matar?

– Eu sou a sua morte, Lúcia – era a primeira vez que ele usava seu nome. – Sei quando está sendo ameaçada.

– Eu devia contar para o meu pai... Mas não funcionaria não é?

– Não.

– Ele vai dizer que você é fruto da minha imaginação.

– Sim.

Lúcia cruzou os braços.

– De qualquer forma – ela deu de ombros – pelo menos tenho você para espionar para mim...

– Espera, eu nunca disse...

– O que mais você teria pra fazer? Eu posso te ver, lembra? Não é como se você estivesse em uma missão de me espionar. E além do mais...

– Além do mais...?

– Eu posso me machucar seriamente se você não ficar de olho nele. E fora do meu tempo.

O ninja a encarou, tentando digerir aquelas bobagens, depois sacudiu a cabeça.

– Isso é ridículo.

– Você mesmo disse que não sabe o que pode acontecer se alguém morre antes do tempo. Bom, fique por aqui. E me ajude a não morrer.

Ele fez um barulho que poderia ser o de respirar fundo, mas Lúcia não tinha certeza se mortes eram capazes de respirar. De qualquer maneira, o significado do som era indiscutível, ele não iria abandoná-la.

– A propósito, tenho um nome para você! Pronto? Kato.

– Kato?

– Sim, eu pesquisei um pouco sobre ninjas e descobri que Katō Danzō foi um ninja com poderes mágicos. Ou, pelo menos, diziam que ele tinha poderes mágicos... Leitura de mente, clarividência, essas coisas.

Ele ficou em silêncio por um momento, depois disse:

– Lúcia, você sabe que eu não sou *exatamente* um ninja, não sabe?

– Kato... Isso realmente não importa.

A presença de Kato, com o tempo, tornou-se para Lúcia tão natural quanto a de seu pai. Agora era perfeitamente normal encontrá-lo ao sair do quarto pela manhã e perguntar, com voz de riso, mas,

ainda assim, com certo temor, se ele a mataria. Kato respondia invariavelmente que ainda era muito cedo.

Foi por telefone, dez anos mais tarde, que ela recebeu a notícia de que seu pai fora preso.

Há cinco anos Vitor tentava trazer os negócios para a legalidade. O problema é que a saída do submundo estava custando muito dinheiro para os sócios, incluindo Antônio. Ele mesmo, segundo o que Kato descobrira, pagara um informante para entregar à polícia provas que comprometessem todos os esquemas de Vitor.

– Não se preocupe – a voz do pai tentava soar segura. – Andreia vai cuidar de tudo. Não se envolva, está bem? Fique tranquila e termine o seu semestre. Seus primos vão tomar conta de tudo.

Dois dias depois, um deles foi encontrado morto e Lúcia pegou o ônibus de volta para a casa do pai.

– Então... Quais são as chances?

– Ruins – Kato, agachado no canto oposto da sala, ouvia a advogada com a mesma atenção que Lúcia. Ele tinha investigado os planos de Antônio por conta própria algum tempo antes e sabia que dizer que as coisas estavam "ruins" era um eufemismo. – Os delatores têm muitas informações sobre os negócios sigilosos da família, desde a época do seu avô.

– Eles vão nos destruir?

– Provavelmente esse é o plano. Depois da morte de seu primo, não podemos esperar... Bom, ele era realmente importante no processo de limpeza do nome do Chefe, sem ele...

– Foi Antônio quem fez isso?

Andreia hesitou, franzindo a testa.

– Não sabemos. A parte burocrática, provavelmente, mas... Quanto ao uso de violência... Isso me parece bem mais digno do sobrinho dele.

Lúcia fez uma careta e desviou os olhos da advogada. Kato, do outro lado da sala, apenas levantou os ombros, sem dizer nada. Ela, então, semicerrou os olhos para ver a morte de Andreia. Tinha se acostumado a fazer isso sempre que estava sob pressão. Era interessante ver o que tinha por trás de cada pessoa de seu convívio, um monstro ou um guerreiro, um grande animal ou uma decadente criatura amorfa. A morte de Andreia era uma pequena raposa de orelhas espetadas e

que andava sobre duas patas. A raposinha olhou para Lúcia com olhos lacrimejantes, mas não esboçou nenhuma outra reação.

– O que você me recomenda?

– Que fique fora disso tudo. Marcos pode cuidar do que quer que venha agora. Seu primo foi criado para esse tipo de situação.

Ela assentiu com a cabeça:

– Mas seria o meu dever dar conselhos para ele, não? Foi para isso que fui criada...

Andreia sorriu e as orelhas da raposa pareceram se espetar ainda mais.

– Só quando eu me aposentar. E quando você terminar a faculdade, que era onde você deveria... – O celular da advogada começou a tocar. Ela atendeu. – Andreia... Sim. Ela está aqui. O quê?! E os seguranças dele? Como ele pôde ter feito isso? Tá. Mande uma equipe. Não, duas! Ele disse o quê? Ela não vai! Não! – A advogada desligou o celular e olhou para Lúcia. – Marcos foi sequestrado.

Lúcia se ajeitou na cadeira e piscou, fazendo a raposa desaparecer.

– A equipe de seguranças dele foi eliminada, um trabalho horrendo... Luci... – A advogada respirou fundo. – Fernando disse que só negocia com você ou vai eliminar a família toda.

– Eu, mas... Por que eu?

A outra mulher sacudiu a cabeça.

– Não tenho a menor ideia.

Por um momento, a garota não soube o que responder. Seus olhos se desviaram automaticamente para Kato, que já estava de pé.

– Se ele quer negociar...

– Lúcia, você está ficando louca, menina? Ele vai matar você!

– Ainda é cedo para eu morrer, Andreia. Não se preocupe.

– Quantas pessoas?

Kato se esgueirou pelos jardins da casa de Antônio até ela e se sentou, daquele seu jeito engraçado, sobre os próprios pés.

– Duas. Ele está bem confiante. Ou não quer testemunhas.

Ela assentiu e respirou fundo.

– Vamos então.

– Não gosto disso. Gosto menos ainda de você ter de vir até a casa dele para negociar.

– São só negócios. E você mesmo disse que ainda é cedo para eu morrer, lembra?

– Pessoas morrem antes da hora, Lúcia. O tempo todo. Nem todas as mortes são competentes...

– Você tem sido bastante competente até agora – ela o olhou; ele estava com a mão sobre uma espada curta, que agora Lúcia sabia se chamar *kodachi*, presa em sua cintura – e, além do mais, ele não me mataria aqui. Seria estúpido.

– Devo lembrar você que ele conseguiu colocar seu pai na cadeia? Duvido muito que não tenha uma boa cobertura policial.

Lúcia não respondeu, apenas tocou a campainha.

Nos poucos minutos entre o som e a abertura da porta, a garota tomou consciência do quanto aquilo era estúpido. Mesmo que alguma testemunha a visse entrando na casa de Antônio não iria reconhecê-la: era noite e as luzes da frente da casa estavam apagadas; ela poderia ser qualquer visitante noturna.

Foi o próprio Fernando quem abriu a porta. Ele usava o mesmo sorriso do tio e a convidou para entrar:

– Francamente, você me surpreendeu! Achei que não viria.

– Vim para negociar.

Ele riu. Não se parecia com Antônio: ao invés da aparência de um detetive baixinho, assemelhava-se mais a um vilão dos filmes dos anos oitenta, alto e emanando uma força cruel, o nariz cheio, o rosto forte e quadrado, e o cabelo cortado rente, no estilo militar.

– Desculpe não ter nenhuma mocinha para fazer isso aqui, mas preciso revistar você. – Ele ainda estava rindo.

Fernando passou as mãos por ela rapidamente, tirando-lhe o celular e guardando-o no bolso.

– Bom, bom, meu tio está ali na sala.

Ela manteve Kato em seu campo de visão, enquanto caminhavam para o outro cômodo. Fernando abriu a porta e lá estava Antônio, sentado em uma poltrona, por trás de uma grande mesa, fumando. Ele apagou o cigarro e, devagar, se levantou.

– Ora, ora, ora, ela chegou! Você é pontual como seu pai, menina.

Ele parecia menor do que da última vez. E mais cabeçudo.

– O senhor mandou meu pai para a cadeia.

– Por um bom motivo, acredite em mim.

– E matou meu primo.

– Um erro de Fernando. Não queríamos que acabasse em violência. Nunca foi meu intuito. Sinto muito.

– Meu pai, eu e todos aqueles que dependem de nós queremos que isso termine agora.

– Ah... – ele olhou para o sobrinho, por cima do ombro de Lúcia. – Ela fala bem, não é? Muito bem, vamos ver... Seu pai me deu um belo prejuízo, menina, fechando as refinarias e as casas de jogo. Eu tinha dinheiro investido ali.

– Meu pai prometeu pagar.

– Ah, sim, palavras. Andreia contou sobre nossas conversas...

– Ele disse que pagaria. – A aranha estava ali, peluda, escura, seu imenso corpo se projetando sobre a cabeça do homenzinho. – E Marcos com certeza vai honrar as promessas de meu pai. Eu asseguro que...

Bang!

Ela ouviu o estouro e a aranha fechou as quelíceras sobre o pescoço de Antônio. Ele não gritou, apenas levou a mão até a garganta e cambaleou. Houve outro disparo e Lúcia se virou, os olhos de Fernando estavam fixos no tio e o cano de sua pistola ainda fumegava. Ele sorriu para ela.

– Ah, não, Lu! Você matou meu tio.

Ela deu um passo para trás horrorizada.

– É muita coragem da sua parte – ele balançava a arma de maneira displicente diante do corpo –, vir até a nossa casa, fingindo que queria negociar a soltura do seu primo, só para matar o meu pobre tio! Eu entendo que você queria se vingar pelo seu pai, mas isso é um absurdo. – Ela olhou para o corpo de Antônio, jogado sobre a mesa. A imensa aranha estava caída ao lado dele, as patas para cima, o corpo parecendo uma bola de cerdas grossas.

Ele apontou a arma para ela, mas não houve disparo. Lúcia se jogou por trás da poltrona que Antônio antes estivera sentado, enquanto ouvia Fernando rir:

– O meu tio sempre teve o coração muito mole, sabe como é, a idade faz isso com as pessoas. Mas *eu* acho que se vamos tomar a organização do seu pai... Bom, vamos precisar de mais do que gentilezas... Você não acha?

Lúcia deslizou para trás da mesa. Os corpos de Antônio e da aranha prejudicavam parte de sua visão, o que era um problema, já que Fernando teria apenas o tio como obstáculo. Kato avançava, a *kodachi* na mão e o corpo tenso e veloz, movendo-se como uma cobra.

Ele atacou, mas o golpe foi aparado. Lúcia prendeu a respiração. Uma criatura metálica, com máscara vermelha reproduzindo um rosto deformado, defendera Fernando com uma espada comprida.

– Só me diz uma coisa, Lu: como foi que você matou o homem que mandamos sequestrar você? Sério, não entendo. Até hoje não entendi. E nem seu pai, já que ele acha que fomos nós que o matamos.

Kato recuou, medindo o adversário. Era a morte de Fernando e parecia bem mais disposto a protegê-lo que a aranha de seu tio. Lúcia sentiu o cano da arma ser pressionado contra sua testa.

– Vai, me conta. Eu prometi que ia dar um jeito de descobrir isso.

O samurai colocou a katana em posição horizontal, apontada para Kato, e ficou na ponta dos pés. Kato sabia que precisava se aproveitar da velocidade. O samurai era mais pesado pelo excesso de metal...

Lúcia agarrou o cinzeiro, espalhando pedaços de charuto e cinzas sobre a mesa, e acertou o cotovelo de Fernando. Ele gritou e puxou o gatilho, mas a arma já tinha sido empurrada para cima pelo impacto, e a bala disparada arrancou uma lasca do teto. Kato golpeou o samurai, que repeliu novamente a lâmina. A katana passou perto da cabeça do ninja, que se esquivou e saltou para o lado, subindo em uma poltrona. Ele impulsionou o corpo para frente e deu um giro, saltando por cima da cabeça do samurai, que o seguiu com os olhos.

Lúcia tinha de dar um jeito de fazer Fernando se aproximar do ninja. Perto o bastante, Kato poderia atacar o homem e matá-lo, ou pelo menos feri-lo o bastante para que pudessem fugir.

O samurai atacou novamente; seus pés se moviam em uma espécie de dança sibilante. Kato desviou do fio da espada, mas recebeu um golpe da mão coberta de metal e cambaleou. A proteção sobre sua boca ficou torta com a pancada e ele a arrancou, sacudindo a cabeça.

– Droga!

Fernando segurava o cotovelo direito com a mão esquerda. O jovem se virou. Lúcia olhou em volta. Estava fodidamente perdida. Quase riu com a ideia de que simplesmente não teria onde se esconder.

Ele disparou.

A bala não doeu tanto quanto ela imaginou que doeria. Entrou por seu peito e Lúcia tomou consciência da velocidade com que seu coração batia. Era rápido...

O samurai investiu seu peso contra Kato, que jogou o corpo para a esquerda, soltando a *kodachi*, saltando o corpo da aranha e deslizando na direção de Fernando e Lúcia. Ele a assistiu cair quando recebeu a primeira bala e sentiu seu próprio corpo enfraquecer. Lançou-se para frente e com um chute derrubou a arma de Fernando. O atirador pareceu confuso por um momento; enquanto isso, o samurai se aproximava, a katana pronta para retalhar Kato. O movimento do braço avançava quando o ninja saltou, apoiando as mãos nos ombros do humano e chutando-o pelas costas; o samurai ainda tentou retirar a espada, mas era tarde, a ponta entrou pelo corpo de Fernando, que caiu, esfaqueado por uma lâmina que não podia ver.

Kato cambaleou na direção de Lúcia, caída no outro canto da sala. Ele se deitou ao lado dela e fez outra vez aquele barulho de respirar fundo.

– Você vai me matar?

– Não... – Ele olhou para o samurai, caído de joelhos, a espada ensanguentada à sua frente. – Ainda é cedo.

Ela riu. Era sempre, *sempre,* um consolo ouvir isso.

– Meu celular está no bolso dele...

– Quer que eu vá buscar?

– Não... Os vizinhos devem ter chamado... a polícia já... – As probabilidades... Era um fiozinho de esperança, algo bom para acreditar.

– Claro...

Ficaram em silêncio. O samurai tirou a máscara e o capacete, seus olhos estavam vazios, vítreos. Ele caiu para frente no mesmo instante que Fernando deixou de respirar.

– Sabe, Kato, meu primeiro conselho para o Marcos vai ser formar um exército de ninjas...

– Você sabe, Lúcia, que eu não sou exatamente um ninja...

– Isso realmente não importa.

Lúcia fechou os olhos, sem saber que Kato, ao seu lado, fazia o mesmo.

O Fantasma Zonguanês

André S. Silva

Brilhando doze andares acima do nível da rua, a sala de reuniões na Conselharia Superior era um rasgo luminoso na noite de Guanabara. A madrugada já mergulhara a cidade na escuridão e no silêncio, mas os oito elegantes senhores zonguaneses ali reunidos estavam longe de chegar a um entendimento.

– Acredito que medidas de segurança se fazem emergenciais – Wan Chao torcia os dedos enquanto falava. – Reduzir encontros como este a um mínimo. Talvez a adoção de conferências por meio de radiofone pudesse...

– Com todo o respeito, Conselheiro Wan – interrompeu o homem sentado à cabeceira da mesa. – Tal atitude seria o mesmo que anunciar para o povo de Guanabara que não passamos de um bando de velhos covardes.

– Há uma diferença entre prudência e covardia, Conselheiro Tseng – respondeu Wan. – Sequer conhecemos o rosto de nosso inimigo. Este *Anhangá*.

A menção do nome levou a uma troca de murmúrios entre os outros membros da mesa. Tseng Fu olhou diretamente nos olhos de seu interlocutor, antes de soltar uma breve risada de escárnio.

– Pensei que fossem *eles* os supersticiosos, Conselheiro Wan. Logo me dirá que acredita também em dragões ou números mágicos. Mas se engana. Conhecemos bem o rosto do... “Anhangá”. Atravesse as ruas da Cidade Baixa e o verá em cada esquina. A pele parda, o olhar cheio de rancor.

– Três homens de honra já morreram. Irmãos zonguaneses – ressaltou Wan. – Não pode crer que isto é obra de simples bandidos

maias. Mesmo os Filhos de Palenque nunca demonstraram tamanha ousadia.

– Você cria cachorros famintos, Conselheiro Wan, e é questão de tempo até que tentem mordê-lo – retrucou Tseng. – O que você faz? Esconde-se no porão? Deixa que morem em sua casa? Durmam em sua cama? Não. Você lhes dá uns restos de comida, faz com que fiquem satisfeitos. Então, elege o mais forte da matilha, e lhe estraçalha a cabeça, bem na frente dos outros. Para que assim aprendam que sua alegria e sua dor, sua vida e sua morte, pertencem a você.

A alegoria trouxe silêncio à sala de reuniões. Nos olhos afiados dos senhores de Zonguá via-se hesitação, dúvida e medo.

– Concordo com o Conselheiro Tseng – disse, por fim, aquele chamado Xiong Ho. – Não podemos demonstrar fraqueza, especialmente em um momento tão delicado do Grande Projeto. Contudo, gostaria de recomendar que, ao menos, fosse providenciado um aumento em nosso efetivo particular de segurança. Tudo com a máxima discrição, é claro.

– Todos a favor? – indagou Tseng.

Os homens, sem exceção, levantaram cada um sua mão direita. Com a resposta, Wan Chao, conselheiro para assuntos de segurança pública, voltou-se para a silhueta parada no fundo pouco iluminado da sala. A figura, que poderia ser confundida com uma sombra, fez um breve aceno de cabeça.

– Acredito que já houve debate suficiente para uma noite, senhores – disse Tseng. – Sugiro que paremos por aqui.

Encerrada a reunião, os oito senhores deixaram a sala e seguiram pela teia de corredores que se espraiava naquele andar da Conselharia. Seu caminho era perfilado por homens-sombras que surgiam e desapareciam no canto dos olhos. Os *ninjas* acompanhavam e velavam os passos dos conselheiros, fazendo notar sua presença apenas para aplacar um pouco os receios daqueles ilustres zonguaneses.

Elevadores panorâmicos conduziam à garagem particular do edifício. Logo abaixo, aquele nobre distrito da cidade-estado de Guanabara resplandecia como um diamante sob o sol. Lanternas dependuravam-se em cabos que cortavam as ruas de um lado a outro, sem deixar nenhum canto intocado por sua luz branca, enquanto amplos painéis eletrônicos coloriam as fachadas dos prédios mais

baixos, exibindo mensagens em tupi e mandarim para os poucos transeuntes daquela hora.

Ao longe, uma serpente luminosa cortava a Baía de Mei-Long, ligando Guanabara à sua cidade irmã, Araribоia. Lá, do outro lado das águas, predominava a penumbra. A eletricidade captada do céu era escassa ultimamente e, como consequência, era imposto um rigoroso racionamento de energia ao povo da periferia de Arariboia, especialmente no distrito de Cidade Baixa.

Os motores dos *quexás* no térreo já se encontravam ligados, à espera dos conselheiros. Os carros elétricos tinham capacidade para até seis passageiros, além do motorista. Contudo, fazia parte do protocolo que, devido à alta honraria que representava sua função, cada membro da Conselharia Superior fizesse uso individual de seu veículo.

Em minutos, o quexá de Tseng Fu, acompanhado por uma escolta de três *ninjas* em uniciclos, alcançou um dos muitos túneis elevados de Guanabara. Perfurando o terreno montanhoso que abrigava a parte mais rica da cidade-estado, os amplos corredores eram feitos da engenharia que permitiam a homens como Tseng atravessarem de um distrito a outro sem os contratempos do trânsito da superfície. A iluminação artificial ali era abundante, com tubos dispostos em padrões geométricos complexos e cheios de gás eletrificado, cumprindo o papel de holofotes. O Conselheiro Tseng, contudo, tinha os olhos fechados.

Subitamente, a luz pulsante vacilou para, um segundo depois, falhar por completo. O túnel foi tomado por um negrume instantâneo. Em um primeiro momento, o condutor do quexá apenas aumentou o brilho dos faróis, enquanto um segundo uniciclo foi se juntar ao outro que já seguia na dianteira da escolta.

Como que despertado por um pressentimento inexplicável, Tseng Fu abriu os olhos. Os feixes dos faróis cobriam o que havia à frente com uma névoa iluminada.

Então, veio a mancha.

– Cuidado! – Berrou Tseng, apontando para frente.

Tarde demais. Um reflexo prateado surgiu do meio do poncho trajado pela figura, revelando-se um canhão elétrico de mão. O homem, cujo rosto era coberto pela sombra de um enorme chapéu de

bambu, apontou diretamente para o quexá e disparou. Na mesma hora, o motor explodiu em faíscas, forçando o condutor a usar de toda sua perícia para parar o veículo antes que capotasse.

Os pilotos mais adiantados saltaram dos uniciclos ainda em movimento, deixando que se chocassem contra as paredes do túnel. Enquanto um deles avançou de encontro ao agressor, o outro permaneceu mais distante e disparou suas *shuriken*. O homem fez um rodopio, permitindo que as estrelas metálicas passassem por ele e se perdessem na escuridão do túnel. Então meneou o canhão de mão, segurando-o pelo cano e arremessando-o em cheio contra o rosto do piloto.

– É impossível... – murmurou o Conselheiro Tseng, não ousando pronunciar a única palavra que agora lhe tomava todos os pensamentos.

Anhangá.

O segundo piloto avançou sobre o agressor, brandindo um par de *sai*. Deu uma, duas, três estocadas, mas as pontas afiadas dos *sai* se perderam em meio às dobras das surradas vestes de seu oponente. Anhangá agarrou-lhe os pulsos, desarmando-o antes de acertar-lhe a testa com o pomo de uma de suas próprias armas. No instante em que o guarda-costas caiu desmaiado, o terceiro já se precipitava sobre ele, empinando o uniciclo como um cavalo enfurecido, prestes a coiceá-lo. Anhangá deslizou por baixo do veículo e usou o *sai* para arrebentar a corrente da roda traseira. O piloto perdeu o controle e espatifou-se contra a parede do túnel.

O coração do Conselheiro acelerou, revelando-lhe um grau de terror que até então desconhecia. Seu condutor deixou o quexá, colocando-se entre ele e a terrível entidade. Tseng Fu não esperou para ver o resultado daquele confronto, optando por abandonar seu veículo e seus homens, desatando-se a correr desesperadamente para a direção oposta.

Os gritos do condutor ressoaram pelo túnel, ainda assim, o Conselheiro Tseng não olhou para trás. Assim, não viu o momento em que Anhangá dirigiu-lhe um olhar de desprezo, antes de caminhar, lentamente, até onde o farol de um dos uniciclos tombados refletia no metal da pequenina estrela da morte. Tampouco viu quando ele tomou a *shuriken* em mãos e retornou ao quexá.

Tseng Fu pensou que havia corrido o bastante.

Mas só porque não olhou para trás.

Anhangá tomou um instante para fazer mira e arremessou a estrela, que rasgou o ar com precisão e velocidade mortais. Diferentemente do conselheiro, contudo, o ar ainda teve tempo de gritar ao sentir seu corte.

– *Passageiros, queiram ficar a postos para o procedimento de atracação* – solicitou a voz no sistema de radiofone interno da *aeronau.*

O zonguanês deixou de lado o tomo informativo que vinha lendo na última hora de viagem e olhou pela janela da cabine, deparando-se com o límpido céu daquele final de manhã. Centenas de metros abaixo, Guanabara revelava seu panorama tropical. O verde impunha sua supremacia sobre o terreno, cedendo espaço apenas onde o aço e o concreto da civilização cascateavam do alto dos morros para baixo, mas retomava o domínio nas partes mais baixas do relevo, onde a periferia abrigava prédios menores e mais espaçados uns dos outros. Então a cidade sofria um corte preciso e elegante, como o feito pelas melhores katanas, e uma cicatriz de areia fazia a fronteira entre terra e mar.

Chamavam-no Fantasma.

Jamais se interessou em saber quando o tolo apelido fora pronunciado pela primeira vez. As habilidades que o qualificavam ao alto posto que ocupava nas forças especiais de Zonguá eram fruto de árduo treinamento, tanto físico quanto mental. Não havia nada de sobrenatural em sua agilidade ou em sua astúcia. Contudo, nada fazia para combater a fama que lhe atribuíam os ignorantes. Aquilo não só o divertia, como também acabava servindo como uma valiosa arma.

"Toda guerra é baseada na decepção", já dissera o grande Mestre Sun.

Dois dos três gigantescos balões em forma de pirâmide invertida foram recolhidos para baixo, fazendo assim com que a aeronau desse uma guinada acentuada para a esquerda. A sensação poderia causar vertigem a um passageiro desavisado, mas não era o caso de Fantasma. A aeronau contornava a Torre da Guanabara, o colossal edifício/para-raios utilizado para capturar e armazenar a energia das tempestades que atingiam diariamente a cidade.

Tecnologia zonguanesa, é claro, muito embora Fantasma não pudesse deixar de observar o quanto parecia deselegante e arcaica, em comparação com as que havia deixado para trás em sua terra natal. Fazia quase quarenta e oito horas que embarcara em Beijing e já sentia saudades de casa. Detestava aquelas viagens. Muito embora a passagem pelas pontes de Xao-Kuna, a Cidade de Prata, elo entre o Império de Zonguá e Tenoque, fosse sempre algo maravilhoso, não compensava todo o resto. As frequentes paradas para abastecimento dos tanques de gás da aeronau, o entediante e interminável panorama do Planalto Navajo, as turbulências no Istmo do México... Fantasma sentia-se angustiado, como um pássaro consciente de sua própria gaiola. Só encontrava algum conforto quando finalmente deixavam para trás o istmo e alcançavam as selvas de Sul-Tenoque, o sinal de que a viagem entrava em suas horas finais.

Não fosse por seu pai, jamais faria aquela viagem outra vez.

O atracadouro situava-se no cume de um dos morros mais altos de Guanabara. Os balões da aeronau se desinflaram a um mínimo, conduzindo-a suavemente à estação de desembarque. O zonguanês adiantou-se para ser um dos primeiros a descer, de forma que, não mais que meia hora depois, já se encontrava dentro de um confortável *xudá*, rumo ao seu destino. Poderia ter tomado um quexá particular, se quisesse. Mas dadas as circunstâncias de sua visita, achou por bem optar por um veículo coletivo. Quanto menos atenção chamasse sobre si mesmo, melhor.

O percurso do xudá foi subitamente interrompido por um congestionamento. Fantasma pensou tratar-se de algum acidente, não dando muita atenção ao problema (já que estava adiantado para seu compromisso), até que o condutor bradou, impaciente:

– Não acredito. Outro protesto?!

Fantasma inclinou-se para o corredor do veículo. Pelo vidro dianteiro ele pôde ver, além da fila de quexás e xudás travados na avenida, um grupo de cerca de oitenta pessoas caminhando pelo asfalto. Aqueles na vanguarda e na retaguarda da multidão haviam dado os braços uns aos outros, criando assim uma muralha viva além da qual nem mesmo uniciclos conseguiam passar.

– Bando de vagabundos! – gritou uma passageira, de aparência mestiça entre tupi e inca.

– Eles só querem uma vida melhor! – respondeu outro.

Fantasma prestava atenção, ao que mais opiniões se faziam ouvir no interior do xudá. Aquilo era divertido.

– Pois que trabalhem...

– É fácil dizer isso quando se tem energia em casa todos os dias...

– Isso é culpa do governo, não minha...

– Voltem para a Cidade Baixa, desgraçados!

– Quetzal-Tupã nos vele!

Percebendo que o xudá não iria a lugar nenhum, Fantasma decidiu desembarcar e prosseguir a pé. Aquela acabava se apresentando como uma oportunidade interessante e pertinente a seu propósito ali.

O zonguanês alcançou os manifestantes, infiltrando-se facilmente no meio da passeata. Percebeu que, embora no grupo houvesse representantes das etnias tupi-guarani, inca e até mesmo zonguaneses mestiços, predominavam ali os austeros traços maias, em alguns ainda mais acentuados pelo uso de adornos como largos brincos feitos de osso, além de pingentes nasais.

Fantasma não teve dúvidas de que estava diante de membros da sociedade denominada Filhos de Palenque. Os radicais de descendência maia, a maioria jovens como aqueles, costumavam atuar em ações clandestinas de afrontamento à soberania nahuá, imposta séculos antes com a providencial ajuda zonguanesa vinda de além dos mares de gelo, onde hoje se encontrava Xao-Kuna.

Nas raras vezes em que dedicava seus pensamentos aos Filhos, Fantasma não podia deixar de rir por dentro. Em sua rebeldia, aqueles tolos pareciam esquecer que o domínio de um povo sobre o outro era tão natural e previsível quanto a chuva que caía sobre Guanabara todos os dias. Antes da chegada dos zonguaneses ao continente, eram os maias os senhores, e talvez continuassem sendo, não fosse pelo... ocorrido.

A montanha de fogo que caíra dos céus, mudando para sempre a história daqueles dois povos.

E a do seu.

Fantasma estava prestes a se desvencilhar da pequena multidão e seguir seu caminho quando observou um dos Filhos de Palenque distribuindo pequenos tomos de encadernação grosseira a alguns transeuntes que parecia selecionar a dedo. Curioso, o zonguanês

deslocou-se até o rapaz, dando uma olhada atenta em suas feições, ao mesmo tempo em que cuidava para que as suas passassem despercebidas. Sem que o rapaz se desse conta, Huang pegou para si um dos tomos, antes de desaparecer em uma viela às margens da avenida.

Foi então que abriu o tomo, e as palavras ali escritas fizeram com que todo o debochado desprezo que sentia pelos Filhos de Palenque desaparecesse, dando lugar a um sentimento da mais absoluta prontidão. Huang Jie olhou outra vez para a pacata manifestação, pela primeira vez enxergando o perigo que ocultava. Tratou de guardar com cuidado o tomo e seguiu imediatamente ao encontro de seu pai.

Os ventos da tarde empurravam as nuvens umas contra as outras, acinzentando o céu de Guanabara. Uma sombra pairou sobre o terraço multi-inclinado do edifício comercial, emulando os sentimentos do velho diante da parede de vidro. De onde estava, no último andar da torre que levava seu nome, o mundo parecia pequeno para Huang Chong.

Uma jovem e bela zonguanesa pediu sua permissão para entrar no escritório e anunciou:

– Ele chegou, senhor Huang.

– Que entre.

Instantes depois, outro zonguanês, mais jovem e trajando um uniforme militar azul-escuro, entrou.

– Boa tarde, senhor – disse ele.

– Em que estágio se encontra a missão de captura do criminoso, Oficial de Armas?

O oficial tomou um segundo antes de responder.

– Estamos fazendo progressos… Senhor. Nossos homens estão monitorando de perto possíveis associados aqui e em Arariboia. Acredito que não tarda até que descubramos sua identidade. E seu esconderijo.

– Depois de tanto tempo... – disse Huang Chong. – Seu desempenho é, no mínimo, insuficiente.

– Senhor, não houve mais ataques – replicou o oficial. – Para o povo, é a atuação ostensiva da guarda que tem mantido Anhangá sob contr-

– Não pronuncie o nome dele.

– Perdão, senhor.

– Ambos sabemos a verdade – continuou o Sr. Huang. – Como o criminoso humilhou você e seus homens, escapando impune pelo assassinato de três honoráveis homens de Zonguá.

Aquelas palavras provocaram uma dor fantasma na mão direita do Oficial de Armas. Coberta pela luva do uniforme, não era possível ver que os dedos polegar e indicador eram tudo o que restara após seu último confronto contra Anhangá. Os demais não passavam de próteses de borracha, absolutamente inúteis.

– A família do Conselheiro Tseng cobra resultados, oficial.

– E eles terão, pai...

O Oficial de Armas interrompeu a frase, arrependido. Não conseguia encarar o olhar austero que o outro lhe dirigira à menção daquela última palavra.

– Eles terão, Senhor Huang.

– E quanto à mulher? A filha de Ubirajara?

– Não acreditamos que Maiara de Akangatu tenha relação direta com o criminoso, Senhor.

A dor fantasma gritava à Huang Wei sua mentira. Em sua mente, retornou àquela noite fatídica em que atraíra Anhangá para uma emboscada, apenas para ter a si mesmo e a seus homens derrotados da forma mais degradante. O oficial podia ouvir a voz dele. Estava afundado em uma poça de lama, a mão decepada ainda sangrando, quando Anhangá precipitou-se com sua ameaça: "Vocês deixarão a garota em paz... Importunem-na e morrerão!"

– Tal crença só evidencia mais sua incompetência, Oficial de Armas – replicou Huang Chong. – Ubirajara desapareceu em Feixú. Semanas depois, sua filha tornou-se o objeto das atenções de um terrorista cujas forças de segurança, *suas* forças, mostram-se incapazes de deter. Não pode realmente crer que seja uma coincidência.

– Ela é apenas uma professora, senhor – insistiu o oficial Huang.

– Pelo visto, é também sua única pista.

– E naturalmente a temos sob vigilância, mas não verificamos nada de suspeito em suas atividades desde o... incidente.

Huang Chong soltou um suspiro de desapontamento, tornando a fitar a cidade além da parede de vidro. Nuvens escuras começavam a cobrir o céu.

– O criminoso está aí fora, oficial. A cada dia que passa impune, seu nome ganha vulto nas conversas diárias do povo. Sua lenda cresce. Eu leio os informes de nossos espiões. Em meio às camadas mais baixas, dizem toda sorte de absurdos a respeito dele. Dizem que tem força sobre-humana, que sua espada é mágica, dizem até que é capaz de voar...

– E também dizem que o inferno se encontra no final do oceano – replicou Huang Wei. – As crendices dos tenoqueses nunca nos ameaçaram, Senhor.

– Tampouco os uniu tanto como agora – disse uma terceira voz.

Era como se a figura tivesse se materializado no ar. De fato, era como se estivesse ali desde o começo da conversa. Não era à toa que o chamavam Fantasma.

– Huang Jie – disse o velho.

– Pai.

Os dois fizeram uma reverência formal. Havia no semblante do Sr. Huang um ar de satisfação que era quase estranho ao seu outro filho.

– O senhor não me contou que meu ir... que Huang Jie estava a caminho – disse Huang Wei, com o tom mais respeitoso que seu desagrado permitia expressar.

– Ele não está aqui, Oficial de Armas – respondeu-lhe o pai.

Huang Jie exibiu um leve sorriso.

– Considere-me apenas um vento favorável, irmão. Invisível – disse ele. – Uma dádiva dos deuses, como creem os boçais desta terra maravilhosa. E trago boas notícias.

Fantasma entregou ao pai o tomo que adquirira horas antes. A reação do Sr. Huang à leitura do conteúdo foi imediata: franziu o cenho, como se diante do maior dos impropérios, então estendeu o tomo para o oficial.

Huang Wei começou a ler. O texto era extenso, mas certas frases saltavam à vista de imediato, maculando a mente do Oficial de Armas como ferro quente sobre carne.

"Os zonguaneses mentem."

"Os nahuá mentem."

"Eles sabem que o trovão das eras é uma mentira."

"Xibalba não está aqui. Xibalba nunca esteve aqui."

"Além do oceano só há mais terras."

"Transformam nossa fé em medo, e nosso medo em sua arma."

"Estamos sendo escravizados."

Sem coragem de encarar o próprio pai, Huang Wei voltou-se para o irmão e perguntou:

– Onde conseguiu isso?

– Estavam sendo distribuídos em um protesto, não muito longe daqui. Um Filho de Palenque estava sendo bem seletivo quanto a quem o entregava.

– Filhos de Palenque... – resmungou Huang Chong, sentando-se à sua mesa. – Sequer sabem o significado da palavra. Jamais tiveram o discernimento para perceber que não é mandarim, maia ou nahuá. Era a capital de seu império caído, e nunca souberam que foi batizado em uma língua que não deveria existir.

– Talvez saibam agora, pai – disse Fantasma. – Se os revoltosos descobriram que as lendas sobre Xibalba são uma mentira, talvez não estejam longe de saber o resto.

– Feixú... – murmurou Huang Wei.

– Isso se alinha com os focos de revolta nas terras arruinadas – concordou Fantasma. – Se a verdade encontrou uma forma de regressar pelo mar, tudo precisa ser revisto.

– Não tenho dúvidas que Ubirajara de Akangatu é o responsável – disse Sr. Huang. – Tudo começa e termina em sua pesquisa. Jamais deveríamos tê-lo mandado para Feixú. E você, Huang Wei, como pôde permitir esse tipo de material circular livremente, em plena vista da guarda?!

O Oficial de Armas fez menção de justificar-se, mas Fantasma tomou-lhe a palavra.

– Meu irmão deve ter feito o melhor possível, pai – disse ele, com uma pitada de escárnio em sua voz. – Agora temos que pensar à frente.

– O que recomenda, Huang Jie? – perguntou-lhe o pai, fazendo com que Huang Wei baixasse a cabeça.

– Em primeiro lugar, ordene ao Alto Sacerdócio de Guanabara que suspenda todos os sacrifícios. Nenhum barco parte para Feixu até que tenhamos certeza de que os detentos estejam aterrorizados e não excitados com a ideia de ir para "Xibalba". Essa rebelião termina aqui.

– Considere feito.

– Em segundo lugar, é preciso que as lideranças zonguanesas em Sul-Tenoque se unam para discutir e resolver qualquer óbice ainda

existente quanto à execução do Grande Projeto. Ao que vejo, já estamos atrasados. Precisamos de um novo trovão das eras, algo monumental, que sacramente a supramacia de Zonguá como a vontade dos deuses e instigue o medo do horizonte nessa gente por mais quinhentos anos.

– Os preparativos já estão em andamento, filho – respondeu Huang Chong. – Mas doravante tratarei do assunto pessoalmente.

– Por último, precisarei de nomes e informações pessoais dos Filhos de Palenque já conhecidos pela guarda. Esse grupelho não age sem uma liderança. Irei identificá-la e esmagá-la.

Neste instante, a atenção do Sr. Huang voltou-se para seu primogênito. Resignado, Huang Wei aprumou-se. Jamais seria, aos olhos de seu pai, um filho melhor que Huang Jie. Teria, então, que se contentar em ser apenas um bom filho.

– Farei o melhor possível – disse por fim.

O sutil revide trouxe um leve sorriso ao rosto de seu irmão.

– Contudo – continuou o oficial – preciso fazer um alerta. Quando fala nos revoltosos, há um elemento que parece esquecer.

– Ah sim... – disse Fantasma, como se o pensamento só agora lhe ocorresse. – O "Anhangá".

Huang Wei olhou para o pai, esperando a reprimenda que, sabia, jamais iria vir. Por um breve instante, pensou ter visto Huang Chong engolir em seco, mas este logo se endireitou na cadeira, fitando-o, impassível.

– Estou consciente dele, irmão. Não será problema.

– Não ponho dúvidas em seu talento, Huang Jie. Mas deve saber que a escolta pessoal de Tseng Fu era composta por três *ninjas* como você, e o terrorista subjugou a todos.

– Como eu? Dificilmente – respondeu Fantasma, ofendido. – Meros esboços de verdadeiros *ninjas*, atrofiados pela rotina de ficar seguindo velhos por aí. Mais lamentável que seu fracasso em proteger o conselheiro é terem se permitido viver com tamanha vergonha.

– Irá matá-lo, então?

Fantasma riu. Lá fora, um trovão retumbou pelo céu, anunciando a chegada da chuva.

– É impossível matar uma lenda, irmão. Não… não vou matar o

Anhangá. Vou apenas expô-lo como aquilo que todas as lendas são. Uma mentira.

A noite foi de intensa leitura dos arquivos da guarda. Antes que o sol ressurgisse, Huang Jie tinha nomes, retratos, endereços e associações de mais de uma dúzia de jovens maias suspeitos de integrarem a rede dos Filhos de Palenque. Reconheceu de imediato dois ou três da passeata que presenciara no dia anterior. Era um bom começo.

Além disso, havia *ela*.

Maiara de Akangatu era, sob todos os aspectos, uma moça comum. Filha única e órfã de mãe desde o nascimento, conviveu desde os sete anos de idade com a vergonha de ter seu pai, o renomado cientista Ubirajara de Akangatu, condenado ao *expurgo* pelo assassinato de um colega de trabalho. Não havia maior desonra do que as algemas que atrelavam ladrões, assassinos e hereges às barcaças que partiam de toda Sul-Tenoque em direção a Xibalba, a terra dos mortos, o lugar de seu eterno sofrimento.

Fantasma pensou, com deboche, que aquela última parte era quase verdade. O sofrimento aguardava os condenados daquele lugarzinho retrógrado, mas não nas mãos de diabretes ou deuses caídos. O que eles chamavam Xibalba era, para seu glorioso Império, Feixú, a terra arruinada. Séculos atrás, existira ali um continente, até que do vazio cósmico veio o grande assassino de terra e ferro e aniquilou tudo.

Contudo, quando as tempestades cessaram e a poeira assentou, permitindo que os desbravadores de Zonguá atingissem as ruínas pelo leste, a herança da montanha cadente foi revelada. Algo havia se transformado naquela terra, impregnando-se a ela. Uma estranha força, diferente daquelas que sabiam reger as leis naturais da Terra. Uma força que se mostrava perigosa demais para ser estudada a fundo sem que isso ameaçasse a vida de honrados zonguaneses.

Não tardou até que uma solução fosse encontrada. Nascia, assim, o expurgo. Um canal através do qual fluiria a mão de obra necessária para a devida exploração de Feixú. Os trabalhos em prol do progresso de Zonguá prosseguiriam, e todos os segredos da terra arruinada permaneceriam ocultos no final do oceano.

Ao menos, até agora.

Observando a bela jovem tupi-guarani deixar o prédio do Instituto de Ensino, Fantasma imaginou o quanto ela de fato sabia. Sua conexão com Anhangá e a dele com Ubirajara e os Filhos de Palenque era óbvia, muito embora seu irmão, por razões que ainda desconhecia, mentisse a respeito.

Oculto pela multidão de pais e crianças correndo pelo largo à frente do Instituto, o zonguanês aproximou-se de Maiara. Ela abraçava uma amiga nahuá, enquanto um menino de cinco ou seis anos, certamente filho desta, tentava subir-lhe as pernas. Uma cena adorável, sem dúvida. Por um instante, os olhos de Huang Jie cruzaram com os do menino. O contato, embora breve, incomodou Fantasma, que tratou de continuar suas observações daquele dia a uma distância mais segura.

A rotina de Maiara parecia simples como ela própria. Após deixar a amiga e a criança (que parecia extremamente insatisfeita ao fazê-lo), tratou de almoçar em um restaurante especializado em culinária inca. Huang Jie sentou-se a poucas cadeiras dela, aproveitando para experimentar alguns pratos raramente encontrados em Beijing. Quando ela saiu, detendo-se em uma parada do bonde elétrico, Huang Jie antecipou-se, casualmente impedindo seu acesso ao veículo até que o número certo de passageiros houvesse embarcado.

O plano de Fantasma provou-se bem-sucedido quando seu pequeno arranjo fez com que Maiara acabasse por sentar ao seu lado. Manteve-se quieto, até que o bonde alcançou a Ponte Mei-Long e iniciou sua travessia rumo a Arariboia, enquanto nuvens escuras rodopiavam sobre a enseada onde repousava a Torre da Guanabara.

– Parece que será uma das grandes – disse ele num tupi perfeito. Os primeiros relâmpagos começavam a atingir as hastes de absorção no alto da Torre.

– É verdade – respondeu Maiara.

– Os deuses são generosos – Huang Jie sorriu.

Havia algo de especial no sorriso do zonguanês, uma honestidade inquestionável, quase ingênua. Nutria por Maiara e por aquela terra nada além de desprezo, ainda assim, possuía uma capacidade inata de deleitar-se com seu próprio senso de superioridade, trajando-o com um palavreado amistoso que não deixava que seu interlocutor

o percebesse. Assim, Huang Jie criava uma atmosfera de aconchego, tal qual uma planta carnívora disfarçada em flor.

E foi assim que conseguiu ter com Maiara a conversa mais longa de suas últimas semanas. Falaram sobre a chuva, sobre Guanabara e Arariboia, sobre o emprego dela no Instituto de Ensino e o dele, como um esforçado bibliotecário no Consulado Zonguanês. Falaram de sua amiga nahuá, Tayanna, e seu filho, Luc. Discutiram a crise energética em Arariboia, riram da ignorância que ele fingiu ter sobre o assunto até que o bonde alcançou a parada de Maiara e ela precisou se despedir. Ainda assim, fizeram-no com a promessa de tornarem a se encontrar para mais um papo agradável, e quem sabe um chá, em algum dia vindouro.

Fantasma a reencontrou minutos depois, quando contornou o quarteirão e escalou um prédio vizinho, posicionando-se bem em frente ao sobrado em que Maiara residia. Ali, vestindo um traje polimétrico que o cobria de cinza dos pés a cabeça, Huang Jie acocorou-se e esperou.

A noite chegou, a luz no sobrado se apagou, mas a jovem tupi-guarani não foi para a cama. Ao invés disso, tornou a sair de casa e começou a caminhar pela avenida agora deserta. Um xudá envelhecido passou, Maiara fez sinal para que parasse e embarcou, desaparecendo com ele na esquina seguinte. Chegara a hora.

Huang Jie acionou uma chave afixada no cinto de seu traje, disparando a corrente elétrica que percorreu sua superfície, transformando o revestimento polimétrico em um espelho. Então, o ninja afivelou a mochila nas costas e saltou do alto do prédio. Uma pequena corda destravou o sistema de balões compactados, que se abriram da mesma forma tríplice que as aeronaus incas.

A veste espelhada refletia as luzes da noite de Arariboia, tornando Fantasma invisível enquanto sobrevoava a cidade, utilizando-se de duas alças para navegar os balões por entre os prédios, subindo e descendo conforme necessário, sem nunca perder de vista o xudá que levava Maiara para longe do movimentado centro, em direção à esquecida Cidade Baixa.

Maiara fez sua parada, o que fez Fantasma providenciar sua aterrissagem no topo de um prédio próximo. Não era tão alto quanto gostaria para uma observação adequada, mas teria que servir.

Desinflou os balões, escondendo a mochila em um canto do terraço, e desativou a camuflagem de seu traje, transformando-o outra vez em uma mancha cinzenta.

A jovem escolhera um ponto mal iluminado para seu desembarque, não que estes fossem incomuns na Cidade Baixa. Era nítido o contraste existente entre a frágil silhueta e a poeira, a ferrugem e a decadência que a cercava. Ainda assim, ela caminhou resoluta, adentrando uma viela que a levava ainda mais fundo na escuridão. Fantasma dependurou-se do topo do prédio como uma aranha descendo da teia e iniciou sua perseguição silenciosa, saltando de sombra para sombra.

Maiara deteve-se na clareira urbana que se abria onde a desordenada engenharia do submundo provocava o entroncamento de múltiplos becos, bem no centro daquele quarteirão. Instantes depois, uma figura surgiu, indo de encontro a Maiara. Era um jovem maia, de porte musculoso, trajando as largas argolas nasais que eram a marca dos Filhos de Palenque.

Conversaram por cerca de meia hora. Sobre o quê, a escuridão e a distância não permitiram que Fantasma soubesse, mesmo com seu treinamento. Àquela altura, contudo, era irrelevante. Sabia exatamente qual seria seu próximo passo. Assim sendo, apenas esperou até que Maiara e seu misterioso contato se separassem.

Então, atacou.

Uma gota.

A viela tornara-se um corredor estreito, convidando a mente atordoada a temores claustrofóbicos. Uma gota. Os prédios pareciam ter sido miniaturizados, encolhidos a um quinto de seu tamanho normal, mas estavam lá. Uma gota. O ar estava tomado pelo odor ocre de metal corroído.

Uma gota.

O sol estava se pondo. A luz da lanterna zonguanesa não era forte o bastante para iluminar os arredores, tampouco fraca o suficiente para permitir aos olhos habituarem-se à escuridão. Pegou-se contando os segundos até… uma gota. Havia um cano enferrujado bem acima de sua testa. Não era capaz de ver, mas podia sentir, segundo a segundo, o breve filete de água acumulando-se, implacável.

Tentou se levantar, mas tinha o corpo imobilizado. A qualquer momento agora (e quantas vezes já tinha sido?). Assim, virou o rosto dolorido e encharcado, na tola esperança de evitar o inevitável. Uma gota. Enfim, percebeu que os prédios não eram prédios, mas torres compostas de xudás arruinados, empilhados uns sobre os outros.

Estava em um ferro-velho.

Uma gota.

Estava enlouquecendo.

– Seu nome é Izel Haakol.

A figura materializou-se diante da luz da lanterna e pairou sobre o rosto do jovem maia.

– Você mora na ponta norte de Cidade Baixa – continuou Fantasma. – Seus pais chamam-se Tahil e Akna. Sua irmã tem oito anos de idade e se chama Xoco.

O coração do rapaz bateu acelerado, mas ele travou seu rosto em uma expressão raivosa e resoluta. Uma gota chocando-se contra sua testa, barulhenta como um martelo, quente como fogo, perfurante como um prego em sua alma. Ainda assim, apenas uma gota-d'água.

– Quem é Maiara de Akangatu? – perguntou o zonguanês, com absoluta serenidade.

Izel franziu os lábios. Uma gota o fez fechar os olhos, e ele amaldiçoou-se por sua fraqueza.

– Esteve preso aqui por todo o dia. Seus parentes devem estar preocupados. Mas isso não abala pessoas como você, não?

O Filho de Palenque arregalou os olhos o máximo que pôde, à espera da próxima gota. Não gritar ao sentir seu impacto já era um triunfo.

– Sei o que deve estar pensando – disse Huang Jie, contornando o pedaço de carroceria onde sua vítima estava presa. – Que morrerá aqui, de lábios cerrados, por sua causa. Que se tornará um mártir, cuja vida e morte inspirará outros a se juntarem a suas fileiras. Asseguro-lhe de que está errado. Agora, diga-me quem é Maiara de Akangatu.

Uma gota. Quanta água ainda poderia haver naquele cano? Naquela cidade?

Maldita fosse toda a água do mundo.

– Não faz nem meia hora que despertou, Izel Haakol, e já posso

senti-lo perder o controle. Quanto mais acha que ainda pode aguentar? – Havia malícia na voz de Fantasma.

A respiração do jovem tornou-se mais ofegante. Uma gota, mas ele não iria ceder. Talvez fosse a última; uma gota; ele jamais iria ceder. Uma gota. Teve vontade de gritar.

Uma gota.

– A essa hora seu pai deve ter assumido o turno na fábrica na qual trabalha, em Guanabara. Sua mãe se prepara para ir buscar a pequena Xoco, que se despede de sua instrutora particular de mandarim. Muito sábio da parte dos seus pais, instruí-la nesse nobre idioma. Diga-me quem é Maiara de Akangatu, ou partirei agora, deixando-o sozinho com a água. E matarei sua irmã.

Izel não se permitiu pensar em qual das partes daquela ameaça era pior. Seu juízo falhava.

– Este é o grande problema de vocês, mártires – continuou Fantasma. – Dão tão pouco valor à própria vida, que não pensam que é o mínimo que têm a perder. Matarei sua irmã, Izel. Será cruel e súbito, e seus pais jamais saberão o porquê. Então, escolherei aquele que estiver sofrendo menos, e o matarei também, para assim alquebrar o outro ainda mais. Por último, cortarei sua língua, para que jamais possa dizer o quanto lamenta.

Não iria falar. Sua família...

– Anhangá está a caminho para resgatá-lo, sabe disso. Isso não impedirá que eu destrua sua família. Viu como foi fácil pegá-lo?

Não queria falar. Uma gota...

– Imolarei sua vida até restarem apenas cinzas, Izel – Huang Jie aproximou o rosto do dele. – E o vento irá soprá-las contra o rosto daqueles pelos quais tanto luta, e eles sequer perceberão.

Não queria falar. sua irmã... não podia falar; uma gota... sua família...

– Diga-me, Izel.

Uma gota.

– DIGA-ME AGORA!

– Nossa líder! – gritou o jovem maia, com toda a força que restava em seus pulmões fraquejados. Aos prantos, repetiu: – É a nossa líder...

– Muito bem – disse Huang Jie, exibindo um sorriso de satisfação. Subitamente, o sorriso desapareceu, e ele levou a palma da mão aos lábios de Izel, silenciando seu choro.

Algo chamara a atenção do ninja, que se concentrou o quanto pôde nos sons ao redor. Alguém estava ali com eles.

– Agora... – continuou, sussurrando junto ao ouvido do Filho de Palenque – falta pouco para salvar sua família. Preciso apenas que faça mais uma coisa por mim, Izel. E tudo ficará bem.

Anhangá aterrissou no chão poeirento, silencioso como uma pluma. Circundara todo o perímetro do ferro-velho até identificar um único foco de luz, bem no coração do vale de ferrugem. Pelas alamedas que se formavam entre as montanhas de ferro retorcido vagava uma névoa invisível, fétida de esquecimento. Quexás que um dia transportaram casais apaixonados, crianças para a escola e amigos inseparáveis, não passavam agora de massas mutiladas de aço, disformes como lembranças. À passagem de Anhangá, uma ratazana correu para se esconder dentro de um velho refrigerador.

A mão direita de Anhangá segurava firme o cabo do *miao dao* oculto pelo poncho. A mão esquerda ia à frente do corpo, perscrutando o ar à procura da menor vibração, brisa ou oscilação de temperatura. Por baixo do largo chapéu de bambu, o homem mais procurado de Sul-Tenoque tinha os olhos fechados, afiando seus demais sentidos. Os ouvidos perseguiam cada ruído, cada estalo.

Com cuidado aproximou-se da clareira, mantendo-se distante do menor respingo de luz que pudesse denunciar sua presença. Um único passo em falso e a vida do jovem Izel estaria em perigo, e isso Anhangá não permitiria jamais. Ele era um de seus irmãos, um de seus soldados, um dos motivos pelo qual combatia aquela árdua batalha contra os poderes do Império de Zonguá.

Os instrumentos de tortura estavam ali. A lanterna chinesa, o pedaço enferrujado de carroceria e o cano do qual a água continuava a pingar, gota a gota. Izel, contudo, desaparecera.

– Não pensou que seria tão fácil, pensou?

A voz do zonguanês parecia vir de todos os lugares e, ao mesmo tempo, de lugar nenhum.

No mesmo instante, Anhangá abandonou sua instância sorrateira e sacou o *miao dao*, pronto para se defender. Com um movimento rápido, estilhaçou a lanterna chinesa, afundando o lugar

na escuridão. Não concederia a menor vantagem ao inimigo que continuava a se ocultar.

– Inteligente, mas inócuo – disse Huang Jie. – Como sua pequena revolução.

Anhangá girava o corpo, lentamente. Tinha quase certeza da posição do oponente, mas naquela situação uma quase certeza era o mesmo que a mais absoluta dúvida.

– Acha mesmo que um dia sua gente se tornará esclarecida? Não será. Conhecimento é destino, seja aqui ou em Zonguá. Alguns estão fadados a tê-lo, outros não. Os primeiros serão os senhores do mundo, outros chamarão a mim de Fantasma e a você de Anhangá.

A estocada passou a centímetros de seu coração. Só houve tempo para que Anhangá girasse o corpo, escapando das primeiras investidas do lampejo prateado que a sombra brandia. Anhangá tratou primeiro de firmar os pés no chão antes de contra-atacar. O *miao dao* dançou com o *ninjaken* de seu inimigo, soltando faíscas pelo ar. Por um instante, a sombra abriu sua guarda, e Anhangá investiu com toda sua força. A ponta do sabre, contudo, perdeu-se no vazio. Fantasma desaparecera.

– Pense na dor que causaria em seu povo, Anhangá – sibilou o ninja. – Muitas vezes, enxergar o milagre de cada chuva é tudo o que os move. Muitas vezes, o inferno no final do oceano é tudo o que temem. O que resta na mente do homem quando não há nem esperança, nem medo?

– O que quer que seja, é melhor do que a mentira que Zonguá conta para nos escravizar. – respondeu Anhangá.

– Somos todos escravos. De nossos impulsos. De nosso orgulho, de nosso amor... De nosso ódio.

O ninja precipitou-se do alto, e seu primeiro golpe abriu um rasgo que manchou de vermelho o poncho de Anhangá. Com um dos braços feridos, o manejo de seu *miao dao* ficou mais difícil, e ele precisou concentrar-se unicamente em sua defesa. Os ataques de Fantasma tragaram Anhangá para o meio das torres de xudás, então o ninja saltou sobre uma delas, escalando-a até desaparecer em um dos veículos.

Anhangá aguçou sua percepção, tentando acompanhar os velozes movimentos de Fantasma. O ataque, porém, veio traiçoeiro. Huang Jie utilizara uma espécie de ventriloquismo para conduzir a atenção

de Anhangá para um lado, enquanto avançava pelo outro. Seu chute atingiu Anhangá no rosto, fazendo o chapéu de bambu voar longe. No segundo seguinte, o ninja sumiu novamente.

– Somos todos mentirosos, também – continuou Fantasma. – Mentimos para nós mesmos, todos os dias. Cada vez que nos convencemos de que somos fortes o bastante para superar qualquer coisa.

A dor em seu rosto inchado somou-se à do profundo corte em seu braço, mas não era isso que mais atrapalhava a luta de Anhangá. Erguendo-se, sentiu o ar, cada vez mais denso, resistir ao apelo de inspiração e expiração de seus pulmões. Pela primeira vez, desde seu primeiro dia de volta em Guanabara, quando precisou arrastar seu corpo da água para as areias da orla, Anhangá sentia suas forças se exaurindo.

Arqueando o corpo, Anhangá cravou o *miao dao* no chão de terra e apoiou-se nele. Quedou-se, absolutamente inerte, convidando seu adversário ao golpe de misericórdia. Não houve qualquer som, exceto o da afiada lâmina rasgando o ar em direção ao seu pescoço.

Foi só no instante final que Anhangá revelou seu estratagema.

A fraqueza havia sido exagerada, dando ao outro a impressão de que estava indefeso. Anhangá, contudo, apenas tomara aqueles valiosos segundos para concentrar o restante de sua energia em seus ouvidos e seus braços. Seu gingado abrupto fez o ataque passar desajeitado ao longo de sua cabeça, ao mesmo tempo em que sacava o sabre do chão para o golpe fatal.

Houve um grunhido, e o homem vestido de cinzas tombou aos seus pés.

– Mas no fim, não há nada mais frágil que o heroísmo.

A maliciosa voz tornou a ecoar por todos os lados.

Tomado pelo mais terrível dos pressentimentos, Anhangá caiu de joelhos ao lado do morto. Agarrou-lhe a máscara e puxou, já sabendo, no fundo de seu coração, o que encontraria. Ainda perdidos naquele último gesto desesperado que fizera por sua família, encaravam-lhe os olhos mortos de Izel Haakol.

De súbito, bombas de luz sinalizadora começaram a explodir por todo o ferro-velho, acompanhadas pelo som de dezenas de botas se chocando contra a terra. Uma voz familiar soou em um alto-falante:

– *Está cercado. Baixe suas armas e se renda, agora!* – ordenava o Oficial de Armas, Huang Wei.

O tempo pareceu parar ao redor de Anhangá. Longos segundos perduraram como vidas inteiras de remorso, enquanto abraçava o corpo do jovem Izel. O som das tropas agigantava-se como na aproximação de um enxame enfurecido. O lamento de Anhangá deu lugar ao ódio, e ele olhou para o *miao dao*, contemplando a possibilidade de encerrar tudo ali.

Quando os homens de Huang Wei alcançaram a clareira, contudo, encontraram apenas o corpo do Filho de Palenque. O oficial ajoelhou-se ao lado do garoto, não permitindo que a piedade que sentia transparecesse em seu semblante impassível. Seria um bom filho, mais uma vez.

– Emitam o alerta – disse a um de seus guardas. – Fechem a ponte. Espalhem as tropas. Que todo o povo saiba que a caçada começou.

A notícia foi ouvida por toda Guanabara tão logo o dia raiou.

"Uma operação em conjunto das forças de segurança de Arariboia e Guanabara foi deflagrada ontem à noite, após o alto comando das tropas receberem a informação de que um ferro-velho na Cidade Baixa servia de cativeiro para um jovem morador da região, Izel Haakol."

O coração de Maiara de Akangatu pesava como chumbo em seu peito ao subir os degraus do Instituto de Ensino. Uma infinidade de pensamentos sombrios a dominava. Precisaria se reunir com seus amigos o quanto antes. Sentia-se envolta em uma nuvem de perigo iminente e avassalador.

"Contudo, apesar de sua atuação ágil e organizada, os bravos homens da guarda não chegaram a tempo de salvar a vida do rapaz, morto de maneira covarde pelo criminoso conhecido como Anhangá."

Huang Chong adentrou o saguão do último andar de sua torre, sendo recepcionado por sua secretária.

– Seu filho esteve aqui, senhor – comunicou. – Disse que lhe deixou um presente. Está em seu escritório.

– Como? – perguntou, surpreso, o Sr. Chong.

– Desculpe-me, senhor. – A secretária parecia mortificada por sua

falha. – Ele já estava aqui quando cheguei. Devo ter esquecido de trancar a porta...

O velho fitou a porta fechada de seu escritório, acenando para que ela parasse de falar.

"Acuado pelo cerco montado pelas tropas na região, Anhangá precisou escapar às pressas. Relatos asseguram que, em sua fuga, o assassino sofreu graves ferimentos."

Maiara entrou em sua sala de aula. As crianças já estavam à sua espera, sentadas em suas almofadas. Os tomos, largados de lado, foram direto para os colos assim que a professora entrou. Maiara passou os olhos pelas crianças e, na mesma hora, confirmou o maior de seus medos.

Uma almofada restava, intocada e solitária, junto a um canto da sala. O desespero fluiu com as batidas aceleradas de seu coração. As pernas fraquejaram, e Maiara começou a chorar.

– Professora? – perguntou uma das crianças. – Tudo bem?

"O caso aturdiu as autoridades, tendo em vista a suposta ligação de Anhangá com o movimento social conhecido como Filhos de Palenque, ao qual pertencia o jovem Izel."

Huang Chong abriu a porta de sua sala, deparando-se com um visitante inesperado, sentado em sua confortável poltrona.

O garoto nahuá tinha medo nos olhos e um chapéu de bambu em suas mãos.

"O Conselheiro de Segurança Pública, Wan Chao, recomenda o máximo de cautela aos moradores de Guanabara e Arariboia. Em suas palavras, Anhangá já deu provas de ser um homem cruel e violento."

De olhos fechados, Huang Jie respirou o ar carregado de sal. As ondas que rebentavam na entrada do golfo perdiam força, alcançando a faixa de areia fofa como marolas que banhavam suavemente os pés descalços do zonguanês. O sol brilhava ameno e não havia som, senão da voz do oceano.

O ninja estava em um profundo estado de meditação, o que não o

impediu, nem por um segundo, de perceber claramente que alguém se aproximava. Abriu os olhos, deparando-se com uma mulher de pouco mais de trinta anos, bela e de evidentes traços maias.

Ela entrou na água a alguns metros de distância dele. Emocionada, trazia nas mãos uma urna de vidro, a qual trouxe junto aos lábios e beijou. Em seguida, abriu a tampa, permitindo que as cinzas caíssem na água.

– Sinto muito – disse Huang Jie.

Não era verdade.

– Obrigada.

– Com certeza ele está em um lugar melhor.

– Ela – corrigiu a mulher. – Era minha mãe.

– Desculpe-me.

– Ela sempre teve vontade de terminar aqui. Sempre adorou o oceano.

– Eu também adoro – disse Fantasma, exibindo sua simpatia de planta carnívora. – Só tenho medo do que existe além.

– Minha mãe não tinha... – a mulher deu uma breve risada, que logo deu lugar à contemplação. – Ela não acreditava em Xibalba. Dizia que era apenas uma história. Todos diziam que era louca.

Houve um instante de silêncio. – E o que você acha?

A mulher fitou o horizonte.

Os segundos se arrastaram sem resposta, roubando o sorriso dos lábios do fantasma zonguanês.

A lenda perdida do primeiro outono

Cristiano Konno

Ichi

Uma antiga lenda diz que O Templo da Flor de Cerejeira no leste do Japão sempre fora extremamente respeitado. Grande e muito belo, o pagode atraía visitantes de várias regiões do país para admirar a construção de três andares, com belos ornamentos dourados sobre tinta verde. Dois jardins floridos o ajudavam a impressionar qualquer um. Um deles ficava na entrada do templo, com um pequeno lago com carpas reais, carvalhos, flores, cerejeiras e até mesmo bonsais de muitos tipos espalhados por todo o lugar. O segundo ninguém sabia ao certo como era, pois fora proibido a todos os homens e ficava escondido na parte de trás do terreno.

O templo xintoísta era um lugar de oração, espiritualidade e treinamento para poucos. Até mesmo os habitantes locais precisavam de autorização para adentrar os muros fortalecidos, uma graça concedida principalmente aos líderes poderosos e aos mestres de artes marciais. Não que a riqueza ou hierarquia fossem importantes lá dentro; dizia-se que a dificuldade de entrar no templo tinha relação com a proteção ao seu conteúdo, feito de joias preciosas e minérios nobres. Em todo caso, a incidência de tentativas de invasões sempre fora muito baixa devido à importância do templo xintoísta para aquela região do país.

Naquele período, chamado de *Asuka Jidai*, uma nova religião se propagava pelo Japão, provocando graves conflitos entre os adeptos e os opositores, o **Bukkyō*. E nem mesmo o famoso Templo da

* Budismo.

Flor de Cerejeira escapara dessa transformação. Por sua magnitude e beleza fora escolhido pelo Príncipe Imperador Shõtoku para ser mais um dos Templos das Três Joias de Buda Shakyamuni – vontade também do próprio Umako, que desejava ver *O Caminho da Libertação* implantado em todas as regiões. O que o Clã Soga não sabia ao comandar tal ordem era que naquele templo milenar uma antiga e secreta relíquia era guardada pelos monges xintoístas, grandes mestres nas artes da magia e da luta. E para proteger essa relíquia secreta, os monges não iriam entregar o templo tão facilmente.

É contado que, numa tarde ensolarada, as árvores coloridas da vila que envolvia o templo formavam sombras dançantes para a tropa imperial, enquanto as flores os acompanhavam pela estrada de terra até o Templo da Flor de Cerejeira. Devido à importância da situação, Haku Inoue – o melhor general e guerreiro do exército do leste – fora designado para entregar as ordens de despejo oficialmente à Fujiwara Sadato, o mestre dos monges do templo.

No meio de dezenas de curiosos, os famosos guardas imperiais do Clã Sãbo cavalgavam lentamente por entre as casas e o comércio da região. Todo mundo queria ver os lendários guerreiros, pois suas histórias de disciplina, honra e habilidade percorriam o Japão há muitos anos.

Quando os seis cavaleiros chegaram perto de seu destino, tiveram a raríssima visão de Fujiwara Sadato em pessoa sair de sua moradia eterna para recebê-los. O mestre monge, sorridente, cumprimentou o general por sua pontualidade e convidou-o a entrar. Assim, os murmurantes curiosos observaram os guardas imperiais adentrarem o templo sagrado.

Antes de se virar para acompanhar seus visitantes, Fujiwara percebeu o vento acariciando as folhas rosadas de uma das várias árvores cerejeiras da rua. A visão fez a paz moradora de seu peito inflamar-se.

Os guardas e seu general foram devidamente alimentados e acomodados no salão de orações. Os monges queriam lavar seus pés e mãos, mas o general Haku não deixou que seus guerreiros retirassem as botas e as manoplas. Permitiu apenas que removessem

os elmos em sinal de respeito. Assim, todos se limitaram apenas a ajoelhar e esperar o mestre monge, que não demorou a retornar.

Sadato voltou com os objetos que fora buscar na despensa. E, portando um pergaminho, um pincel e um pote cerâmico com tinta, ajoelhou-se de frente os guardas.

O general lhe entregou o pergaminho com a ordem de despejo e Fujiwara o leu atentamente. Enrolou o comunicado e guardou-o com todo o cuidado.

Depois abriu a folha em branco e começou a traçar:

"Quase tudo muda e se transforma, assim como o céu de todos os dias. Porém, como a direção de uma correnteza, certas coisas não devem ser alteradas para o equilíbrio natural. Tola é a rocha que desafia esse princípio, apenas subjuga-se ao rio no fim."

O mestre monge Fujiwara Sadato entregou sua resposta ao general e pediu que a levasse aos seus superiores. Haku assentiu e pegou o pergaminho com as duas mãos, como se o pedaço de papel fosse um tesouro frágil. Ficou olhando-o por muito tempo, pois uma resposta não era esperada. Estavam ali apenas para entregar a ordem do imperador.

O monge sorriu divertido ao perceber o questionamento no rosto do general.

– Pode ler a mensagem se quiser, General Inoue.

Haku abriu a folha com cuidado e a esticou. Observou com muita atenção cada símbolo escrito magnificamente pelo mestre monge. Embora fosse uma honra admirar a escrita do grande Sadato, o significado daquele recado era uma afronta direta e não muito inteligente ao comandante geral e ao príncipe.

– Sabe o que isso significa, mestre? – Haku perguntou, com aqueles olhos mortos de quem já matara mais do que podia se lembrar.

Os olhos são a janela da alma, dizia um ditado milenar. E se nos olhos do general havia apenas morte, nos de Fujiwara encontrava-se apenas vida.

– E você sabe? – O mestre monge devolveu a pergunta, confiante.

Haku pareceu decepcionado e preocupado ao se levantar, devagar. Fujiwara permaneceu de joelhos.

– Preparem-se, monges. Não desejamos machucá-los, mas essa resposta irá trazer problemas.

– Custo a acreditar que o príncipe ordenará violência por aqui, general – Fujiwara rebateu, agachando-se num gesto de humildade.

Haku, sem dizer mais nada, virou as costas e partiu com seus guardas. Kioshi, o *braço direito* do mestre monge, surgiu das sombras enquanto Fujiwara se levantava.

– Ele vai voltar com mais guerreiros para tomar o templo, mestre.

E a razão era de Kioshi, Fujiwara sabia. Além de orar aos [*]*Kami* teria que pedir ajuda de seu antigo amigo, Nobuo Mazushii. Aqueles guerreiros imperiais tinham fama de serem extremamente fortes e impiedosos.

– Por favor, pegue suprimentos e peça a ajuda de Mazushii nas montanhas – Fujiwara pediu, enquanto os dois observavam os guerreiros partirem pelo jardim do templo.

– Sim, mestre.

Nì

A maioria dos conflitos políticos termina em sangue. O General Haku Inoue aprendera tal lição muito cedo. Como todos os soldados do Clã Sābo, ele crescera treinando rigidamente a arte da espada e da guerra. Sendo o melhor guerreiro da região leste, muitos mestres de luta temiam suas *Lâminas Inquebráveis*, nome dado ao seu par de espadas por um líder de clã moribundo que o desafiara para um duelo e perdera sua vida. As lâminas brilhantes, assim como sua armadura, eram realmente inquebráveis graças aos encantamentos feitos pela ardilosa bruxa Yaeke – ama de seu [**]*sensei* Shichiro Kobayashi, o temido Comandante Geral do Exército do Leste.

Haku era extremamente rígido e honrado em suas convicções. Cegamente, obedecia às ordens de Shichiro. Além se ser seu mestre desde criança, o comandante era a maior autoridade daquela área antes dos membros do Clã Soga. Sob suas ordens, Haku derramara muito sangue e ganhara a fama e o apelido de [***]*Shi no Ryu*.

---

* Deuses.

** Mestre.

*** Dragão da Morte.

E, pensando no vindouro conflito, já alguns dias depois do encontro com Fujiwara, Haku entregou o pergaminho de Sadato ao seu mestre comandante, que estava sentado em sua cadeira no salão de guerra.

Shichiro Kobayashi abriu o pergaminho sem o menor cuidado, quase rasgando-o com brutalidade. Leu com desdém as palavras de Sadato e fez uma leve careta no fim, amassando a folha em seguida.

– Volte para lá e mate todos eles.

Yaeke preparava o que ela dizia ser um *incenso da juventude* num canto escuro do salão e, ao ouvir a ordem, esboçou um sorriso felino. Há muito tempo Haku vinha percebendo a alteração de comportamento de seu mestre. O comandante mudara suas ações, ficando cada vez mais agressivo e tolo. Suas contribuições ao império ainda eram maiores do que suas recentes atrocidades, mas Haku sabia que seu legado não o pouparia de um futuro trágico. Mesmo acostumado à guerra, o general pensou que matar os mestres monges xintoístas não era nada inteligente e provavelmente provocaria uma regressão à aceitação do Budismo.

O Dragão da Morte, incomodado com a decisão, olhou para a bruxa com desprezo. Desconfiava que a feiticeira estivesse influenciando seu mestre para o mal e não sabia como uma mulher daquelas, que se assemelhava a uma gueixa sombria, poderia ter espaço ao lado de Shichiro. Já suspeitava que a ordem de tomar o templo à força viria, mas *matar* os monges era demais. Shichiro sequer pensara em consultar a família imperial: ordenara o assassinato de importantes ícones japoneses sem ao menos hesitar.

– Algum problema, Haku? – O comandante questionou.

Haku voltou de seus pensamentos e apenas reverenciou Shichiro. Depois, retirou-se em silêncio como sua obediência e disciplina o obrigavam a fazer.

– Seu discípulo general não parece mais tão concentrado, meu senhor – Yaeke afirmou assim que Haku fechou as portas da escura sala.

– Ele é quase como um filho para mim, bruxa. Não fale ass...

Antes que Shichiro completasse a frase, como uma cobra ligeira, Yaeke aproximou-se com o incenso e o cheiro fez o Comandante Geral do Exército do Leste calar-se completamente. Visões apareceram diante de si e as questões mundanas se dissiparam quando sua mente entrou em transe.

Por experiência, Haku sabia que, ao viajar devagar, três dias eram o suficiente para que sua tropa voltasse ao Templo. E, forçando o seu melhor cavalo até a morte, de cinco a nove dias era o tempo para que seu mensageiro chegasse à capital Asuka e entregasse o bilhete ao príncipe.

Em seu quarto simples e tradicional, o Dragão da Morte ousara escrever à Shõtoku para abrir seu coração. Suspeitava que, na verdade, seguia as ordens da bruxa Yaeke e, por isso, não via aquela carta como uma traição. Mesmo porque traições não existem no Clã Sãbo, ao contrário do que acontecia muito naquela época. O código dos guerreiros de Haku permitia apenas uma vida de serventia cega e morte honrada. Essa era sua maior lição, o seu grande legado.

Os símbolos que desenhava na pequena folha descreviam as últimas ordens arbitrárias de Shichiro, informando sua recente parceria com Yaeke, uma bruxa que se instalara rapidamente no comando do Exército do Leste. No fim, Haku contou sobre as novas ordens recebidas para com os monges xintoístas do leste, dizendo humildemente estar contra, porém incapaz de desobedecer a seu mestre e comandante, mesmo duvidando de sua sanidade. Pediu que se o derramamento de sangue puro e inocente não fosse vontade do príncipe, que ele mandasse tropas ou mensageiros para impedi-lo o quanto antes. Isso se ainda houvesse tempo.

Haku dobrou o papel sem esperança e o entregou ao seu mensageiro.

– Vá.

O seu servo, já sabendo que ambos pagariam com a vida se alguém roubasse aquela carta, guardou-a dentro do bolso sob seu uniforme, prometendo o sucesso daquela missão. Partiu silenciosamente logo depois.

Haku continuou ajoelhado em seu quarto e, em frente à sua pequena estátua dourada de Buda, orou por iluminação.

Nobuo Mazushii colhia legumes quando o braço direito de Fujiwara chegara em sua pequena fazenda no topo da montanha. Ouviu atentamente o que ocorrera no Templo e depois de refletir

bastante, o homem que um dia também fora um monge orientou o mensageiro:

– Volte ao templo e diga a Sadato que vou me preparar.

O jovem Kioshi assentiu e se retirou silenciosamente.

Nobuo pegou um pequeno pedaço de papel e começou a rabiscá-lo com carvão. Mandaria o recado através de sua águia de estimação, Hikari. Segundo suas conclusões, o príncipe seria incapaz de ordenar um ataque ao templo simplesmente por se tratar de uma grande tolice. Mesmo assim, escrevia sobre a impossibilidade da transformação do templo e implorou por medidas pacíficas para o impasse. Também pediu uma conversa pessoal com Shōtoku antes de qualquer coisa. Teriam que abrir o jogo com o Clã Soga. Essa era, talvez, a única maneira de proteger o santuário.

Ao terminar, prendeu o pedaço de papel na argola de metal na pata de Hikari e a soltou. Observou a águia partir através do céu, sabendo que ela não demoraria muitos dias para chegar ao destino. Fechou os olhos e respirou fundo. Se tudo isso fosse um equívoco, o príncipe faria algo para impedir. Só que, de qualquer forma, era necessário se preparar pois, em seu coração, intuía uma tragédia.

Shi

À frente dos trinta guerreiros imperiais e seu general estava novamente a bela e florida vila do Templo da Flor de Cerejeira. As casas e o comércio local pareciam simples perto da beleza do templo. Haku vestia novamente sua armadura vermelha enfeitiçada, leve como uma pluma e mais resistente que diamante. Suas espadas, inquebráveis e afiadas até o limite, permaneciam em suas bainhas.

Mais do que o esperado, o general conseguira atrasar a viagem em quatro dias, mas sentia que já beirava a desobediência e concluiu que sua tentativa de avisar o príncipe falhara. Já era hora de cumprir as ordens do Comandante.

– Vamos – o Dragão da Morte ordenou.

Enquanto desciam a elevação caminhando até a vila, ouviram sinos anunciando sua chegada. Um de seus guerreiros visualizou o habitante em cima de um mirante rústico e sem demora o abateu, lançando uma flecha bem no meio de seus olhos. Os sinos pararam.

– Esperavam por nós, senhor – o guerreiro à esquerda de Haku pronunciou, observando o corpo do habitante desabar.

O Dragão da Morte não respondeu. Desceu de seu cavalo para continuar a caminhada a pé e seus discípulos o imitaram. Perder os cavalos na provável batalha seria péssimo porque teriam que percorrer a longa distância de volta à base com suas próprias pernas.

Ao ouvir os sinos, muitos homens da cidade correram e se posicionaram na entrada da vila como haviam combinado. Sendo apenas um lugar de orações e trabalho, nenhum deles era treinado na arte da guerra. Acabaram por pegar o que tinham em mãos para lutar contra os guerreiros que se aproximavam para tomar seu templo. Isso incluía facas de cozinha, forquilhas, martelos e cutelos.

Aproximadamente cinquenta homens observavam temerosos os guerreiros da guarda imperial chegarem. Mais uma vez, lá estavam os desenhos das históricas armaduras que imitavam demônios. Todos os guerreiros imperiais escondiam seus rostos atrás de máscaras assustadoras, e alguns deles portavam **Yumi no Mokuzai* e bolsas com dezenas de flechas envenenadas em suas costas; o resto carregava duas ***Ken* cada um.

– Não vamos deixar que passem por nós! – Um morador gritou.

Haku observou a cena e uma ponta de tristeza surgiu em seu coração. Toda aquela gente inexperiente disposta a morrer para proteger o templo. Era uma pena.

Os guerreiros imperiais pararam a alguns metros dos moradores.

– Estamos cumprindo ordens de seu imperador. Atrapalhar-nos será considerado traição! E vocês sabem como tratamos traidores nesse país! – O general advertiu.

– Eu não sei quem é o verdadeiro traidor aqui, Dragão da Morte – um homem falou em voz alta, saindo do meio dos habitantes. Vestia trajes pobres, velhos e sujos. Seu rosto estava escondido por um chapéu de palha.

– Saia daqui, mendigo. Saiam todos vocês! – Haku ordenou pela última vez.

---

* Arcos de Madeira.

** Espadas.

O homem caminhou um pouco mais à frente e tirou seu chapéu, pendurando-o nas costas. Era Nobuo Mazushii.

– Tem certeza que quer cometer essa atrocidade? – Nobuo perguntou, puxando uma adaga feita de jade da cintura, posicionando-se de maneira curiosa, como se imitasse um louva-deus.

Todos os guerreiros de Dragão da Morte puxaram suas armas, exceto ele próprio.

– Não faço escolhas, mendigo. Apenas recebo ordens – Haku rebateu.

Um segundo de silêncio. Os homens comuns gritaram e correram até os guerreiros imperiais empunhando suas armas improvisadas. Os guerreiros de Haku também correram e um massacre se iniciou.

Nobuo movimentou-se novamente do seu jeito incomum e matou um guerreiro imperial com a adaga, perfurando uma parte exposta do pescoço. Outro dos guerreiros empunhou o arco e atirou uma flecha. Mais rápido do que a visão é capaz de enxergar, Nobuo trocou sua posição e assemelhou-se a uma garça. Com um dos pés, soltou uma energia dourada em forma de ave que destruiu a flecha e arremessou o arqueiro com tanta força que destruiu seus órgãos internos, matando-o. Mais um espadachim partiu para cima de Nobuo e ele trocou sua posição mais uma vez, estendendo os braços e contraindo os dedos, como garras de tigre. Ele se inclinou para desviar da lâmina do espadachim e um rugido deixou sua garganta. Com apenas seus punhos e uma adaga, Nobuo dividiu um dos melhores guerreiros de Haku ao meio numa explosão de sangue.

– Já chega! – Haku gritou.

A essa altura, quase já não havia homens da vila e muitos guerreiros imperiais rodeavam Nobuo. Eles se afastaram cuidadosamente e ele relaxou, voltando à posição humana normal. Parado e tranquilo, observou o temido Dragão da Morte com um sorriso no rosto. Os poucos homens comuns que sobraram fugiram apavorados para suas casas.

Haku Inoue puxou uma de suas espadas e a posicionou na frente do corpo, com o fio da lâmina apontado para Nobuo.

– Quem é você? – Perguntou ao mendigo.

– Sou Nobuo Mazushii, discípulo direto de Bo Dingbang!

Por trás da máscara, Haku arregalou os olhos e sorriu. Não poderia ser, Bo Dingbang morrera na China há muito tempo. Se

realmente aquele mendigo fosse discípulo de Bo, teria uma luta incrível pela frente.

– Eu o desafio, mestre de *Wushu*! Só eu e você!

Nobuo assentiu, aceitando o desafio do general imperial.

– O resto de vocês, continuem a missão! – Haku ordenou.

Os guerreiros imperiais, então, correram vila adentro em direção ao Templo.

Go

Entre os mortos e seu sangue no chão, Nobuo abaixou-se, flexionando a perna esquerda e esticando a direita. Abriu seus braços numa posição peculiar, próxima ao chão.

– Dragão contra dragão – disse divertido a Haku.

O general apertou suas mãos no cabo da espada e firmou-se. Sem demora, correu até Nobuo estendendo a espada acima de si. Num movimento ligeiro e impossível, Nobuo deu um salto rasteiro para frente e seu corpo se dobrou estranhamente num chute para cima. Enquanto o pé direito do mestre Wushu acertava a máscara de Haku, uma energia dourada em forma de dragão subia ao céu, agredindo a armadura enfeitiçada do general. Foi como se recebesse mil golpes. Mesmo com tamanha turbulência, Haku ainda sentiu cinco pancadas poderosas no peito enquanto caia para trás, largando sua espada.

Ligeiro, Nobuo distanciou-se e voltou à sua posição comum, largando a adaga quebrada no chão.

– Essa armadura está enfeitiçada, Dragão da Morte? – Nobuo perguntou.

Haku, tonto e com dores no corpo todo, levantou-se, mudo. Reparou nos amassados feitos pela adaga no peitoral da armadura. Impressionado, pegou sua espada no chão e a posicionou novamente à frente do corpo. Sem sequer notar que sua máscara de demônio rachara, posicionou-se para usar seu temido golpe mortal do dragão. Elevou a espada verticalmente, com o cabo encostado no abdômen e a lâmina próxima ao seu rosto. A intenção era executar um movimento rápido para cortar o inimigo da base do pescoço até o quadril com um único movimento diagonal. Usara esse golpe apenas duas vezes contra mestres de guerra e tivera sucesso em ambas.

Nobuo relaxou os ombros e os braços, depois coçou a cabeça assemelhando-se a um macaco. Sem avisar, correu contra o general, que esperou seu algoz chegar, deferindo-lhe com toda força o golpe mortal. Haku não conseguiu enxergar, mas Nobuo desviou do golpe girando o corpo. O mestre Wushu firmou os pés no chão e posicionou sua mão direita ao lado da cabeça de Haku, esticou o braço esquerdo e com uma guinchada, bateu a mão esquerda na mão direita com toda sua força. O impacto produziu energia tão poderosa que fez o corpo de Haku rodopiar para longe.

No seu treinamento para se tornar um guerreiro, o general do Clã Sãbo passara por muita coisa. Fora torturado, quebrado e machucado diversas vezes para se familiarizar com a dor. Sabia que se não tivesse passado por tudo isso, a luta teria terminado ali. A armadura poderia ser forte como diamante, mas o corpo dentro dela ainda era humano.

Nobuo voltou à sua posição normal, mas com uma mancha de sangue no ombro. O Dragão da Morte conseguira acertá-lo de leve.

– Levante-se, Dragão da Morte! – Nobuo ordenou. – Pelo que ouvi de você, achei que teria um inimigo mais desafiador!

Trêmulo e com um zumbido no ouvido direito, Haku levantou--se e viu que sua espada estava longe, perto de Nobuo. Mas não importava. Tentaria agora seu mais perigoso golpe com a segunda espada, uma última tentativa de derrotar o discípulo de Bo. Esticou as pernas e arqueou o corpo; manteve uma mão segurando a bainha e a outra mão no cabo. Aquele golpe era perigoso, pois deixava o executor sem defesa. Em contrapartida, era altamente letal. Se Haku acertasse o tempo de desembainhar e o movimento fosse preciso, a velocidade do traço da lâmina seria muito além de qualquer habilidade humana. Cortaria aquele mestre de Wushu ao meio.

– Vamos, discípulo de Bo DingBang! Venha me matar!

A máscara de Haku estava totalmente trincada e a parte que cobria o lado esquerdo de seu rosto caíra. Nobuo enxergou melhor os olhos de Haku e sorriu.

– Um último golpe, guerreiro? – Perguntou Nobuo estendendo o joelho esquerdo até a altura do peito e posicionando a perna esquerda sobre a direita flexionada. Arqueou os braços com graciosidade, formando o desenho de uma águia. Sua melhor técnica.

Era isso. Agora ou nunca. Haku correu com toda sua velocidade até o mestre Wushu. Nobuo dançou entre as posições do estilo da águia, esperando a chegada de seu inimigo. O Dragão da Morte girou a espada ainda dentro da bainha e apertou o cabo. Nobuo desviou-se de um possível golpe reto, mas Haku puxou a espada na diagonal tão rápido que Nobuo quase não a viu. Sentiu a espada cortando seu baço, porém conseguiu soltar-se da lâmina e puxou o corpo. Com os braços esticados, fez uma série de movimentos rotatórios, girando os punhos em grandes círculos. Em cada rotação, Nobuo disparava dois socos em cima da cabeça de Haku, que ajoelhava e abaixava um pouco mais a cada impacto. Foram seis golpes, que estraçalharam o capacete e as ombreiras do Dragão da Morte.

E depois, tudo ficou escuro.

Roku

Tentou fazer o mundo parar de girar antes de abrir os olhos. Nunca sentira um golpe tão poderoso como aquele e, se estivesse sem sua armadura enfeitiçada, com certeza não pertenceria mais a esse plano. Embora desconfiasse que Nobuo não tivesse usado todo o seu poder, claramente aquele mestre de Wushu era tão poderoso quanto o lendário cacique Bo DingBang.

Haku finalmente abriu os olhos. Havia algumas manchas negras em sua visão, então fechou-os novamente e respirou fundo por mais algum tempo. Ao reabri-los, as manchas pareciam menores.

Com calma, pensou. Esperou sua visão voltar ao normal e o mundo parar de balançar antes de se levantar com dificuldade. Pegou sua espada no chão e embainhou-a. Olhou para sua esquerda e viu Nobuo deitado na terra, segurando um corte profundo, do baço até o meio da barriga. Mancando, Haku foi até sua outra espada, apanhou-a e também a embainhou.

Em seguida, aproximou-se de seu inimigo e o encarou de pé.

Nobuo Mazushii vislumbrou a silhueta escura de seu poderoso inimigo contra o sol.

– Era isso que eu queria, Dragão da Morte – cuspiu sangue.

– Quebrar minha armadura?

– Sim. Quero que todos vejam o rosto daquele que vai destruir o templo e a relíquia sagrada...

– Relíquia sagrada? – Haku estranhou. – Do que está falando, mendigo?

O mestre Wushu riu e murmurou:

– Além disso, sem defesa, você não passará por Sadato...

Então Nobuo fechou os olhos. Uma águia guinchou alto e Haku se virou. Viu Hikari voar até ele, raivosa, e sentiu suas garras tentando cortá-lo. O guerreiro caminhou alguns passos para trás dando tapas no animal, afastando-se do corpo de Nobuo. Hikari parou de atacá-lo e voou até o dono. Pousou sobre seu peito e guinchou mais alto ainda.

O general observou a cena e virou-se para completar sua missão, sem perceber o bilhete de resposta na pata da ave:

"O príncipe não quer destruição ou morte no templo. Por favor, avise aos guerreiros imperiais que ele deseja impedir essa desgraça pessoalmente e irá aplicar medidas disciplinares aos responsáveis."

Shichi

Haku caminhou pela rua central, observando as casas e os comércios com atenção. Os habitantes haviam se escondido e, como tudo estava vazio, o silêncio do lugar permitia que ele ouvisse os gritos e os estrondos da batalha dentro do templo. Os sete monges xintoístas usavam magias contra os melhores guerreiros do Clã Sãbo, também treinados contra essa arte espiritual. O portão do templo fora derrubado, mas antes que Haku o alcançasse, viu um de seus guerreiros voar sobre o muro, gritando de dor. O general correu e contemplou seu soldado morto na estrada de terra por alguns segundos e depois entrou no templo às pressas.

Havia destruição por todo lugar. Os mestres xintoístas manipulavam os elementos com facilidade. Os mestres da Rocha e da Onda foram derrotados, mas conseguiram levar sete guerreiros de Haku. Os mestres do Relâmpago, Montanha e Rios deram mais trabalho. Usando raios, água e força, mataram onze guerreiros imperiais antes de serem abatidos com flechas e golpes mortais do dragão, assim

como Haku fizera contra Nobuo. Restava apenas Fujiwara e o seu braço direito, Kioshi. O mestre dos monges não estava na batalha e Kioshi dava trabalho aos oito últimos guerreiros de Haku.

Quase tudo no pátio havia sido destruído. Poças de sangue e corpos mutilados contrastavam com as plantas e as flores coloridas.

Desviando de um golpe mortal e uma flecha, Kioshi correu e subiu alguns metros pelo muro desafiando a gravidade. Lá em cima, puxou alguns pequenos discos do bolso e lançou-os contra seus inimigos. Um dos discos quase acertou a perna de Haku, que desviou no último instante. Outro dos discos atravessou a máscara e acertou o rosto de um guerreiro, que caiu morto. O punho de outro guerreiro também foi afligido por um disco, fazendo-o gritar de dor ao ver sua mão dilacerada pendendo do braço. Haku abaixou-se pegou o objeto no chão. Viu que era de metal e afiado nas extremidades; era preciso muita habilidade para manipular projéteis como aqueles. Nunca tinha visto nada assim antes.

– Vá, mestre. O monge mestre está lá dentro. Nós cuidamos disso! – Um dos guerreiros gritou.

Haku largou o disco e assentiu. Antes que partisse, conseguiu ver Kioshi descer do muro e deslocar o ar com violência contra muitos dos guerreiros, que foram jogados para longe aos berros. Sem esperar pelo desenrolar daquela luta, confiando no treinamento que dera aos seus homens, o general entrou no edifício. Passou rapidamente pelo salão de orações onde fora recebido dias atrás e seguiu por um corredor escuro. Viu o refeitório e correu por outro salão, vendo espadas e bonecos de madeira onde provavelmente os monges treinavam as artes marciais. Ignorou as escadas e ao chegar no fim do templo, Haku encontrou uma porta aberta que dava para o jardim secreto. Devagar, saiu e teve uma visão magnífica. Fujiwara Sadato estava ajoelhado em frente a uma grande árvore solitária de folhas azuis e violetas. Ao redor, apenas plantas baixas, de todas as cores possíveis. Era um cenário de beleza sem igual. A energia rosada que emanava da árvore fez Haku sentir-se desanimado para lutar. Era algo que nunca havia experimentado na vida. Uma paz interior tão intensa que suas convicções tornaram-se dúvidas.

– Sinta-se honrado por poder botar os olhos nela, general. Esta é

a nossa maior relíquia – Fujiwara informou, sereno, ao se levantar, virando o corpo para encarar o general imperial Haku Inoue.

Hachi

– Eu avisei que suas palavras trariam problemas, mestre.

– Conheço sua história, jovem guerreiro. Sei que não vai parar até cumprir sua ordem ou morrer, mas infelizmente você não sabe o que está fazendo – alertou com tristeza o mestre monge xintoísta, ao ver o estado deplorável do general imperial.

Cansado, machucado e sem qualquer vontade de seguir adiante, Haku desembainhou suas duas espadas. Posicionou uma sobre a cabeça e a outra manteve vertical em frente ao corpo. As pernas formaram um arco e o tronco se inclinou levemente à frente. Devagar, seus braços foram posicionados por trás do corpo e os punhos inclinaram as espadas, formando asas. Esse era o *Junshin-na-Tobu-Ryuu*, uma técnica que Haku nunca usara na vida. Encontrara-a num dos livros de Shichiro, mas o próprio mestre não recomendava sequer aprendê-la, pois além de secreta, era altamente perigosa para o executor, uma vez que o mesmo poderia se machucar por expor toda a frente do corpo. Isso, além da possibilidade de destruir suas próprias espadas no movimento de ataque.

– Tem razão, mestre. Não quero, mas não *posso* parar. E esse é o meu melhor golpe, vamos terminar logo com isso.

Fujiwara Sadato, uma lenda japonesa, movimentou-se graciosamente, alternando entre as posições de macaco, serpente, garça, águia, pantera, tigre, dragão e, por último, o louva-deus – sua melhor técnica. Ao invocar os oitos espíritos de sua escola, a aura dourada cobriu o corpo do também mestre de Wushu, provavelmente mais um discípulo de DingBang. Haku percebeu: não passaria por mais um desafio daqueles, principalmente apostando numa técnica desconhecida. Sorriu, conformando-se com seu destino e aceitou sua morte honrada.

O vento passou pelos combatentes. Haku gritou ao correr na direção do mestre monge, que também correu contra o general. O mestre monge concentrou toda a energia no punho direito e desferiu um único soco na direção de Haku. O Dragão da Morte, por sua vez, utilizou pela primeira vez o corte em X, tirando os braços de trás das costas e traçando-os à sua frente com toda força.

As lâminas inquebráveis, cruzadas juntas, encontraram o punho de Fujiwara, e uma explosão de energia abalou o jardim, fazendo voar as folhas azuis caídas e jogando Haku para trás, rachando toda sua armadura. Não era inquebrável no final das contas.

Olhando o céu azul, deitado, o general permaneceu completamente imóvel e com dificuldade para respirar. Suas *Lâminas Inquebráveis* jaziam ao seu lado quase inteiras, embora muito rachadas. Para um bom guerreiro, conhecer técnicas e escolas novas era sempre bom, mesmo que partindo de um inimigo. E como era poderoso o mestre Sadato.

Haku não estava triste, pelo contrário. Ser derrotado era a melhor opção ao príncipe, mesmo que ainda não fosse a vontade de Shichiro. O único problema era que Haku ainda respirava e não podia finalmente descansar. Seu código pessoal, que ensinara rigidamente aos seus discípulos, forçava-o a cumprir sua missão até seu último sopro de vida. Assim, infelizmente, era sua obrigação levantar-se para lutar. Mesmo sabendo que não duraria muito, Haku fechou os olhos e tentou concentrar o resto de energia que tinha. Devagar, apoiou no chão para se sentar. Conseguiu, mas demorou a fazê-lo.

Tonto, levantou sua cabeça e, com a visão ligeiramente embaçada, encontrou o corpo de Fujiwara deitado alguns metros à frente. Arregalou os olhos.

– Não pode ser... – sussurrou espantado.

Ao lado do corpo de Fujiwara, a bruxa Yaeke permanecia em pé, segurando um saco de pano de arroz com sangue no fundo. Olhava o mestre xintoísta com um sorriso maligno. Ela se abaixou e puxou a adaga envenenada do pescoço do mestre Fujiwara. Lançara-a no momento do encontro dos dois golpes.

– O que está fazendo aqui, Yaeke?

A linda e pálida mulher olhou para Haku e ele temeu a resposta. Antes de dizer qualquer coisa, Yaeke puxou o conteúdo do saco e o jogou na frente de Haku.

Era a cabeça de Shichiro Kobayashi.

Lágrimas se formaram nos olhos de Haku enquanto tentava assimilar toda aquela situação.

– *Aqui está ela*! Minha linhagem vem tentando encontrá-la há

séculos – disse a bruxa aproximando-se da árvore. – E quando meu pai finalmente a encontrou neste templo há oito anos, foi morto por esses monges patéticos.

Haku, enfurecido, começou a apertar a terra com as duas mãos.

– Foi por isso que precisei de Shichiro e do melhor guerreiro do Japão – explicou Yaeke, olhando dentro dos olhos de Haku. – As ordens do príncipe para esse tal Budismo só aceleraram meus planos. Uma vez que consegui o que queria, matei esse nojento de Shichiro e quase todo o seu exército do leste com meu veneno antes de vir pra cá...

Haku rangeu os dentes e seus olhos eram fúria.

– Sabe o que ela representa, Haku? – Perguntou Yaeke, alisando o tronco da árvore, adorando a raiva nos olhos do general.

Ainda havia luta no pátio do templo contra Kioshi, Haku podia ouvir. Algumas folhas azuis se soltaram da árvore e dançaram no ar com a ajuda do vento.

– Você enfeitiçou e matou meu mestre para isso? – Haku perguntou indignado. – Para chegar até *uma árvore*?

Yaeke sorriu como uma professora sorri a um aluno tolo.

O general arregalou os olhos e reuniu mais forças para se levantar. Pegou uma das espadas para atacar a bruxa, mas antes de dar um passo, Yaeke jogou algum tipo de pó verde sobre ele. De repente, a armadura pesou, fazendo Haku cair de joelhos. Era como se a armadura o aprisionasse.

– O... o que é isso, bruxa? – Haku gritou, tentando se soltar.

– Fique calmo e vislumbre, Dragão da Morte. Ela não é só *uma árvore*. Esta é *Aki*, a última Árvore Kami. Contemple-a enquanto pode!

Haku franziu o cenho em dúvida.

– Do que está falando, bruxa maldita?

– Há três milênios, os deuses da natureza, vendo a aflição humana em meio ao caos que se instalou na Terra, presentearam os humanos com quatro sementes divinas. Cada uma delas foi entregue a uma direção: Norte, Sul, Leste e Oeste.

Yaeke mais uma vez sorriu, voltando lentamente a caminhar até a árvore sagrada.

– Dessas sementes, cresceram quatro árvores divinas: *Haru, Natsu, Aki e Fuyu*. Cada árvore controlaria a fúria da terra para amenizar o

sofrimento humano. Haru controlaria a natureza e o vento. Natsu controlaria o calor e o fogo. Aki seria responsável pelo poder interior humano e pela magia na terra. E, por fim, Fuyu seria a árvore que guardaria o equilíbrio do frio e da água.

Yaeke tirou um frasco de vidro de sua cintura fina e puxou sua tampa. Depois começou a derramar um líquido transparente em volta do casco da árvore.

– Só que toda essa harmonia não fazia bem aos bruxos como eu e a alguns homens comuns. No caso de minha linhagem, a harmonia enfraquecia nossos poderes, que precisavam do caos para se fortalecer. No caso dos políticos, a falta de sofrimento e de guerras enfraquecia sua riqueza.

Depois de derramar todo líquido esquisito e malcheiroso, Yaeke jogou o frasco longe.

– Assim, ao longo dos séculos, as árvores foram protegidas e procuradas por muitos homens. Haru, Natsuo se foram dezenas de séculos atrás. Foram queimadas ou cortadas, não sei... o certo é que disso nós recebemos a fúria do fogo pelos vulcões, a fúria do vento pelos furacões e a fúria da natureza pelos animais e plantas perigosos. Há poucos séculos, começamos receber a fúria do frio rigoroso pela neve e de tsunamis pela água com a morte de Fuyu por um mestre da magia negra, famoso entre nós bruxos. Talvez, tudo isso já pudesse ser o suficiente para nós, Haku. Mas eis que *nossa amiga* aqui tomou a frente...

Haku ainda tentava se livrar da armadura, debatendo-se enquanto Yaeke acariciava a belíssima árvore.

– Aki, com toda essa delicadeza, tomou para si o fardo. Controlou moderadamente o frio, o calor e a natureza, além do equilíbrio mágico. *Coitadinha*, a cada irmã morta, Aki separava parte de seu **Ki* para estabilizar a terra. E assim que ela morrer, teremos o caos completo!

– Por que está fazendo isso, bruxa? O que quer? – Haku gritou.

– Quero o que o seu mestre queria, general! Quero o que seu imperador quer, Dragão da Morte! Quero o que *todos* querem, Haku Inoue! E vou conseguir graças a você!

Yaeke acendeu um fogo mágico em sua mão direta e tocou o

---

* Poder Interior.

líquido no casco da árvore. Chamas vermelhas e intensas rodearam Aki enquanto Yaeke distanciava-se, gargalhando de satisfação.

– *Fama* e *poder*, Dragão da Morte! Quero mais *fama* e *poder*! – Gritou a bruxa.

O fogo se intensificou e se transformou numa labareda laranja--avermelhada gigantesca na frente dos dois.

Impotente, de olhos arregalados, Haku apenas assistiu à rápida morte de Aki.

Kyū

É dito que quando a última Árvore Kami morrera, o mundo inteiro sentira. Junto com Aki, a magia e a interação espiritual com a natureza se foram para sempre. Também se diz que as folhas coloridas de todo o Japão, talvez de todo o mundo, tornaram-se secas e amareladas; todas mortas ou doentes. O calor e o frio, descontrolados, brigaram pelo poder, fazendo a temperatura ainda permanecer suportável por alguns meses, porém o frio, que já dava sinais de que ganharia a luta em breve, reinou por completo. Pragas novas se alastraram pelo mundo, tornando-se parte do cotidiano humano. Essas pragas seriam nomeadas mais tarde de **Byouki*.

Mas antes de tudo isso, no início, Haku permanecera mudo e ajoelhado perante a bruxa Yaeke. Às costas dela, o que já fora a árvore mais bonita era agora apenas um tronco carbonizado pelo fogo mágico já extinto.

O jardim, amarelado e morto, rodeava os dois.

– Agora, para completar, vou cortar sua garganta – a bruxa proferiu estendendo sua adaga envenenada.

– Mulher tola! – Haku ergueu o rosto e seus olhos eram ódio. – Se você matou o centro da magia, então que poder acredita ainda possuir?

Yaeke estacou surpresa, mas não teve tempo de pensar. Com apenas um golpe certeiro, rápido e intenso, Haku, já livre da magia, cortou Yaeke da cintura até o ombro esquerdo, dividindo-a em dois. A armadura Sābo e suas espadas não eram mais enfeitiçadas, porém ainda eram poderosas nas mãos de seu portador muito bem treinado.

---

* Doença.

Segundos após o golpe, os três últimos guerreiros do Clã Sābo, também castigados pela batalha, chegaram ao jardim para ajudar o seu senhor. Quando a árvore se fora, Kioshi perdera sua força e fora finalmente derrotado.

O general Haku ajoelhou-se, exausto e desiludido, e um dos seus correu para ampará-lo.

– O que houve, senhor? – Perguntou o guerreiro imperial, com terror no rosto ao ver a cabeça de Shichiro ao lado do corpo dilacerado de sua ama.

Com os olhos cheios de lágrimas de remorso, o general afastou seu discípulo e servo. Com dificuldade e cheio de dor, Haku pegou uma das folhas amareladas no chão torcendo para que fosse de Aki. Depois, mancando, se retirou do jardim morto sem dizer uma única palavra.

Os guerreiros imperiais, não sabendo o que pensar ou fazer, seguiram-no.

No nono dia após enviar a resposta à Nobuo, o príncipe chegou em pessoa ao templo com parte de seu exército. As quatro Árvores Kami eram de conhecimento de poucos, nem mesmo o príncipe Shōtoku era familiar à história. Assim, a estranha morte da natureza ao seu redor e a mudança climática foram vistas apenas como um fato estranho.

Sem saber que já era tarde demais, Shōtoku adentrou na vila e viu os habitantes enterrando corpos e limpando o que restara do templo. Homens, crianças e mulheres choravam pelos monges xintoístas e por seus mortos enquanto trabalhavam.

Além da carta de Nobuo, o príncipe também recebera a mensagem de Haku e o procurou por todo lugar sem sucesso.

Depois de ouvir a história sobre a invasão do Templo por um dos habitantes que lutara e sobrevivera sem uma das pernas, Shōtoku suspeitou que havia algo muito importante lá dentro. Suas suspeitas se fortaleceram quando lhe informaram sobre o falecimento de Shichiro e sua ama. O príncipe associou o fato ao que estava escrito por Haku e entendeu que Yaeke desejava algo muito importante dentro do Templo. Algo que os monges defenderam até a morte.

Mas o que poderia ser tão importante?

Não sabia. Para descobrir, teria que encontrar o general Haku Inoue.

Muitos dias se passaram até Shõtoku desistir da busca pelo general. As armaduras imperiais, as lâminas inquebráveis e quase todos os cavalos foram abandonados não muito longe, mas ninguém encontrava o respeitoso e temido Dragão da Morte. O príncipe, então, ordenou a demolição e a reconstrução do templo, agora sob a arquitetura e ensinamentos budistas. Ordenou também silêncio total sobre todo o ocorrido, apagou as escrituras e notas sobre o exército de Shichiro e extinguiu o Clã Sãbo. Partiu da região quase dez dias depois, decretando como traição qualquer escrito ou história sobre a invasão de Haku ao Templo da Flor de Cerejeira.

– Esqueçam tudo! – Ordenou aos habitantes e servos. – Nosso imperador não merece tal vergonha!

Haku Inoue foi destituído oficialmente da classe imperial, embora a ordem não mencionasse nada sobre seu título de guerreiro. Assim, ele e seus três últimos guerreiros se tornaram o que seriam os primeiros *Ronin*.

Jyū

O calor lutara alguns meses contra o frio e perdera a batalha. Baixíssimas temperaturas se instalaram por todo o Japão, fazendo a neve cair, impiedosa. As pessoas morriam aos montes e os magos, curandeiros e bruxos já não tinham forças para ajudar nas curas. As ervas medicinais também já não cresciam mais e as que restaram tornaram-se venenosas.

Como andarilho e longe de confusões, Haku Inoue sobrevivera como pudera enquanto caminhava e cavalgava sem direção. Seus fiéis guerreiros e discípulos seguiam seu senhor e o protegiam contra problemas e a fome.

Naquela altura, o Budismo e o Xintoísmo começavam a conviver pacificamente. A tragédia natural que abalava o Japão fizera com que seus adeptos dessem menos importância às guerras ou discussões.

O homem que já fora temido e respeitado pela alcunha de Dragão da Morte esquecera-se disso e procurava por monges xintoístas por todo lugar. Ele queria encontrar algum que fosse portador de informações sobre as Árvores Kami, mas não conseguia encontrar nenhum.

Quase todos os monges mestres tinham conhecimentos bem inferiores à Sadato e não podiam ajudá-lo. Para Haku, sua desonra já era motivo para não viver, porém tinha que tentar arrumar o que fizera. De alguma forma, teria que haver algum jeito de consertar seu erro.

No quarto mês da morte de Aki e muitas estradas depois, Haku desistira de procurar. É contado que o general e seus guerreiros fiéis subiram uma grande montanha, coberta de neve, portando quimonos velhos e uma adaga simples cada um. Haku levara também a folha que colhera do jardim do templo e uma pequena estátua de Buda, igual à que tinha em seu antigo quarto no exército do leste.

No topo, ele e seus guerreiros ajoelharam-se de frente para o horizonte branco. Fazia muito frio e ventava muito. Haku insistira para que seus discípulos não o seguissem, mas todos negaram tal ofensa. Eram honrados como ensinara, e disso ele não tinha dúvidas.

Com olhos de uma tristeza profunda, Haku colocou a folha seca e judiada no chão e a estátua de Buda por cima. Curvou-se e rezou:

– Por favor. Quero que me perdoem por tudo isso. Sei que tenho que pagar por tudo que fiz e mesmo assim temo por minha alma. Se existe alguma forma de consertar tudo isso, não a encontrei. Falhei em fazer o que era bom e tive êxito no que era ruim. Por favor, ajudem aqueles que ficarão.

Depois, levantou-se e puxou uma parte de seu quimono branco, expondo seu lado direito do tronco. Seus três guerreiros o imitaram.

– Me perdoe! – Gritou Haku, fincando a adaga em seu próprio ventre, puxando a lâmina da esquerda para direita, provocando um corte enorme.

Seus três guerreiros novamente o imitaram no que seria o primeiro *Seppuku* da história e caíram desfalecidos aos gemidos não muito depois.

Haku, mesmo moribundo, permaneceu de joelhos e ereto. À sua frente, debaixo da pequena estátua dourada, a pequena folha seca começou a se transformar, tornando-se azulada e viva. A geada de frio cessou e um raio de luz surgiu do céu sobre si. Em seu último suspiro, Haku Inoue deixou uma lágrima cair, sorriu e sussurrou: Arigatô.

Não se sabe o que realmente aconteceu. O consenso diz que os deuses, buda ou os espíritos das Árvores Kami se apiedaram da tristeza

de Haku e do sofrimento humano mais uma vez. Nos dez dias seguintes, a neve começou a derreter e as flores, árvores e plantas medicinais renasceram. Cerejeiras se alastraram pelo Japão em memória ao templo. Os terremotos e os vulcões que ameaçavam toda a terra também cessaram parcialmente. Junto com a elevação da temperatura, as doenças diminuíram e a população começou a retomar sua vida. Mesmo assim, o mundo não voltou totalmente à sua harmonia anterior. Por isso, foi permitido aos espíritos das Árvores Kami um revezamento durante o ano para controlar a terra, exceto por Aki que ficou muito fraca.

Nos meses do ano sob a proteção de [*]*Aki*, as folhas e flores ainda amarelavam e secavam para relembrar sua história. *Natsu* e [9]*Fuyu* sempre aproveitavam para brincar de disputar calor contra frio novamente no período de Aki. Nessa disputa Fuyu sempre ganhava, uma vez que Natsu estava fraca após sua vigilância anterior. Assim, Fuyu já conseguia esfriar a temperatura um pouco antes de sua vez. As plantas e flores só retornavam ao normal quando a inteligente e descansada [9]*Haru* assumia o controle e enchia a terra de energia natural.

E foi assim que o mundo seguiu sem magia após o primeiro Outono.

Rei

Embora fosse proibida, a história do Templo da Flor de Cerejeira foi contada por muitas gerações através dos sobreviventes daquele massacre. Além disso, é dito que há um manuscrito perdido, deixado por um andarilho e seu grupo em uma escola no norte do Japão ainda no período Asuka.

Alguns contam que séculos depois, já em outro período, a conduta e honra do famoso general inspiraram um novo código chamado [**]*Bushido*, que serviu de base para a criação de guerreiros aos moldes do Clã Sābo. Esses novos guerreiros ganharam o nome de [***]*Samurai*.

É contado também que os Samurais declaravam Haku Inoue como o primeiro mestre Samurai dos tempos e a classe conseguiu deixar A Lenda do Primeiro Outono viva entre eles por quase toda a sua história.

---

* Aki, Natsu, Fuyu e Haru são Outono, Verão, Inverno e Primavera respectivamente.

** O Caminho do Guerreiro.

*** Aquele que serve.

Morte e Honra

Felipe Alves

1

Há um velho provérbio que diz que a vida dura uma geração, porém o bom nome dura para sempre. E foi justamente ele que veio à minha mente quando o chão empoeirado recebeu serenamente meus joelhos cansados. Cuspi e eliminei todo o sangue que se acumulava na boca; o gosto metálico começava a incomodar. Os cabelos brancos e molhados atrapalhavam a visão. O suor escorria pela barba.

O príncipe se aproximou com passos lentos, porém firmes, arrogantes, até. Assim que estiquei o braço para alcançar minha katana que se encontrava do meu lado, ele pisou na lâmina. Com seu rosto frio e abundante de ódio, agachou-se à minha frente. Da parte de trás de sua calça escura retirou uma pistola. Destravou-a, e ainda que meus olhos evitassem os dele, não pude deixar de sentir o cano gelado encostar-se à minha têmpora.

– Honra? – Ele sussurrou ao empurrar a arma contra minha cabeça, movendo levemente meu pescoço. – Acredite, não é honra o que você quer.

Levantei os olhos, mas ao invés de buscar encarar o garoto à minha frente, observei toda a arena. Fileiras e mais fileiras de cadeiras com pessoas e seus gritos eclodindo por todo o lugar. Era impossível discernir a voz da multidão, mas era nítido o seu pedido: eles clamavam pela minha morte.

O corpo fraco pedia para ceder. As mãos, por sua vez, exigiam minha katana. Os restos que reviravam em meu estômago queriam

voltar pela garganta que queimava. Ali estava eu: um samurai ajoelhado perante um mero garoto; uma criança cujo ego era inflado por uma multidão furiosa. Eu teria que regressar inúmeras gerações para explicar como tudo realmente começou, porém vamos nos ater a algo mais recente. Algo que diz respeito diretamente a mim.

2

Ainda na barriga de minha mãe – que os deuses a tenham – jamais chutei ou me contorci. Não sei se estava com pressa de vir para o mundo aqui fora, mas o parto não ocasionou sequer uma expressão de desconforto em seu rosto. Em um minuto estava adormecido em seu útero, no outro estava cá fora, necessitando receber uma palmada para que chorasse. Pela minha calma e tranquilidade fui chamado Kazuo, o pacífico.

No entanto, o significado de meu nome teve curta validade. Vivi minha infância em tempos difíceis, era uma das cabeças responsáveis por trazer alimentos para casa. O trabalho na lavoura com meu pai era árduo e o sol não se acanhava em nos castigar. As mãos de menino nunca tiveram um dia sem calos. Por mais cruel que tenha sido, quando alguém nasce em meio à pobreza, acostuma-se tão fácil a ela que sequer percebe. Por isso considero que os dias terríveis de minha existência surgiram pouco após completar vinte anos.

Eu já tinha uma esposa prometida, Yasu; seus cabelos negros e escorridos até a cintura contrastavam com sua pele branca. Ao olhar carinhosamente seu rosto, sentia-me incapaz de determinar de onde provinha maior beleza: de seus olhos cor de caramelo ou de seus finos lábios rosados. Não importa: só olhar para ela já me fazia feliz.

Buscando um futuro para a família que queria formar com Yasu, escolhi o *bushido*, o caminho dos guerreiros. Honra e dedicação abundavam em mim, mas ainda faltava muito para me tornar um samurai de verdade. Para alcançarem tal status, os meninos eram treinados como homens por seus tutores. No meu caso, a própria vida se encarregou de me treinar. Tornei-me um dos sete maiores samurais de Heiwashi, a grande cidade.

A maior guerra que participei foi contra minha própria mente. A dor do peso em meus ombros me fazia questionar se a honra e

lealdade ainda valiam a pena. Quando o evento que ficaria conhecido como A Conflagração do Mal se iniciou, tive que escolher entre honrar o caminho que escolhi ou me dobrar diante de um *shinobi* impetuoso como Genjuro Hisomu Waru, o líder do movimento.

Tudo começou com o sumiço de uma criança: um pequeno aprendiz de ninja que roubava frutas dos comerciantes da cidade. Quando o corpo foi encontrado, restou a todos culparem os únicos capazes de um crime de tal porte. Apenas uma classe de nobres poderia ter feito um corte tão perfeito com uma katana no torso daquele garoto: samurais.

Vistos como inimigos perigosos, toda a população se voltou contra nós. Os que não foram desonrados com decapitação em praça pública podiam ser divididos em dois grupos: os que fugiram porque eram incapazes de lutar contra um povo inocente e enganado, e os que optaram pelo *seppuku*. Tidos como guerreiros obsoletos com tendências ditatoriais, nós, os samurais restantes, fugimos da grande Heiwashi.

Sem qualquer segurança vigente, restou à população pedir socorro aos próprios bandidos. Os ninjas tornaram-se a polícia e, em pouco tempo, reis. Futuramente a informação de que tudo havia sido orquestrado por Genjuro, o *shinobi*, chegaria aos samurais que sobreviveram. Mas era tarde demais, ele já havia se consagrado imperador da cidade.

Dos sete grandes samurais fui o único que optou pela vida; não pela minha, mas pela da minha família, pelas famílias de cada um daqueles homens mortos.

Genjuro se autoproclamava um conquistador de impérios. Assim como fez com Heiwashi, ele usou de sua lábia para tomar cada pequena cidade vizinha. A grande cidade e suas irmãs menores ficavam cercadas por uma vasta floresta de um lado e por um imenso monte do outro.

Em cada cidadela que tentássemos encontrar moradia seríamos mortos. O domínio ninja havia se espalhado por todas as terras. Em qualquer região que se peregrinasse era possível encontrar exércitos mantendo-a sob o domínio da família Hisomu Waru. Os poucos de nós que restaram refugiaram suas famílias nas florestas; não fugíamos por medo, mas sim esperávamos uma oportunidade de contra-ataque.

Naquela época, éramos nômades. Cada noite montávamos um acampamento que seria deixado para trás no dia seguinte, quando partiríamos em busca de um novo lugar. Os exércitos de Genjuro faziam rondas todo o tempo, o que não nos permitia repousar em lugar algum.

As centenas de pessoas me viam como uma espécie de messias, pronto para guiá-las, mas eu estava tão perdido quanto elas. Vivíamos ansiosos e cansados, principalmente em nossas extensas caminhadas. Depois de muitas discussões, a solução mais viável que encontramos foi a de nos separar. Treze líderes foram eleitos, e cada um criou sua tribo, dispersando o grupo.

Cada vez mais distantes de Heiwashi descobrimos uma floresta além das montanhas que cercavam todo o território dominado por Genjuro. Era o lugar perfeito para reconstruirmos nossas vidas e dar alguma paz a nossas famílias. As árvores de troncos mais grossos se tornaram a base onde construímos fortes para a segurança de nossas casas, longe das clareiras onde os drones facilmente nos encontrariam. Nesta pequena aldeia criada, batizada de Saikai, vivemos pacificamente por muitos anos.

Genjuro logo foi morto por um de seus *fiéis* escudeiros. Degolado e pendurado de cabeça para baixo; seu filho, Hayato, viu todo o sangue do corpo do pai ser vertido ao chão. Futuramente ele herdaria o cargo do pai, já que os próprios ninjas viram o ato de traição do assassino como perigoso e não aceitaram serem liderados pelo criminoso.

Mais alguns anos se passaram e o pequeno Hayato cresceu. Em suas mãos, a grande Heiwashi e as terras subjugadas a ela tornaram-se uma prisão. Assim como a pobreza consumiu minha infância aos poucos, Hayato tomou a liberdade da cidade sem que a maioria percebesse.

O novo imperador mantinha a cidade refém de seus caprichos. Impostos abusivos, leis sem procedência e assassinatos misteriosos eram a marca de sua tirania. Heiwashi afundava cada vez mais em uma ditadura. Para se manter em paz ou até mesmo vivo, abaixar a cabeça e seguir em frente era obrigatório.

As notícias, mesmo que atrasadas, chegavam de boca em boca, de uma tribo a outra. Durante anos conseguimos viver em paz, em uma trégua forçada pela fuga que incomodava o guerreiro dentro de cada um de nós. Pelo bem de nossas famílias nos mantivemos omissos. Pelo menos até aquele fatídico dia em que conversava com meu filho, Ichiro.

3

– De qualquer forma isto não me preocupa – respondi. – Não há interesse dos *shinobi* para o lado de cá.

Em um sutil movimento fiz com que o saquê girasse dentro do copo. Olhei ao redor da sala, admirando os quadros pintados por Yasu – ela era uma exímia artista. Dei um grande gole na bebida.

– Mesmo assim seria bom que enviássemos alguém para descobrir o que eles buscam por aqui.

– Ainda somos em menor número, Ichiro – respondi a meu filho. – Deixe-os do lado de lá e fiquemos do lado de cá. Ainda estão bem longe e, se um dia chegarem a nossa vila, estaremos preparados.

– De qualquer forma, quero lhe mostrar umas coisas – ele disse com um sorriso no rosto. – Umas coisas que fiz.

Levantamo-nos do tatame e Ichiro seguiu à minha frente como guia. Deixamos sua casa, onde discutíamos o futuro de nossa vila. Não por puro nepotismo que ele era um dos nomes de confiança; o garoto tinha de fato um dom para criar soluções.

Caminhamos por sobre as folhas amareladas que tingiam o chão; o outono se aproximava rapidamente. Pela escada feita com bambu e cipó torcido, subimos a árvore com certa dificuldade, pois ainda carregava meu copo com saquê. Ao chegarmos a uma das bases, encaminhamo-nos a um cômodo. Assim que a fusumá correu, deparei-me com fios pendurados pelo teto, aparelhos desmontados e toda a parafernália tecnológica que me neguei a ceder por tempos. Ao contrário de mim, Ichiro sempre fora um amante dessas coisas, e eu sentia que suas novidades seriam relacionadas a isso, mesmo que soubesse o quanto eu as detestava.

– Construí algumas coisas aqui na oficina.

– Já lhe disse que um quarto repleto de lixo não é uma oficina, Ichiro – falei, enquanto observava os aparatos espalhados por toda a sala – é apenas um quarto cheio de lixo.

– Mudará de ideia quando vir o que fiz.

Ele caminhou até um canto da sala e foi para trás de uma bancada de madeira que nos separava. Agachou-se e regressou com uma arma em mãos.

– O que é isso?

– É uma besta. É como um arco e flecha automático.

– Eu sei o que é uma besta. Pergunto o que pretende fazer com isso.

Ele parou por uns segundos.

– Achei que pudesse ajudar nas rondas noturnas. O fluxo de ninjas tem aumentado ao pé da montanha, como bem sabe. Eles vêm armados com *shurikens*, pistolas e metralhadoras. A nós restam apenas nossas katanas.

– Sua katana e muita disciplina são tudo o que um samurai precisa.

– Ou talvez isso – ele colocou uma geringonça sobre o balcão. Eram três pequenos potes de vidro com um líquido amarelado e pastoso dentro. Por cima dos três recipientes, que pareciam colados, havia uma placa eletrônica e uma porção de fios coloridos com uma minúscula lâmpada vermelha. – Este explosivo pode ser muito útil, ainda mais contra grandes grupos de inimigos. Basta que corte os fios e um segundo depois...

– Filho – interrompi-o e dei outro gole no saquê – devia usar sua criatividade para algo que melhore as condições de vida de todos. Não haverá guerra, então não precisamos de qualquer aparato para tal.

Ele já era um homem de trinta anos, mas ainda tinha a mentalidade que carregava desde a infância. Queria criar e arranjar metodologias novas, mesmo que as antigas funcionassem muito bem.

Nossa conversa foi interrompida quando alguém abriu a fusumá com tamanha força que quase a derrubou. Era Takahashi, um de meus escudeiros.

– Kazuo-san, finalmente o encontrei – disse o homem ofegante. – Capturamos um *shinobi*.

4

A noite chegara e a luz fraca da lua disputava com os vaga-lumes para invadir a casa. Entrei na sala iluminada por uma velha lamparina. Dois homens aguardavam, segurando o apoio de suas katanas, encostados à parede da porta pela qual entrei. Os rostos carrancudos não pareciam intimidar o homem sentado à mesa no fundo da sala.

– Estes são os pertences encontrados com ele – disse Takahashi, apontando a pequena mesa ao lado da porta. Uma porção de *shurikens*, uma pistola reluzente, prateada como a lua, duas cordas e uma espécie de comunicador.

– O que é isto? – perguntei, apanhando o aparelho nas mãos.

– Acreditamos que seja um localizador – Takahashi me respondeu. – É um espião.

Entreguei o aparelho.

– Tome isso. Dê uma caminhada. Se for realmente um localizador e eles virem isso parado irão desconfiar.

– Sim, Kazuo-san – Takahashi respondeu e se foi.

Tomei duas *shurikens* da mesa e as observei. Assemelhavam-se a pequenas facas com corte tão afiado quanto o de uma katana. Devo admitir que eram uma obra de arte.

Aproximei-me do homem, sentado com as duas mãos apoiadas sobre a mesa. Seus olhos manchados com tinta escura deviam fazer parte da camuflagem quando ainda vestia sua máscara negra. Mesmo com as rugas nos cantos dos olhos, marcadas pela tinta, devia ter entre vinte e 25 anos.

Sentei-me em uma cadeira de frente a ele, tendo apenas a mesa nos separando, e o encarei:

– Qual seu nome? – minha voz era tranquila.

– Eu não tenho medo de você! De nenhum de vocês – ele disse arrogante, e então olhou ao redor da sala, procurando os outros samurais. – Podem dizer ou fazer o que quiserem. Não podem corromper minha lealdade ao imperador Hayato.

– Mas nós nem começamos a conversar ainda – sorri, observando as *shurikens* em minha mão. Ele tinha o olhar firme, mas apreensivo; olhar que se desfez assim que finquei a *shuriken* em sua mão direita. Ele berrou com a dor e tentou puxar a mão, mas ela já estava presa à mesa. Em seguida puxei a mão esquerda e repeti o processo com outra *shuriken*.

– Bem – continuei – agora que tenho certeza que não vai a lugar algum podemos começar a conversar.

O ninja se contorcia, tentando se livrar das próprias *shurikens*, mas cada movimento brusco que fazia alargava o corte e mais sangue corria pela mesa.

– Você foi encontrado em nossas florestas. Quero saber o que veio fazer aqui e que informação pretendia levar a Hayato.

– Não sei de nada – ele gritou com os olhos lacrimejando e lutando para não ceder à dor. – São rondas como quaisquer outras.

– E devo acreditar que anos sem aparecer pelos lados de cá e seu chefe pediu que exclusivamente você viesse verificar?

– Eu juro que não sei de nada! E mesmo que soubesse, teria que se esforçar um pouco mais para que eu traísse o Imperador.

– Tudo bem – respondi.

Olhei para os dois homens que faziam a guarda do local. Com um aceno de cabeça eles entenderam o que eu pedia. Ambos os samurais se aproximaram e agarraram cada um uma perna do *shinobi*, separando-as ao subir na mesa. Com as mãos presas às *shurikens*, o ninja ficou pendurado de cabeça para baixo, com as pernas abertas.

– Quando uma pessoa é cortada ao meio – disse, retirando minha katana de seu repouso – ela dificilmente tem uma morte rápida. Comumente o que acontece é que ela sangra pelo menos até chegar à altura do umbigo.

– O que vocês querem que eu fale? – perguntou o *shinobi* aos berros.

Coloquei minha espada entre as pernas do homem.

– Nada – respondi. – Você já disse que não sabe de nada.

Suspendi a katana no ar. Ele se contorcia como uma carpa fora do rio, buscando ferozmente qualquer coisa que o ajudasse a sobreviver. Desci a espada violentamente, mas fui interrompido pelo seu grito.

– O garoto! – Berrou o ninja – É aniversário do garoto!

– Que garoto?

– O príncipe Hokori, filho de Hayato.

– E o que isso tem a ver com sua vinda aqui?

– Que garantia terei de que não me matará assim que eu falar?

– Você já tem a garantia de que vou matá-lo. O que vier além disso será lucro para você.

Ele se calou por uns instantes.

– Você tem cinco segundos – insisti.

– O imperador irá fazer uma festa para comemorar a maioridade do príncipe Hokori! – O *shinobi* gritou, finalmente cedendo. – Ele ordenou que nós saíssemos e capturássemos o máximo de samurais que pudéssemos. Talvez sejam executados, talvez sejam postos para digladiar. Não sabemos ao certo.

Encostei a katana na virilha do ninja.

– É tudo que sei! Eu juro! Fui enviado para encontrar samurais, apenas sigo ordens!

Dessa vez confiei. Tinha retirado o máximo que podia do homem. Ordenei para que os samurais o descessem. Mesmo com as mãos atravessadas pelas lâminas das *shurikens*, ele parecia aliviado.

– E agora? – Questionei e retirei as lâminas que lhe prendiam à mesa. Ele apalpou as mãos tentando conter o sangramento. – Devo soltá-lo para que retorne a Hayato e diga a localização de nossa vila?

– Se me deixar ir, não regressarei a Hayato, nem muito menos a Heiwashi. Irei para a casa dos meus pais em uma pequena cidade próxima. Recomeçar a vida.

A astúcia de uma serpente era característica-mor dos *shinobi*. Seu blefe era óbvio, mas suas intenções rasteiras pouco previsíveis.

– Seus pertences vão para o lixo – completei, levantando-me. Antes mesmo que fosse capaz de me retirar da sala, ouvi-o falar algo. Virei-me para confrontá-lo.

– Mas vocês se esqueceram de um dos meus *pertences* – ele disse, suspendendo uma pequenina bola de cor branca com a mão ensanguentada. Eu sabia exatamente o que era aquilo. Antes que pudesse tomar qualquer atitude, estava feito. Ele arremessou a bola contra o chão e em um segundo uma nuvem de fumaça inundou o cômodo, tapando nossa visão.

Enquanto a vista desembaçava em meio às tosses, constatamos que o ninja não estava mais ali. Ainda com as katanas em mãos, entreolhamo-nos. Coloquei uma mão no rosto para não inalar a fumaça.

– Disponham três homens para caçar o *shinobi*. Talvez ainda o peguem na floresta – disse aos dois samurais – Caso contrário, avisem todas as famílias para que peguem apenas seus pertences importantes e preparem as malas.

Não haveria escolha: após anos de paz em Saikai, teríamos de nos mudar.

5

Eu caminhava de um lado a outro, lutando para que os problemas se organizassem em minha mente e pudesse resolvê-los um a um.

– Não podemos simplesmente ir embora – disse Ichiro, e pude notar a raiva se misturando à tristeza em seu olhar. – Precisamos resistir, pai! Se não o fizermos agora não o faremos nunca.

– Você fala por si, filho – respondi e observei um pequenino percevejo caminhar assustado pela mesa. Alheio à nossa conversa, o inseto buscava um esconderijo. – Falo por todas as famílias que vivem aqui. Falo por mulheres, idosos e crianças. Não vou colocar meu orgulho à frente da sua segurança.

Caminhei até uma das paredes onde se encontravam duas hastes que mantinham uma longa katana fixa no ar. A *saya* era branca com ideogramas de uma língua ancestral, não mais falada por nenhum povo.

Tomei a espada nas mãos e estendi os braços, oferecendo-a a ele. Ichiro não pôde fazer nada a não ser agarrá-la. Curioso, observava as insígnias na extensão da bainha.

– O *harakiri* é o momento mais importante para um samurai, Ichiro – disse-lhe. – Que os *kami* nos protejam e isto nunca se faça necessário, que eu ainda possa brincar com meu neto. Mas caso aconteça, quero que me assista. Sabe que o momento é de preocupação. Você precisa estar preparado.

Ele parecia honrado em ter um cargo de tal importância, mas ainda assim se sentia intimidado pela ideia de observar a morte do pai.

– Essa é realmente a espada que o vovô usou para seu *harakiri*? – perguntou.

– Sim – respondi. – Durante a Conflagração do Mal seu avô escolheu o *seppuku*. Ele estava velho demais para acompanhar nossa fuga, ficaria à mercê dos *shinobi*. Um samurai deve ter controle total sobre o próprio corpo. Eu mesmo tive que enterrá-lo.

Ele apoiou a espada na mesa e a observou. O pequeno percevejo subiu na *saya* e caminhou de um lado a outro.

– Toda a ideia da morte ainda é bem confusa para mim.

Ele capturou o inseto que esperneava tentando se soltar. Segurou o bicho com o polegar e o indicador.

– Este inseto, por exemplo... Pequeno, praticamente insignificante. É assim que ainda vejo a vida humana. Sem propósito. Agora é... – ele pressionou os dedos esmagando o percevejo. – Agora não é mais.

– Pois deixe que ele lhe dê uma picada e então o derrubará antes que perceba – respondi. – Só enxergamos o propósito da vida na morte, meu filho.

– Quando a mamãe morreu, eu me lembro de ter lhe perguntado onde ela estava. E o senhor me respondeu: *não sei*.

– Respondi isso porque realmente não sabia, e ainda não sei. Com certeza sei onde queria que ela estivesse: aqui, vivendo conosco. Quanto ao que há após, não nos diz respeito. É um mundo ao qual não nos pertence e não nos cabe questionar – apoiei as mãos sobre a katana. – Por isso devemos planejar a vida; na morte não há controle.

– Peço perdão, otou-san – ele disse ainda um pouco inseguro por minhas palavras. – Mas realmente não sei se sou capaz disso.

– Claro que é, filho. Sempre foi. Você tinha razão, por isso quero que aceite o que lhe ofereço.

– Se confia em mim – ele respondeu após uma longa pausa – eu aceito, pai.

6

Eu mesmo disse que eles podiam seguir sem mim. As famílias carregavam malas e trouxas com seus pertences, escoltadas pelos samurais. Poucas tochas iluminavam o caminho à frente para que o excesso de luz não chamasse atenção de um possível perseguidor.

Fiquei para garantir que tudo ficaria bem. Com certeza os *shinobi* chegariam em breve. Teria de haver alguém para recepcioná-los. Uma distração para que a viagem prosseguisse sem problemas.

Observei, pensativo, um quadro onde eram retratados Ichiro ainda criança e eu, pintado por Yasu pouco antes de morrer. A pergunta mais devastadora que você pode se fazer quando sente falta de alguém é: como ela estaria se estivesse aqui? Será que ela ainda se orgulharia daquele jovem samurai com quem se casou? Ou concordaria com o filho e me acharia um covarde por não lutar até o fim?

O pensamento que me consumia foi interrompido pelo som das folhas lá fora.

Geralmente, à noite, o clima gelado das florestas faz com que as árvores se mexam tanto a ponto de suas folhas conversarem num idioma que flutua com a brisa. Mas não naquela noite. Naquela noite o som era diferente. Se as folhas conversassem me diriam que havia alguém ali conosco.

Pus apenas o rosto para fora do forte por uma das janelas, buscando alguma movimentação diferente. Os ninjas não faziam muita questão de se infiltrar, apenas caminhavam pelas sombras, enquanto

seus coturnos se chocavam contra a terra. Eu os reconhecia com facilidade.

Em cima da bancada de madeira pude ver as criações de meu filho. Sorri ao imaginar o rosto de Ichiro sabendo que utilizei suas parafernálias, as mesmas que tanto criticava. Tomei a besta que repousava ali e engatilhei as flechas. Agachei um pouco para passar por sob os fios e voltei à janela.

Ele tinha razão, definitivamente era uma arma eficiente. A primeira flecha zuniu, acertando a cabeça de um dos ninjas, que caiu morto instantaneamente. Depois outro e mais outro. Olhei para um ponto distante e notei que eram mais do que eu esperava. Mesmo que acertasse todas as flechas, ainda assim me restariam dezenas para lutar.

A multidão corria em minha direção, pronta para subir até a base. Derrubei mais dois ninjas com a besta e tive que ceder. Sentei em uma cadeira e ajeitei o kimono. Meu copo de saquê ainda repousava sobre o balcão.

Uma chuva de pontos vermelhos me banhou. As miras das armas se moviam freneticamente pelo meu peito e o amontoado de homens em vestes escuras tapavam qualquer iluminação externa que ousasse entrar. Ignorei e continuei a beber.

– O que está fazendo? – Um dos *shinobi* questionou.

– Bebendo – respondi lambendo o lábio superior e suspendi o copo como se propusesse um brinde.

– Larga o copo! – outro ordenou detrás da máscara negra.

Apenas obedeci.

Mais ninjas chegaram e todos tinham seus rifles apontados para mim. Suspendi os braços num movimento de rendição. Um deles atirou uma pequena bomba em minha direção. O objeto quicou contra o chão e caiu delicadamente próximo a mim. Ouvi um estampido e a coisa se abriu. Uma fumaça branca subiu de forma desordenada. Ao inalar o gás, desmaiei.

7

A primeira memória que tenho foi de sentir meu corpo inteiro vibrar, chacoalhando desordenadamente. Pouco a pouco fui

recobrando os sentidos e consequentemente os movimentos. As pontas dos dedos formigavam e lutavam contra mim, mas qualquer movimento seria útil. Os cotovelos já arriscavam raspar contra o chão. Percebi que estava deitado. Minhas pálpebras finalmente me obedeceram e fui capaz de abrir os olhos. No mesmo local em que me encontrava, havia outras cinco pessoas. Um único feixe de luz proveniente de uma abertura logo atrás de mim permitia que pouco fosse visto. Levantei-me e percebi as correntes que mantinham as pernas juntas; seria impossível correr. Ao olhar pelo vão pude notar que estávamos nos movendo; provavelmente na caçamba de um caminhão, ou quem sabe uma carroça.

Observei cada um dos meus companheiros de cativeiro, todos com kimonos parecidos com o meu. Éramos seis samurais levados cativos por *shinobis*. Um dos que ali estavam me chamou atenção. Mesmo com o rosto sujo de terra, os hematomas que carregava no pescoço e o corte que começava a infeccionar em seu supercílio, eu podia notar uma expressão graciosa. Pude ver seus braços tentarem fechar mais o kimono assim que dirigi o olhar a seus seios; duas protuberâncias notáveis. O cabelo curto não conseguira me enganar: era uma mulher.

A moça que se passava por samurai levantou-se com dificuldade e se aproximou. Sentou-se ao meu lado.

– Me chamo Mitsuru – ela se apresentou. – Desculpe a intromissão, mas reconheci seu rosto. Você é Kazuo, um dos sete grandes.

Apenas fiz que sim com a cabeça.

– Eu também o conheço – um homem de rosto quadrado e queixo protuberante se inseriu na conversa. – Kazuo, filho de Tatsuo. Grandes samurais que abandonaram a cidade com medo dos *shinobi*. Seu pai inclusive se matou para não ter que lutar, não é mesmo?

– Cale a boca, Shibasaki – Mitsuru o repreendeu – foi um *harakiri*.

– Harakiri é para um samurai honrado que perdeu uma batalha – ele respondeu – não para um covarde que não quis batalhar.

Mitsuru ignorou a resposta do homem e me olhou.

– É uma honra estar com você, mesmo que seja nesse lugar – ela disse. – Sempre é melhor morrer ao lado de alguém de valor.

– Obrigado por suas palavras – agradeci e num toque de mãos nos cumprimentamos. – A qual tribo você pertencia?

– Nos refugiamos em cavernas ao pé da montanha e chamávamo-nos Seîon.

Shibasaki se levantou. Seus tornozelos tinham marcas vermelhas do sangue seco devido às correntes apertadas. Seu corpo parecia debilitado.

– O que lhe interessa quem somos agora? – Gritou.

– Quero entender do que tanto me acusa.

– Você não conhece as palavras que saem de sua própria boca, Shibasaki – a mulher o reprendeu. – Não sabe o que fala.

– Claro que sei, Mitsuru – ele respondeu com seus olhos transbordando ódio, fixos em mim. – Antes não soubesse, mas eu estava lá. Quando a grande Heiwashi era nossa e fomos expulsos como animais. Quando a honra dos samurais foi jogada no lixo por um homem. Meu pai, um homem de verdade, escolheu ficar e lutar, tendo como recompensa a morte em praça pública.

– Não fui eu o responsável pela morte de seu pai. Se há um inimigo, ele não está aqui acorrentado como eu, como você.

– Antes tivesse morrido como todos os outros. E, no final – ele continuou com os punhos cerrados –, você se esconde atrás de uma historinha de proteger famílias e o que faz? *Abandona* todas elas. Escolhe apenas duas ou três, e a sua própria, claro, e, abandona o resto. Que se resolvam sozinhos pela floresta, não é mesmo?

– Acho que mentiram para você, garoto – respondi como se estivesse me explicando não para um homem, mas sim para o menino que deixara a cidade, desesperado, no passado. – Por motivos ideológicos as famílias decidiram se separar. Desconheço que rumo tomou o grupo no qual você ficou, mas lamento que tenha sido assim.

– Claro que lamenta. Muitos acham que foram os *shinobi*, mas foi você quem acabou com a vida em Heiwashi. Se há algo que nunca terá é meu perdão.

– Ele não pediu seu perdão, Shibasaki – disse um dos homens na cela móvel. Tinha olhos azuis cansados e uma cabeça isenta de cabelo. O nome me fugia à mente, mas era um rosto conhecido, mesmo que pouco visível escondido na escuridão da cela. – Ele pediu sua tolerância. Todos aqui, com exceção de Mitsuru, estávamos presentes durante a Conflagração do Mal. No entanto, deixe quem não era uma mera criança em prantos contar a história. Garanto que se não fosse por esse homem não teríamos vivido o que vivemos até aqui.

– E para quê? – Shibasaki aumentou a voz. – Para acabarmos como escravos de *shinobi* caminhando para a execução?

Eu não podia ignorar a revolta daquele homem que ainda carregava a alma de uma criança. Escolhera um caminho para que todas as famílias dos samurais tivessem paz fora de Heiwashi e ali estava a prova viva de que falhara.

– Abaixe a voz, rapaz – o homem se zangou. – Não confunda as coisas.

O veículo parou bruscamente, jogando nossos corpos para a frente. Caí em cima de Mitsuru, e Shibasaki, sem ter onde se apoiar, despencou no chão.

As portas se abriram e a claridade queimou nossos olhos por alguns instantes. As pálpebras insistiam em se fechar para se proteger, mas as forçávamos para ver o que nos aguardava lá fora. Uma silhueta escura começou a se formar. Era um homem.

– Saiam daí – ele gritou, chacoalhando um molho de chaves. – Tá na hora!

Depois de décadas, estávamos de volta à grande Heiwashi.

8

Passaram-se muitos dias. Seis, eu arriscaria dizer. Jogados em uma das prisões subterrâneas da cidade, só víamos a luz uma única vez ao dia, quando alguns *shinobis* vinham com lanternas nas mãos e nos eram entregues um cesto repleto de migalhas de pão e um balde com água. Comida e bebida eram racionadas para a sobrevivência de todos.

Mesmo totalmente submersos nas trevas, arriscamos alguns diálogos. Pude saber mais sobre Mitsuru, sobre como foi pega quando tentava chegar a um rio e matar a sede de sua vila, sobre como Shibasaki se dizia apaixonado por ela, mas a mesma não correspondia. Conheci também os outros três companheiros: o homem que tomara a frente contra Shibasaki em seus insultos a mim se chamava Kakeru; junto a ele estava seu filho e seu irmão, Souta e Minato. Homens sábios que tornaram a penosa estadia naquele lugar um pouco mais tolerável.

Discutíamos sobre os tempos passados em que tínhamos paz, quando o enorme portão composto por grossas barras de ferro gemeu e

se abriu, fazendo vibrar cada menor partícula de areia em nossa cela. Os vultos eram impossíveis de serem reconhecidos, mas era óbvio: os *shinobi* finalmente nos levariam aos nossos fatídicos destinos.

Os corpos famintos e enfraquecidos se arrastavam pelo chão sujo e tentavam seguir o caminho às cegas enquanto éramos empurrados. Os olhos pareciam ser perfurados pela claridade quando fomos levados até o lado de fora e vimos o que aparentava ser um morro.

O início do monte era abraçado por cercas de arame farpado. No portão à nossa frente havia uma porção de *shinobis*. Todos com seus kimonos negros colados ao corpo e máscaras prateadas, que representavam a face de um dragão. Uns empunhavam armas de fogo, outros apenas katanas, mas todos exibiam uma pose militar, com o intuito de nos intimidar.

Escoltados sob a mira de fuzis, passamos pela guarda e caminhamos lentamente em direção a um enorme casarão no topo do monte. Parte dos homens que faziam a segurança não retiravam os olhos de nós. Semelhante a um templo, a estrutura se erguia a dezenas de metros de altura.

Entramos e, lá dentro, eu e os outros samurais fomos levados a um salão. Os azulejos amarelados das paredes ruíam aos pedaços. Dois seguranças também armados nos aguardavam.

– Ora, ora – disse um deles, retirando o pano negro do rosto – mais carne para o banquete.

O *shinobi* que havia nos trazido colocou-nos em fileira, encostados a uma parede. O lugar era como um vestiário sem o teto. Alguns bancos de madeira ao lado e uma porção de cabideiros, com peças do que pareciam ser armaduras, tentavam em vão preencher o espaço do local.

– Revistem cada um deles – disse o primeiro aos outros dois que já estavam no salão – depois ordenem que vistam as armaduras e os conduza até o corredor principal.

O *shinobi* foi embora e ficamos sob a tutela dos dois guardas. Os olhos dos homens não saíam do corpo de Mitsuru, mesmo com suas curvas escondidas sob o kimono.

– Você ouviu, *samurai* – disse um deles, aproximando-se da mulher, a última palavra soando com deboche – tire a roupa para que a gente possa te revistar.

Os dentes de Mitsuru trincaram; o repúdio inundava seu olhar.

– É bom que seja rápido – disse um dos ninjas ao engatilhar a arma e apontar em direção à moça. Ela obedeceu e o kimono deslizou até o chão. Em respeito a Mitsuru, viramo-nos de costas.

Enquanto os *shinobi* satisfaziam seus desejos sádicos com a pobre moça, nós tirávamos as roupas sujas e vestíamos nossas armaduras. Eram enormes imitações de plástico. Banais enfeites para engrandecer o espetáculo.

– Andem – disse um deles, intimidando-nos com a mira da arma. Em seguida, encaminharam-nos a um corredor de pedra, onde, no final, podíamos ver o que nos aguardava.

9

Todos os grandes nomes *shinobi* estavam presentes, convidados da festa do príncipe Hokori. Uma multidão de rostos mal-encarados em suas vestes negras. Os dois *shinobis* que me carregavam pelos braços me arremessaram no meio da arena; o mesmo aconteceu com os outros. Era impossível não notar as gigantescas manchas avermelhadas por todo o lugar. Um grande massacre já havia acontecido ali.

Olhei para um dos cantos e reconheci alguns rostos. O garoto crescera, e agora Hayato era um homem de barba negra com alguns rebeldes fios grisalhos no centro; usava um kimono roxo com detalhes dourados nas mangas e estava sentado em um enorme trono. Ao seu lado esquerdo, um trono menor, onde uma mulher, sua esposa, provavelmente, assistia a tudo com um sorriso no rosto. Apesar disso, sua expressão era forçada; nenhum sentimento passava por ali há eras. Ao seu lado direito, um garoto vestindo coturnos negros, camiseta roxa longa por sobre a calça escura, de cabelo aparado, porém colorido de verde: era o príncipe Hokori.

– Para finalizar a noite – disse Hayato, com o braço esquerdo flexionado, segurando uma bandeira negra que carregava o desenho de duas *shurikens* cruzadas, o símbolo dos *shinobi* – temos algo diferente.

O burburinho entre os ninjas cresceu quando entramos na arena; principalmente dos mais velhos, que reconheceram meu rosto enrugado.

– As vidas destes samurais estarão nas mãos de samurais – ele

soltou um debochado sorriso ao falar. – A vida de um vai estar nas mãos do outro. E temos um convidado ilustre hoje.

Um dos holofotes fez um estrondo ao ser ligado e o círculo de luz foi direcionado a mim. Pude ouvir meu nome ecoar algumas vezes entre eles.

– Sim, Kazuo. Uma pequena lembrança do dia que revolucionamos Heiwashi. A última peça que faltava. E que momento melhor que não o aniversário de meu filho, não é mesmo?

Meu olhar e o de Hayato se cruzaram. Ele demonstrava desdém, mas por trás daqueles olhos abatidos pude ver a imagem de uma criança com medo, um menino debruçado sob uma enorme poça de sangue do próprio pai.

– Escutem bem, samurais – prosseguiu. – Vocês lutarão até a morte hoje. Apenas um sairá vivo. Este será solto nas florestas. Claro que haverá uma caça depois disso. Mas não preocupem, daremos alguns segundos de vantagem.

O coro de gargalhadas inundou o lugar.

– Levem o tempo que quiserem, mas lembrem-se – ele disse, enquanto os outros *shinobi* arremessaram seis katanas próximas a nós – vocês não vão querer conhecer nossos métodos para esquentar o jogo.

Ao meu lado cada samurai já tinha a *saya* presa à perna do kimono; agachei-me para capturar a minha. Antes que as pontas dos meus dedos pudessem tocar a katana, Shibasaki chutou a espada. Em seguida desembainhou a sua própria e a suspendeu. Com as duas mãos, desceu a lâmina, que foi amparada por outra katana. A plateia vibrava, enfurecida.

– Está esquecendo quem você é, Shibasaki? – Mitsuru gritou, segurando a espada bem acima de minha cabeça, impedindo que o outro samurai me ferisse.

– Vou lhe dizer quem eu sou – o homem deslizou sua espada pela extensão da de Mitsuru. A mulher curvou a coluna para trás fazendo com que a lâmina passasse rente ao seu pescoço, quase tocando seu queixo, desencadeando ovações da multidão.

Ela caiu de costas, mas rapidamente se levantou.

Olhei para trás e vi os outros samurais ajoelhados. A plateia, até mesmo eu, Shibasaki e Mitsuru calamo-nos, tentando entender. Eles se entreolharam e pude notar um poema ser recitado enquanto

seus lábios moviam tranquilamente. A serenidade em seus rostos não condizia com o que viria a seguir. Os três samurais retiraram suas espadas e cravaram em suas barrigas. Despediram-se solenemente um dos outros e caíram sorrindo.

Talvez todos devêssemos fazer o mesmo. Talvez negar o que aquela multidão debochada esperava fosse a melhor opção. Antes praticar o *harakiri* que virarmos animais de circo, digladiando para entreter *shinobis*.

Tentei correr, tentei ser ágil e impedi-lo, mas não fui capaz de parar sua fúria quando Shibasaki partiu para cima. Eu e Mitsuru estávamos atônitos após a cena do *harakiri* de nossos companheiros. Ela era um alvo mais fácil por estar próxima.

A katana de Shibasaki passou sem muito esforço da nuca até a outra extremidade do pescoço. Seus olhos inexpressivos e sem vida mantiveram-se arregalados enquanto a cabeça deslizava para o lado. O corte havia sido rápido demais até mesmo para que o corpo entendesse o que acontecia. A menina caiu de joelhos; em seguida, o corpo desmoronou para o lado contrário à cabeça.

Shibasaki limpou o sangue na perna do kimono. Seu olhar era indecifrável; eu não sabia se sua expressão era de arrependimento ou de dever cumprido, mas seus olhos se encheram d'água. Seu peito subia e descia em uma respiração ofegante. Com um grito motivado pela adrenalina borbulhando em seu interior, correu até mim.

O rapaz se enganou ao achar que poderia enfrentar um samurai tão experiente. Com apenas um golpe, arranquei a katana de sua mão e a minha atravessou seu peito. Com o baque, ele caiu de joelhos à minha frente. Seus pés se forçavam a mantê-lo de pé e permanecer com seu orgulho. Em vão. O sangue começava a ceder por seus lábios.

– Seu senhor é sua covardia travestida de lógica – ele disse segurando a lâmina com as mãos nuas. – Você não é um samurai.

– Não tiro sua razão, – respondi – mas você também não é.

Seu corpo desfalecido escorregou pela katana, e ele tombou de costas.

Ignorei os corpos ao meu redor e caminhei em direção a uma das beiradas da arena, indo em direção ao enorme trono onde o príncipe Hokori assistia ao espetáculo. Ao seu lado, Hayato observava

nervoso – ora olhava para a reação do filho, ora para mim. Limpei o sangue da katana em meu kimono e a guardei em sua bainha. Estiquei o braço em direção ao garoto e o chamei para o palco. Se ele quisesse um espetáculo em seu aniversário, eu lhe daria um presente que jamais esqueceria.

10

Contrariando minhas expectativas, ele sequer titubeou. Pôs-se de pé e desceu o primeiro degrau de seu trono. Hayato segurou a manga de seu kimono para que o menino não descesse.

– Relaxe, papai – ele disse, dando um solavanco no braço – são apenas samurais.

Apenas. Hayato reconheceu a inocência do filho ao pronunciar esta palavra. Ele estava apreensivo, mas não queria contrariar Hokori em seu aniversário. Pude vê-lo desferir um olhar aos guardas que engatilharam suas armas, prontos para qualquer coisa.

O príncipe saltou para dentro da arena e me encarou a alguns metros de distância. Esticou o braço sem sequer olhar ao redor. Um dos *shinobi* lhe arremessou sua espada, que foi agarrada no ar sem esforço.

Soltei minha katana, que repousava em sua bainha na cintura. Joguei-a no chão sob o olhar confuso de Hokori.

– Oh, entendi – ele riu. – Corpo a corpo... Você não conhece mesmo o que um ninja é capaz.

Com o peito inflado pela prepotência, ele correu em minha direção e ao desferir um soco desviei para a esquerda. Ele passou reto e parou bruscamente, travando os pés no chão e levantando uma pequena, mas significante, nuvem de poeira.

Com a parte debaixo da palma da mão desferi um golpe contra seu nariz. Pude ouvir o osso se quebrando após o choque. Hokori cambaleou, tentando recuperar os sentidos. Seu nariz agora sangrava intensamente. Sob o comando de Hayato, os *shinobi* apontaram as armas para mim.

– Não! – Gritou o menino ordenando que deixassem o combate continuar. Hayato titubeou, e os *shinobi* obedeceram. Ele retornou em minha direção. Dessa vez arriscou um chute do qual foi ainda mais

fácil desviar. Acertei-lhe um soco no canto do rosto que o fez girar e me encarar novamente. Desferi um soco em seu peito, seguido de um chute na boca do estômago. Ele se afastou com o impacto e caiu de joelhos com as mãos na barriga, tentando, em vão, buscar ar.

O garoto secou o sangue que escorria pelo nariz, manchando seus lábios, e se levantou com um grito de fúria. Preparei-me para seu ataque. Pisei em seu pé direito, travando sua locomoção. Com uma mão agarrei seu queixo e a outra se prendeu a seu pescoço. Ele segurava meus braços, buscando uma forma de se soltar. O sangue que escorria de seu nariz banhava meu antebraço. A respiração ofegante transparecia todo o medo – mais até que seus olhos arregalados. Todos na plateia tentavam entender o que acontecia e vaiavam.

– Você é um rapaz muito jovem. Decidido no que se propõe a fazer – eu disse. – Seria um grande guerreiro se o seu pai lhe ensinasse alguma coisa sobre honra.

Antes que pudesse terminar, escutei o projétil rasgar o ar em minha direção. Senti uma pancada no abdômen e um calor incômodo atravessar o estômago. O coro da multidão se desfez. Levei a mão à barriga e constatei o sangramento. Um dos guardas havia atirado em mim.

Cambaleei com a visão turva, enquanto os outros *shinobi* gritavam. Tombei de joelhos.

– Não! Ainda não! – Hokori gritou para os *shinobi* armados. – Ele era meu!

Lentamente, com passos furiosos, o príncipe se aproximou de mim. Quando tentei alcançar minha katana, ele pisou na lâmina.

– Honra? – ele sussurrou com a arma pressionando minha têmpora. – Acredite, não é honra o que você quer.

Olhei para aquele garoto e lembrei-me de meu filho. Por um momento, Hokori deixou de ser meu inimigo e se tornou um pobre coitado, uma criança que merecia algo além de punição. Assim como Hayato, que vira seu pai ser morto e a vida lhe transformara em um monstro.

– O que você quer é o direito de desistência – o príncipe continuou. – Olhe para você: fugindo de floresta em floresta como um rato. Este é o código de honra dos samurais? A honra está no perfume do elmo do inimigo. Não existe honra na morte, samurai.

Minha respiração se tornava mais ofegante e a tosse vermelha

indicava que o sangue começava a subir pela garganta. Hokori retirou o pé de cima da katana.

– Pensando bem, vá em frente. Termine isso – ele deu um passo para trás, soltando a katana – Vê todas essas pessoas? Mostre a cada uma delas como você é fraco. Ajoelhado em frente a um *shinobi*. Mostre como é fraco e, com pena de si mesmo, dará cabo à própria vida. Você pode achar que tem controle, samurai, mas não tem. Faça seu *harakiri*. Mas o faça rápido porque meus cães estão com fome. Eles vão adorar dilacerar sua carne.

Todos os ninjas ao redor riram.

Distante, vi Yasu. Sua silhueta me acalentava, mesmo que distorcida como um desenho em carvão. *Em breve estaremos juntos novamente, Yasu, onde quer que esteja*, tentei sussurrar, mas a voz fraca foi interrompida pelo aumento no fluxo de sangue.

Agarrei a espada do chão e a suspendi. Não era a arma perfeita para isso, mas serviria. Tive que esticar muito os braços para encaixar a ponta da lâmina na barriga. As palpitações aceleraram, mas não podia voltar atrás. Enfiei a espada com o resto de força que ainda tinha e a senti sair nas costas. Gritei enquanto os dedos trincados forçavam a katana para cima.

Meu *harakiri* estava feito.

Pouco antes de desfalecer pude notar o olhar de espanto do príncipe. Ele percebera a luz vermelha que piscava sob o meu kimono. Puxou com força o tecido para o lado para que assim revelasse a origem da luz. Fora indescritível o olhar de terror em seu rosto quando notou a bomba presa à minha cintura.

Talvez do alto de sua arrogância não notara o explosivo, que agora contava poucos segundos para enviar cada um deles pelos ares. Bastou que minha katana me atravessasse e consequentemente cortasse os fios.

Ele não sabia que os *shinobi* não eram os únicos capazes de se infiltrar e que parte dos soldados que aguardavam ao pé do monte, por baixo das máscaras prateadas, eram samurais – um deles, meu filho Ichiro –, apenas aguardando o espetáculo de fogos para invadir Heiwashi e tomar a cidade de volta.

– A maior honra na morte de um samurai – eu disse, lutando contra o sangue que tocava a língua e escorria por entre os dentes – é que ele nunca morre em vão.

Os quinze minutos que calaram o mundo

Mickael Menegheti

Os espectadores daquele jogo iam ao delírio a cada lance. E não tinha como ser diferente, conseguir um ingresso para a grande final do mundialmente conhecido Super Bowl não era para qualquer um. Os dois maiores campeões da liga NFL, o Pittsburgh Steelers com seis títulos e o Dallas Cowboys com cinco, se encontravam para a batalha final. A atmosfera do estádio contagiava a todos presentes em uma espécie de catarse coletiva. O dia estava limpo, com temperatura amena. Perfeito para o maior evento televisivo do planeta. Os milhões de espectadores que não podiam estar no estádio acompanhavam cada jogada pela TV ou internet.

Esse evento tradicional dos norte-americanos possui adeptos de todos os cantos do mundo, sendo acompanhado por pessoas de todas as nacionalidades. Por ser um evento de proporções colossais, não é apenas o jogo de futebol americano que garante a diversão dos espectadores; atrações na abertura e no intervalo dão o tempero necessário ao entretenimento.

Homens e mulheres, crianças e idosos aguardam ansiosos pelos espetáculos musicais no intervalo, assim como trailers exclusivos de filmes e publicidades de produtos inovadores.

Enquanto a partida transcorria de forma disputada, do outro lado do planeta, no pequeno país Camboja, um telejornal transmitia notícias nacionais e internacionais para a população pouco interessada. O casal de apresentadores narrava as manchetes com as expressões imutáveis. Em frente ao prédio da emissora, um carro estacionou e quatro homens vestidos com quimonos e máscaras negras desceram. Carregavam consigo espadas em *sayas*, bainhas presas na

cintura e nas costas. Os seguranças da portaria pensaram, em um primeiro momento, tratar-se de integrantes de alguma festa a fantasia à procura de informações. Quando o primeiro homem desembainhou a espada, os seguranças prontamente mudaram de opinião.

Quando a partida emocionante do Super Bowl chegou ao seu intervalo, os shows começaram. A plateia ia à loucura a cada *hit* dos cantores *pop stars* no palco principal. Não muito depois, foi a vez dos trailers dos filmes mais aguardados para aquele ano. Foi justamente em um deles que algo estranho aconteceu. As milhares de pessoas no estádio e as milhões em suas casas perceberam que o telão de alta resolução apresentou uma pequena falha. Para os críticos de tecnologia, algo vexatório, principalmente pela magnitude do evento. Para os amantes do esporte, um detalhe irrelevante.

O trailer continuou sem mais problemas, mantendo a atenção dos espectadores. Poucos segundos depois aconteceu novamente a falha na imagem e no som, porém, dessa vez, o telão ficou completamente escuro. Por alguns instantes foi possível ouvir apenas um pequeno chiado. Quando o público preparava uma poderosa vaia, a imagem e som ganharam vida mais uma vez, mas não havia mais super-heróis na tela, apenas um homem vestido com quimono preto.

– Saudações cidadãos globais – os poderosos alto-falantes anunciaram.

O homem aguardou o operador de câmera ajustar o foco. Com o novo enquadramento, os espectadores notaram que havia mais dois sujeitos trajados de preto, semelhantes ao primeiro. Eles portavam katanas e com elas ameaçavam um casal oriental bem-vestido. Os espectadores, ainda sem entender o que acontecia, perceberam que a imagem era gerada a partir de um estúdio de telejornal estrangeiro.

– Peço um pouco da sua atenção, prometo que não vou atrapalhar a *final* de vocês – disse o sujeito em um inglês pouco fluente.

A voz dele estava abafada pela estrutura metálica da proteção do rosto. Seus olhos azuis, nem um pouco orientais, não eram guarnecidos pela máscara e puderam ser vistos pelos espectadores. Alguns cabelos brancos, rugas e olheiras profundas terminavam de compor aquela face.

Estava sentado atrás da bancada do telejornal, seguido pelos dois homens com as katanas sobre os pescoços dos reféns. O cenário era

completo, com uma bandeira negra que cobria o logo do telejornal ao fundo; nela havia a gravura de três gotas de sangue.

– Esta é uma mensagem destinada aos cidadãos do planeta. Caso não consigam assisti-la em tempo real, ou o idioma seja um problema, não se preocupem. Tudo está sendo gravado e no fim desta transmissão estará postado no *link* que você vê na tela, com legendas para os idiomas dos 193 países pertencentes a ONU. Como disse, é uma mensagem para a humanidade.

Como o conteúdo da mensagem fora chocante, os presentes no estádio e os espectadores em seus domicílios, ao fim da transmissão, digitaram em seus aparelhos conectados à internet o endereço mostrado na imagem para conferir a veracidade da informação. Em questão de minutos, o vídeo postado foi espalhado pelo mundo. A gravação viral ganhou destaque não só na rede internacional de computadores, mas também nos grandes canais jornalísticos do mundo. O vídeo chegou a ser visualizado bilhões de vezes, tanto que é possível afirmar que cada cidadão da Terra o tenha visto no mínimo três vezes! Assim como chamou a atenção da população mundial, o viral também conseguiu preocupar as autoridades políticas e militares em todos os continentes. Seja lá quem estivesse por trás da máscara negra, não parecia estar brincando. A gravação fazia os vídeos de terroristas do Oriente Médio parecerem produções infantis.

– Devo informá-los – continuou o velho – que estão tentando, neste momento, nos tirar do ar, mas não se preocupem, cidadãos do mundo, nada irá interferir na mensagem que guardamos para vocês há séculos! Alguns dos meus homens estão entre vocês e se certificarão de que ninguém desligará o telão até todos terem ouvido a mensagem.

– Peço sua licença, mais uma vez. Preciso de sua atenção para as palavras que meus camaradas e eu guardamos por séculos. Enfim, é chegado o momento de devolvê-las a quem pertencem: o povo. Deixem que eu me apresente. Sou o grão-mestre do Clã Vermelho. Somos uma organização milenar que tem protegido a humanidade de seus inimigos mais mortais. No passado, éramos chamados de *shinobi*, conhecidos na sociedade ocidental como ninjas, assassinos secretos.

Os espectadores chegaram a prender a respiração, tensos, ao ouvir aquelas palavras.

– O Clã Vermelho nasceu no antigo Japão, um país dominado pela corja maldita dos samurais que impunha regras e limitações ao povo camponês, carente de recursos e possibilidades. Nosso clã nasceu da vontade de alguns desses injustiçados que doaram suas vidas por um mundo melhor. Após perderem suas casas, suas famílias e a boa terra para o cultivo, os primeiros *shinobis* aprenderam a agir nas sombras para devolver o equilíbrio roubado pelos tirânicos samurais. Foi pelo sacrifício de meus antepassados que hoje estou aqui, dirigindo-me a cada um de vocês.

Os milhões de espectadores começaram a perceber que o vídeo não era um truque publicitário inovador – algo bastante frequente quando se trata do Super Bowl. As expressões de alegria e divertimento começaram a dar lugar à de preocupação.

– É verdade que o mundo mudou desde os primórdios do Clã Vermelho. Porém, algo permanece inalterado – o grão-mestre fez uma pausa dramática e continuou – o mal. O mal é como uma erva daninha que se espalha e toma conta das plantas, sufocando a beleza e o propósito da vida. A missão do Clã sempre foi combater esse inimigo cruel e por anos o fizemos.

O grão-mestre, sentado na bancada do telejornal, cruzou as mãos enquanto os dois reféns seguravam as lágrimas e soluços.

– Começou com os samurais, usurpadores do poder sobre a terra. Eles dominaram nosso antigo Japão, tomando da população o que a natureza emprestou a todos. Utilizavam de sua educação e habilidades com a espada para aterrorizar o povo, colocando os camponeses numa escravidão velada.

O velho mestre inspirou lentamente e continuou.

– Talvez vocês não conheçam a verdadeira história milenar do Japão. Ao longo dos anos, nossos inimigos manipularam e iludiram nosso país e o mundo com a falsa história de que os samurais viviam sob um código de conduta honrado. De que eram guerreiros exemplares e principalmente... Invencíveis.

Novamente o grão-mestre buscou ar para os pulmões e prosseguiu.

– Se isso fosse verdade, como estaríamos aqui? Transmitindo essa mensagem? Pois, lhes falo a verdade, cidadãos do mundo, os samurais conseguiram apoio político e religioso dos imperadores ao longo dos anos por meio da coerção e do medo, mantendo-se numa

suposta casta superior. Enquanto nós, camponeses, deveríamos trabalhar para sustentá-los.

O velho deixou escapar um tom de irritação antes de continuar.

– Muitos clãs de *shinobis* surgiram ao longo dos séculos das mais variadas castas sociais, mas apenas o Clã Vermelho emergiu do povo para enfrentar a tirania. Longe do poder bélico e político daquele tempo, meus antepassados desenvolveram técnicas e estratégias que suprimiram nossa deficiência. Aprendemos rápido a agir nas sombras. Assassinatos, emboscadas, envenenamentos... Tudo para pôr fim aos líderes que subjugavam a vida do povo. Passamos a ser o fantasma incômodo aos samurais que tentaram nos silenciar...

O grão-mestre soltou um longo suspiro compartilhado pelos espectadores mais atentos. Muitos estavam em estado de quase hipnose. O líder continuou.

– Porém, o mundo mudou com o tempo, assim também nossos inimigos. Os ocidentais chegaram pelo mar e o mal tomou outras dimensões. O imperador, antes dominado pelos valores hipócritas dos samurais, tornou-se escravo das vontades comerciais do Ocidente. Mendigos e prostitutas invadiram as cidades japonesas, a pólvora deu coragem aos covardes. O Clã Vermelho resistiu, oferecendo seu próprio sangue para limpar nosso país do mal que se alastrava. Os samurais, nossos primeiros inimigos, deixaram de existir como no passado, tornaram-se *ronin* ou ingressaram na máfia *Yakuza*, disseminando sua tirania.

Enquanto o líder do Clã Vermelho transmitia a mensagem, a refém tentou se soltar das presas do ninja, mas com a habilidade e frieza de um soldado altamente treinado, ele conseguiu contê-la sem machucá-la ou interromper a mensagem do mestre.

– Em seguida vieram as guerras mundiais – continuou o grão-mestre, um pouco mais sombrio. – Com elas aprendemos que o mal era planetário e que nossa ação não deveria se limitar apenas às ilhas japonesas. Precisávamos crescer. Os valores de nossa Ordem foram carregados por missionários para todos os cantos do mundo, até os mais remotos. Homens de valor em outras nações precisavam conhecer nossa luta.

"Nossa missão se fortaleceu com os conhecimentos dos ocidentais. Filosofia, Direito e Economia foram disciplinas que

possibilitaram ao Clã Vermelho compreender que não era só com espadas e *fukibaris* que poderíamos lutar. Infiltramo-nos em cada organização de relevância militar, política e econômica pelos países do mundo e com paciência aprendemos e... esperamos".

"É claro que encontramos obstáculos pelo caminho. Como eu disse, o mal tem muitas faces. Tentaram nos subornar, torturar e até roubaram nossas vidas, mas como a criatura Hidra, a cada cabeça cortada, duas novas nasciam".

O homem de preto fez uma pausa e suspirou antes de continuar.

– Nossos inimigos chegaram a situações extremas para tentar nos deter. E, como sempre, foram os inocentes que pagaram o preço. Os Estados Unidos da América lançaram bombas atômicas no fim da Segunda Guerra Mundial em duas cidades que a espionagem norte-americana acreditava ser nosso esconderijo... Tolos! – O homem de preto golpeou a bancada do jornal com os punhos fechados. – Digo aos inimigos que nos assistem agora: não temos esconderijo, pois somos o povo.

O grão-mestre cruzou novamente os dedos e apoiou as mãos sobre a bancada. Seus olhos azuis pareciam perfurar a lente da câmera, mantendo-se frente a frente com os espectadores.

– Com o mal globalizado, o Clã Vermelho precisou lutar em muitas frentes. Grande parte do Oriente e a União Soviética deturparam nossa ideologia, criando governos que supostamente lutavam pelo povo como nós. Na América Latina regimes ditatoriais surgiram para silenciar nossos agentes infiltrados em todas as esferas da sociedade. Na África, as disputas étnicas não permitiram que nossos interesses se proliferassem.

"E o grande líder ocidental, os Estados Unidos sustentaram um regime que dissolve o mal por meios e aspectos mais sutis. Através de métodos aprendidos com os nazistas, conseguiram alienar o povo ao ponto de fazê-lo amar a própria escravidão. Os grilhões deixaram de ser de aço, agora aprisionam as mentes. A liberdade, a justiça e a felicidade foram transformadas em mercadorias".

"Por mais que fôssemos bem-sucedidos em nossas ações, eliminando alvos precisos, a chama da discórdia sempre voltava a incendiar em outro local, com outra face. Com o tempo, através de nossos sacrifícios e dos novos conhecimentos, percebemos que nossa luta seria eterna, pois o mal existe dentro de cada ser humano. O

homem é lobo do homem... Por séculos lutamos contra um inimigo que esteve o tempo todo diante do espelho".

"Nós nos demos conta de que a constante luta pela liberdade do mundo contra o mal tornou nossas ações igualmente malignas. Éramos tão impiedosos com nossos inimigos quanto eles eram com o povo. Percebemos, após séculos de luta e sofrimento, que éramos semelhantes àqueles que combatíamos, apenas a face oposta de uma mesma moeda".

O silêncio reinou no cenário do telejornal invadido, assim como no estádio do Super Bowl. Em situações normais, a partida já teria recomeçado, mas o vídeo chamou a atenção de cada um presente – somado ao fato dos responsáveis pela parte técnica do telão estarem sob custódia de um grupo de *shinobis*.

– É por isso que hoje me dirijo a você, cidadão do mundo! Nosso Clã jurou sempre protegê-lo contra o mal, mas sinto em lhe dizer que ele também mora dentro de você. Somente agora percebemos esse fato. Talvez nosso orgulho tenha nos cegado, impossibilitando enxergarmos antes essa verdade universal.

O grão-mestre baixou a cabeça, mantendo as mãos cruzadas.

– Pedimos perdão por nossa falha – e ainda de cabeça baixa, continuou. – O mal que combatemos também vive dentro de nós, ninjas.

Novamente o líder calou-se. Ergueu a cabeça lentamente e com os olhos fixos na câmera, completou:

– Entretanto, não somos hipócritas como outras organizações do mundo. Não vamos fingir que o desconhecemos. Não vamos usar o nosso poder e influência para reproduzir o que sempre foi feito pelos líderes. Estamos aqui hoje para devolver o que sempre pertenceu a cada um de vocês e que foi usurpado antes mesmo de vosso nascimento! – o líder fez uma pausa dramática.

– Sua liberdade!

O grão-mestre retirou lentamente sua espada da *saya*, a bainha nas costas. A lâmina era negra, fosca. Com a ponta, cortou o centro de sua mão esquerda e deixou três gotas de sangue pingarem sobre a bancada. Seu movimento foi preciso, sem deixar o metal da arma se sujar. Guardou-a e mostrou o ferimento para a câmera.

– Não vamos decepcioná-lo.

Rapidamente limpou a mão em um lenço e voltou-se para a gravação.

– Nosso plano para devolver-lhes a liberdade começou décadas atrás com meu pai. Muitos de vocês nem tinha nascido quando começamos nossa última ação pela humanidade. Com muito esforço conseguimos construir o cenário necessário para essa *devolução*.

"Um dos poucos elementos na Terra que resistem à ação do homem e do tempo são as ideias. Quando seu tempo é chegado, ideias tornam-se forças magnéticas indestrutíveis. Por isso, nas décadas que se passaram, implantamos algumas delas, necessárias para a germinação do momento atual. Sim, construímos o momento propício para você estar diante de nós hoje. Um exemplo dessas ideias implantadas no imaginário popular é o conceito do *Botão Vermelho*".

"Quantos de vocês já não ouviram que existe um suposto Botão Vermelho que, se apertado, dispara mísseis nucleares contra as capitais do mundo? Botão este que fica sob a responsabilidade de um general, ou vários deles, de alta patente, e que em eminência de ataques ou de guerra declarada, podem apertá-lo?".

"Essa ideia foi implementada por nós. Ela precisava germinar até este momento. Outra que forjamos foi a concepção de que a energia nuclear não é segura. Com os governos das supernações investindo em usinas nucleares e, é claro, em armas atômicas, precisávamos criar uma distração desse poderio. O poder dos deuses não pode cair na mão dos humanos...".

"Para que isso não acontecesse, nós implantamos a ideia de que usinas nucleares são uma praga para humanidade. Por isso, atacamos a mais importante e ambiciosa delas: Chernobyl. Os quatro reatores existentes na época, associados aos outros dois que estavam em construção, teriam a capacidade de alimentar um país inteiro como a Inglaterra e, obviamente, produzir em seus porões bombas em escala industrial. O "acidente" foi criado por nós para que o *Sonho Nuclear* virasse pesadelo e, por fim, terminasse".

"Atingimos nossos objetivos. A energia nuclear hoje é malvista pelos ambientalistas, ecologistas e toda a sociedade consumista hipócrita que domina o mundo. Com o abandono do sonho nuclear, usinas como Chernobyl ficaram em segundo plano... Tudo o que precisávamos".

"Agora, cidadão do mundo, alguns fatos que ocorrem bem debaixo do seu nariz enquanto assiste a um jogo de futebol americano.

Atualmente a Federação da Rússia possui mais de cinco mil ogivas nucleares operacionais em mísseis balísticos intercontinentais, os ICBMs, com alcance a alvos a 10.500 quilômetros de distância. Parte dessas cinco mil armas está em submarinos nucleares que se deslocam para qualquer parte do planeta para atingir alvos com até quinhentos quilômetros de distância do mar. O tempo de disparo de um míssil ICBM é de... Dois minutos!".

O grão-mestre fez um leve movimento com a cabeça, estalando o pescoço.

– O software que dispara esses mísseis foi criado pelos soviéticos... Assim como seu *firewall*. Nós invadimos esse software três anos atrás e modificamos sua programação para termos o controle sem os russos desconfiarem. Infiltramos, também, homens nos submarinos nucleares que citei há pouco. Neste momento, os submarinos estão em águas internacionais, prontos para se deslocarem aos pontos necessários para disparar contra os alvos que os ICBMs não têm alcance. Os mísseis intercontinentais foram reprogramados por nós para atingirem as principais capitais do mundo.

Um alvoroço tomou conta da plateia do estádio. O velho na gravação continuou:

– Um desses ICBMs está carregado com uma ogiva de 550 quilotons, a única de sua espécie. Para entenderem a magnitude dessa arma, as ogivas de Hiroshima e Nagasaki tinham dezesseis e 25 quilotons, respectivamente. Essa ogiva está programada para atingir uma megalópole localizada em um ponto geográfico e climático estratégico. Do ponto de impacto, a radiação será disseminada pelo planeta através das correntes marítimas e pela atmosfera. Ainda teremos outras 4.999 ogivas para completar o serviço.

O velho parou alguns instantes para recuperar o fôlego.

– Você, cidadão do mundo, provavelmente deve achar que estou brincando ou que sou louco, querendo ganhar fama na internet. Não sou nenhuma das duas coisas. Em breve meus companheiros e eu seremos procurados pela Interpol, que já está rastreando nosso sinal e o IP que usamos para transmitir essa mensagem. Estou localizado em uma das cidades que será atingida por uma das bombas. Nós não iremos fugir, não temos motivos para isso. Talvez eu seja capturado pelos soldadinhos de chumbo, mas também não fará

diferença. Como disse, também carrego o mal que jurei combater. Mereço o destino que o povo escolher.

"Se o Clã Vermelho fosse como qualquer outra organização corrupta poderia fazer exigências, buscando regalias como dinheiro, armas ou até mesmo o poder. Não temos interesse em nada disso, pois nossa missão é livrar o povo do mal".

Naquele momento da gravação o grão-mestre se levantou da bancada, acompanhado pelo operador de câmera. Ordenou aos dois ninjas que libertassem os reféns. O casal hesitou alguns segundos por acreditar ser algum tipo de armadilha. Porém, o líder do Clã pediu educadamente que se retirassem do recinto antes que mudasse de ideia. Voltou-se para a câmera e prosseguiu:

– Eu poderia usar a autoridade que tenho em mãos e disparar todas essas armas contra a humanidade, mas entendam... se fizer isso, apenas estarei reproduzindo o que os tiranos e ditadores sempre fizeram: escolher para o povo o que acham que o povo precisa.

"Essa é a última missão do Clã Vermelho após séculos de serviço... Devolver a cada um de vocês o poder de decisão".

"Como? Já explico! Como podem imaginar, não é simples disparar uma sequência de armas nucleares em sincronia como idealizamos. É necessária uma série de chaveamentos e diretrizes para dar ignição aos mísseis. O *software* soviético era precário e ainda trabalhava com base nas ignições das sete chaves".

O grão-mestre tomou fôlego para explicar o que provavelmente apenas pouquíssimos militares tinham conhecimento.

– Para autorizar um ataque nuclear aos Estados Unidos, na época, a URSS precisava da ação de dois generais, almirantes e brigadeiros. A sétima chave ficava com o líder supremo do Partido Comunista. Todos tinham de girar suas chaves em mainframes espalhados pela União Soviética ao mesmo tempo. Somente assim o ataque era liberado e não havia retorno.

"Desde que invadimos o sistema de mísseis, modificamos o padrão de lançamento e agora podemos "girar as chaves" via satélite. Seis de meus homens estão espalhados pelo mundo em prontidão para "girar seis chaves". A última chave entrego agora a vocês, cidadãos do mundo. Ao término desta gravação aparecerá um *link* que os levará para o *website* que contém o famoso Botão Vermelho".

Um dos ninjas retirou de dentro do seu quimono um *tablet* e o entregou ao líder. O grão-mestre virou o aparelho para a câmera com o Botão Vermelho na tela.

– Este botão estará livre para qualquer um dos sete bilhões de indivíduos deste planeta apertá-lo. O *software* que desenvolvemos reconhecerá o *click* e enviara às outras seis chaves o comando. Meus homens darão sequência às suas ações e o programa emulará a sincronia do chaveamento, dando ignição aos mísseis ICBMs. Confirmados os lançamentos, os submarinos nucleares dispararão suas ogivas rumo ao alvos.

"O processo de ignição que alteramos começou há 36 minutos e o Botão Vermelho estará acessível para os cidadãos do mundo a partir do próximo domingo à zero hora. Até lá, vocês terão tempo para decidir vosso destino. Podem ficar tranquilos que qualquer tentativa dos governos em interferir no Botão Vermelho já foi prevenida, meus homens estão infiltrados nas agências certas. Ninguém tomará novamente o poder que pertence ao povo e que nós devolvemos a cada um de vocês com essa mensagem".

A fala do grão-mestre foi interrompida por uma forte batida, provavelmente a porta de acesso ao estúdio. Nem ele ou os outros dois ninjas demonstraram preocupação com o barulho.

– Lembro mais uma vez que o Botão poderá ser pressionado por qualquer dispositivo que tenha conexão com a internet. Qualquer um, repito, qualquer um poderá girar a última chave.

Novamente outra pancada, porém dessa vez mais forte e com estilhaços.

– Estão tentando invadir o estúdio e interromper a transmissão que vos ofereço... Não importa, a mensagem foi transmitida. Pela primeira vez na história o povo poderá escolher acabar com o mal que o assola e essa decisão pertence somente a ele. Para encerrar e deixá-los em paz para aproveitar essa grande *final*, gostaria de contar uma pequena lenda iniciada por nós.

O silêncio era tamanho que era possível senti-lo vibrando em cada coração. A plateia estava chocada com a revelação. O grão-mestre pareceu intuir tal inquietação e aguardou por alguns instantes a assimilação de sua fala. O silêncio só não era completo porque as autoridades tentavam invadir o estúdio de qualquer maneira. O líder dos ninjas inspirou o ar e completou sua mensagem à humanidade:

– A katana é a arma mais importante de um samurai. Tamanho é seu significado que eles acreditavam ser ela uma extensão de suas próprias almas. Quebrá-la em batalhas, ou simplesmente perdê-la, era motivo de grande desonra, levando-os a cometer o *seppuku*, ou *haraquiri*, como é conhecido no ocidente, em que o samurai tira a própria vida frente à vergonha da desonra. Por isso, eles mantinham suas espadas protegidas a qualquer custo.

"Nós, os *shinobis*, tínhamos um ritual para aceitar um novo membro da irmandade quando ainda limitávamos nossas ações ao Japão antigo. O ninja tinha de roubar a espada de um samurai para ser aceito. Mas esse roubo não era leviano. Teria de ser durante o sono do nosso inimigo. Por quê? Porque os samurais guardavam suas katanas debaixo de seus travesseiros exatamente para não colocá-las em risco".

Um novo golpe na porta do estúdio fez com que os dois ninjas que acompanhavam o grão-mestre desembainhassem suas espadas para defendê-lo.

– Assim como roubávamos as espadas dos samurais no passado, hoje tomamos as armas mortais dos tiranos da modernidade bem debaixo de seus narizes. E agora o povo as possui à disposição para decidir qual destino dará a humanidade – ele fez uma pausa. – Isso sim é democracia!

Fim da transmissão, seguido pelo silêncio global.

As lanternas de Amaterasu

Cintia Lopes

I

No mar Watatumi, um braço do continente Aknooth eleva-se ousado e risca as águas cristalinas. Centrando as terras localiza-se Amaterasu, agraciada com cursos fluviais e grandes bosques de coníferas, cujas copas verdejantes perfuram as nuvens.

Na porção oeste, movia-se pela floresta frondosa um ronin. Apesar de não seguir um dos princípios do *bushido*, que era servir a um *daimyo*, isto é, um senhor, ele era devoto ao código de honra. Em tempos que o ataque de diabos tornou-se corriqueiro, o homem obrigava-se a ficar atento ao mínimo movimento e, às vezes, acontecia do farfalhar de folhas pregarem-lhe uma peça. Estava na casa dos dezoito anos, idade em que florescia para a vida adulta e participaria efetivamente dos negócios de seu pai, xogum de uma província de Amaterasu.

Mas a vida lhe tragara a glória que tanto sonhava para o futuro. Tudo lhe fora tirado, num movimento preciso de piscar de olhos, por uma horda de demônios que destrinchara suas terras. A desordem dos camponeses era pó diante dos diabos que espreitavam a noite e permaneciam ocultos, fornecendo aos humanos um último momento de júbilo e o gosto doce da vida amena, para depois perfurar sua carne e devorar suas vísceras.

Vagando pelas florestas como uma alma fúnebre, Isumi Toshio evocava todo rancor de seu espírito infeliz para fustigar as aldeias. Algumas mentes não são suficientemente fortes para refletir a loucura e a absorvem numa espécie de albedo mental, desfazendo as

muralhas da sanidade e tombando na loucura. O ronin era apelidado de diabo dourado, filho do xogum Masao Toshio, e seus feitos fizeram monges suplicarem aos deuses por misericórdia.

No chão de juncos, erguia-se além da relva inúmeras árvores retorcidas, que serviriam de perfeito esconderijo aos homens que o caçavam. Sentiu o estalar surdo de dedos e pendeu a cabeça para um dos lados, desviando da seta disparada. Seu instinto aguçado não fora o bastante para que desviasse por completo, e a ponta da flecha maculou seu rosto em uma linha tênue escarlate.

Isumi Toshio virou-se e não trepidou diante do arco possante que o ameaçava. Surpreendeu-se ao perceber que sua antagonista seria agora uma mulher. A arma esfomeada transpassava seu corpo, atingindo cerca de dois metros de comprimento. Em posse, encontrava-se uma arqueira de pele alva como alabastro e cabelos negros e polidos como a noite vazia e sem estrelas.

Os olhos satíricos de Isumi cravaram-se nos seus e ela devolveu um olhar vago, emoldurado por sulcos que não infringiam os músculos suaves de seu rosto. Os dedos da arqueira eram precisos e seu instinto repleto de destreza como uma águia, bastando um suspiro diferente do samurai para o disparo. A mão não tremia e nada em sua expressão sugeria vestígio algum de medo.

– Não se mova – a voz da mulher era como as notas entoadas em um shamisen: solitária e vaga, mergulhada em profunda melancolia. – Rumores espalharam-se em Amaterasu sobre um demônio escondido na floresta, mas o que encontrei foi um homem fraco e sujo, assombrando as aldeias como um animal. No fim das contas não passa de um nobre mimado que perdeu tudo e se vinga dos pobres e inocentes.

– Você tem uma língua afiada, mulher – e, após uma gargalhada de esgar, continuou. – Veremos se é tão ágil assim com o arco e flecha.

Sacou a katana e correu, usando a lâmina fina para bloquear as infinitas flechas disparadas. Venceu a distância que os separava e preparou a espada para perfurar as entranhas da arqueira, quando viu sua astúcia ser repelida por um fulgor prateado e curto. A katana de Isumi, antes ansiosa e rápida graças à torrente de malícia, agora voava pelo céu como um pássaro de asas luzentes.

Em Amaterasu, era comum aos praticantes de *kyudo* usarem uma espada menor escondida na faixa do quimono, chamada de

wakizashi. Os praticantes de *kyudo*, a arte do tiro e flecha, eram chamados de *kyudokas*. O samurai cometera um vacilo grave: subestimara o inimigo e agora sentia o fel da derrota eriçando seus pelos. A arma gélida ameaçava-lhe a garganta. Entendeu que suas tentativas de fuga seriam ações obtusas. Aceitou a morte como se houvesse apenas um caminho, e esse trajeto o atraía inevitavelmente.

Em segundos formigavam de todos os lados dezenas de guerreiros. Atacaram como vespas cruéis, desferindo chutes e socos para conter a besta. A *kyudoka* guardou a espada e afastou-se do motim.

II

No contorno de Amaterasu, localizava-se uma academia de artes marciais especializada em *kenjutso* e *kyudo*. Incumbida de formar samurais para servir o xogum Tokugawa Ieyasu, Ren Yasunari tornou-se uma das figuras mais veneradas das terras isoladas.

O Dojo Yasunari era um complexo de casebres e alcovas, ladeado por uma floresta de bambus. O acesso era por intermédio de uma ponte miúda que cortava uma língua de água, penetrando com avidez as terras verdes de Amaterasu. A cidade recebia o nome da deusa sol, personificação do disco dourado que se erguia na aurora e escondia-se na lúgubre escuridão, amedrontada pela malícia do luar.

Yasunari era um homem vigoroso e de idade avançada. Seguia à risca o *bushido*, o código de honra ao qual os samurais deveriam ser fiéis. O caminho do guerreiro trazia as leis que regiam o caráter pragmático dos soldados, guiando-os por uma estrada de júbilo e esplendor.

O instrutor de *kenjutsu* estava mergulhado no silêncio sereno do início da manhã. Havia designado seus alunos à caça do demônio dourado que incomodava a paz dos aldeões. Em seu aposento, as tábuas de madeira estremeceram com a aproximação da horda de guerreiros, envaidecendo-se pela captura do ronin.

A porta foi empurrada energeticamente, chocando-se contra a saliência que a impedia de correr. Anunciando os feitos e à frente de seus homens estava Yoshiro Akiko, um de seus melhores e mais habilidosos samurais. Sacou a katana e ordenou que os outros colocassem o ronin à sua frente, para que ele mesmo arrancasse a cabeça e ganhasse o prestígio de seu senhor.

Tal como Cristo, o ronin foi atado dos dois lados e posto sobre os joelhos dobrados. Abaixo do cabelo dourado, ardiam dois olhos em intensa cólera, como se em suas córneas corresse o magma dos vulcões. Os dentes trincados nada amedrontaram Yasunari.

– Senhor, nós o capturamos enquanto seguia para província de Uzame – disse Yoshiro. – Por favor, mestre, me permita degolar esse porco imundo e vingar as almas que ele tomou.

– E quantas almas vocês já tiraram, malditos cães do xogunato? Sobre o pretexto de defender uma nação, ceifaram milhares de vidas inocentes. Vocês deveriam lutar contra os demônios e as perversidades do inferno, não matar semelhantes.

O rosto de Yoshiro explodiu em ódio súbito, e seu acesso de raiva que lhe ordenava matar o homem teria sido concretizado se não fosse a voz do mestre.

– Não vou matá-lo – a voz de Yasunari era vultosa como sua aparência. Prevendo as indagações dos samurais, emendou: – Isumi Toshio, conheci seu pai, Masao Toshio, senhor das terras de Uzame. Tenho grande interesse em conhecer a escola de kendo tida como a mais eficiente, o *Tennen Renshin Ryu*. Quero incorporar seu manejar de espada ao estilo que domino. Esse foi o único motivo que fez acatar a ordem de capturá-lo. Se aceitar meu acordo, eu lhe concederei o perdão por suas ações. Poderá retornar às falecidas terras de Uzame e restituir a aldeia de seu pai.

Tennen Renshin Ryu fora o estilo ensinado a Isumi Toshio e seus antigos companheiros de guerra pelo dojo de seu pai. A técnica dava ênfase à força física acompanhada do controle respiratório, desenvolvendo assim uma maior resistência nas batalhas e controle maior do ki, a energia interna. Mas a falta de conhecimento de pontos vitais dos demônios levou a extinção da academia de *kenjutsu*, e desencadeou no fim de suas terras.

Yoshiro rosnou absorto. Poderia ser que o mestre possuía um lado humorista que seus alunos não conheciam? Recuou como se fosse atingido por um pedregulho.

– Sei que isso é um ensaio para minha morte. Poupe-me de suas brincadeiras e arranque meu pescoço, pois prefiro morrer a juntar-me aos vermes de Ieyasu.

E, após um meio-sorriso, Yasunari explicou sua decisão:

– Você não agiu de má-fé, Isumi Toshio. Os rumores distorcem seus feitos. Você saqueava as vilas e distribuía aos pobres, fora do alcance do olhar do imperador. Ou deveria dizer do interesse. Não precisará ficar aqui e tornar-se meu aluno. Na verdade, admito curiosidade em seu manejar de espada, e gostaria que me ensinasse o que era passado em sua província, se me permite. Peço desculpas pela forma estúpida como foi recebido – referia-se aos incontáveis ferimentos ao longo do dorso do ronin, exposto as lufadas de ar que sugavam e forçavam o sangue a descer, manchando o chão de rubro.

O ronin não respondeu. A vertigem rodopiava o quarto numa dança frenética. A morte bailava em sua direção, vestida de vermelho, perfurando seu olho direito com sua foice diabólica. O líquido carmesim brotava de seu corpo e perscrutava o quarto, para depois lançar-se no chão profuso como as águas desciam de uma cachoeira. Lembrou-se do pai, de quem havia herdado os fios louros e a atávica do amor ao *kenjutsu*. E a imagem da mãe veio doce como perfume de jasmim, viva e forte como os samurais que pressionavam seus braços para mantê-lo de pé.

– Peça que Midori cuide de seus ferimentos.

Foi a última coisa que ouvira antes de desmaiar.

III

Fogo.

As casas de madeira eram devoradas pelo poder descomunal do fogo, alimentado pelo vento que avivava as chamas com rajadas fortes.

O teto desabava e fulminava inúmeras vidas, não permitindo escolha a não ser tornar-se parte da dança hipnótica. Gritos ecoavam como uma melodia pastosa, esvaídos das entranhas de pessoas que lutavam cegamente pelo sopro vital.

E as chamas incessantes a tudo varreram, reduzindo a pequena Uzame a cinzas.

Os diabos debochavam de suas vítimas enquanto perfuravam-nas com seus dentes afiados como a navalha de um carrasco. Diante de todo o horror, o céu chorou, e as estrelas desceram em

forma de agulhas brilhantes para tentar conter a carnificina. Mas o poder dos astros nada podia contra as fossas abissais.

Os samurais de Uzame souberam, no instante em que a bruma negra circundou a aldeia, que nada poderia ser feito. Mas a honra dos soldados era mais forte que o pavor e a razão. O exército partiu, trepidante e certo da morte, em direção ao muro de seres disformes numa tentativa de atrasá-los e possibilitar a fuga dos moradores. A incrível facilidade com que os demônios destrinchavam o corpo de seus companheiros não os deteve, e morreram de forma atroz, mas seguindo o *bushido* até o ultimo brandir de espada.

Luziu, como uma fagulha do inferno, as chamas que roeram a esperança.

E como era bela sua mãe, mesmo presa nos dentes da besta que mordia seu talho esbelto. Ainda manchada de sangue, possuía a pele viçosa e maciça, e a voz melodiosa suplicava por socorro. O fogo aproximou-se com a força de um furacão. Descortinou-se à frente de famílias e sugou suas esperanças, prendendo-as em labaredas e exprimindo-as cada vez mais.

A morte gritou mais uma vez, e a humanidade emudeceu, aceitando prontamente seu destino. E, no fim de tudo, não havia escolha.

Teria seu pai perdido a fé nos deuses quando o demônio de orelhas pontudas engoliu sua cabeça? E quando seu rosto mergulhou na escuridão sombria do estômago da criatura nefasta, sentiu medo pela primeira vez? Caiu como um trigo decepado o corpo do xogum Masao Toshio, e mesmo desprovido dos membros superiores, permaneceu majestoso e imbatível. O protesto do ser humano contra a morte.

O sol saiu da caverna e retornou aos céus. Os raios deitaram-se ao lado de Isumi, um entre centenas de corpos despojados no tapete de sangue. Se o fulgor da manhã lhe encorajou com um novo sopro de vida, não sabia, mas reconhecia que sua sobrevivência perante o ferimento no dorso era um milagre divino.

Mas a benevolência dos seres celestes tinha limite, e talvez fossem entidades insanas ou complexas demais para serem entendidas por mentes obtusas. Isumi Toshio agora retornava à vida como o único registro dos prantos de Uzume.

Havia alguém à sua frente que a visão turva não o permitira reconhecer. Uma imagem monocromática não fosse pela parte inferior da roupa, tingida de vermelho intenso, cor que abraçava a região abaixo de seus seios. Isumi não foi o único sobrevivente do pavor, e isso o fez rir bobamente. Mas quem era aquela mulher que usava uma capa de cetim negro onde deveria brotar o cabelo?

As sobrancelhas eram finas e bem delineadas, e serviam para abrigar dois abismos profundos. Um conjunto de cavernas imperturbáveis, mimados por uma pele tão macia e branca quanto as nuvens que floresciam no céu. Compreendeu que não era humana. As divindades mandaram seus anjos para debocharem de seu sofrimento. Mas os dedos eram tão quentes e ternos que ele não foi rude. Como duas agulhas de uma máquina de costura, os dedos do anjo teciam sua pele e cobriam os ferimentos, amenizando a dor insuportável.

Teve vontade de perguntar-lhe algo, mas também teve medo. E se a melodia esvaísse de seus lábios e lhe provocasse uma orgia mental? Limitou-se a permanecer ali, imóvel e vazio como um jarro. O anjo sacrificava as penas de sua própria asa para conter o grito lamuriante de dor. As mãos ternas tocaram-lhe a testa, e o ronin sentiu cada parte de seu corpo explodir num êxtase de prazer. Que tipo de ser etéreo seria aquele, cujo toque o fazia estremecer e esvair toda tristeza e amargura?

Isumi sentiu seu corpo queimar subitamente e, na mesma rapidez que incendiava, sentiu todo calor se despedir e se fundir à tranquilidade do ar. Os borrões ficavam cada vez mais nítidos, embora ainda não conseguisse distinguir as formas em seu entorno. Sabia que estava ali à sua frente, uma criatura celeste cuja beleza nem mesmo sua visão embaçada conseguia fustigar. O anjo a tudo alumiava com sua luz, como uma estátua de ouro.

Novamente o ser etéreo voltou a lhe torturar, tocando seu peito com dedos inocentes. A cada toque, Isumi estremecia tal qual um bambu ao vento. O suor descia ansioso por suas têmporas, desafiando as lágrimas a atingirem sua velocidade e incitando-as a rolar mundo afora.

O shamisen soou. As notas melancólicas, sofridas, que penetravam seu ouvido e seu cérebro enfermo não conseguia distinguir. A melodia contrariava a si própria. O mundo escureceu.

– Febre – cantou o instrumento, oscilando entre notas que desconhecia.

Num lapso de tempo, uma torrente de imagens desconexas invadiu sua mente e o fez arquear o corpo de súbito. Fechou os olhos e tapou os ouvidos, tentando acalmar a dor agonizante em seu crânio.

Procurou os escombros de Uzume, mas encontrou-se fechado por quatro paredes de madeira. Algo tocou seu talho e pressionou-o contra o futon. Confuso, permitiu-se ser guiado.

À medida que a agonia mental ia se esvaindo, recobrava a consciência, despedindo-se dos reflexos que castigavam seu passado. Reconheceu a arqueira que o deteve na floresta cuidando de seus ferimentos; uma perigosa ironia da vida. A mulher de semblante vítreo nada falava. Dedicava-se inteiramente à tarefa a qual fora incumbida.

– Se pensa que comprará minha afeição com regalias, está enganada. Mas agradeço sua ajuda. Diga ao seu mestre que partirei antes do amanhecer.

A *Kyudoka* terminava de enfaixar seu olho ferido.

– Não estou fazendo isso por você, Isumi Toshio. Tenho profundo desprezo por homens como você, que vivem peregrinando por aí desvinculados de seus senhores e fazendo o que lhes convém. – Não havia nada em sua voz ou expressão que indicasse rudeza. Tinha o semblante inabalável de uma boneca, o encanto doce de um brinquedo. – Estou cumprindo a missão que meu pai, Ren Yasunari, me designou. Você tem para mim a mesma importância que a poeira impregnada no ar.

– Vá para o inferno – grunhiu o ronin com o maxilar cerrado. Desviou com brutalidade as mãos da arqueira de seu corpo.

Tentou se levantar e caiu duro no chão como um saco de sal. Praguejou com cólera fervente. A escuridão retornou e o abraçou, confortando a alma sofrida do ronin.

IV

Era verão em Amaterasu. A massa de ar fugia do oceano e penetrava o continente, carregando umidade e calor tropical. Graças à sua localização próxima ao mar, a cidade sofria grande influência das correntes marítimas.

A noite era turbulenta, com ventos ressoando das grandes florestas e preenchendo a academia de kendo com a brisa fresca. O céu

vomitava estrelas, que pareciam aglutinar-se devido à proximidade. Majestosa, a lua fixava-se sozinha, não permitindo as estrelas que a contornassem. Mas as nuvens gostavam de caçoar os astros e deslizavam pelo plano cósmico cobrindo cada membro da noite, para depois transpassá-los e violar seu brilho gelado.

Isumi Toshio deslizava pela noite como um felino, escondendo-se nas sombras das construções. O silêncio era absoluto, tornando o som das cigarras parte de sua surdina. Iria embora, mas antes precisava encontrar sua katana.

Movia-se com passos furtivos, não pretendendo despertar os samurais de seu sono. Sabia o quão estúpida era a busca, mas sua espada representava a parte mais prestigiosa de sua honra, parte vital a seu corpo tal qual o coração. A lâmina era riscada por cicatrizes que contavam os horrores pelos quais passara.

Seu instinto estava atento aos menores silvos da noite. Escutou o som inconfundível de algo saltando em sua direção e voou para frente, mais por impulso do que por percepção em si.

Não se tratava de mais uma vertigem que lhe confundia os sentidos. Havia à sua frente um samurai de pele escura e traços finos, provavelmente um guerreiro vindo do deserto. Reconheceu o semblante do homem que causou a cegueira temporária de seu olho. A avidez por vingança fez Isumi desligar-se dos ferimentos que crepitavam por seu corpo. Seu inquisidor estava visivelmente em vantagem, devido ao porte da katana e das condições físicas.

No momento em que estavam prestes a colidir, um raio cortou a frente dos dois e fez a espada do samurai voar. O metal desfez-se em círculos prateados e sumiu na noite. Isumi atingiu o adversário no estômago, aproveitando-se da brecha que fora aberta. O homem retesou o caminho com as pernas arqueadas, pressionadas ao chão para impelir seu deslize.

O luar iluminou como um farol a mulher de pele ebúrnea e cabelos negros. Cobria-lhe um vestidinho rosa, acentuando as regiões voluptuosas de seu corpo. O samurai enrubesceu instantaneamente.

A arqueira mirou a imagem do ronin e ele devolveu à ameaça um olhar impávido. Descansou o arco de proporções vastas e voltou-se ao samurai:

– Yoshiro Akiko, o que pensa que está fazendo? – A voz lacônica

quebrou o silêncio noturno. – Esse homem é um convidado de meu pai, Ren Yasunari. Sua astúcia é maior que a vontade de servir seu senhor?

– Me desculpe – curvou-se.

– Diga ao seu pai que quero minha katana – disse Isumi, convencido a sair do ninho de vespas que julgava ter se metido.

– Toshio de Uzame, você não está em condições de ir embora. Sua cabeça foi colocada a prêmio em Amaterasu. Não sobreviveria um dia fora daqui. Meu pai não irá abrigá-lo de graça, Toshio. Penso que isso fustiga seu orgulho. A troca é justa. Se for um homem inteligente, aceitará a proposta que foi oferecida. É o perdão imperial que está negando, levado pela ignorância. Olhe pra você, não consegue nem se manter de pé.

O discurso da arqueira era pura lhaneza. Por mais doloroso que fosse admitir, Isumi reconhecia, esbravejando contra seu orgulho, que a *kyudoka* expusera sua verdadeira situação. Os pés pareciam ter desaprendido a suportar o peso do corpo. O ronin andava quase corcunda, apoiando-se nas articulações dos membros inferiores com notável dificuldade. As mãos seguravam o dorso nu como se pudesse estancar o sangue que se avolumava ao menor de seus passos. Não viveria um dia fora das muradas da academia.

Isumi desviou-se das conjeturas quando notou que algo se aproximava. Andava em passos silenciosos que só poderiam ser percebidos pelos guerreiros sensíveis aos ócios da noite. Viu a exata imagem da arqueira se formar, perdendo da original pelo tamanho reduzido. A miniatura perfeita. Os mesmos traços agradáveis do rosto, cobertos por fios negros que formavam uma faixa em sua testa.

– O que está acontecendo aqui? – perguntou a coisa miúda de timbre fúnebre, quase emudecido.

– Esse é meu irmão, Itou Yasunari.

– Você é Itou, o Raio Prateado de Amaterasu? Achei que fosse mais alto – caçoou o ronin.

Itou era o filho mais novo de Ren Yasunari, irmão de Midori Yasunari e tido como o guerreiro mais ágil de Amaterasu. Seu tamanho tornou-se a vantagem em que se apoiava, podendo flutuar no ar como se possuísse asas. Além de dominar o *Kasumi Shinto ryuu*, estilo de *kenjutso* ensinado pelo seu pai, também era fluente em *Goju-ryuu*, arte marcial que visava o controle espiritual e velocidade possante.

Os rumores sobre Itou eram homogêneos em relatar a celebridade com que se movia, alcunhando-o como o raio de prata.

– E eu achava que possuía os dois olhos, Toshio de Uzame – retrucou Itou Yasunari.

Depois da gargalhada de Isumi, o Raio de Prata ajoelhou-se, surpreendendo até mesmo sua irmã.

– Isumi Toshio de Uzame, peço que me torne seu aluno e ensine-me o *Tennen Reshin Ryu.* Tenho profunda admiração pelo seu estilo de kendo e seria a maior de todas as honras aprender as técnicas de seu povo.

– Ficarei até que possa me recuperar e derrotá-lo numa luta, Raio de Prata. Diga ao senhor desse dojo que aceito sua proposta.

V

O sol assentava-se aos poucos no trono, beijando o dia com seus primeiros raios. O tinir de espadas quebrava a tranquilidade da manhã. Samurais brotaram de seus quartos para assistir ao duelo que abrangia toda a localidade da academia de kendo.

Os bastões de madeira chocavam-se, repelindo expelindo lascas. O confronto entre Isumi Toshio e Itou Yasunari era uma luta entre dois estilos discrepantes. No entanto, não havia perigo nas intenções de ambos, tratava-se acima de tudo de um cumprimento entre duas pessoas que logravam o mesmo objetivo. O duelo findava o tédio característico de lutadores magistrais, que quase nunca encontravam adversários à sua altura.

Itou flutuava e multiplicava-se em infinitos homenzinhos, graças à velocidade que parecia lhe presentear com asas nos pés. Para cada investida ríspida de Isumi havia uma esquiva suave do samurai, fundamento básico de sua técnica de luta. Apoiava-se em todos os pontos de seu corpo ao contrário do ronin, que tendia a depositar a fé em sua arma.

A plateia não sabia distinguir os dois vultos que se enlaçavam. Nada escapava da fúria dos lutadores: a estrutura das casas era destruída pelo furacão. Os ferimentos de Isumi não doíam mais.

O samurai iniciou uma sequência de chutes, movendo seus membros com a celebridade que fazia jus ao seu apelido. O primeiro golpe

findou, mas Isumi desviou dos outros pendendo para os lados e usando o punho como defesa. Retrucou investindo frontalmente como um touro, mas Itou saltou e pousou no bastão, socando o rosto do ronin. O primeiro acerto fora apenas o gênese para uma torrente de estocadas, prensando-o com socos como uma cobra amarra sua vítima. Uma vez aberta a fissura, nada era capaz de parar Raio de Prata.

Arremessado no chão como um projétil, Isumi recompôs-se e com a manga de seu quimono limpou o sangue que escorria dos lábios.

– Esse é o seu máximo, Raio de Prata? – Escarneceu Isumi.

– Você fala demais para um caipira perdedor.

Contrariando o clima de tensão que deveria se desfolhar, os dois lutadores riram. Ren Yasunari desmembrou-se do grupo de samurais e aplaudiu solitário. Aproximou-se para saudar os guerreiros com as sobrancelhas suavizadas e um meio-sorriso no rosto.

– Quando o vi brandir a espada, Toshio, não era você quem lutava. Era o espírito de seu pai possuindo seu corpo, indo além dos impedimentos que se registram em seu físico. Não sei qual a crença do povo de Uzame, mas tenho certeza que seu pai se orgulha de seu único filho e o abençoa.

O ronin curvou o corpo, agradecido.

A academia Yasunari possuía estilo rústico, moldada homogeneamente em madeira. A arquitetura transmitia leveza, brincando com a simplicidade das cores e belezas que se pode adquirir usando um único tipo de material. A influência religiosa era notável no entalhe das estruturas. A busca pela iluminação espiritual estava difundida em cada tábua de madeira que sustentava as telhas rubras.

Havia oito casebres, contornados por uma muralha e protegidos por um portão imenso, guardado por sentinelas que se revezavam no turno noturno. O dojo, lugar exclusivo destinado às práticas marciais, ocupava a casa maior. O restante servia como alcova, sendo um exclusivo a Ren Yasunari e seu filho, Itou. Raramente alguém possuía acesso ao leito do instrutor de kendo, e nem mesmo Midori era prestigiada com tal liberdade. Fora por isso que, quando Ren convidou Isumi a juntar-se a ele e ao filho numa refeição, os samurais contorceram o rosto numa carranca invejosa.

O chão era revestido de verde, cortado por trilhas de pedra que guiavam aos aposentos. O quarto em que os três guerreiros se

reuniram possuía como mobília uma mesa de carvalho envernizada e miúda. Enquanto deleitavam a refeição de macarrão e aspargos, trocavam diálogos rápidos. Itou era voltado a si, coroado com uma paz serena que pedia a concentração em todos os momentos de sua vida. Treino perpétuo e constante que visava a calmaria de sua alma, ascendendo aos níveis da sabedoria humana.

– Como conheceu meu pai? – Perguntou Isumi a Ren, enquanto comia com a ferocidade de um animal.

– Estive em Uzame uma vez, mas não pense que fomos grandes amigos – deu de ombros e mudou de assunto. – Sou grato por sua presença, Isumi Toshio.

– Não havia muitas escolhas – suspirou o ronin.

– Quando encerrarmos a refeição, pedirei que minha filha enfaixe novamente seus ferimentos.

– Não – objetou Isumi, partindo para o segundo prato. – Prefiro que meus talhos se abram e mergulhem em água salgada a aturar a rudeza de sua filha novamente.

Ren Yasunari pediu que Itou chamasse sua filha, e o ronin pensou que seria para desfazer algum mal-entendido. Assomou-se aos guerreiros uma flor cândida, de pétalas brancas e vermelhas ornamentadas em um caule formoso. Midori ostentava um tipo diferente de beleza, virtude egoísta capaz de reprimir o mundo ao seu redor e centrar os olhares. A tez detinha os mais profundos mistérios da terra, intrigantes discos negros e inexpressivos.

O ronin desviou subitamente da armadilha da sua imagem onírica, e volveu ao prato, o qual perdera todo seu sabor diante da presença da arqueira. A *kyudoka* ajoelhou-se em cumprimento ao pai, e Isumi aturdiu-se ao ver o corpo esbelto ser golpeado covardemente com um chute e lançado na outra extremidade.

– Você é a vergonha de minha família, maldição dos deuses! – Rosnou encoleirado o instrutor de kendo.

A boneca de porcelana permaneceu inerte no chão, coberta pelos fios negros como as asas de um corvo cobrem a vergonha de suas penas tristes. Isumi levantou-se assustado, e impediu o segundo golpe do homem enlouquecido.

– Por que fez isso com sua própria filha? – Esbravejou o ronin.

– Deuses de Amaterasu, imploro que me mostrem o pecado que

manchou a linhagem dos Yasunari, necessito saber! O senhor desse dojo sempre lhes fora fiel e defendera a cidade com sua bravura, e como benção recebe uma filha deficiente!

– Ren Yasunari, o único deficiente que existe em seu dojo é você e sua loucura!

Itou segurou o ombro do ronin antes que explodisse e retalhasse seu pai. Quando ouviu as palavras frias do Raio de Prata, Isumi foi atingido por um bombardeio mental que o pasmou por completo. O sangue fugiu-lhe da face e ele soube que o samurai falava a verdade ao reencontrar os olhos frios de Midori.

– Minha irmã é cega – revelou Itou, sem rodeios.

– Que piada é essa? – Balbuciou.

Seria a vertigem de novo caçoando de sua face? As criaturas celestes são moldadas por mãos graciosas, atentas às menores deformidades de seus anjos de alabastros. Mas Midori não era defeituosa, compreendeu Isumi. Sua incrível percepção do universo através de outros sentidos era na verdade um protesto divino. O anjo pálido em sua inalcançável pureza desculpou-se ao pai insano, que repudiou sua atitude, enojado.

Acabara de sair do casebre quando Isumi recobrou a consciência e decidiu segui-la. O rosto sem vida expelia a dor pela linha de sangue que descia dos lábios rosáceos. Arrefeceu os passos e esperou as palavras do ronin.

– Midori Yasunari, me desculpe pelo ocorrido. Meu sentimento é sincero – e cerimonioso, curvou-se. – Refiro-me aos acontecimentos na floresta, a maneira rude com que me referi a você quando cuidava de meus ferimentos, e ao gesto áspero de seu pai – o rosto alvo o encarou de soslaio, como se seus olhos pudessem vê-lo e contestar sua dor.

– Mereci o castigo de meu pai, Toshio de Uzame. O senhor desse dojo é sábio e suas ações são o reflexo de seu espírito magistral, incapaz de cometer erros. Esse assunto não tem nada a ver com você.

– Mesmo assim! – Protestou o ronin. – Se há algo que possa fazer para que me perdoe Midori Yasunari, por favor, diga-me!

A arqueira retornou a fronte para o lado contrário. O ronin aguardava uma negação seca da *kyodoka*, mas estava obstinado a conseguir seu perdão.

– Conhece o festival Bonbori? – Sua voz pesarosa sucumbia no ar e no chilrar das cigarras, convertendo-se na triste melodia de Amaterasu.

Sucedendo a negação de Isumi, ela explicou:

– Existe uma época do ano em que os deuses voltam a Izumo, o santuário da mais alta colina em Amaterasu. Na trilha para o templo, os moradores da cidade seguram *bonboris*, lanternas feitas de seda, arame e bambu, para impedir que os deuses se percam no caminho. Cada *bonbori* possui um talismã de desejo. Se escrever seu pedido e amarrar na luminária, um deus irá usá-lo para iluminar o caminho e na volta concederá seu desejo. Escreva meu pedido em um *bonbori*, Toshio de Uzame. Eu o perdoarei.

Isumi assentiu prontamente a condição, sem questionar a lenda e alertar a arqueira sobre a estupidez que sua crença lhe pregaria. O ronin ao menos reparou nos furos da história; sua pretensão em obter a afeição de Midori o vendara.

– E qual seria o seu pedido? – Indagou, curioso.

– Direi quando trouxer o *bonbori*. O festival é no próximo mês, por isso o encontrará em abundância no comércio de Amaterasu – e, com os olhos cravados no céu, ela perguntou. – Por que anseia tanto conseguir meu perdão, Toshio de Uzame? Não deveria ir tão longe para aliviar sua consciência. O tempo se encarrega de varrer das memórias os sentimentos, sejam bons ou ruins.

– Não estou fazendo por egoísmo, Midori Yasunari – inferiu com cólera, crepitando as folhas numa passada raivosa. – A cada palavra, cada atitude sua, vejo a solidão ditando seus movimentos. Sinto que devo fazer algo por você, porque ninguém conhece sua dor. Eles acreditam na imagem serena que transmite, máscara que usa para cobrir sua tristeza eterna. Mas essas falsidades caíram diante de mim, por mais que tente se manter inatingível. Imagino o esforço que deve fazer todas as manhãs, durante incontáveis dias, para superar os obstáculos de seu corpo. Preciso ajudá-la porquê...

A voz falhou. Escapou-lhe o movimento dos lábios. As cordas vocais não respondiam às ordens cerebrais, e nem mesmo sua mente soube a resposta para a questão que expôs. O silêncio despencou com a suavidade que a noite abraça o dia. A cabeleira negra da arqueira brincava com a brisa, perfumando a atmosfera com seu aroma amadeirado.

– Sei que está sendo sincero, ronin, mesmo sem poder enxergar

a expressão em seu rosto. Através da vibração de sua voz, sei que está determinado em seu objetivo, e na força de sua respiração sinto o tamanho de sua bravura. Quando contei sobre o festival, não havia desdém em suas ações. Você apenas focou no pedido que lhe fiz. E é por isso que lhe confiarei o meu mais profundo segredo, Toshio de Uzame. – Midori pausou sua explicação por um momento, mergulhando num silencio sepulcral. Seu semblante que antes parecera inescrutável, agora demonstrava nitidamente os estigmas de sua angustia. – Também sei que, nesse exato momento, está se perguntando como consigo brandir um arco sendo cega. Cada ser emite um tipo diferente de energia e drena seu *ki* de forma distinta, tornando cada criatura, desde formiga a humano, discrepantes entre si. Posso sentir a palpitação energética de seu coração sem tocar-lhe o peitoral. A cegueira me proporcionou uma forma incomum de observar a vida, um instinto aguçado atento aos pormenores que você sequer imagina. Não contesto a sabedoria de meu pai, mas não entendo o interesse em sua técnica *Tennen Rishin Ryu*. Seu manejar é rude, Toshio de Uzame. Você se guia pelas emoções, foca na força e peca no restante. Sua respiração o trai.

– Sei disso – murmurou Isumi.

A arqueira voltou-se a ele, ficando defronte a Isumi pela primeira vez. Os dedos macios tocaram sua testa e afastaram a cabeleira. A outra mão pousou em seu ombro maviosamente. O corpo dele estremeceu com a proximidade dos rostos.

– Você está suando muito, mas não está febril – inocente em suas afirmações, acrescentou confusa. – Não entendo.

– Estou bem – enrubesceu, pendendo o rosto para um dos lados.

Midori mergulhou em sua serenidade característica e retomou seu caminho, mesclando-se às cores verdejantes dos arvoredos. O ronin cerrou os punhos, fazendo suas veias saltarem a pele banhada com a cor de oliva.

Isumi faria valer sua honra e se redimiria, em nome do espírito de samurai que corria em seu corpo.

VI

Amaterasu era azulada por finos canais d'água, pequenos recortes nas terras verdes. As casas pareciam pequenos pontos em meio a

um mar de esmeraldas derretidas, perdendo sua beleza rústica diante do esplendor da natureza. Era uma cidade de pequenos comércios, transpassada por uma trilha de pedras que alcança seu auge no centro, expandindo-se numa praça rodeada por residências.

– O que é esse "festival *bonbori*"?

– Um festival – respondeu Itou secamente, praxe de sua personalidade inexpressiva.

Itou e Isumi vagavam pela cidade à procura das luminárias de seda. Os braços de pedra conduziam à área comercial, composta por lojas de chá, tecido e artesanato. Era numa linha cinzenta que os dois andavam, decifrando os hieróglifos das placas e norteando sua busca.

– Por que quer tanto uma lanterna *bonbori*? Pensei que esse festival fosse um costume de Amaterasu e não atingisse Uzame e outras províncias – indagou Itou.

– Ouvi falar do festival no Dojo de seu pai – não era por completo uma mentira.

– Um *bonbori* é caro e você não tem dinheiro.

– Vou trocar pela minha espada – retrucou triunfante, acreditando no valor que sua katana teria numa cidade aglutinada de samurais.

– A espada é a alma de um samurai – repetiu as palavras do xogum Tokugawa.

– Não sou um samurai, sou um ronin. Meu espírito de guerreiro não reside nesse metal; está constituído por uma energia que lâmina nenhuma no mundo poderia conter. Minha alma vai além dessa katana castigada por batalhas, embora contenha um valor emocional pra mim – sacou a espada e viu sua imagem refletida. As cicatrizes da katana maculavam seu rosto através do reflexo. – De qualquer forma, valerá a troca.

Havia uma grande loja no final da ruela, ornamentada com diversos tipos de luminárias. Os olhos de Isumi faiscaram em admiração à beleza das lanternas tradicionais, e a euforia o domou diante da proximidade de concluir seu objetivo. Mas sua sorte encrespou quando o plano fora ferido.

– Desculpe, mas não temos interesse na troca por sua katana – disse a mulher, com um sorriso desajeitado no rosto.

O ronin protestou incrédulo.

– Ninguém quer uma velharia enferrujada – completou Itou.

Os berros de Isumi cessaram quando escutou passadas

perigosamente próximas. Ele e Itou viraram ao mesmo tempo e encontraram seis homens com katanas em porte, acuando-os num círculo sob o comando de um samurai.

– Então os rumores sobre o demônio dourado ter se juntado ao xogunato eram verdadeiros – disse o homem à sua frente. O riso que rasgava seus lábios projetou-se em todos que o acompanhavam.

– Um grupo anti-xogunato – explicou Itou numa altura que só ele e o ronin podiam ouvir.

– É esse o tipo de pessoas que querem no comando de Amaterasu? – Gritou o homem. – O verme causou o fim das aldeias que nos cercam, e agora vive entre nós, como um lobo entre ovelhas. Uma cobra esperando para expelir seu veneno. Vamos matá-lo e em seguida derrubaremos Tokugawa, nem que para isso precisemos ceifar Raio de Prata!

– Eu pego o líder. Cuide dos outros, Raio de Prata. Não morra.

Os rebeldes apertaram o círculo com suas armas sedentas pela justiça utópica. Isumi descolou-se e empurrou o samurai que os coordenava, repelindo-o com sua katana e confiando nas habilidades de Itou.

O Raio de Prata honrou sua alcunha e afastou os inquisidores, numa explosão de chutes que graças ao corpo miúdo obtiveram o efeito de um tornado, apoiando-se no ombro de um dos adversários e planando no ar. E, sem necessidade de brandir a espada, Itou derrubou os cinco homens com golpes certeiros em pontos fatais de seus corpos. Encerrou a luta em poucos segundos. Os corpos despojados no chão tornaram-se a prova indelével de seu apelido, pois davam a compreender que um raio havia lampejado ali.

O corte de Isumi acabava de flamejar no estômago do rebelde quando Itou o encontrou.

– Se você não sacar sua espada, não poderá se intitular um samurai, Raio de Prata – desdenhou o ronin.

De costas para o adversário caído, Isumi sentiu o chão que o sustentava tremer com a intensidade de um abalo sísmico. Tentou virar, mas seu corpo estava paralisado com o som de ossos se rompendo e uma nova estrutura se formando. O rosto absorto de Itou confirmava o grito que agora ecoava em seu corpo.

O líder dos rebeldes era um demônio.

A imagem de Itou eclipsou-se e submergiu em seus ombros, ganhando impulso para alcançar o tamanho da criatura e fatiá-la ao

meio. A katana sibilou e desceu, retalhando o corpo musguento em dois. Raio de Prata pousou com a leveza de um pássaro, jogando contra o ar o sangue diabólico que manchava sua lâmina.

As palmas cessaram o calor da batalha, entoadas pelos moradores de Amaterasu, que sorriam aos guerreiros. Como recompensa pela atitude honrosa, Isumi voltou para a Academia Yasunari com o *bonbori* mais gracioso que poderia ser produzido por mãos humanas.

VII

O sol coloria a crista das montanhas enquanto deslizava no céu. No final do ocaso, carregou consigo as nuvens rosadas, e cedeu seu espaço para a lua solitária. O astro não tinha a beleza estonteante da bola de fogo, a doçura das nuvens ou o brilho gritante das estrelas, mas havia algo em sua simplicidade que a tornava a mais bela criação dos deuses.

A lua é intrigante por si só; em suas crateras estão impregnados os segredos do universo. Alumia a noite com seu fulgor triste e melancólico. Os pontos luminosos que a acompanha no céu elevam-se e seguem a orbe para partilhar de sua glória. Atraídas pela luz violeta, as estrelas salpicam o céu e tentam durante as horas lânguidas da noite elucidar seus segredos.

Não julguemos o cosmo, pois quem nunca se perdeu observando o choroso teatro noturno?

Ao cair da noite, Itou e Isumi alcançaram a academia de kendo, e o ronin despediu-se do Raio de Prata. Um sorriso histérico aflorava em seu rosto quando encontrou Midori e estendeu à sua frente o Bonbori, como se segurasse um troféu de uma grande vitória.

Iluminada pelo luar, as mãos da arqueira seguraram com cuidado a lanterna. Os lábios vermelhos como pitanga estenderam-se docemente, e ali nasceu um sorriso que há muito tempo aguardava a hora de desabrochar. A musculatura de seu rosto não estava preparada para a explosão tímida de felicidade; Mas o riso não era falso, embora a cena fosse estranha a Isumi.

– A seda é fina. Os caracteres são bem delineados – dedilhava a lanterna, analisando cada pormenor de sua estrutura. – A forma é hexagonal, e não possui erros de simetria. Posso sentir o amor com que foi feito. É lindo.

Mais fixado na beleza de Midori que no *bonbori* em si, ele assentiu. A boca sensual desfez a forma que lhe era estranha e dissipou-se, como se nunca houvesse mimado sua pele alva. Os olhos foscos pousaram na lanterna e por um momento o ronin acreditou que ela pudesse enxergar. A *kyudoka* parecia lutar contra as cordilheiras impostas pela perda da visão e isso esmagou sua alegria.

O conceito de criação é gerar algo a partir de si próprio. Teria a lua desfeito parte de sua dor e se intrometido na linhagem dos Yasunari?

– Você está ferido – a voz resgatou Isumi de seus devaneios.

A mão deslizou exatamente como da primeira vez. Com a delicadeza de uma fada, Midori trocou suas ataduras. O corpo do ronin era arranhado como sua espada, contando histórias a cada risco desferido. Na área do estômago, os traços eram grandes saliências saltando em sua pele, narrando as atrocidades do evento que destruíra sua aldeia.

Foi enquanto a arqueira trocava a faixa que envolvia seu olho que ele se lembrou do pedido, e deixou seus pensamentos vazarem ansiosos.

– Qual seria seu desejo, Midori Yasunari? Deve ser algo grande para fazê-la barganhar com os deuses.

– Eu quero o orgulho de meu pai – o rosto do ronin apagou-se como uma chama ao encontro da água. – Você disse que o que me propulsa a levantar todas as manhãs é a solidão, mas enganou-se: o que rege minha alma é a busca pelo reconhecimento de meu pai. Sempre fui um fardo para minha família, e depois da morte de minha mãe recusei o destino que a vida me impôs. Quando toquei um arco pela primeira vez, riram de mim. Ren Yasunari, senhor desse dojo, me encorajou com uma aljava e sua torcida silenciosa. E durante incontáveis dias, horas arrastadas e minutos que pareciam durar milênios, lutei contra minha doença. Mas um dia meu pai retornou de uma missão só, fracassado em proteger seus companheiros, e surgiu toda essa lamúria sobre deuses. Foi então que culpou sua filha amaldiçoada.

A lua silenciosa os observava através da janela. Um riso numa boca dourada, não sincero, rodeado de tristeza cósmica. Assim pareceu o astro a Isumi. Quando Midori sorriu, sua expressão era uma incógnita. Emanava melancolia de sua imagem.

– Itou sempre teve seu orgulho tão fácil. Seus movimentos, por mais simplórios que fossem, sempre traziam ao meu pai a mais

estridente gargalhada. Quando se dirigia à filha cega, as palavras eram duras e a respiração grossa. A raiva por mim era crescente e tornou-se tangível. Mas decidi que o ganharia, porque o amo profundamente, um sentimento arrebatador que você jamais conseguiria imaginar. Às vezes, eu sentia sua tristeza e desejava abraçá-lo, tocar suas rugas e desenhar o fino contorno de seu nariz, exatamente como fazia quando era mais nova. Mas quando tentava me aproximar com um gesto simples, era repreendida rudemente e ele suplicava aos deuses que me tirassem desse mundo.

Isumi ouvia o relato de Midori além do espanto. Agora conhecia as razões de seu temperamento frio, e sentiu a culpa contorcer suas estranhas novamente. Mas as razões lhe fugiam. O calor tropical ardia em seu âmago. O afeto estava ali, nos ladrilhos de sua mente como um inseto que roía os outros sentimentos para viver, parasitando sua sanidade aos poucos.

– Pensei que se me tornasse boa no *kyudo* poderia ser notada por ele. Tentei também dominar o *kenjutsu*, mas sua aspereza só aumentou. Se eu escrever meu pedido no *bonbori*, os deuses poderiam desfazer a confusão que a loucura plantou em sua mente. Ele culpa as divindades, então apenas elas podem desatar esse nó. Por meu pai me ergo todos os dias e levanto o arco. Quando fui atrás de você, eram as palavras dele que me motivavam. Devo meu triunfo sobre a cegueira a ele, mas sou egoísta. Quero mais que apenas o ardor de seu encorajamento. No dia em que receber um gesto terno de Ren Yasunari, o sopro de vida poderá ir embora de meu corpo, pois terei concluído minha missão. É por isso... – Apertou o Bonbori contra o corpo. – Que essa lanterna é tão importante para mim.

– Não sei o que dizer – Isumi sussurrou.

– Obrigada, Isumi.

A arqueira sorriu e roubou para sua boca toda luz. O mundo perdeu a cor diante da beleza da mulher moldada em marfim.

– Isumi? – Repetiu incrédulo. – É a primeira vez que se refere a mim desse jeito.

– É assim que fazem os amigos.

VIII

O mês avançou num estalar de dedos. O calor do festival *bonbori* preenchia a cidade, e fazia os humanos esquecerem as feras medonhas com que partilhavam os dias. A esperança dominava o coração dos moradores da cidade. A festividade era um momento para relembrar a fé perdida nos deuses.

Todas as classes, desde comerciantes a camponeses, caminhavam em direção ao monte onde jazia o santuário. A entrada do templo era ornamentada com arcos rubros que faiscavam contra o brilho do sol; a esses pilares avermelhados dava-se o nome de *torii*, e possuíam um grande significado espiritual para os amaterasurianos.

O dojo encerrava o treino diário e os samurais dispersavam-se na cidade, ansiosos pelo espetáculo magnífico que serpentearia as colinas como um dragão chamuscado. Isumi aguardava nervosamente a presença da família dos Yasunari para seguir a trilha, mas sua preocupação restringia-se à reação da *kyudoka*, pois há muito perdera a crença nas divindades.

Encontrou Midori sentada no assoalho que saltava a entrada de seu quarto. A parte posterior do quimono erguia-se fogoso pelo corpo e abraçava a entrada de seus seios, e dali em diante o tecido branco confundia-se ao tom alvo de sua pele. Era como uma estátua moldada em alabastro: os lábios foram pintados com o sangue derramado pela lua, e os olhos preenchidos com a triste escuridão do cosmo.

Isumi estava para perguntar do *bonbori* quando Itou e Ren Yasunari se aproximaram. O olhar nebuloso da escultura voltou-se a ele, arrefecendo o devaneio que sua tranquilidade imperturbável o havia conduzido.

– Midori, deixe que Itou e Isumi sigam na frente. Tenho um assunto pessoal para tratar com você.

O mau presságio acompanhou o ronin durante toda estrada até as colinas. Voltou-se para trás incontáveis vezes, vendo os portões da academia desaparecerem no mar de árvores. A sensação de perigo tornava cada passada uma fincada em sua alma.

Nos aposentos de Ren, Midori ajoelhou-se em irracional louvor ao pai. Com os braços arqueados e firmes nas coxas, escutou o discurso do homem desacreditando em seus ouvidos.

– Midori Yasunari, sei que não fui uma figura agradável nesses

últimos tempos, e isso me pesou a consciência. – A tez estava centrada na parede e em seus desenhos confusos.

Midori lutou para conter o choro em sua voz. Sua melancolia havia despertado a benevolência dos deuses?

– Pai! – E, depois de tantos anos reprimida, a palavra escapou de sua boca com a facilidade que um sorriso foge dos lábios de uma criança. – Sei que teve suas razões...

– A culpa é totalmente sua – ele inferiu. – À medida que o tempo avançou, você cresceu e se tornou formosa demais e não pude me conter. Cada grosseria desferida era minha forma de conter o desejo latente; aguardei impaciente o tempo que desabrocharia, e sentir sua alma dócil e o cheiro tentador me puseram numa peleja.

Ren estendeu as mãos em sua direção, sem avançar um passo sequer. Os dedos se alongaram e formaram cinco longos tentáculos, violando o ar e voando até sua filha. Mas quando estava a poucos metros de tocá-la, os traços gosmentos cessaram o movimento. Os olhos do samurai destilaram rios de lágrimas, e Midori pôde enfim entender a situação.

O demônio havia possuído seu pai.

– Fuja... – Balbuciou o espírito de Ren enquanto continha a besta dentro de si.

O rosnar agonizante de ossos se contorcendo e expandindo acompanhou a total transformação do monstro, e em sua real forma recuperou o controle do corpo possuído. Dos tentáculos cresceram navalhas afiadas que rasgaram o ar como uma hélice, levando a academia de kendo a ruínas em poucos instantes.

A névoa gerada pela queda dos escombros se dissipou e revelou um ser enviado do ventre do inferno, ultrapassando os três metros de altura e coberto por uma armadura quitinosa, semelhante à casca de insetos. Era uma blasfêmia contra o ser humano, uma grotesca imitação dos contornos humanoides.

– Que mulherzinha mais esperta – disse a voz gutural do demônio. – Aproveitou-se da brecha cedida pelo pai e fugiu. Que seja... Estava pretendendo varrer essa cidade de qualquer forma. Ela não deve ter ido muito longe.

Quando terminou de explicar a situação a si mesmo, foi atingido por dois raios na região gelatinosa que correspondia aos olhos. O urro de dor foi titânico e trepidou todo o leito da terra.

– Fugir? Não seja estúpido. Como um membro da família Yasunari, devo vingar a vida de meu pai e arrancar sua cabeça. – Não havia medo em seu timbre, tampouco em sua tez.

Os tentáculos afiados não alcançavam a boneca de porcelana, e a cada erro o espectro recebia uma saraivada de flechas. No entanto, a arqueira não tentava alcançar os pontos vitais do monstro, ficando suas setas nos membros que acreditava serem os braços e pernas.

As flechas lampejaram o céu como uma tempestade de raios, contendo os tentáculos brutais que não serviram sequer para arranhar a pele da *kyudoka*. Descortinou-se o plano, e o demônio enfim percebeu ultrajado de ódio a emboscada que havia caído. Com seus membros colados no chão graças às flechas, Midori poderia arrancar sua cabeça sem que nada a impelisse.

– Sua vadia... Como ousa...

No momento em que estava prestes a alçar corrida, Midori sentiu algo roer o ventre da terra e, seguindo seus instintos, pendeu para um dos lados e desviou da investida covarde. Antes que pudesse endireitar-se, algo voou da boca do monstro e trespassou seu corpo esguio.

Com o corpo cartilaginoso ainda pregado, ele gargalhou malévolo como apenas demônios conseguiam.

– Foi uma boa luta, devo admitir – divagava sua glória aos ventos, pois sabia que sua ouvinte não se fazia presente. – No ataque que culminou a destruição de Uzame, seu pai moveu um pequeno número de homens para conter meus aliados. Mas ele falhou antes mesmo de se aproximar da vila, e eu, o espírito de um guerreiro que já viveu muitas batalhas, enxerguei em seu pai uma forma de fazer jus à minha honra. E você e seu irmão bastardo nunca suspeitaram de nada. Do que adianta superar em força, e pecar em percepção? E ainda diz que ama seu pai!

O espírito de Ren Yasunari despediu-se da filha em prantos, fazendo sua dor escoar em lágrimas pelo rosto disforme.

O farfalhar insistente das folhas prendeu a atenção da besta chorosa, temendo que sua ânsia por destruição houvesse ruído aos ouvidos de Amaterasu.

Tentava se libertar da inércia proporcionada pelas flechas quando viu dois fantasmas romperem o cenário à sua frente. Os vultos

fúnebres ergueram ao seu lado, e Ophir teve a cabeça esmigalhada acreditando ter sido punido pelos deuses.

O urro titânico de Isumi abalou o chão que o sustentava. Raio de Prata fitou a irmã, atônito.

O ronin correu até Midori e retirou a lança que ceifava sua vida. O choro desceu profuso e mergulhou na face da arqueira deitada em seu colo.

Usufruindo o último laivo que lhe restava de vida, indagou a Isumi com um sorriso terno, traindo completamente a situação adversa na qual se encontrava: a orla da morte.

– Você levou meu *bonbori*?

– Não... Você disse que... – Suas palavras eram irregulares e mal esvaíam devido aos soluços.

– Está tudo bem – elevou os dedos dóceis à pele de Isumi . – Eu lhe disse que quando recebesse um gesto amável de meu pai, por mais simplório que fosse, poderiam me arrancar a vida que eu sucumbiria feliz.

Em meio à suplica penosa do ronin, ela expeliu suas últimas palavras:

– Pude notar a dor de meu pai sob aquela carcaça de demônio. Quando senti a fragilidade de sua alma, entendi de súbito o quanto fora difícil viver aprisionado naquele corpo. Não levei meu *bonbori* ao templo, mas os deuses me abençoaram de alguma forma. Minha missão foi cumprida. Combati o bom combate, encerrei a carreira, guardei minha fé. Adeus, Isumi Toshio.

TK2K

Carol Peace Medeiros

Ano cento e vinte do Calendário Unificado do Império de *Mirai Nihon.* O lugar é *TK2K*, uma abreviatura que foi adotada como nome oficial porque nenhum cidadão utilizava o nome TOKYO 2000. No final, a expressão por si só virou sinônimo da própria agonia de ser parte do Império nesses dias tão escuros. TK2K, como dizem os arquivos de história, abrange o que um dia fora a Tóquio original: a região de Saitama, Chiba e Kanagawa. Os arquivos de propaganda falam de TK2K tal qual fênix, renascida das cinzas do Japão, emergida do caos para a glória do Império. *Uma falácia* – posso pensar, contudo não ouso dizer em voz alta, por ter algum resquício de sanidade.

Despotismo se tornou um elogio, algo que enfrentamos todos os dias em silêncio. Li certa vez nos arquivos da Fábrica sobre *opressão* e desde então achei que não era algo bom. Ao contrário, a primeira vez que vi o substantivo *liberdade* foi nos escombros do velho mundo, mas não consegui compreender tal palavra. Nessa escuridão sem fim, sob esse cinzento véu que sobrevivera a apocalipses demais para uma eternidade, sempre soube que éramos um povo que um dia batalhou e hoje é apenas mais um sobrevivente rendido à tirania. A única vez que vira Tóquio fora uma aventura muito curta, um momento de total inexatidão do sistema; eu estava lá olhando a destruição e ela olhou de volta para mim. Assim soube que meu destino já estava escrito: ficar dentro dessa fábrica de pessoas, confinado entre quatro paredes brancas, esperando a próxima fase, esperando o derradeiro ponto final de tudo.

O império visceral da lei e da ordem dominava as almas de todos:

ou você se submetia ao sistema ou o sistema faria com que *você* sucumbisse a ele. Sem meias-verdades, sem qualquer humanidade. Somos gado, estamos prontos para o abate e... Aceitamos isso como nossa única verdade (ao menos não sofro mais com isso).

Esse é o mundo em que nasci, um mundo em que muitos não querem viver por ser radioativo demais, ou talvez por ser *real* demais. Sou mais um dentre milhares de UPs e teria o mesmo destino de todos. *Teria*, porque agora o destino estava prestes a me pregar uma peça, muito bem colocada no melhor (*ou seria no pior?*) momento possível.

Você acabou de se perguntar o que é um UP. Parece um nome legal, mas um UP – *Useless Person* – não é algo que você quer ser. Reprovei em todos os testes que fiz, aliás, eu *nasci reprovado* ao ser um cidadão de última classe, um *Classe E*. As provas são feitas para nos desclassificar e fiz o meu melhor em zerar todo e qualquer *escore*, como se estivesse justificando o quanto sou imprestável para sociedade.

Agora sou um UP, pronto para ser reciclado, retornar como energia para sociedade – me tornar finalmente útil. É, você leu certinho: meu destino é morrer e virar esterco. Uma versão resumida do que vai acontecer comigo, assim que eu sair dessa fila, porque é para isso que um UP serve ("*serve*", como se a inutilidade se prestasse a qualquer coisa). A fila em que estou é composta por várias pessoas tão menores e passivas quanto eu, silenciosamente caminhando adiante. *Somos um, somos milhares, somos o futuro* – isso se repetia em minha mente, como se programado pelas drogas que nos obrigavam a usar. Claro, a Fábrica serve para reduzir a população da cidade, mas estou dizendo isso em vão, porque agora você está sensibilizado, revoltado com o sistema e comigo, claro. Você não entende como posso aceitar esse destino cruel de maneira tão leviana.

Você está errado: eu não aceito nada disso, estou apenas na fase final de medicação em que alcanço uma enorme paz interior e percebo o quão inevitável é a morte.

A fila iria chegar ao final em breve; mais alguns passos e eu seria o próximo. Todavia, a sequência de acontecimentos que me levariam de UP a fora da lei em potencial começaram a acontecer no exato momento em que ergui minha cabeça e olhei as lâmpadas presas

ao teto. Lembro-me exatamente do pensamento "É agora". Duas palavras sem qualquer significado quando dispostas em separado: o verbo *ser* conjugado na terceira pessoa do singular do presente do indicativo combinado com o advérbio temporal, que modifica o sentido do verbo.

É agora.

O conjunto de palavras desencadeou um sinal de alerta, seguido por barulhos de luta e tiros; bombas explodiram e UPs sucumbiram antes de chegarem ao seu destino final. Alguns tentaram fugir, muitos morreram... Um deles, bem ao meu lado, um pequeno humano, respingando em sangue e vísceras sobre mim. Uma carnificina. Entretanto, quer pela medicação, quer pela histeria, não conseguia me mover, apenas olhava e sentia o sangue desse ser (que poderia ter sido eu) escorrer entre minhas sobrancelhas. Minha passividade me tornava um cidadão Classe E ideal, o tipo de pessoa que o governo iria premiar com uma morte rápida e indolor. Ah, como eu sonhava com esse momento. Mas essa esperança não passava de uma ilusão.

O pensamento de total desleixo com minha própria vida cruzou minha cabeça: *sou inútil, minha morte é minha redenção, serviria apenas como combustível ao meu mundo destruído.* Fechei os olhos e esperei a morte chegar com sua fúria, todavia o que senti foi alguma coisa me puxar para cima. Abri-os e olhei para o lado, apenas para ver uma pessoa sem rosto, uma dança de *pixels*, um mistério não resolvido, pois nunca saberia se essa pessoa me via ou, assim como todos os outros, também me ignorava – exatamente como eu merecia. Tornei a fechar meus olhos, esperando, na certeza de que sucumbiria. Quando os abri novamente estava em um lugar completamente branco e, dada a sensação de gravidade, deitado, olhando para o teto. Não me movi, permaneci daquela maneira. Suspirei de raiva ao ver que a morte insistia em me deixar esperando.

– Ele acordou – alguém falou.

– Só ele sobreviveu. Não sei como isso é possível... A bomba gama matou todos, e ele continuou de pé, lá no meio, como se nada tivesse acontecido. – A segunda voz era claramente feminina. Soava parecida com as das médicas que me aplicaram os remédios, sempre preocupadas, sempre ocupadas demais.

– Vou falar com ele. – Essa terceira voz era forte como uma trovoada e, sem dúvida, masculina.

Esperei em minha maca, olhando para o teto.

– Qual a sua Classe, UP? – Minha vista estava turva, mesmo assim eu sabia que era o mesmo homem cuja voz era igual ao trovão.

– Classe E, senhor.

– Idade?

– Quinze anos, senhor.

– Um UP com quinze anos? – Ele parecia bastante surpreso. – Quantos testes?

– Todos os vinte disponíveis para minha Classe, senhor.

– E sobreviveu por quinze anos...

Eu estava confuso. Era verdade que UPs viviam algo em torno de doze anos no máximo – ter vivido até os quinze anos era, por si só, um milagre –, todavia não conseguia entender o espanto do homem.

– Um UP de quinze anos. Essa é a coisa mais estranha que já vi – o homem proferiu as palavras lentamente. – É como se o sistema tivesse ignorado você por todo esse tempo. *Todos os testes*, você disse. Isso também é um feito inédito.

– Fiz um bom trabalho em passar ignoto – respondi.

"*Um ótimo trabalho,* eu diria." Ele agora tinha um tom de surpresa: – Nome?

– Sete mil trezentos e quinze – proferi meus números de registro e ouvi o homem fazer um tom de riso. – Não tenho um nome, pessoas da Classe E possuem números, senhor.

– Certo. Você nasceu Classe E?

– Sim.

– Seus pais?

– Não tenho progenitores conhecidos, senhor.

– Faremos testes de DNA em você. Autoriza-os?

– Autorizo, senhor.

Não que tivesse alguma escolha.

Iniciaram os testes e, com isso, os medicamentos começaram a suavizar seus efeitos. A sensação de estar vivo voltou-se contra mim e olhei as pessoas ao meu redor em puro horror. Não conseguia mais conter o temor irracional que brotava dentro da minha mente.

Senti o suor escorrer por meu rosto e em seguida uma mão pousou sobre minha testa.

– Está tudo bem. Aqui ninguém quer seu mal – uma mulher de cabelos azuis me falou. Ela continuou com a mão repousada sobre minha testa, como se para me acalentar. – *Você está livre.*

Livre era uma palavra tão estranha para mim. Não conseguia tirar os olhos do rosto cor de pérola perto de mim. Ela sorria, e fui lentamente me acalmando enquanto permanecia ao meu lado.

– Sou Yōsei.

– Sete mil trezentos e quinze – proferi sem pensar. Ela sorriu de verdade, que prontamente reconheci como uma expressão de alegria. A emoção, direcionada a mim, fez com que meu rosto esquentasse, algo que jamais havia experimentado antes. Ela passou a mão pela minha testa até chegar aos meus cabelos curtos demais pela vida na Fábrica e finalmente notei que também sorria com os olhos. Eu não sabia que isso era possível.

– *Nana.* Vou te chamar de Nana.

Agora eu tinha um nome. Talvez não exatamente um nome, porém já não era mais uma sequência de números aleatórios. Não conseguia conter minha respiração completamente desregulada, o ar entrava sem qualquer cerimônia por minhas vias aéreas e a dor esmagadora me fazia tremer.

– Drogaram-no demais, ele está em choque – um homem de trajes brancos e cabelos castanhos desgrenhados murmurou perto de mim, enquanto continuava me segurando, como se me ancorasse à realidade. Mesmo por trás de óculos grossos era possível perceber que ele estava legitimamente preocupado comigo. O homem me segurou no lugar e iluminou meus olhos, o que só deixava meu cérebro ainda mais alarmado. – Calma, calma, rapaz. Vai ficar tudo bem. Precisamos apenas que você se acalme, tudo bem? Você me entende?

Balancei a cabeça positivamente e tentei respirar de maneira contida, todavia meu coração continuava disparado. O médico aplicou alguma coisa em minha veia e, finalmente senti meu corpo relaxar; ele continuava a me olhar, preocupado.

– Fale comigo, rapaz.

Lambi os lábios instintivamente, tentando obedecer à ordem,

contudo nenhuma palavra conseguia escapar da minha garganta. Senti água no meu rosto e o homem parecia ainda mais consternado.

– Quanta dor você passou – ele se lamentava. – Não consigo acreditar que as pessoas tenham coragem de fazer isso umas com as outras. *O mundo já acabou*, rapaz. Só nós que não percebemos. Nós que já estamos no *Jigoku* vagando, esperando que algum *kami* nos traga iluminação. Somos *onis* andarilhos cujo destino é o sofrimento eterno – ele continuou e eu tremi com mais força. – Não vou deixar que levem mais um para o inferno.

Com isso, senti o último fio de consciência me escapar, junto à iminente síncope. Foi então que me deixei fluir pelo veludo do sonho.

Quando acordei não estava mais na sala branca. A meia-luz, muito mais confortável aos meus olhos, mostrava um quarto acinzentado. Tentei me mexer e sentar na cama, contudo a horrível dor nas costas travou-me na posição entre o sentar e o quase deitar. Respirei fundo, porém, antes de tomar qualquer decisão, senti um par de mãos segurando minhas costas com uma firmeza doce, como se não quisesse me machucar. Olhei para o lado e vi os óculos que reconheci de pronto: o médico da sala branca estava ali comigo.

– Rapaz. Dê tempo ao tempo. Você passou por muita coisa – falou lentamente.

– Onde estou? – Perguntei mais lúcido do que nunca.

– Está seguro. Não posso falar nada até você expelir o *tracker* que está entranhado em você. Sou Bishamonten. Pode me chamar de *Ten* – ele sorriu e eu assenti.

– Sete mil trezentos e quinze. Ou Nana. *Nana está bom* – articulei e tentei imitar o sorriso, mas senti dor em minha boca, falhando miseravelmente em tentar parecer mais humano.

– Tempo ao tempo – ele se repetiu. – *Nana*, você tem muita sorte. Muita sorte mesmo. Você foi o único...

– *Que sobreviveu* – interrompi o homem. Esperei que ralhasse comigo, no entanto o sorriso caridoso provou-me que as pessoas de fora da Fábrica não eram tão más afinal. E mais uma vez os arquivos se mostravam falhos: não vi assassinos ou ladrões ali. Pela primeira vez na vida estava sendo tratado com dignidade, não era mais um animal pronto para o abate, como sempre deixaram claro na Fábrica.

– Sim. Você foi o único. Queríamos salvar todos, mas não nos permitiriam.

– Por quê? – perguntei.

– Porque os Samurais de Aço seguem seu *bushido* até o fim. O caminho da espada é reto, é certeiro. E se eles decidem que vão destruir, a destruição já chegou antes que possamos evitá-la.

Balancei a cabeça afirmativamente sem entender o que Ten havia me contado. Ele suspirou, aliviado, e me deitou lentamente, como se eu fosse quebrar. *Cuidado*, lembrei-me da palavra nos arquivos de dicionário da Fábrica. Normalmente a palavra designava uma ordem negativa de afastamento, contudo, se bem me lembro, o vocábulo também poderia designar outra *coisa*... Uma *coisa* que as pessoas faziam umas pelas outras: *cuidar*, verbo intransitivo que designa a ação de assistência, denota preocupação. Até hoje ninguém tinha *cuidado* de mim; o que havia na Fábrica era limitado a *vigiar*, manter todos os cidadãos prontos para o destino final.

Eu venci. O pensamento breve passou pela minha cabeça e comecei a gargalhar doentiamente. *Eu venci.* Não estava morto como deveria estar, não tinha sido reciclado como todos os UPs eram. *Eu venci, eu sobrevivi, eu*... Parei de rir e olhei para Ten, que continuava com a mesma expressão de preocupação.

– Desculpe, senhor – falei num tom extremamente baixo.

– Não se desculpe. Sei o que você pensou. *Você venceu, você está vivo* – ele proferiu as palavras e eu arregalei os olhos. *Como ele podia saber*? – Quatrocentos e dez. Sou Classe E, Nana. *Eu venci.*

Era surreal: aquele homem era como eu. Ele era o que eu poderia me tornar. Respirei fundo, como se fosse mergulhar, e então soltei o ar lentamente, tal qual fosse me afogar a qualquer segundo.

– Durma, Nana. Você precisa descansar. Estarei aqui, não precisa ficar com medo.

Sorri de verdade pela primeira vez na vida; a sensação estranha de felicidade me tomou por completo. Tinha uma chance verdadeira de ser o que quisesse – era aterrador e ao mesmo tempo a melhor coisa da minha vida. Dormi como Bishamonten pedira e sabia que, ao acordar, tudo seria novo; *o velho já estava morto junto com o número sete mil trezentos e quinze.*

Como primeira tarefa de minha nova vida, comecei a conhecer

o lugar. Bishamonten me acompanhou pelo trajeto cheio de corredores retos, os quais de certa forma me lembravam a Fábrica. Ten pausou perto de uma porta e fez um gesto para que eu entrasse.

– Bem, aqui você encontra o Fūjin. Vou deixar que ele converse com você – dizendo isso, deixou-me sozinho na sala, contudo, quase que imediatamente o outro homem entrou. Ele me lembrava o homem que conversara comigo na sala branca, talvez pelo porte físico: tinha cabelos escuros, rosto impassível, pele curtida e olhos pequenos.

– Fūjin – ele se apresentou. – Você já me conhece.

– Sim, senhor – respondi de pronto.

– Vou mostrar algumas coisas para você. Já tem um nome? – Ele foi falando enquanto deixava a pequena sala.

– Nana.

– *Nana* – repetiu. – Você já viu a cidade?

– Só uma vez, senhor.

– Um UP *nunca* chega a ver a cidade, então, você realmente é um rapaz de sorte. – Fūjin proferiu sem se virar para mim. – Presumo que seja muito furtivo e tenha fugido para ver a cidade.

– Sim, senhor.

– Então, não sabe o que é um Samurai de Aço. – Ele finalmente virou-se para me olhar.

– *Samurai de Aço*? – Medi as palavras enquanto as dizia. O nome não era desconhecido, porém também não era, por completo, familiar. A sensação de estranheza e medo me tomou e, Fūjin pôde perceber isso em meu semblante.

– Um império só sobrevive com nobres soldados dispostos a morrer por sua causa – Fūjin começou a falar novamente. – A causa do Império é a salvação de si mesmo e por isso precisa dos melhores soldados. Eles são chamados de Samurais de Aço. – Fūjin parou e abriu as portas de uma sala enorme. Bem no meio da sala cinza estava uma criatura enorme, muito maior que eu. Era tão grande que as pessoas ao seu redor pareciam crianças perto dela. Era de um cintilante tom prateado, com várias placas metálicas sobrepostas como uma armadura. Lembrei-me dos arquivos de história: *samurai*, termo cunhado após o xogunato para se referir aos espadachins que lutavam em favor de seu mestre. *Samurai de Aço*, então era isso que

eu via passar pelas poucas janelas da Fábrica. Essa criatura enorme, metálica, com proporções humanoides, cabeça sem olhos e sem vida. Esses pedaços de metal eram a Ordem do Estado sobre todas as almas de TK2K. Engoli em seco, subitamente tomado pelo horror de pensar na capacidade de destruição dessa criatura.

– Não se preocupe. Esse aí está muito bem desligado. Está praticamente todo desmontado – Fūjin falou, pousando uma das mãos sobre meu ombro. Assenti, mas não me sentia bem em estar na mesma sala que o monstro de metal. – Dois desses entraram na sua fábrica anteontem. Nós tínhamos conseguido burlar a segurança e iríamos resgatar mais UPs, mas alguma coisa deu errado. – Ele fez uma pausa e, por um instante, pareceu prestes a chorar. – Eles *sabiam* que iríamos lá e atacaram nossos companheiros, mataram todos os UPs daquela fábrica, sem pensar duas vezes. Quer dizer, exceto você. Eles não conseguiram pegar você – Fūjin soou extremamente contente com essas palavras.

– *Eu venci* – falei pausadamente, sem pensar muito nas consequências dessas palavras. Fūjin parecia surpreso e logo começou a gargalhar. – O que falei de errado, senhor?

– Você conheceu Ten. Bishamonten era um UP como você. E ele falou a mesma coisa quando o resgatamos há três anos. *Eu venci*, ele disse, como se fosse algo natural.

– Então, somos todos iguais? – senti-me triste ao saber disso.

– Nem todos. Você, Bishamonten e Yōsei sobreviveram mais de doze anos e fizeram mais de cinco testes padrão. *Vocês são diferentes*. Mostram que UPs não são inúteis.

– *Eu não sou inútil* – disse as palavras com cuidado.

– *Você venceu* – Fūjin estava sorrindo enquanto me olhava. Sorri de volta, algo que estava aprendendo a fazer agora. Gerir e transferir as emoções para o plano físico era muito mais interessante do que lê-las em outras pessoas sem poder retribuí-las.

Olhei Fūjin e pensei nas palavras dele; Yōsei, a moça de cabelo azul, também fora UP. Era algo que eu não conseguiria notar logo, pois ela tinha uma aparência única, ao contrário da maioria de nós que somos parecidos demais uns com os outros. Tornei a observar as pessoas que estavam ao redor do Samurai de Aço; prontamente percebi que elas estavam estudando a enorme

criatura – talvez os anos como rato de laboratório tivessem me garantido tão crítico olhar.

– Eles sabem que capturamos um deles. Se Susano-o não tivesse cortado a cabeça desse aí, provavelmente nosso local já não seria mais segredo – Fūjin explicou. – Susano-o, você vai conhecê-lo, é nosso melhor estrategista. Graças a ele conseguimos entrar nas Fábricas e resgatamos muitos UPs. Não posso lhe dizer quantos resgatamos agora, mas são muitos. Agora todos vivem aqui, cuidamos dos mais debilitados, e os que já conseguiram se adaptar fazem parte da rotina de trabalho. Todos temos que fazer a diferença, Nana.

– Não se preocupe, senhor. Irei cumprir as tarefas – respondi mecanicamente e Fūjin gesticulou com as duas mãos algo desconhecido para mim: uma das mãos na perpendicular e outra na horizontal. – Você é *diferente*, Nana. Seu trabalho será outro, se concordar em participar, claro. Esses garotos não aguentariam dois minutos no mundo lá fora, você sobreviverá a muito mais do que isso – ele soou bastante misterioso. Limitei-me a concordar com um breve "sim" e ele me guiou adiante, passando pelo enorme monstro de metal.

– Ele está vivo? – A pergunta rolou naturalmente em minha língua.

– É um robô, Nana. Você sabe o que é isso?

– Não, senhor – respondi muito rápido e só depois parei para pensar. Tinha lido sobre essas criaturas, os tais robôs. Os arquivos não diziam muita coisa: eram feitos de metal com inteligência artificial.

– Ele não tem vida. Tem inteligência artificial, criada pelo homem. É só metal e circuitos.

– *Se ele tem inteligência, ele tem vida* – repeti os arquivos da Fábrica, mas Fūjin não me respondeu. Senti como se tivesse falado algo de errado e me calei novamente. Fūjin continuou me mostrando todos os lugares até entrarmos em outra sala grande. O chão era coberto por alguma coisa que lembrava plástico, nunca tinha visto nada assim. Fūjin tirou os sapatos e copiei a ação. Andamos até o meio da sala quando notei pessoas sentadas num semicírculo enquanto duas estavam de pé, bem no meio. Começaram a se movimentar e meu cérebro instantaneamente leu aquilo como uma *luta*. Yōsei, com seu cabelo azul, acertava golpes num homem maior do que ela, de cabelos brancos e aparência muito jovem. Ele a derrubou segurando a perna com que ela o chutara entre as duas

mãos, imobilizando-a. Ela bateu duas vezes no chão e ele a soltou em seguida. Que peculiar!

– Aquele é Susano-o. Graças a ele estamos aqui – Fūjin explicou.

Susano-o me encarou de longe: parecia me analisar dos pés à cabeça. Ele deu alguns passos até chegar perto de nós.

– Ele já está limpo? – A voz de Susano-o era ríspida, como se estivesse desgostoso de me ver ali.

– Ainda não tiramos o último chip, os demais controles já foram retirados.

– Ah. *Dodomeki* ainda está aí. – Susano-o me rodeou e parou novamente bem à minha frente. – Você quer a real liberdade ou está apenas fascinado com a rebelião?

Olhei-o inquieto e me encolhi em mim mesmo. Susano-o era assustador, e eu não compreendi as palavras dele naquele momento.

– Só quero saber a verdade, senhor – sussurrei e esperei uma reprimenda que não veio. Decidi por bem continuar. – Senhor, eu não entendo de rebeldia, nunca me rebelei contra nada. Mas quero liberdade sim, senhor.

– Interessante. – Susano-o pontuou sílaba por sílaba. – Por enquanto só faça o chip dormente – ele ponderou, olhando para Fūjin. – Quando ele tiver *certeza* que prefere estar vivo a ser um UP, você pode desligar o chip por completo, Fūjin. – E com isso retornou ao semicírculo sem olhar para trás.

Fūjin me guiou novamente. Fora da sala, seguimos os corredores até nos encontramos com Bishamonten. Fūjin falou algumas coisas para ele que não pude ouvir e, tão logo terminaram a conversa, Ten passou a me guiar.

– Vou ter que lhe dar uma medicação, muito provavelmente você se sentirá mal com isso.

– Tudo bem – respondi e sorri, a fim de aliviar a preocupação de Ten. Ele balançou a cabeça e eu tentei entender o que ele queria dizer com essa ação, todavia não tive tempo de questionar qualquer coisa. Ten já estava prontamente cuidando dos preparativos e eu, sentado em uma das cadeiras do consultório, apenas aguardava. Ele pegou a seringa e aplicou o conteúdo.

– Você ainda pode escolher não se juntar a nós, Nana. – Ten falou lentamente. – Você entende o que estamos fazendo aqui?

– Salvando UPs?

– Isso também. – Ten ofereceu um sorriso amarelo.

– E mais alguma coisa...?

– Você viu o Samurai de Aço.

– Ah. Isso também. É bastante coisa.

– Mas nem de longe é *só* isso.

Fiquei em silêncio. De alguma forma sabia que Ten não poderia me contar mais detalhes sobre o que faziam ali. Senti uma pontada de dor de cabeça; provavelmente o remédio já estava fazendo efeito, mesmo que eu não soubesse qual seria sua eficácia. Coloquei minha mão sobre minha testa e a dor era fulgente.

– Isso vai silenciar *Dodomeki*, o chip que eles colocam no meio do cérebro de cada UP. – Ten explicou pausadamente, como se soubesse de minha dor. – Claro que ao fazer isso você vai sentir dores, talvez enjoos, e sentirá também a ausência do que parecia ser uma memória perfeita. A sua memória, devo dizer, é efeito do chip, por isso, não se assuste se lhe faltarem palavras.

Eu já começava a sentir esses efeitos. As informações não flutuavam mais em minha mente, era como se estivesse completamente desconectado do mundo ao meu redor. De certa forma era um alívio; pela primeira vez em anos, eu não me sentia observado o tempo todo – um sentimento revigorante.

Respirei fundo algumas vezes e tentei me concentrar no vazio que minha mente ia se tornando a cada momento que passava. Sorri levemente a fim de garantir a Ten que estava me sentindo bem melhor. Ele suspirou em alívio e viramos ao mesmo tempo quando ouvimos a porta bater violentamente contra a parede. Fūjin entrou, parecendo preocupado e extremamente assustado. Olhei diretamente para ele, que balançou a cabeça, apreensivo.

– *Eles* estão aqui – Ten murmurou. Estavam se referindo aos Samurais de Aço? Muito provavelmente sim. Eu os olhei, esperando alguma resposta. – O que faremos?

– Estamos evacuando todos, mas não sei o quanto... – Fūjin não conseguiu completar a frase, as paredes foram rompidas por uma explosão que fez com que todos nós batêssemos violentamente contra as paredes.

Abri os olhos para ver Ten de bruços no chão, enquanto Fūjin

estava sentado bem ao meu lado. Estiquei meu braço instintivamente para tocá-lo, mas ele tossiu vigorosamente e vi a enorme mancha de sangue que se formou bem no meio de seu dorso. Ele continuou tossindo – *sangue* – e me senti desesperado como nunca. Levantei-me num salto, ignorando toda a dor que sentia em minhas costas, uma ferida que continuava a sangrar, sem parar. Algo estava escorrendo pelo meu rosto – lágrimas, talvez? Ver alguém mortalmente ferido era uma coisa completamente nova para mim, ainda mais se levando em conta que eu estava preocupado com alguém pela primeira vez na vida. Com certeza eram minhas lágrimas fluindo, sim, eu estava chorando, agora tomado pelo desespero de ver a morte chegar perto demais.

Ouvi um barulho ao meu lado e fiquei na defensiva, pronto para algum tipo de ataque. Bishamonten estava se levantando lentamente. Ele pegou um dos pulsos de Fūjin e, poucos segundos depois, abaixou a cabeça. Fūjin estava morto; mesmo sem as palavras de Ten, eu já sabia. Mas não tínhamos tempo para luto, precisávamos fugir dali. Ten me puxou pelo braço e começamos a correr. Logo ouvimos outra explosão e, quando virei para trás, vi uma enorme criatura metálica; a cobertura do prédio tinha sido arrancada e o corredor em que estávamos se encontrava iluminado com uma luz vermelha.

– *Scanner* – Ten falou, puxando-me para o corredor oposto. Continuamos correndo sem parar, contudo eu estava começando a ficar sem energia. Paramos ao chegar num dos galpões; observei o lugar e vi Yōsei no meio da multidão. Ela correu até nós e segurou o braço de Ten.

– O Império nos descobriu. Enviaram vários Samurais de Aço, mas não vamos conseguir evacuar todas as pessoas a tempo. – Ela se virou para me olhar. – Nana, vou tentar tirar você daqui, depressa!

– Não, eu vou ajudar. – Não sei bem de onde saíram as palavras, mas havia certeza nelas. Yōsei sorriu e segurou minhas mãos entre as suas.

– Não se esforce tanto – disse com doçura e senti meu coração acelerar. Ela era, de fato, angelical. Resolvi me concentrar na sala e analisar o que estava acontecendo. Era uma guerrilha; eles estavam se preparando para atacar os Samurais de Aço como podiam,

todavia, era perceptível que talvez nada disso fosse suficiente para derrotá-los. Então esse é o sentimento de total desespero? Essa certeza absoluta que não há escapatória? Mal a conhecia e já a odiava, preferia o sentimento de esperança e a liberdade, em toda sua doce poesia.

Susano-o aproximava-se de nós em trajes negros. Ele jogou um dos trajes para mim e uma maleta para Yōsei. Ela a abriu e pegou o que parecia uma espada de dentro dela.

– Mestre, não posso carregar uma *Raiden*.

– Você *terá* que lutar conosco, Yōsei. – Susano-o respondeu. – E você também, Nana. Precisamos de todos que quiserem se arriscar por nossa luta. Todos que *acreditam* em nossa luta.

Juntos, gritamos em uníssono, e eu me sentia pela primeira vez parte de algo importante. Resolvi que, ainda que morresse hoje, já tinha vencido mais do que o destino tinha me permitido outrora. Eu não era um UP, era um membro importante da sociedade. Finalmente útil e capaz de fazer a diferença. Sorri com esse momento de iluminação; a melhor sensação de todas, a certeza de que o destino estava agora em minhas mãos.

Com os novos trajes, misturei-me ao grupo e todos colocaram as máscaras negras, brilhando em diferentes *pixels*. Eram os disfarces que usaram quando fui resgatado. Coloquei a minha máscara e notei que todos eram *visíveis* para mim, como se estivessem sem camuflagem alguma. Era muito engenhoso! Todos ali estavam dispostos a lutar pelo que acreditavam. Então era isso que *liberdade* significava? Essa disposição de fazer o que se acha certo, não importando as consequências. *Eu quero mais disso, quero muito mais*!

Yōsei se aproximou de mim e apertou meu ombro. Eu a olhei e sorri; ela sorriu de volta, era certo que podíamos nos ver mesmo com as máscaras. Era isso: eu fazia parte deles agora.

O ataque dos Samurais de Aço era iminente e eu podia ouvir os sons de bombas e de passos metálicos se aproximando. Uma explosão colocou o telhado do galpão abaixo e pude ver a gigantesca criatura de metal sobre nós, muito maior do que aquela que eles tinham capturado para estudos. Era enorme, cobria todo o céu estrelado da noite. Era aterrador. Eu mal conseguia me mexer, tão grande era o pavor que sentia.

– *Somos um, somos milhares, somos o futuro.* – A voz metálica ressoou por todo o lugar. Vários Samurais menores encheram o galpão, cercando-nos. Olhei para cima, na esperança de algum milagre. Eu só podia esperar que algo surpreendente acontecesse, talvez tivesse estourado minha conta com o destino, mas não custava nada ter fé em algo impossível.

Ouvi um brandido metálico e o gigantesco Samurai começou a tombar para trás. Havia uma sombra na lua: alguém saltava de um lado para o outro, cortando o Samurai aos pedaços. A rapidez era fenomenal, como as ondas do mar atingindo brutalmente os rochedos. Os estampidos de metal terminaram com a pessoa aterrissando bem próxima a mim. Uma máscara vermelha como o fogo e cheia de ondas estava à minha frente. Ela se dissipou em *pixels*, revelando Susano-o, olhando diretamente para mim.

– NINJA. NINJA. – Os Samurais de Aço começaram a repetir em suas vozes robóticas, como num mantra. Continuei olhando Susano-o como se ele fosse uma miragem prestes a desaparecer.

– Isso, Nana, é ser um ninja. – Susano-o disse e senti um calafrio. Ele saltou sobre os Samurais de aço e começou a despedaçá-los com sua espada; os demais seguiram o mestre e começaram a derrotar os inúmeros Samurais de Aço.

Olhei para a espada. *Raiden*, era assim que chamavam essas lâminas. Segurei-a com ambas as mãos e ela se acendeu numa luminosidade azul, rugindo como a mais impetuosa tempestade. Já tinha vencido algo muito pior antes: *eu venci o destino*, derrotara todas as circunstâncias negativas sobre minha vida. Eu era um triunfo, não podia fazer por menos. Corri até o primeiro Samurai de Aço e o atingi com um golpe, mas ele não tombou. Uma criatura daquelas não se daria por vencida tão facilmente.

– *Ninja. Ninja* – ele repetiu. Eu desconhecia a palavra, talvez estivesse fora da base de dados ou quem sabe o fato de estar fora dela agora a tornasse estranha para mim. – Você comete crimes contra o Império. *Somos um, somos milhares...*

– *Somos o futuro* – completei a frase que conhecia tão bem. Com isso me joguei no chão, escorregando entre as pernas do Samurai de Aço para atingi-lo por trás. Finalmente o venci, fazendo com que ele caísse, explodindo em seguida.

Eu sabia que podia vencer novamente, por isso continuei atacando os robôs que apareciam, dando o meu melhor, ainda que não fosse muito, ainda que me faltasse técnica. Yōsei saltou sobre mim e acertou um dos Samurais que corria na minha direção.

– Obrigado – falei e ela assentiu.

– Você está se saindo muito bem para alguém que nunca lutou.

– Sorte de principiante.

– Deve ser – ela deu um meio-sorriso e continuou lutando à minha frente. Eu sabia que não era sorte de principiante, mas apenas sorte, e ela podia acabar a qualquer minuto. Tomei para mim o manto do Ninja, superei o terror, nada mais importava; fazia aquilo por mim, por todos os UPs, por *nós*. Um único coração pulsando pela liberdade. Tudo fazia sentido: era por isso que eu sabia correr mais do que os outros UPs da fábrica onde estava encarcerado; era por isso que todo dia, por reflexo, erguia meu peso na grade da porta de minha cela; era para esse momento que a vida me preparara com dor e sofrimento. Fora moldado para essa guerra, sem nem ao menos saber que ela existia. A ressonância de toda essa certeza fez com que eu já não estivesse absorvido por tanto terror, ainda que morresse agora, a minha vida fora importante para alguma coisa.

Vi os demais que lutavam ao nosso lado sucumbirem ao imenso poder dos Samurais de Aço; brutais, eram perfeitos para o Império. Um deles, tão grande quanto o que eu tinha visto desmontado antes, parou à minha frente e baixou a lâmina, pronto para me atacar.

– *Bushido*: caminho do guerreiro. A restauração do Império prescinde da pureza de sua nação. – O robô fazia seu discurso. – Missão: limpar o Império. UPs devem morrer para glória do Império. – Olhei o robô e senti pena dele; essa pobre criatura nunca saberia o que era a real liberdade, sempre presa a uma programação defeituosa. Yōsei saltou por trás do Samurai e o derrubou.

– Bom trabalho – elogiei.

Ela sorriu para mim e ambos nos assustamos com um estampido. Olhamos para cima e deparamo-nos com um Samurai de Aço que provavelmente era ainda maior do que o primeiro que arrancara o telhado do galpão. O imenso robô pegou Yōsei do chão e ela se agitou, mas era impossível escapar do gigante Samurai. Eu me posicionei para o ataque. Não, não, senhor gigante de metal, não vai

tirar mais uma pessoa de mim. Chega de Império, chega de pessoas morrendo porque eles acham que não merecemos viver aqui. *Chega! Chega!* Saltei e não pensei em nada a não ser cortar a criatura em pedaços. Consegui subir por um dos braços e me puxei para cima, até chegar ao topo, o imenso capacete de metal. Pulei e coloquei minha espada para baixo, enterrando a lâmina azul até o fundo da cabeça. O estampido do metal ressoou pelas paredes destruídas e o gigante soltou Yōsei. Não conseguia saber se havia conseguido vencer mais esse inimigo, por isso saltei para pegar a moça pela mão para corrermos dali; se houvesse outra explosão, muito provavelmente seria muito pior do que a anterior.

Senti-me tomado pelo terror, pois estava no meio de um cerco de Samurais. A qualquer momento outro monstro de aço poderia nos atacar e seria o nosso fim; sem qualquer arma, sem qualquer escudo, havia somente a morte nos aguardando serenamente em seu reino. Pela primeira vez, *senti a necessidade de viver, a vontade de sobreviver.* Segurando a mão de Yōsei não corria apenas para salvar minha vida; agora, eu também era responsável por outra pessoa.

Corremos entre os escombros e os pedaços de prédio que caiam sobre nós. Susano-o nos encontrou e, pela primeira vez, ele sorria.

– Sabia que iam conseguir – Susano-o falou, e então eu me senti seguro, ainda que por um momento. Ten se aproximou também e continuamos correndo até uma fenda no chão. Todos pulamos e corremos em direção a uma luz no final dos túneis. Chegamos ao outro lado e, pela primeira vez, eu vi Tóquio, a Tóquio de verdade, não a TK2K. Destruída, em escombros... *No entanto, linda como nunca.*

Yōsei me abraçou; nunca tinha sido abraçado antes, ainda assim entendia o conceito: dois braços em torno do corpo em sinal de afeto. Retribuí a ação e ela me apertou ainda mais forte.

– Obrigada – sussurrou com doçura ao meu ouvido. – Você salvou minha vida, Nana.

Fiquei sem jeito por não saber ainda como retribuir a maior parte dos sentimentos positivos que as pessoas estavam demonstrando. Resumi minha ação a um aceno positivo de cabeça, que fez com que a moça de pele perolada risse de minha completa falta de noção de interações sociais – e *que risada melodiosa!* Poderia ouvi-la para sempre, sem reclamar uma vez sequer.

Os sobreviventes se aproximaram; éramos pelo menos duzentos. Mas havia muito mais de nós antes, e me entristecia pensar que não tive a chance de conhecê-los. Sentia o peso do luto sobre minhas costas, por todos os UPs assassinados, pelas pessoas que nunca pude conhecer... Sobretudo, por não ter tido a chance de poder conhecer Fūjin de verdade.

Fomos andando pela baía, em silêncio, nos escondendo dos Samurais de Aço que continuavam vasculhando os escombros do antigo prédio onde estávamos.

– Vamos para o nosso outro esconderijo. Separem-se em grupos, nos encontramos lá. – Susano-o ordenou e todos obedeceram, menos eu, que continuava de mãos dadas a Yōsei.

– Tudo vai ficar bem – Ten falou, entristecido. Eu o entendia, afinal, também estava de luto pelos companheiros que caíram em batalha, especialmente por Fūjin, que sucumbira tão perto de mim... Tenho certeza que seríamos amigos se apenas tivéssemos mais tempo, e isso partia meu coração. *O Império tinha que pagar por essa injustiça*!

– E então, já pensou na minha proposta? – Susano-o questionou, olhando-me diretamente nos olhos. Respirei fundo e olhei para o céu coberto de estrelas e estranhas promessas que eu não conseguia compreender por completo. Os Samurais de Aço continuavam passeando ao redor da cidade antiga, todavia nem mesmo isso conseguia me preocupar nesse momento. Apertei a mão de Yōsei com firmeza e ela me olhou com um sorriso estampado em seu belo rosto.

– *Vai ficar tudo bem* – ela disse com a doçura de sempre.

Susano-o queria saber se eu desejava ser um *ninja* e lutar contra o Império. Sim, eu quero! Quero tentar, quero salvar outros UPs, mostrar que sou realmente um vencedor, pronto para enfrentar tudo o que o destino jogar na minha frente.

Olhei Susano-o e, com um sorriso contido, respondi:

– Sim. E a resposta é: *quando começamos*?

O samurai sem lâmina

Samuel Cardeal

Fazia frio naquela tarde de inverno, mas Toryama vestia apenas seu velho companheiro de viagem: um quimono branco de tecido leve, o qual mantinha sempre impecavelmente limpo. O andarilho comia algumas frutas que colhera há pouco, enquanto a lebre, fruto de sua última caçada, assava ao calor de uma fogueira. O silêncio era sua música, o único som que realmente apreciava depois de ter passado por tanta coisa na vida.

Porém, os tempos de silêncio que tanto lhe faziam bem pareciam estar chegando ao fim, pois, com sua audição aguçada de caçador, percebeu ao longe passos frenéticos sobre as folhas secas que cobriam a neve. A despeito da tormenta que se aproximava, Toryama continuou sua refeição, impassível. Alguns minutos mais tarde, os pés que fustigavam o chão, em uma corrida típica dos fugitivos, aproximaram-se ainda mais. Em um piscar de olhos, uma criatura pequenina e ligeira passou pelo acampamento do samurai. No entanto, antes de desaparecer de seu campo de visão, o corredor apanhou a lebre pelo espeto que a prendia acima do fogo.

Toryama limpou os lábios com um lenço, removendo os resíduos da fruta que acabara de saborear, e levantou-se. Apanhou sua clava e preparou-se para seguir o pequeno larápio, a fim de reaver o que lhe fora roubado. Antes, porém, que se pusesse a correr, três homens passaram como flechas à sua frente. Os novos estranhos, aparentemente, seguiam o pequeno delinquente.

O samurai prendeu a clava ao quimono e seguiu na direção do grupo. Toryama não era mais um garoto, já vivera mais de quarenta

invernos; contudo, sua forma física era invejável e, mesmo com certa desvantagem, não demorou a alcançar o grupo.

Quando chegou até eles pôde vislumbrar melhor os quatro estranhos que interromperam sua pacífica e sossegada refeição vespertina. A figura pequena e ligeira que apanhara sua caça era, na verdade, uma criança, um garotinho com não mais que doze invernos de existência. Os outros três, porém, Toryama tinha percebido bem no primeiro contato: eram homens mal-encarados, sujos, com dentes apodrecidos e cabelos ressecados e desgrenhados. Com sua experiência, o samurai teve certeza se tratarem de mercenários.

– Agora você vai aprender a não roubar, moleque desgraçado! – praguejou um dos homens, que se postava à frente dos demais, como uma espécie de líder.

– Tome, leve seu dinheiro. Só não me machuque – implorou a criança. –Roubei porque tenho fome, não como há dias!

– Não se preocupe – redarguiu o mercenário desdentado –, não vai sentir mais fome. Pois mortos não têm fome, não é rapazes?

Os outros dois mercenários concordaram com a cabeça e gargalharam de escárnio. Nenhum deles percebera a figura de Toryama a observá-los detrás de uma árvore. O samurai não tinha intenção de intervir. Não precisava se expor por uma mísera lebre mal assada. Mas, apesar de há muito não ser o samurai de outrora, seu senso de justiça vez ou outra ainda guiava seus atos.

O líder dos homens sujos desembainhou uma espada, uma lâmina mal forjada e pintada de ferrugem e sangue. O sujeito de poucos dentes avançou dois passos e encostou a ponta da espada na garganta do pequeno. O menino arfou, empalideceu e uma lágrima escorreu de seus olhos.

– Faça sua última prece, ladrãozinho – sussurrou o mercenário, escarnecendo do desespero da criança.

– Deixe o garoto em paz!

Quando a voz de Toryama irrompeu no silêncio da floresta, todos se surpreenderam. Quando saiu de trás da árvore, os mercenários puderam fitar a face do dono daquela voz grave e imponente. O samurai tinha uma aparência simples, com seu quimono branco e os pés sempre descalços, mas sua expressão era dura, de um semblante austero, a dor estampada no olhar. Não era mais alto que nenhum

dos homens ali presentes, mas sua postura era mais grandiosa que a de qualquer outro.

– Se meta com a sua vida, vovô. Saia logo daqui, se não quiser ser o próximo a sentir o sabor amargo da minha lâmina.

– Peguem o que é de vocês e vão embora. Fiquem com a lebre como compensação pelo constrangimento. – Toryama permaneceu impassível.

– Está surdo, vovô? Eu disse: dê o fora daqui!

– Não podem machucá-lo! É apenas uma criança.

– E quem vai nos impedir? Você? – O mercenário gargalhou prazerosamente. – Vai enfrentar nós três com esse graveto que traz na cintura?

– Eu não quero lutar. Mas, caso seja preciso, não acho que a clava seja necessária.

– Insolente! – Bradou o desdentado, tirando a espada da garganta do pequeno e avançando em direção a Toryama.

O samurai não se mexeu, apenas fitou atenciosamente a aproximação do mercenário, que avançava furioso com a espada sobre a cabeça. O malfeitor chegou a um passo de Toryama e desferiu um golpe que partiria seu crânio em dois. Mas o que aconteceu foi bem diferente. Para espanto do mercenário, bem como de seus lacaios, a lâmina teve sua trajetória inexplicavelmente interrompida antes de atingir seu alvo.

Entre o polegar e o indicador direitos de Toryama, a lâmina enferrujada da espada repousava inerte. A surpresa do mercenário foi tamanha, que o mesmo não foi capaz de esboçar reação por alguns segundos. O tempo foi mais que suficiente para que Toryama lhe acertasse um golpe com a mão aberta no estômago. O sujeito largou a espada e caiu ao solo, arfando e gemendo. Encolhido em posição fetal, tentava inutilmente fazer o ar entrar nos pulmões.

Vendo seu líder derrotado tão facilmente, os outros dois sacaram suas espadas, igualmente grosseiras e enferrujadas, e dispararam em direção ao samurai. Antes que chegassem a uma distância suficiente para o combate, Toryama já estudara seus movimentos e previra o tipo de ataque que cada um tentaria.

Três movimentos.

Bastaram três movimentos para que as três espadas estivessem de um lado e os mercenários de outro, ambos se contorcendo de dor e incapazes de reagir.

Aproveitando-se da situação, o pequeno gatuno saiu a passos silenciosos, levando consigo uma bolsa com o dinheiro dos mercenários e a lebre do samurai. Toryama logo percebeu a intenção do garoto e advertiu:

– Se eu fosse você, não correria.

O pequeno gelou ao ouvir a voz retumbante de seu salvador e, tomado pelo pavor, virou-se para Toryama.

– Venha aqui, garoto.

A criança obedeceu, percebendo que seria inútil tentar fugir de um homem tão habilidoso.

– Tome sua lebre, senhor. Peço perdão pelo que fiz. Por favor, não me machuque. Pode ficar com parte do dinheiro se quiser, só não me faça mal. Meus irmãos dependem de mim para comer.

– Eu não me importo com a lebre. Se tivesse pedido, eu a daria a você. Agora, dê-me o dinheiro que roubou desses homens – o garoto entregou a pequena bolsa que tinha na mão.

– Posso ir agora?

– Devolva todo o dinheiro – repreendeu o samurai, apontando para a camisa do pequeno.

A criança levantou a veste e tirou das calças mais duas sacolas com moedas; entregou-as a Toryama e abaixou a cabeça, envergonhado. O samurai atirou as sacolas com dinheiro sobre os homens rendidos ao chão, virou as costas e se afastou.

– Vai deixar tudo com eles?

– São os donos, não são? – respondeu, sem se virar.

– Se não queria levar nada, por que me ajudou?

Toryama continuou se afastando, sem nada dizer. O menino se aproveitou da vulnerabilidade dos mercenários e se abaixou para apanhar de volta as bolsas com dinheiro. Mas, antes que sua mão pequenina pudesse tocar a primeira sacola, a voz do samurai o fez parar.

– Não faça isso, garoto!

O pequeno se retraiu e correu na direção contrária, vez ou outra olhando para trás, observando o samurai se afastar lenta e calmamente.

O samurai retornou ao acampamento, juntou suas coisas rapidamente e voltou a seguir seu curso, caminhando descalço sobre a neve

fofa. Carregava uma bolsa grande e um estojo de madeira comprido e estreito, de aproximadamente um metro e meio de comprimento por trinta centímetros de largura. O sol, cuja luminosidade passava tímida entre as copas das árvores, começava a se despedir do dia, dando lugar a uma escuridão plena. Somente os animais selvagens ou os loucos caminhavam na floresta durante a noite. Toryama, apesar de não ser louco, tampouco um animal selvagem, não se importava. Pararia para descansar quando tivesse sono.

Ele raramente tinha sono.

Quatro horas de caminhada mais tarde, o samurai julgou ser uma boa hora para cessar e fazer uma refeição leve. Contudo, não pretendia ficar para dormir, por isso não desfez sua sacola. Apenas apanhou uma fruta e sentou-se em uma pedra. A escuridão era total, mas seus olhos há muito se acostumaram com o breu, e mesmo nas trevas Toryama podia enxergar melhor que muitas pessoas em plena luz do dia.

– Seus irmãos devem estar preocupados, já que comeu a lebre toda sozinho e não voltou para cuidar deles.

Após a fala de Toryama, um vulto se revelou por detrás das árvores. O samurai não precisava fitá-lo para saber se tratar do garoto ladrão de mais cedo.

– Como soube que eu estava aqui?

– Você vem me seguindo pelas últimas quatro horas, mastigando a lebre como um porco selvagem. Como queria que eu não ouvisse?

– Como se chama?

– Toryama. E você, pequeno mentiroso, qual é o seu nome?

– Me chamo Kakaroto e não sou nenhum mentiroso!

– Então por que mentiu dizendo que tinha irmãos?

– Eu tenho irmãos!

– Claro que tem. Por isso comeu minha lebre sozinho, sugando até a última gota dos ossos.

– Não sei onde eles estão, mas eu tenho irmãos. Nossos pais foram mortos e nos perdemos uns dos outros.

Toryama ouvia com atenção, mas aos olhos de outrem estava totalmente alheio ao relato da criança, parecendo se importar mais com a fruta que saboreava.

– Parece estar com fome. Creio que comer a lebre inteira não foi suficiente.

– Sim, estou.

– Venha até aqui, posso dividir algumas frutas com você.

Kakaroto se aproximou, tímido, mas, assim que o samurai tirou uma maçã de dentro da bolsa e ofereceu-a ao menino, avançou ferozmente e abocanhou a fruta como se fosse a última do mundo.

Os dois se alimentaram em silêncio. Kakaroto queria perguntar um milhão de coisas ao samurai, mas a postura indiferente e altiva de Toryama o intimidava, por isso preferiu manter-se calado. Percebendo que a criança sentia frio, o samurai acendeu uma fogueira e preparou seu acampamento. Alguns minutos mais tarde, Kakaroto dormia profundamente.

Toryama, ao contrário, não pregara os olhos.

Um dia, um mês, um ano.

O tempo passou e, de forma natural, Kakaroto continuava seguindo Toryama em sua jornada. O samurai jamais dissera para onde ia e nem o porquê de suas estranhas peculiaridades: não usar lâminas ou sapatos, quase não dormir. Kakaroto, depois de certo tempo, já se sentia à vontade com Toryama e sempre lhe enchia de perguntas. O samurai, por sua vez, resguardava-se em silêncio.

Kakaroto, depois de muito insistir, conseguiu convencer Toryama a ensiná-lo artes marciais, caça e até mesmo culinária.

– Tudo bem, garoto. Já vi que não vai desistir disso, não é mesmo? – Kakaroto assentiu com a cabeça. – Mas, se quer aprender comigo, terá que seguir minhas regras. Até agora tenho deixado que me siga, dividido meu alimento e meu fogo. No entanto, para me ter como seu mestre, terá que me obedecer plenamente.

– Sim, senhor. Vou obedecer como se fosse meu pai.

Toryama calou-se por um momento. O garoto pôde ver nos olhos do samurai um brilho molhado, uma torrente de lágrimas contidas que forçava a passagem para se derramar. Mas Kakaroto jamais vira o samurai chorar e não seria daquela vez que isso aconteceria.

– Em primeiro lugar, nada de roubar; em segundo lugar, nada de lâminas, sua arma será uma clava de madeira, assim como a minha; em terceiro, jamais se meta em brigas e não use suas habilidades para se exibir. A vaidade é o pior inimigo de um guerreiro.

– Certo, mestre! Quando começamos?

O samurai, agora mestre de Kakaroto, aliviou suas costas da pesada sacola que carregava e depositou-a no chão.

– Comece carregando minha bagagem. Estou ficando velho para tanto peso.

– Mas... – tentou protestar o menino.

– Está questionando uma ordem de seu mestre?

– Não, mestre, não estou! – Kakaroto se apressou e jogou a pesada bolsa sobre as costas, tendo enorme dificuldade de se equilibrar.

– Mestre.

– Sim, Kakaroto?

– Quando vou aprender a lutar?

– O que acha que está fazendo, carregando minhas coisas?

– Sendo um empregado?

Toryama parou de andar, esperou que seu pupilo também cessasse a caminhada e girou nos calcanhares desnudos, ficando de frente para Kakaroto. O menino fitou o mestre com olhos suplicantes, mas o samurai se mostrou impassível e, num gesto extremamente rápido e surpreendente, acertou o rosto do garoto com uma forte e sonora bofetada.

– Aaaai! – Gritou o pequeno, deixando a bagagem de Toryama cair.

– Agora pegue a sacola e vamos andando.

– Por que fez isso, velho louco?

O mestre parou novamente e se virou para o aprendiz:

– Se não consegue levar um golpe sem deixar uma simples bagagem cair, como quer ser um guerreiro?

Novamente Toryama deu as costas ao pequeno e seguiu caminhando. Kakaroto, apesar de furioso, nada mais falou. Apanhou a sacola, que já não parecia tão pesada quanto um mês antes, e voltou a caminhar logo atrás do mestre.

Alguns meses depois, Toryama presenteou seu aprendiz com uma clava que ele mesmo fizera, de madeira resistente, bem talhada e no comprimento e peso certos para o garoto. Os treinamentos

começaram com lições simples, que inicialmente não faziam sentido para Kakaroto. Mas logo nas primeiras lições, o jovem percebera a força que ganhara nos braços e o aumento de sua resistência física.

Os meses se transformaram em anos e, por todo esse tempo, Toryama transmitia seus ensinamentos enquanto avançavam rumo a um destino que somente o samurai conhecia.

– Mestre.

– Sim, Kakaroto.

– Já faz dez anos que o sigo, e jamais me contou para onde estamos indo. Já desisti de perguntar há muito, mas estes tempos são sombrios, e temos passado por regiões perigosas. Acho que já é o momento de conseguirmos espadas.

– Nunca! – Disse o samurai, com um semblante fechado, porém com o tom de voz impassível de sempre.

– Mas estamos correndo perigo. Saqueadores estão por toda a parte, e a qualquer momento podemos encontrar alguns deles no caminho.

– Se isso acontecer, nos defenderemos como sempre fizemos.

– Mas eles têm espadas! Alguns até possuem essas armas modernas, com pólvora!

– Dez anos atrás, você me pediu que lhe ensinasse o que sei, e aceitei ser seu mestre, desde que seguisse as minhas regras. Se estiver me pedindo para descumprir minhas próprias regras, talvez seja o momento de seguirmos caminhos distintos.

– Mestre, por que tem que ser tão teimoso?! Não quero lhe desrespeitar, mas...

– Shhh – interrompeu Toryama.

– O que foi?

– Tem alguém vindo. Vamos subir nas árvores e esperar irem embora.

Rapidamente, Kakaroto obedeceu Toryama e subiu habilmente em uma árvore. O samurai fez o mesmo, e os dois puseram-se a aguardar a passagem dos estranhos.

Alguns minutos depois, um grupo de quatro homens alcançou o local onde Toryama e Kakaroto se escondiam.

– Estão por aqui – disse um dos homens, puxando o ar ruidosamente pelo nariz –, posso sentir o cheiro. Procurem!

Os outros três se separaram; vasculhando a mata fechada e atrás das árvores. Toryama permanecia imóvel como uma estátua. Kakaroto não fazia muito diferente, mas ainda não alcançara o nível de concentração do mestre, e seu coração estava aos saltos. O suor se precipitava das têmporas e escorria pelas bochechas.

De repente uma mosca inconveniente começou a rondar o rosto de Kakaroto. O aprendiz tentou se concentrar enquanto o inseto caminhava em sua face, fazendo-a coçar irritantemente. O rapaz aguentava firme quando a mosca atrevida entrou em seu nariz, provocando um imediato e inevitável espirro.

Quando o sonoro espirro de Kakaroto cortou o ar, todos fizeram silêncio. O líder do grupo voltou seu olhar para o alto e divisou a figura do aprendiz de samurai na frondosa árvore.

– Dois macaquinhos subiram na árvore – disse o líder, gargalhando. – Desçam logo daí, cavalheiros, para que possamos ter uma conversa.

Toryama se antecipou e saltou do galho no qual se dependurava com a leveza de um gafanhoto, pousando com os pés sobre as folhas secas típicas do outono. Kakaroto imitou o ato do mestre e os dois permaneceram impassíveis, cercados pelos quatro homens hostis.

– Não há motivo para nos desgastarmos – começou o perseguidor –, apenas entreguem seus suprimentos, armas e dinheiro e vamos seguir nossos caminhos.

– Sinto muito, meu jovem – redarguiu o samurai –, mas não fazemos acordos com ladrões. Contudo, não queremos confusão, então nos deixe ir e tudo ficará bem.

Uma torrente de gargalhadas tomou o recinto. Enquanto os quatro escarneciam da fala de Toryama, mestre e discípulo permaneceram imóveis, apenas observando os malfeitores.

– Você é engraçado, vovô. Por isso, e só por isso, vou te dar a chance de uma morte rápida e sem dor. Agora...

O bandido não pôde completar a fala, pois, em uma velocidade inumana, Toryama se aproximou e atingiu-lhe a fronte com sua clava. O homem tonteou e as pernas falsearam. Imediatamente, os outros três sacaram suas espadas e partiram para cima do samurai e seu pupilo.

Seguiu-se um luta enérgica. A habilidade dos quatro malfeitores

não era nada comparada à do samurai, mas os homens eram fortes e brutos, e possuíam armas pesadas e cortantes, o que acarretava certa dificuldade no enfrentamento. Dois deles atacavam Toryama, enquanto os outros enfrentavam Kakaroto. O samurai usava de toda sua experiência para desviar dos ataques raivosos e se aproveitava das brechas para atingir pontos vitais em seus oponentes.

Kakaroto se virava bem, manejando sua clava com habilidade ímpar. Vez ou outra, Toryama espiava o desempenho de seu pupilo e sentia um orgulho velado, que lhe trazia um calor ao peito, mas que jamais pretendia revelar.

O samurai desacordou um dos homens batendo sua cabeça contra o tronco de uma árvore. Ao mesmo tempo, o único opositor ainda ativo já perdera a espada e estava prestes a sucumbir aos préstimos de Toryama. Quando finalizou o oponente, o samurai percebeu que Kakaroto já desacordara seus dois inimigos. No entanto, o rapaz estava sentado, escorado no tronco de uma árvore. O mestre correu até seu aprendiz e notou a palidez de seu rosto. Desviou o olhar para baixo e divisou uma mancha rubra encharcando o quimono branco.

Toryama pôs-se a rasgar o quimono para tratar do ferimento quando Kakaroto o impediu.

– Não me toque! – Esbravejou, sem forças para gritar.

– Precisamos tratar o ferimento. Você está perdendo muito sangue.

– Isso tudo é culpa sua! Sua teimosia é responsável por esse buraco na minha carne. Esses homens são guerreiros medíocres. Se tivéssemos espadas, eles jamais nos feririam. Você é um velho louco! – Kakaroto levantou-se com dificuldade e mirou os olhos do mestre com ódio. – Você não é um mestre de verdade.

Depois de sua cruel fala, Kakaroto apanhou sua bolsa jogada no chão e lentamente se afastou, ainda pressionando a ferida.

– Kakaroto! – Gritou Toryama, tentando fazer seu discípulo voltar. Mas era inútil, o rapaz nem mesmo olhou para trás.

Meses depois do incidente no qual Toryama perdera seu pupilo, o samurai seguia em sua jornada de destino desconhecido. Carregava sua pesada bolsa e o estojo de madeira que jamais abria. Toryama

mal se lembrava da última vez que proferira alguma palavra. Desde que voltara a ser um errante solitário, passara a fazer seu caminho pelas florestas e passava por áreas habitadas somente durante as madrugadas. Tornara-se um fantasma.

Quem olhasse sua expressão testemunharia a mesma face impassível e desprovida de emoções. Mas, no âmago do seu *ser*, Toryama sofria, pois sentia que perdera um filho.

Aquele inverno parecia o mais severo que o velho samurai sem espada presenciara em toda a sua existência. A floresta estava cada vez mais inabitável, e Toryama resolveu, depois de um longo período, aventurar-se a seguir viagem pelo povoado antes de os habitantes se recolherem. Era um vilarejo tranquilo e silencioso, o que lhe agradava sobremaneira.

Como sempre, o samurai não tinha pressa e seu caminhar era tão preciso quanto a máquina de um relógio. A lua cheia iluminava o céu, e o pio de uma coruja era o único ruído cortando o silêncio noturno. No entanto, aquele silêncio tranquilizante foi interrompido por vozes e gritos distantes. Com sua audição treinada, Toryama percebeu que aquele som era de uma briga. Acelerou seus passos, deslizando os pés descalços de solas grossas sobre o chão de terra batida. A cada metro percorrido, mais audível e inteligível o som se tornava.

Entre todos os ruídos, uma voz se destacava; um gemido de dor que Toryama reconheceria mesmo a quilômetros de distância.

Kakaroto.

Depois de uma bebedeira daquelas, o que vinha se tornando rotina desde que abandonara seu mestre, Kakaroto apanhou sua katana recém-adquirida e deixou o bordel cambaleando. Desde que comprara aquela espada de um ladrão no povoado vizinho jamais a usara em combate. No entanto, todos os dias levava-a para um bordel qualquer e ao seu lado se embriagava das bebidas mais baratas que pudesse encontrar.

Naquele dia, nada foi diferente. Kakaroto bebeu tudo que seu pouco dinheiro fora capaz de prover, recolheu sua arma e foi embora. Normalmente, dormia no beco menos fedorento que encontrasse, sempre abraçado à nova companheira. Mas, apesar da embriaguez, seu treinamento samurai ainda lhe dava certa vantagem,

e mesmo em estado lastimável conseguiu notar que estava sendo seguido. Dobrou a primeira esquina à sua frente e aguardou, as costas coladas à parede.

Quando a primeira pessoa apareceu, Kakaroto a segurou pelo pescoço, interrompendo o fluxo de ar. Era um homem jovem, bem-vestido. Kakaroto já o vira no bordel diversas vezes, sempre rodeado de amigos bem-trajados e mulheres de luxo pouco vestidas.

– Por que está me seguindo? – Sussurrou Kakaroto.

O jovem estrangulado não podia emitir som algum, o que tampouco fez o aprendiz samurai afrouxar o enforcamento. Mas a agonia do agredido durou pouco: em alguns segundos, Kakaroto sentiu um objeto metálico e afiado pressionar sua garganta.

– Solte-o ou sujarei esta lâmina com seu sangue ruim.

Um dos amigos do perseguidor viera salvá-lo e, junto com ele, outros cinco rapazes, todos de boa aparência e com a mesma faixa de idade, entre vinte e 25 anos. O estrangulado passou as mãos no pescoço avermelhado, sentindo o relevo machucado onde os dedos de Kakaroto pressionaram.

– Temos te observado – começou o rapaz, assim que recuperou o fôlego. – Todos os dias no bordel, carregando essa espadinha. Sempre de nariz em pé, como se fosse melhor que os outros.

– Sinto muito se causei essa impressão, mas...

– Calado! – Sussurrou o rapaz que segurava a adaga, pressionando ainda mais a lâmina na garganta do aprendiz samurai.

– Esta região me pertence – continuou o estrangulado –, e não gostamos de forasteiros perambulando por aqui como se estivessem em casa.

– Escute só, rapaz – começou Kakaroto, soprando um hálito etílico no rosto de seu interlocutor –, não procuro confusão. Só vou ao bordel para beber em paz e não queria incomodá-los. Apenas deixe-me ir e nunca mais me verá.

– Eu pretendia apenas te assustar, mas você quis bancar o esperto. Agora não poderei deixá-lo vivo. Senão, como fica minha reputação? Não, não posso deixar isso acontecer. Hoje você morre!

O jovem burguês estendeu a mão, pedindo a adaga ao seu amigo. Os outros acompanhantes trataram de segurar Kakaroto contra a parede, não permitindo que tivesse qualquer reação. O rapaz pegou

a adaga e retraiu o braço para uma estocada precisa e violenta contra o estômago do jovem samurai.

A lâmina estava prestes a tocar as vestes de Kakaroto quando algo cessou sua trajetória. O pulso do jovem agressor estava envolvido por uma mão forte e áspera. Nos segundos seguintes, uma sequência de golpes impossível de ser acompanhada por olhos não treinados cortou a escuridão daquela madrugada. Em seguida, Kakaroto fitou seu salvador e observou os sete rapazes inconscientes e caídos ao chão.

– Mestre?

– Mestre, me perdoe. Fui um tolo. Esta maldita espada não me trouxe nada!

– Você está péssimo, garoto. Venha, tem uma pousada aqui perto. Depois de um banho e uma boa noite de sono, conversaremos.

No dia seguinte, quando o jovem aprendiz samurai acordou, o sol já brilhava intenso pela janela, anunciando que passava do meio-dia. Ao abrir os olhos, a primeira imagem que viu, ainda embaçada, foi a de Toryama, sentado em um banco de madeira, vigiando o sono do jovem ébrio.

– Bom dia, gafanhoto – disse o mestre, com um bom humor que Kakaroto jamais tinha visto.

– Mestre, eu preciso...

– Não, não diga nada. Certas formalidades podem ser deixadas de lado entre nós. Estou perto do fim de minha jornada...

– O que está dizendo?

– Eu sempre tive um destino, Kakaroto, e ele se aproxima. Gostaria que me acompanhasse mais uma vez, agora nessa última viagem que encerra minha jornada.

– Mas... Mas... Não entendo...

– Por favor, diga apenas se aceita ou não. Não procure tanto por respostas, garoto.

– Claro, mestre. Será uma honra.

Naquela mesma tarde, Toryama e Kakaroto partiram para a derradeira viagem. O aprendiz ainda tentou perguntar para onde iriam

e o que fariam nesse "onde", mas o mestre era irredutível e suas respostas eram vagas e enigmáticas.

Após quase trinta dias de caminhada, enfim os dois andarilhos chegaram ao sopé de uma enorme montanha. Kakaroto levantou o rosto e aguçou sua visão rumo ao cume da cordilheira, mas não pôde enxergar além das densas brumas que se amontoavam.

– Vamos acampar – disse o Mestre. – Amanhã subimos com os primeiros raios de sol.

– Como vamos subir toda essa altura em um único dia?

– Sem parar. Caso contrário, teremos que dormir dependurados.

Dito isso, Toryama preparou o acampamento, acendeu uma fogueira e se deitou para dormir. Kakaroto imitou o mestre e logo estava adormecido ao lado do fogo, que crepitava discreto, amenizando ligeiramente o frio cortante da neve que insistia em cair.

Na manhã seguinte, Kakaroto acordou com o cheiro de carne de lebre assada. Toryama já estava de pé; todos os seus pertences preparados para a escalada e o café da manhã servido. O aprendiz sentou-se ao lado do mestre e fizeram uma farta refeição.

– Agora, pegue suas coisas e vamos começar a subir.

Logo nos primeiros cem metros, Kakaroto sentiu o quanto aquilo seria difícil. Sem equipamentos adequados, o gelo escorregava e cortava a pele. Toryama, no entanto, escalava de forma tão natural que qualquer um diria que ele fazia aquilo todos os dias.

Quando o sol se despediu do dia, ainda não podiam ver o cume da montanha, pois a neblina espessa se recusava a dispersar. Kakaroto queria parar, mas o mestre sempre repetia as mesmas três palavras:

– Ainda não, gafanhoto.

Kakaroto não entendia o que aquele apelido significava, mas estava tão exausto que não se importava mais. A escalada continuou, e a estafa era tamanha que o jovem aprendiz já não sentia os próprios membros. Estava fraquejando e tomava coragem para dizer ao mestre que não conseguiria prosseguir quando olhou para cima e vislumbrou o que há pouco parecia inalcançável.

Finalmente atingiram o cume.

Enquanto Toryama parecia não ter se abalado com todo o esforço

da escalada, Kakaroto sentia que, se tivesse forças, cuspiria um dos pulmões naquele exato momento. O mestre sentou no chão com os braços repousados sobre os joelhos e observou seu aprendiz em silêncio até que ele conseguisse respirar normalmente e fosse capaz de entender alguma coisa. O processo levou cerca de vinte minutos.

– Então, meu jovem, está pronto?

– Pronto pra quê? – Respondeu Kakaroto, ainda deitado sobre a neve fria.

– Para se transformar em um samurai de verdade.

Toryama pegou o grande estojo de madeira e colocou-o à sua frente. Abriu a tampa; as dobradiças se moveram ruidosamente. De dentro do estojo, o mestre samurai retirou duas pequenas urnas de madeira. Ele se levantou, abriu as duas urnas e as virou, deixando cair um pó acinzentado.

– Chegou a hora de aprender a usar uma lâmina.

Após dizer isso, Toryama apanhou, dentro do estojo, um embrulho de pano preto, comprido e fino. Desenrolou-o, livrando-se do tecido e revelando uma katana que fez os olhos de Kakaroto brilharem. A bainha era negra, com detalhes talhados e cobertos de ouro. O cabo era branco de puro marfim e, assim que Toryama desembainhou a espada, sua lâmina imaculada brilhou de forma ofuscante soba luz da lua.

O velho samurai embainhou novamente a katana e, sem nenhum tipo de aviso, atirou a arma branca para seu aprendiz. Kakaroto, apesar de estar exausto como jamais imaginara ser possível, foi capaz de agarrar a espada no ar.

– Esta será sua última lição – disse Toryama, apanhando a clava que repousava sobre a neve e avançando em direção ao seu pupilo, que pouco entendia a situação.

Puramente por reflexo, Kakaroto protegeu-se do primeiro golpe de seu mestre, usando a espada ainda embainhada. Mas Toryama atacava vorazmente, e o aprendiz foi obrigado a revidar.

– O que está fazendo, mestre?

– Estou lhe ensinando sua última lição.

– Não posso lutar com uma katana enquanto o mestre tem apenas uma clava – cada palavra de Kakaroto era entrecortada por um golpe da clava de Toryama.

– Se preferir, posso lutar desarmado. Agora, livre-se dessa bainha e lute como um verdadeiro samurai!

Kakaroto jamais vira seu mestre falar naquele tom de voz. O velho samurai tinha os olhos injetados, o que causou temor em seu discípulo.

– Pare com isso, mestre!

– Um samurai em combate deve atacar e não apenas se defender – Toryama acertou Kakaroto no rosto, e o sangue do supercílio rompido desceu abundante pela face.

– Não vou lutar com o senhor! – Insistiu o rapaz, apenas se defendendo com a katana embainhada.

Em uma manobra inesperada para o aprendiz, Toryama acertou-lhe o estômago com a clava, fazendo-o curvar-se sobre o próprio corpo. Nesse momento, o velho samurai agarrou a bainha da espada e a removeu completamente, atirando-a montanha abaixo.

– Agora lute, gafanhoto! Lute!

Kakaroto, enfim, entendeu que não havia opção. Via nos olhos de seu mestre que ele não recuaria e, se continuasse naquela atitude defensiva, acabaria morto de tanto apanhar. O jovem assumiu uma postura de ataque, o que fez Toryama sorrir como há muito não fazia.

Digladiaram por algum tempo até que Kakaroto atingisse seu oponente com as costas da lâmina. Toryama sentiu a dor, mas apenas sorriu.

– A lâmina é cortante por um motivo, garoto!

– Não quero machucá-lo, mestre.

Toryama sorriu novamente, investindo contra as pernas do aprendiz. Kakaroto saltou, acertando, em seguida, um chute na parte externa da coxa do mestre.

– Kakaroto, desde que nos conhecemos você sempre me perguntou sobre meu passado, e eu jamais respondi. Mas, depois de tudo que passamos, acho que merece saber a verdade.

– Então pare com essa loucura e vamos conversar! – Tentou o rapaz, mas Toryama continuava atacando com um vigor inacreditável para um homem de sua idade.

– Antes de ser um errante, eu tive uma família. Assim como meu pai me ensinou a ser um guerreiro, sempre incentivei meu filho a seguir meus passos. Desde muito pequeno eu já deixava minha katana

– esta katana que agora é sua – em suas mãos. Ele adorava treinar com essa espada.

“Certo dia, enquanto eu estava fora, meu pequeno Kurin treinava com a katana. Mas ocorreu um acidente e ele se feriu mortalmente. Quando minha esposa, Urami, o encontrou morto em nosso local de treinamento, sentiu uma enorme vergonha por não estar por perto para impedir essa tragédia. Ela tirou a espada da carne de nosso filho e introduziu-a em seu próprio ventre, desfalecendo sobre o pequenino corpo sem vida do nosso filho.”

– Mestre, não precisamos lutar por isso – a intervenção de Kakaroto foi inútil, e Toryama continuou seu relato, enquanto mantinha os ataques cada vez mais violentos.

– Eu estava num bordel bebendo com alguns amigos e perdi a noção do tempo. Quando voltei para casa, vi ao longe as duas pessoas mais importantes da minha vida caídas ao chão, uma poça de sangue sob seus corpos. Não aguentei aquilo. Era minha culpa, os dois eram minha responsabilidade.

“Retirei a lâmina do ventre de minha amada, que com seu último sopro de vida me confidenciou tudo o que ocorrera ali, e cravei em meu próprio ventre. Mas eu havia sido amaldiçoado e não morri. Acordei meses depois, na cabana de uma curandeira que cuidou de meu ferimento e me alimentou até que me recuperasse. Ao meu lado estavam essas duas urnas, com as cinzas daqueles que morreram por minha culpa, além dessa katana. Naquele dia, guardei a espada e as urnas nesse estojo, e hoje é a primeira vez que ele é aberto desde então.”

– Mestre, eu sinto muito! Mas lutar até a morte não é a solução! A culpa não foi sua!

– Tolo! – Esbravejou Toryama. – Não é a culpa o que me move. É o amor. Urami e eu planejávamos, quando Kurin seguisse seu próprio caminho, construir uma cabana no alto dessa montanha e vivermos nossos últimos dias em paz, longe de tudo e de todos. E hoje estou aqui para realizar esse sonho, para cumprir uma promessa.

Toryama avançou com grande violência sobre Kakaroto, desferindo golpes cada vez mais fortes; acertou várias vezes a clava nas costelas e cabeça do aprendiz, fazendo o jovem revidar quase inconscientemente. Os golpes iam e viam de forma vertiginosa, de

modo que não havia tempo para o raciocínio e a luta entre os samurais se transformou em algo animalesco.

A agitação só encontrou repouso quando a lâmina da katana encontrou a carne do velho samurai. Toryama caiu sobre os próprios joelhos, a espada presa em seu ventre. Kakaroto imediatamente soltou a arma – que continuou fincada na carne de seu mestre –, os olhos se enchendo d'água.

– Mestre... Mestre! Perdoe-me! – Disse o rapaz, ajoelhando-se em frente ao velho samurai. – Não se mova, podemos tratar esse ferimento.

Mas Toryama não pretendia ser curado. Agarrou o cabo da katana com as duas mãos e retirou em um só fôlego a lâmina de seu corpo. Um filete rubro pintou a neve branca como uma obra de arte triste e mórbida. O samurai chamou com um gesto seu pupilo, que se aproximou, esforçando-se para ouvir os sussurros que eram a fala de Toryama:

– Leve consigo essa espada e seja o melhor samurai que puder.

– Mestre, por favor! – Desesperou-se Kakaroto.

– Muito... Obrigado.

Duas palavras.

As últimas de um samurai que vivera tempo suficiente para ver e sentir muito mais que a maioria das pessoas comuns. Seu corpo fustigado pelo tempo, porém ainda forte, tombou sem vida sobre a neve congelante. Kakaroto viu sua visão embaçar pela torrente lacrimosa que esvaiu de seus olhos avermelhados. Ele acariciou o rosto do seu mestre, o qual fora o verdadeiro pai que jamais conhecera, e fechou delicadamente seus olhos.

Toryama completara sua jornada. Encontrara a paz que durante tantos anos buscara.

Kakaroto pegou a katana do chão e prendeu-a em seu quimono. Enxugou as lágrimas do rosto, jogou a bolsa sobre as costas e pôs-se a descer a montanha.

Chegara o momento de aquele samurai seguir seu próprio caminho.

Os Três Testes

L. E. Peret

A garoa da madrugada deu lugar a um forte nevoeiro. Akio Hanma sabia que, em breve, o sol abriria caminho sobre as montanhas e, antes do meio-dia, ele precisaria alcançar abrigo do outro lado do vale verdejante. O portal *Torii* que marcava a entrada do vale à sua frente ainda exibia majestade em seus quinze metros de altura, apesar da velhice, rachaduras na madeira e da tinta descascando.

Não havia estrada além do portal, só grama selvagem, tão alta que alcançava seus tornozelos, mesmo montado a cavalo – um mau sinal. Aquele seria um local ideal para uma emboscada. Não que Katsuri-Khan fosse lançar mão de tais artifícios desonrosos. Porém, predadores poderiam tocaiar um invasor. Akio dobrou sua atenção e encorajou o cavalo à frente.

Apesar da névoa, a travessia foi tranquila. O vale poderia ser remanescente de uma área de cultivo deixada de lado e dominada pela vegetação natural. Porém, a névoa baixa que estava se acumulando no centro do vale lhe dava uma impressão de propósito, de uma presença que incomodava seus instintos. E uma coisa que o veterano samurai tinha aprendido era que devia confiar nos instintos. Akio seguiu viagem com a mão na empunhadura da katana, mantendo-se pronto para qualquer imprevisto.

Após algum tempo, ele percebeu que havia calculado mal a distância. No centro do vale, a névoa estava muito espessa e o sol alto parecia um disco desbotado. As montanhas mantinham a mesma distância. Será que a névoa estaria anestesiando seus sentidos para deixá-lo perdido ou enfraquecido caso aparecesse um monstro?

Ele prosseguiu até que, pouco depois, percebeu que não enxergava

nada a três metros de distância e nem mesmo tinha certeza da direção; poderia estar andando em círculos. Balançando a cabeça para espantar as dúvidas, o samurai decidiu que não se deixaria abalar – afinal, era só neblina e ele já a tinha visto em campos de batalha ao amanhecer. Sua dúvida era: contra quem ele batalharia?

Akio ouviu barulho de lâminas cortando a grama à frente e, logo podia discernir uma conversa animada, entre cinco ou seis homens. Ele seguiu pela neblina espessa, na direção do som, até conseguir enxergar a luz de tochas e as silhuetas de camponeses. Parando seu cavalo, falou:

– Olá! Bom dia! Tem alguém aí? Eu sou Akio Hanma, emissário de Sua Graça, o Imperador. Por favor, se houver alguém, aproxime-se, pois não posso vê-los nessa neblina. Eu venho em paz.

A conversa parou. Akio conseguiu ver um camponês idoso surgindo na névoa, portando uma foice curta, seguido por outros. Todos os saudaram com uma reverência e o idoso, obviamente um líder, deu um passo à frente:

– Bom dia, Hamma-sama. Seja bem-vindo ao Vale de Ichikwa. Eu sou Kimura, o ancião da aldeia. Está perdido?

– Eu pretendia atravessar o vale antes do meio-dia, mas me perdi na neblina. O senhor poderia me guiar?

– Claro! Não é sempre que recebemos um samurai! O senhor deve estar com fome e sede. Venha, por favor! Descanse na nossa vila.

Kimura entregou sua foice a um garoto e seguiu na direção de onde tinha vindo. Os homens abriram caminho respeitosamente. Akio não viu tensão em seus olhos, nem na postura de seus corpos. Ele conseguiu relaxar um pouco.

Alguns metros à frente, a névoa se dissipou, revelando outro Torii, marcando a entrada de uma vila.

Uma turma de trabalhadores em andaimes e escadas pintava o portal. Kimura explicou que estavam fazendo reparos após a última tempestade.

Subitamente, ouviu-se um estalo. Um dos andaimes mais altos, onde dois jovens estavam pintando, balançou e tombou, ficando preso apenas por um lado, com o menor dos rapazes pendurado embaixo, enquanto o outro pulou e se agarrou ao portal, tentando alcançar algum apoio. Akio, instintivamente, acelerou o cavalo e,

ficando em pé sobre a sela, saltou, agarrando uma corda que amarrava um contrapeso de madeira. Ele a cortou com a katana, lançando-se para cima, enquanto a tora se estatelou, sob os clamores dos aldeões. . Ao passar próximo ao garoto pendurado, ele gritou:

– Rápido, pule!

O rapaz obedeceu e Akio virou o corpo para que ele pudesse se agarrar às suas costas. Ele estava acostumado a carregar companheiros feridos e, além disso, o garoto era leve. Eles seguiram para cima, até a roldana parar. O samurai mandou o menino segurar firme e balançou o corpo, aproximando-se do outro rapaz, que permanecia agarrado à coluna com grande dificuldade. Akio balançou na direção de outra corda, mandando que o garoto nas suas costas a apanhasse. O menino, muito assustado, falhou na primeira tentativa, mas, com as palavras de apoio do samurai, ele repetiu o movimento e conseguiu. Akio a tomou das mãos do rapaz e jogou na direção do outro jovem, que a pegou. Os três desceram devagar, com cuidado para não agitar demais todo o conjunto de polias que estremeciam a cada passo. Assim que Akio e o rapaz pisaram no chão, ele o empurrou para longe e saltou para se desviar do andaime, que se espatifou. O menino menor, trêmulo, teve dificuldades em largar o pescoço do samurai. A pequena multidão em volta aplaudiu e reverenciou o samurai. Os dois rapazes estavam bem, só abalados. Kimura se aproximou:

– Muito obrigado, nobre samurai! Não quero pensar no que teria acontecido se o senhor não estivesse aqui!

– Eu apenas cumpri meu dever. Foi muita sorte eu estar aqui. Vocês precisam ver essas cordas, Kimura-san.

– Sim, faremos isso. Mais uma vez, muito obrigado! Aquele rapaz que se pendurou no senhor é meu neto, Tetsuo.

Ao ouvir o nome, Akio esboçou um sorriso triste de lembranças. O garoto, que não devia ter mais de 13 anos, se aproximou e fez reverências em agradecimento. Akio, sorrindo, tocou levemente no ombro dele e disse:

– Muito bem, Tetsuo-kun, tenha mais cuidado da próxima vez, sim?

– Sim, senhor! Obrigado, senhor!

– Eu tive um filho com seu nome e você se parece muito com ele, disse Akio, com o olhar distante, antes de pedir ao ancião que continuasse mostrando o caminho.

Kimura mandou Tetsuo recolher o cavalo. Akio viu que a névoa tinha se dissipado em todo o vale, revelando as montanhas bem próximas. Nas encostas, aldeões trabalhavam em campos inundados de arroz. Não havia árvores no vale, mas cerejeiras em flor circundavam a vila.

Ichikwa era pequena, com casas sobre plataformas e duas estradas de terra que se cruzavam. Não parecia haver uma prefeitura, nem hospedarias, tavernas ou bordéis Havia vacas, cabras, porcos e aves, mas nenhum cavalo. Também não parecia haver um silo central, somente pequenos armazéns próximos aos estábulos. Marcas indicavam um incêndio recente na área em torno do portal – talvez a verdadeira razão para o mutirão que estava consertando tudo ali. No fim da rua principal, quando esta se tornava uma estrada tortuosa já próxima à inclinação da montanha, ficava uma casa maior, com um cercado para porcos e aves – a casa do ancião.

A casa era simples, mas a maior da vila. Vieram recebê-los as esposas dos dois filhos de Kimura e três crianças. Tetsuo veio logo atrás, informando que o cavalo já estava no estábulo. Akio agradeceu, tirou os calçados e entrou.

No almoço, Akio ouviu atentamente a família falar sobre agricultura e a esperança de uma farta colheita. Kimura percebeu que o samurai preferia não falar sobre a razão de sua presença e respeitou sua atitude.

No fim da tarde, após recuperar as forças, Akio se sentou com Kimura numa sala reservada para beber saquê e conversar:

– Kimura-san, eu vim em missão oficial.

– Eu percebi, Hanma-sama. Também percebi que o senhor não comentou sua missão diante da minha família. Posso saber do que se trata?

– É seu direito como ancião desta vila. O Imperador me enviou para executar Katsuri-Khan e trazer de volta o Coração do Tempo, a relíquia que ele roubou.

Kimura olhou para o chão por alguns instantes, suspirou fundo e respondeu:

– Eu já imaginava. O senhor sabe que não é o primeiro a vir atrás do senhor do Castelo Katsuri? Já sabe dos Três Testes?

– Sim, eu fui informado nas outras vilas. O feiticeiro impõe três

testes a quem quiser uma audiência. O Imperador enviou dois samurais antes de mim.

– E o senhor sabe o que aconteceu com eles?

– Não, na verdade não sei. Mas, como eles não voltaram, suponho que não tenham passado nos testes. Por isso mesmo, me voluntariei para essa missão.

Kimura arregalou os olhos:

– O senhor se voluntariou?

– Sim, Kimura-san. Eu estava na guerra da fronteira quando soube do ocorrido e vim o mais rápido que pude, mas as nevascas me atrasaram. O Imperador já havia despachado Tenmera-san e, quando ele não voltou, Makisumo-san. Eu pedi ao Imperador pela honra de resolver essa questão pessoalmente, para que ele parasse de enviar samurais da corte e do esforço de guerra. Sei que Makisumo-san veio com seu exército pessoal, cem homens, mas ninguém voltou. Não posso permitir que mais vidas sejam perdidas. Por isso, vim sozinho.

– Mas, por que o senhor se voluntariou?

– Se eu lhe contar, você me dirá o que sabe sobre o destino dos samurais que me precederam?

Kimura olhou novamente para o chão:

– O que o faz pensar que eu sei de alguma coisa relevante?

– Você sabia que os samurais vieram atrás de Katsuri-Khan.

– Todas as vilas os viram passar.

– Mas, se entendi bem, essa é a última vila antes do caminho para o Castelo Katsuri. E pareceu-me não foi uma tempestade que forçou seu povo a fazer reparos, mas um incêndio. Houve luta na vila, não houve?

Kimura estava visivelmente receoso. Akio fez um gesto amigável, servindo mais uma dose de saquê ao anfitrião, que agradeceu, tomou um gole e finalmente disse:

– O senhor está certo. Os dois samurais passaram por aqui. Tenmera-sama veio primeiro, acompanhado de uma dúzia de soldados, no fim do inverno, quando ainda havia neve nos campos. Makisumo-sama chegou com a tropa que o senhor mencionou, já na metade da primavera.

– E o que aconteceu com eles?

– O senhor... conhecia os samurais?

– Não eram meus amigos, só os vi em reuniões do Conselho de Guerra. Eles ficaram na corte quando eu e meus companheiros seguimos para a fronteira. Suas famílias têm funções administrativas. Por quê?

– Eu... precisava saber se o senhor teria amizade por eles. E se saberia das coisas que eles faziam.

– Coisas que eles faziam? Os dois eram nobres, tinham a confiança do Imperador.

– Não me compreenda mal, Hanma-sama. Mas... estamos longe da corte. A distância e o isolamento podem provocar... efeitos nas pessoas.

Akio mudou de posição, sentindo-se repentinamente desconfortável. Algo no tom de voz do ancião era sinistro.

– Que efeitos? Por favor, Kimura-san, não me esconda nada.

– Bem... Tenmera-sama chegou após uma nevasca. Os agasalhos de sua companhia eram adequados para a cidade, mas não protegiam contra o frio daqui. Talvez por isso eles tenham usado saquê para se aquecer. Saquê demais, talvez.

– O que o senhor quer dizer?

– Eles... não eram amigáveis. Ficaram pouco tempo, mas causaram muita confusão. Estavam embriagados quando atravessaram o Torii. E, talvez, eles já estivessem acostumados a beber... e, também, a serem... – sua voz ficou embargada. Akio tentou incentivá-lo.

– A serem...

– Desrespeitosos. O senhor entende, Hanma-sama? Somos um povo simples das montanhas, mas entendemos o valor do respeito. Sabemos que devemos respeito a um samurai, mas também não queremos ser desrespeitados. Todo homem está sujeito a fraquezas, mas talvez o posto e a riqueza façam-no ficar mais... vulnerável a tentações.

– Tentações... o que eles fizeram?

Kimura suspirou novamente e revelou:

– Eles chegaram falando alto, dizendo que eram emissários do Imperador e que devíamos lhes satisfazer todas as vontades. Exigiram hospedagem, comida, mulheres e saquê. Nós tentamos dissuadi-los de beber mais, oferecemos um banquete para ver se ficariam satisfeitos, mas foi em vão. Um soldado... importunou uma jovem noiva da aldeia. O noivo interferiu. Tenmera-sama mandou chicoteá-lo. Depois, ele entregou a moça aos soldados para que...

se divertissem. Mais tarde, o próprio Tenmera-sama se aproximou desrespeitosamente de uma de minhas noras.

Akio ficou chocado. Ele já tinha ouvido falar de abusos de soldados contra camponeses, mas um samurai embriagado incentivando soldados a atacarem jovens noivas e casadas era impensável! Ele se prostrou e fez uma profunda reverência ao ancião, dizendo:

– Sinto muitíssimo, Kimura-san, pelo que sua vila e sua família passaram. Tenmera-san desonrou o Bushido. Se houver algo que eu possa fazer para compensar...

O ancião levantou a mão e respondeu:

– O senhor não tem culpa pelos erros de outro samurai, Hanma-sama. E Tenmera-sama não nos causará mais problemas.

– O que houve com ele?

– Pouco depois que ele e seus homens cometeram suas indiscrições, o senhor do castelo mandou... uma punição. Nunca mais os vimos.

Akio parou um instante, ponderando a resposta, antes de perguntar:

– E Makisumo-san?

– Makisumo-sama não tinha problemas com álcool, nem mulheres. O problema dele era... outro.

– O que quer dizer?

– Ele era... excessivamente militar. Chegou anunciando que era o poderoso general Makisumo-sama, responsável pelo orçamento militar. Imediatamente após atravessar o Torii, ele decretou lei marcial com toque de recolher e tentou recrutar nossos jovens para formarem a linha de frente da batalha.

– Agora que o senhor mencionou, reparei que todos os homens da vila parecem estar aqui, trabalhando. Ninguém daqui respondeu à convocação para a guerra na fronteira?

– Como eu disse, estamos muito longe da corte. Também estamos longe da fronteira. Nossos jovens são necessários aqui. Não entendemos por que deveríamos mandá-los a uma guerra que não é nossa, arriscando suas vidas por senhores que eles nem conhecem.

– Mas, Kimura-san, mesmo essa vila distante faz parte do império! Somos um só povo e precisamos proteger uns aos outros. Se a fronteira for tomada, será uma questão de tempo até que os invasores cheguem a todos os recantos do império, inclusive aqui.

Kimura sorriu e respondeu:

– Nós preferimos a paz.

– Mas o preço da paz é estarmos sempre preparados para a guerra.

– Será mesmo? Parece-me uma lógica estranha, Hanma-sama. Sempre há uma guerra. Reis e imperadores parecem gostar da guerra. Ela alimenta os fabricantes de armas, aumenta os preços da comida, reduz as chances de uma revolta interna, mantém o número de homens jovens e fortes sob controle e todos ficam sujeitos ao governo.

Akio refletiu um instante. Sua mente, pela primeira vez em muitos anos, estava confusa. O código era justo e as leis existiam por boas razões. Ele nunca tinha questionado as razões por trás da guerra, além da segurança da Nação, mas agora uma dúvida pairava em seu coração. Desconfortável, resolveu mudar de assunto:

– Mas, então, o que aconteceu com Makisumo e seu exército?

– Ele quis nos forçar a lutar por ele, por uma causa que não era a nossa. Eu respeitosamente recusei em nome da vila. Ele nos ameaçou, prendeu nossos jovens. Foi então que a magia do senhor do castelo o fez desaparecer com seus soldados.

– Parece que Katsuri-Khan protege bastante essa vila.

– Ele tem sido um bom senhor desde que veio morar no castelo. Não nos cobra tributos e nos deixa em paz. Mal notamos sua presença, exceto quando alguém vem perturbar a nossa paz.

Kimura pronunciou a última frase tranquilamente, mas Akio não pôde deixar de sentir um tom de alerta nas palavras.

– Eu lhe asseguro que não pretendo abusar da sua hospitalidade, nem perturbar a paz, Kimura-san. Só peço abrigo por uma noite, enquanto me preparo para seguir viagem e enfrentar os três testes.

– Certamente, senhor! O senhor salvou a vida do meu neto e nos ajudou. É mais do que bem-vindo em nossa vila.

Uma das noras de Kimura veio informar que o jantar seria servido em breve. Os dois se levantaram. Antes que Akio saísse, porém, Kimura perguntou:

– Hanma-sama, só há uma coisa que não entendi.

– O que foi?

– Por que o senhor saiu do campo de batalha e se voluntariou para vir até aqui, tão longe, enfrentar os testes?

– O feiticeiro que se intitula "Senhor do Castelo Katsuri" roubou o Coração do Tempo, uma relíquia mágica que pertence à família do Imperador há gerações. Após ter estudado sobre medicina e magia por anos na biblioteca imperial, ele se aproveitou de sua posição como médico imperial para entrar no salão dos tesouros mágicos e roubar a relíquia. Com que propósito, não sabemos. Nem sabemos o que ela faz, ninguém a usou em séculos. Mas imaginamos que representaria muito perigo ao Império.

– Sim, isso os seus predecessores nos informaram. Mas, porque o senhor, em particular, se voluntariou para essa missão?

Foi a vez de Akio suspirar antes de responder:

– O senhor lembra que, mais cedo, eu disse que tive um filho com o nome Tetsuo?

– Sim.

– Ele é o feiticeiro que se intitula Katsuri-Khan. Eu preciso enfrentá-lo para restaurar a honra da família.

Kimura arregalou os olhos e chegou a abrir a boca, mas não falou, apenas fez uma reverência, com grande pesar.

Após o jantar, Akio se recolheu para preparar sua bagagem e tentar dormir. O tempo havia fechado pouco depois do pôr do sol e uma chuva fina, mas constante, caía sobre os telhados. O samurai se indagou se o clima era natural, ou uma manifestação mágica.

Ele se sentiu bobo, como um guerreiro inexperiente em sua primeira missão. Certamente Tetsuo – ou melhor, Katsuri-Khan – não lançaria mão de artifícios tolos para incomodar seu descanso; um feiticeiro não iria se esconder atrás de fenômenos climáticos ordinários.

Uma coisa que ele tinha ensinado ao filho era que a melhor maneira de se enfrentar uma situação era diretamente, com verdade. Mesmo ele tendo traído sua família e o Imperador, Akio ainda duvidava que Tetsuo tivesse deixado de lado todos os ensinamentos de sua infância. O samurai respirou fundo e tentou esquecer aqueles pensamentos; afinal, não importava mais. Tetsuo não era mais seu filho e tinha que ser punido exemplarmente, para restaurar a honra da família. Remoer o passado e tentar entender o que tinha dado errado era inútil e só impediria Akio de ter seu sono tranquilo. Ele se concentrou em ouvir o ritmo da chuva caindo sobre madeira e bambu, até que finalmente o sono veio.

Akio acordou de madrugada. Nenhum som o despertou – foi o silêncio excessivo que alertou seus sentidos. Lá fora, a chuva tinha passado e a neblina estava de volta. O céu era invisível com tantas brumas, mas Akio sabia que o sol ainda demoraria a nascer – era o momento mais escuro antes do amanhecer. Ele tentou ouvir os moradores nos outros quartos, mas mesmo os movimentos mais discretos não seriam tão silenciosos. Nem o ruído de respiração era ouvido. Seu instinto lhe dizia que algo estava errado.

Akio se vestiu, se armou e abriu com cuidado a porta. Não havia sons nos outros aposentos. Com cautela, ele se dirigiu ao quarto de Kimura e sussurrou um chamado três vezes, sem resposta. Então, ele abriu rapidamente a porta, mas a cama estava vazia. Ele correu aos outros quartos, igualmente vazios. Foi quando ele percebeu uma linha de sangue no chão, indo para fora da casa, como se um corpo tivesse sido arrastado.

As brumas impediam a visão além de poucos metros, mas Akio saiu mesmo assim, uma das mãos levando uma lanterna, a outra na empunhadura da katana. A linha de sangue levava até a casa que servia de granja e estábulo das vacas. Ele seguiu em silêncio, até que ouviu gemidos e gritos abafados vindos da construção. Sacando a espada, ele correu e abriu a porta.

A cena era grotesca. Manchas de sangue e penas espalhadas eram tudo o que restava das galinhas. Akio percebeu movimento na parte de trás, onde ficavam as vacas, mas não era um animal se mexendo. A luz da lanterna iluminava poucos metros à frente e era possível ver silhuetas de braços, como se mais de uma pessoa estivesse ali. O samurai colocou a lanterna sobre o cercado e se aproximou, ouvindo uma mastigação ruidosa, de várias bocas.

Ao chegar à porta da baia, ele teve que fazer força para não vomitar. À sua frente, uma massa de carne rosada e fétida se mexia – não, *borbulhava* – sobre o que primeiro pareciam ser os restos de uma vaca, mas Akio logo percebeu, horrorizado, que se tratava de um corpo de mulher.

A abominação, que estava curvada sobre o cadáver, teria mais de dois metros de altura se estivesse ereta, mas sua forma era instável. Braços longos, musculosos e flácidos emergiam do bolo de carne, terminando em deformidades com quatro dedos armados com

garras afiadas. Após arrancar um punhado de vísceras, uma garra voltou para o corpo, derramando a peça sobre o que parecia ser uma pústula avermelhada – que o samurai observou ser uma de muitas pequenas bocas que vertiam uma baba amarelada enquanto mastigavam. A criatura parecia não ter pernas, mas produzia e recolhia braços o tempo todo. Akio não conseguiu reprimir um sussurro enojado:

– Bakemono!

Minúsculos olhos pretos se abriram na massa obscena e várias bocas emitiram gargalhadas em uma cacofonia infernal. Um apêndice longo e grosso como uma anaconda se elevou, revelando uma cabeça humanoide deformada, com quatro olhos em alturas diferentes. Grandes bochechas arredondadas estavam cobertas de pequenas feridas purulentas. Uma boca desproporcionalmente ampla se abria sob as bochechas, chegando às orelhas achatadas, cercadas de tufos de cabelo eriçado. Os lábios eram azulados e havia várias fileiras de dentes de diferentes tamanhos e formatos, que impediam o fechamento total da boca. A criatura o olhou e escancarou um sorriso assustador, antes de dizer com muitas vozes:

– Hanma-san! Você finalmente chegou! Nós estávamos lhe esperando!

Akio ficou em choque ao ouvir o próprio nome vindo dos lábios inchados daquele monstro e mais ainda com a revelação de que era esperado.

– Quem é você, demônio? Como sabe meu nome? Diga-me!

O monstro socou o chão com duas de suas enormes mãos, causando uma grande trepidação no estábulo e derrubando vários utensílios das paredes. O pescoço comprido deslizou pela massa de carne, enquanto braços se reconfiguravam, como se fosse uma aranha imensa se posicionando sobre a teia. Akio conseguiu distinguir as feições da vítima: uma das noras de Kimura. Ele novamente fez força para não vomitar. Mesmo todos os seus anos de batalhas não o tinham preparado para a cena à sua frente.

Seu choque foi interrompido pelo ataque de um braço que se esticou até ele. Akio se desviou com rapidez e, com um golpe certeiro, decepou o braço, que caiu ruidosamente em convulsões, exalando uma fumaça verde e ainda mais fétida do ponto de corte. Akio mal

teve tempo de saltar para longe, antes que a náusea o deixasse tonto e com dor de cabeça. O braço parecia não ter ossos, apenas carne inchada e esponjosa mal contida sob uma camada muito fina e esticada de pele. À medida que continuava exalando fumaça, o braço diminuiu até o tamanho humano.

As bocas se abriram em gritos lancinantes e inumanos de dor e fúria, forçando Akio a cobrir os ouvidos. Aquelas vozes pareciam ter vindo do lendário Submundo, pois nenhuma criatura viva seria capaz de emitir tais sons.

– Maldito seja! Como ousa? Vou devorá-lo bem devagar por isso, Hanma-san!

Akio se revoltou ao ouvir seu nome pronunciado uma segunda vez por aquela abominação:

– Como sabe meu nome, criatura imunda? Quem é você! Apresente-se!

O monstro virou a cabeça, numa expressão de deboche, como alguém que ri de uma piada que só ele entende. A carne esponjosa começou a borbulhar e, em um instante, um novo braço emergiu onde o anterior tinha sido cortado. Estendendo o pescoço de volta para perto do cadáver, ele distraidamente torceu uma perna até arrancá-la e começou a comer, como se Akio nem estivesse ali. O samurai considerou essa atitude um desafio e repetiu:

– Fale, monstro! Como me conhece? Diga seu nome!

– Meu nome... – a criatura hesitou por um instante – meu nome agora é Tenmako-Gaki, o Devorador!

Akio ficou parado, deixando passar o choque da compreensão do que tinha acabado de ouvir, enquanto o monstro voltou a comer. Por fim, ele arriscou uma pergunta:

– Tenmera-san, é você?

A reação do monstro foi violenta. Ele atirou a perna parcialmente devorada na direção de Akio, que mal teve tempo de se desviar, enquanto os outros punhos do monstro socavam cercas e colunas. O samurai teve a confirmação de que precisava: ao ouvir seu nome humano, muitos monstros que tinham sido vítimas de maldições reagiam com violência, para esconder a vergonha que os dominava.

– Tenmera-san...

– Não repita esse nome!

– Perdão! Eu não queria provocá-lo. Mas, Te... – Akio conseguiu se interromper antes de dizer novamente o nome – Tenmako-Gaki, o que aconteceu? Há algum jeito de salvar seu espírito?

O monstro, amálgama do que um dia tinham sido um samurai e seus soldados, cessou seu surto de ódio e olhou com seriedade nos olhos dele, seriedade que foi se transformando em insanidade enquanto as vozes de suas várias bocas repetiam e ecoavam o que ele falava:

– Eu fui vítima do primeiro teste. Fui enganado! Foi-me oferecido um prêmio, mas só recebi uma maldição! Era para tudo ser meu! Meu! Eu teria o que quisesse: saquê, mulheres, crianças, comida, qualquer coisa que eu desejasse, qualquer capricho, por mais sórdido ou baixo que fosse! Estava livre das restrições da corte! Livre das insinuações! Livre das fofocas! As vozes na neblina, elas me prometeram tudo! Mas, eles, eles se recusaram, eles mentiram para mim! Eu tinha que puni-los, tinha que tomar o que era meu! Ainda há tempo! Tudo aqui é meu, meu! Até você será meu!

Dizendo isso, ele lançou mais dois braços à frente, com as garras abertas. Akio fez um movimento rápido com a espada, fazendo voar pontas afiadas que se cravaram nas paredes – e se tornaram lâminas partidas, provavelmente das alabardas dos soldados, que tinham sido incorporadas ao monstro. A criatura voltou a gritar, exalando fumaça verde das pontas cortadas dos dedos.

– Não se deixe enganar, Hanma-san! Eles não são o que parecem! Aqui, nada é o que parece! A névoa, a névoa mexe com a mente! Esse é o primeiro teste e ninguém passa nele! Eu não passei! E se você passou, é meu dever matá-lo! Eu preciso devorar sua carne! Só assim terei a minha salvação!

O monstro voltou a esticar vários braços simultaneamente, tentando impedir os movimentos do samurai. Akio, porém, apesar de já ter passado do primor da idade, ainda era muito ágil; ele se desvencilhou dos golpes e correu para a entrada, cortando mais braços no caminho. Infelizmente, o monstro criava braços com maior rapidez do que eram cortados.

Ao pegar a lanterna, ele se voltou para aquele que um dia tinha sido Tenmera, o samurai, e disse:

– Se é verdade o que você disse, então só me resta lhe dar o descanso eterno. Sua carne reflete seus pecados, pútrida e corrompida.

Que o fogo o liberte! – dizendo isso, ele jogou a lanterna na palha seca, que rapidamente se acendeu.

O monstro ainda tentou usar os vários braços para se elevar e veio na direção da porta, como uma aranha monstruosa e ferida, mas Akio foi mais rápido, cortando o caminho da criatura com golpes ágeis e certeiros. Sem a sustentação dos braços, o monstro se afundou em seu próprio peso; a secreção que emanava de suas feridas-bocas se revelou altamente combustível. As chamas tomaram o corpo e se espalharam pelo estábulo. O samurai fechou a porta atrás de si e se afastou, ainda com a espada nas mãos. As labaredas logo cobriram a construção toda, mas não se alastraram para a casa próxima; parecia que a névoa úmida impedia o crescimento do fogo além daquele local. Lá dentro, a monstruosidade soltava gritos lancinantes e assustadores. Em pouco tempo, estava acabado.

Akio fez uma breve prece pelo samurai e seus soldados, além da mulher morta. Só então se lembrou de que toda a família de seu anfitrião tinha desaparecido, mas ele só tinha achado o corpo de uma das mulheres. Com um mau pressentimento, ele se virou para correr até a praça. Foi quando percebeu a presença de várias silhuetas vindo das cerejeiras e dos bambuzais que marcavam os limites externos da aldeia. Só quando as criaturas saíram totalmente da neblina, foi possível ouvir seus movimentos: era uma marcha, obviamente de natureza militar.

O samurai já imaginava do que se tratava – se Tenmera e seus soldados tinham se tornado aquela aberração por causa de sua gula e luxúria, o sentido militarista de Makisumo e seus soldados os teriam transformado em uma legião das trevas. Akio correu na direção da praça; ele ainda precisava encontrar e ajudar os aldeões.

Seu caminho foi barrado pelo que pareciam ser *ashigaru*, guerreiros servis a samurais, completamente fechados em armaduras escuras com máscaras demoníacas que cobriam seus rostos. Eles traziam alabardas *naginatas* de cabo preto e lâminas envelhecidas, serrilhadas e ensanguentadas. Seus movimentos eram ritmados e se complementavam, como uma dança mortal. Akio teve pouca dificuldade em prever seus golpes e contragolpes; ao decapitar um dos inimigos, observou que era apenas uma armadura vazia, provavelmente animada por um espírito invisível. O samurai prosseguiu abrindo caminho entre os guerreiros fantasmas, até chegar à praça.

Ele foi recebido por um cenário de desolação e horror: os aldeões pareciam estar muito feridos ou mortos. Alguns tinham sido decapitados, outros se arrastavam pelo chão enquanto exibiam cortes profundos de espada, alguns estavam pregados em paredes e postes ou enforcados sob as árvores, alguns queimando em fogueiras, amarrados a postes. Ele não via Kimura, nem Tetsuo ou qualquer outro rosto familiar. Das sombras distantes do bosque de cerejeiras, mais tropas fantasmagóricas emergiam.

Akio avançou para uma posição central e bradou:

– Eu vejo os soldados, mas não vejo o general. Onde está você, Makisumo-san?

A resposta sobrenatural foi rápida e violenta. A terra tremeu e, a poucos metros de sua posição, emergiu um enorme guerreiro, completamente selado em uma armadura assustadora, uma forma corrupta da legítima armadura de guerra de um samurai. A máscara sob o elmo era um misto de ódio e dor permanentes. A espada que o monstro trazia tinha o dobro do tamanho da katana de Akio. Um fogo azul emergia das dobras e juntas da armadura. Quando o guerreiro saiu completamente do chão, os olhos da máscara se iluminaram com chamas alaranjadas e uma voz ecoou como o vento através de um bambu:

– Quem se atreve a dizer esse nome? Esse nome não significa nada! Eu sou Makojinji-Gaki, o Destruidor! Quem se atreve a invocar a desonra de um guerreiro?

– Eu, Akio Hanma, emissário do Imperador! Você falhou em sua missão, Makisumo-san, e é meu dever lhe dar uma última chance para um fim honrado. Baixe sua arma e volte para o esquecimento!

Por um momento, as chamas dos olhos da máscara e das juntas da armadura brilharam todas em vermelho. A gargalhada oca que ecoou trouxe um arrepio à espinha de Akio:

– Seu tolo! Hanma-san, o que você sabe sobre honra? Saiba que só há honra na vitória! E a vitória será minha! Eu matarei todos aqui, matarei você, matarei o Imperador e todo o Império! Só então minha honra será restaurada!

– Você é que não sabe nada sobre honra! Qual a honra em atacar inocentes, em massacrar mulheres, crianças e idosos desarmados?

– Eles não são o que parecem! Aqui, nada é o que parece! Nem você! Por isso, eu vou destruir tudo! Ashigaru, ataquem!

Os soldados fantasmas avançaram ameaçadoramente. Akio não se demoveu e gritou para o líder demoníaco:

– Se você ainda tiver um pingo de honra, você irá lutar comigo, sozinho! Eu o desafio! Em nome da honra e do dever, deixe seus soldados de lado e me enfrente!

O enorme guerreiro levantou uma das mãos e os soldados pararam. Ele pegou a espada com as duas mãos e avançou, dizendo:

– Eu lhe concederei seu último desejo!

O monstro avançou, mas Akio foi mais rápido, barrando seu golpe, que causou um estrondo e fez a terra tremer. A força de Makojinji era formidável. As lâminas se batiam ruidosamente, soltando faíscas. A espada gigante se acendeu em chamas alaranjadas e azuis. O samurai começou a temer que o combate pudesse machucar mais alguém e foi dirigindo seu oponente para a periferia da aldeia; ele também estava apreensivo porque, após algum tempo, a ferocidade dos ataques acabaria por exauri-lo, enquanto que o mostro não devia se cansar, já que estava morto.

Makojinji continuou avançando. Seus golpes cortavam postes de madeira como se fossem palitos e abriam paredes de casas e estábulos como uma faca quente atravessa manteiga. Quando dava um golpe mais forte, os vazios de seus olhos se iluminavam com chamas avermelhadas. Ele atacava sem parar, tentando encurralar o samurai.

Foi quando Akio teve uma ideia. Tomando impulso contra uma parede, ele saltou por cima do inimigo e correu na direção de um muro alto, próximo à base da colina onde ficavam as plantações de arroz. O monstro o seguiu, gritando insultos. O samurai ignorou os xingamentos e se deixou cercar diante de uma parede de madeira e bambu que seguia a encosta. O guerreiro demoníaco se aproximou, dizendo:

– Não tem para onde fugir, Hanma-san! Você sucumbirá ao fogo da minha ira!

– Não pretendo fugir, Makisumo-san. Você é que vai sucumbir! Que o fogo da sua ira seja sua perdição!

O monstro deu um berro e investiu com a enorme espada em chamas sobre o samurai. Akio deu um salto e se jogou para o lado, usando a espada para cortar a corda que prendia o contrapeso do dique.

A água represada nas colinas desceu ruidosamente sobre Makojinji, que ainda tentou fugir, mas o chão de terra transformou-se em lama sob seus pés e ele afundou. A corrente aquosa levantou uma coluna de fumaça ao envolver sua armadura profana. Seus movimentos ficaram cada vez mais lentos.

Seu elmo foi arrancado pela torrente, revelando uma armadura oca, que se desmontou em cinzas e foi dissolvida. Uma a uma, as armaduras dos soldados espectrais também se desmontaram.

Akio respirou fundo para recuperar o fôlego e voltou à praça. Por um instante, sua visão ficou borrada com a neblina e ele cambaleou. No minuto seguinte, todos os aldeões estavam de pé, sem quaisquer ferimentos, aplaudindo e reverenciando-o. Ele olhou surpreso, enquanto Kimura se aproximava:

– Parabéns, Hanma-sama. Você passou nos dois primeiros testes, com louvor!

– Então, o primeiro teste...

– Foi ontem. Para chegar à aldeia, o senhor atravessou a Neblina do Julgamento, que faz aflorar o que há de melhor ou pior nas pessoas. Ao demonstrar honra, respeito e compaixão, o senhor passou no teste.

– E agora foi o segundo teste.

– Sim, da sua coragem, habilidade de luta e capacidade de fazer o que era certo e necessário: trazer a paz aos samurais e soldados amaldiçoados.

– Mas, então, Kimura-san, vocês nunca estiveram em perigo real! Se era um perigo ilusório, de que valeram os testes?

O ancião colocou uma mão em seu ombro, sorrindo, e respondeu:

– Não, Hanma-sama, o perigo era bem real. Nós não mentimos para o senhor em nenhum momento. Bem, na verdade, em apenas um momento...

– Que momento?

– Devo confessar que nunca tive um neto chamado...

– Tetsuo!

Akio arregalou os olhos ao pronunciar o nome. Como que em resposta, o menino do dia anterior surgiu no vale, além do Torii. Ele levantou a mão e o silêncio pairou na aldeia. Ele sorriu e fez uma reverência:

– Saudações, meu pai.

Instintivamente, Akio levantou a espada e avançou. Tetsuo levantou as duas mãos em sinal de paz.

– Não vim lutar, meu pai. Vim lhe cumprimentar e lhe apresentar seu último teste.

– Não me chame de pai! Você desonrou o nome de nossa família e deixou de ser meu filho! Diga logo o que quer! Por que veio pessoalmente? Eu não deveria chegar ao Castelo Katsuri primeiro?

– O senhor já passou pelo castelo...

Tetsuo sorriu e apontou para cima. Akio seguiu o movimento com os olhos e não pôde evitar ficar boquiaberto. O sol estava para nascer sobre as montanhas e sua luz já aparecia na parte alta do céu, avermelhando as nuvens. Então, como se uma cortina se abrisse na passagem da luz solar, surgiu um enorme rochedo, parado no ar sobre o centro do vale, na altura das montanhas. Sobre o rochedo, havia um bosque de cerejeiras e uma cachoeira que vinha das pedras e descia pela encosta antes de se dissipar no vento. E, no centro do bosque, erguia-se um antigo palácio, com algumas partes em ruínas. Parecia uma cena pintada no céu em cores vivas e irreais – ou talvez mais reais do que a realidade. O samurai não conseguiu reprimir um som de estupefação, como se sua respiração tivesse sido interrompida e voltado bruscamente.

– Impressionante. E mais impressionante ainda que eu não o tenha visto ontem.

– Apenas quem passa pela Neblina do Julgamento e é considerado merecedor consegue ver o castelo. Mesmo assim, ele só é visível de dentro do vale. Congratulações, o senhor merece!

– Não me bajule, Tetsuo. Não sei qual o seu jogo, mas você ainda pode sair dessa situação com honra.

– Como, meu pai? Cometendo seppuku, um suicídio ritual? Desculpe, não estou disposto a entregar minha vida por uma falsa honra.

Akio avançou mais alguns passos:

– Como, falsa honra? Você desfaz assim tão facilmente das tradições?

– Pai, não sou eu que uso as tradições para esconder erros, crimes, corrupção...

– Do que você está falando? Você tinha uma ótima carreira! Um futuro brilhante!

Uma nuvem envolveu Tetsuo, que se tornou adulto, um homem de cerca de 30 anos, ainda esguio e de aparência frágil como Akio se lembrava dele na infância e adolescência.

– Como médico imperial? Não me faça rir, pai! Você nunca escondeu seu desapontamento por eu não ser um samurai, por ser fraco e não ter seguido o seu caminho!

– Isso não é verdade! Nem todo mundo pode ser samurai, eu sempre soube que esse não era o seu caminho! Mas mesmo assim, todos podem seguir o caminho da honra! Você tinha outro destino, eu sabia. Tetsuo, não me culpe pela sua traição!

Dizendo isso, Akio saltou com a espada em punho, mas só atingiu o chão; Tetsuo se desfez em neblina e se rematerializou próximo ao Torii.

– Eu não o culpo por nada, meu pai. Mas, antes de cumprir a sentença do Imperador, como um guerreiro que luta pela honra e justiça, o senhor deve saber de toda a verdade.

– Que verdade? Fale rápido, Katsuri-Khan, antes que eu o execute por seus crimes!

– O que são meus "crimes", comparados ao que vi passar impune pela corte? Quem julgará os criminosos entre os nobres?

– Eu não sou juiz, nem júri, Tetsuo! Sou seu executor! A Justiça Imperial o ordena! – Akio correu novamente e saltou, fazendo movimentos rápidos com a espada. Dessa vez, Tetsuo não desapareceu; em vez disso, ele se transformou em um monstro formidável, com quatro braços e a pele dura e escamosa como a de um lagarto, com placas ósseas nos punhos, joelhos e cotovelos. Nessa forma, ele soprou um cone de chamas. Seu pai se desviou no último momento, escapando do fogo infernal.

– Pai, por favor, me escute, eu não quero lutar!

– Não temos mais nada a dizer! Como se não bastasse ter desonrado a família roubando uma relíquia, você ainda transformou dois samurais e dezenas de soldados em monstros!

– O Coração foi roubado pela família do Imperador, eu só o trouxe de volta ao seu local de direito! E não fui eu quem os transformou! A Névoa do Julgamento já está aqui há séculos! Eles foram consumidos por seus próprios pecados!

Akio baixou a espada:

– Do que você está falando? Eu sei que eles erraram muito, mas foi a magia que os transformou! Sua magia maligna! E o Coração está na família imperial há gerações!

– O senhor não entendeu! Eu vim aqui para acertar uma dívida antiga. Também fui julgado pela Névoa e considerado digno. Os espíritos me aceitaram e me ouviram, por que o senhor não pode fazer o mesmo?

O samurai se deteve e embainhou a espada, dizendo:

– Você tem um minuto para se explicar. Faça bom proveito desse tempo.

O monstro voltou a ser o menino e prosseguiu:

– Eu passei dez anos trabalhando na corte, estudando medicina e magia e subindo de posto como assistente, até chegar à posição de médico imperial. O senhor sabe quais "doenças" eu tratei lá?

– Não, não imagino. E seu código de ética não permitiria que você comentasse as intimidades dos seus pacientes.

– Eu passei anos interrompendo gestações indesejadas, fazendo com que nobres herdeiras parecessem virgens para que não desonrassem seus casamentos arranjados. Curei desde ressacas até intoxicações quase fatais de nobres viciados em drogas. Salvei famílias aristocráticas de infecções genitais, espalhadas por samurais que não conseguiam controlar seus impulsos ao visitarem bordéis de péssima reputação. Praticamente ressuscitei um príncipe imperial de uma tentativa de suicídio, porque a não aceitação de suas... "excentricidades" pelo Imperador o levaram à depressão. Posso contar nos dedos quantas vezes curei um nobre de uma doença comum. Eram sempre atendimentos na madrugada, para proteger as aparências contra as indiscrições dos samurais e mesmo da família imperial. A corte é um chiqueiro! É um círculo vicioso que nunca vai acabar! A menos que alguém faça alguma coisa!

Akio fitou o menino, perplexo. As revelações de Tetsuo eram ainda mais pesadas porque saíam da boca de uma criança, palavras que um inocente jamais deveria pronunciar. Era demais para ele:

– Tetsuo-kun... por que você está usando esse disfarce de criança?

– Não é um disfarce. O Coração do Tempo me permite voltar a qualquer ponto no tempo. Eu... sentia saudades da minha infância, de um tempo em que não sabia de todas essas coisas. Um tempo em

que o senhor estava mais em casa, quando mamãe ainda era viva – Tetsuo abriu um sorriso – e já me acostumei a chamar Kimura-san de "avô".

– Tetsuo, mesmo que tudo o que você diz seja verdade, não posso fugir do meu dever. Seu minuto acabou – disse Akio, avançando novamente de espada em punho – A honra exige uma reparação!

O menino voltou a ser adulto e disse:

– E quem dará reparação a essa vila?

Akio parou, olhou para os aldeões reunidos além do Torii. Todos aguardavam ansiosamente o desfecho daquele confronto.

– Que reparação? O que aconteceu aqui, realmente?

Foi a vez de Kimura se pronunciar:

– Há mais de 30 anos, na primeira das guerras da fronteira, nossa vila foi visitada pelos samurais, que vieram convocar à força os nossos jovens para a frente de batalha. Nós pedimos, imploramos, mas eles não nos ouviram. Tentamos retirar nossos rapazes pela estrada no fundo do vale, mas eles nos cercaram. Pela nossa insolência, disseram, a vila inteira precisava servir de exemplo ás outras.

– Então... vocês todos estão mortos.

Kimura baixou a cabeça respeitosamente:

– Sim, Hanma-sama.

Akio olhou para ele, perplexo, depois para Tetsuo:

– Por que esses subterfúgios? Por que esta farsa?

– O Coração do Tempo protegia essa e tantas outras vilas da região. A joia pertencia ao senhor do castelo, o Katsuri-Khan original. Ela foi roubada por agentes de um ancestral do Imperador, mas nem os maiores magos da corte conseguiram aprender como usá-la. Eu estudei muito sobre sua história quando estava na biblioteca. Desvendei seu segredo e, para meu horror, descobri que, geração após geração, os imperadores sabiam do roubo e da desonra. Com todo o resto do que vi na corte, isso me deu tamanho asco, que resolvi agir.

– Então, foi por isso que você pegou o Coração? O que você está fazendo?

– Pelo poder do Coração, posso manter o tempo parado, ou voltar a uma época mais feliz do passado. Após séculos sem uso, ele perdeu muito de sua magia, mas combinado com a Névoa do Julgamento, ele absorve energia dos espíritos daqueles que são

julgados e condenados por seus erros. A cada novo samurai ou exército que o Imperador mandar aqui, o Coração ficará mais forte. Com tanta corrupção no reino, logo, sua aura envolverá todas as aldeias em torno do vale. Um dia, quem sabe, ele alcançará a capital. Então poderemos restaurar a ordem e a paz.

– Mas, Tetsuo, essa não é uma saída honrada! Você está usando subterfúgio, amaldiçoando guerreiros! Quem protegerá o reino se todos forem transformados em monstros?

– Os próprios monstros podem ser usados contra nossos inimigos, pai. E, após verem uma demonstração do que o Coração pode fazer, duvido que eles permaneçam em guerra. Aliás, essa guerra é apenas uma de muitas que a família real fomenta para desviar a atenção do povo e manter o reino sob controle. Assim como o Imperador incentiva os vícios para manter seus cortesãos contentes.

– Você está dizendo que o Imperador...

– É tão criminoso quanto os outros, meu pai. Mais, até.

Akio cambaleou diante de tantas informações sinistras, tão discordantes de tudo que ele sabia até então. Toda a sua vida, sua carreira, foram baseadas em mentiras? Ele se recusava a aceitar a ideia.

– Tetsuo-kun, talvez, talvez haja outra saída, uma resposta honrada. Você não pode se rebelar contra todo o Império! Mesmo sua mágica não será tão poderosa! A corte tem outros feiticeiros, será uma guerra sangrenta!

– Mas dessa vez, será uma guerra por bons motivos. E, com o Coração do Tempo, poderei trazer de volta todas as pessoas mortas. Ninguém mais precisará morrer!

– Não, deve haver outro jeito! Tetsuo-kun, se você me devolver o Coração do Tempo, eu poderia falar com o Imperador, tentar resolver esse problema de corrupção de dentro do Império, sem mais derramamento de sangue!

– Devolver o Coração? Ele é tudo que sustenta a vida nessa vila.

Akio olhou para os aldeões, suspirou fundo e respondeu:

– Devolva-me o Coração, por favor. Eu entendo seus motivos. Não vou executá-lo, basta me devolver o Coração...

– Mas, meu pai, ambos sabemos que só devolver o Coração não resolveria o problema. O Bushido o impede de mentir. Quando o Imperador perguntasse se o senhor me executou...

– Sim, eu teria que cometer seppuku por ter desobedecido a uma ordem direta.

– E aí a corte teria menos um samurai honrado, talvez um dos últimos! Não, meu pai, o Império precisa do senhor vivo! Além disso... – Tetsuo abriu o quimono, revelando uma cicatriz que lhe atravessava o tórax – A única maneira de usar o Coração do Tempo é colocando-o no lugar do próprio coração. Se eu o retirar, morrerei do mesmo jeito. Se eu morrer sem filhos, nossa linhagem morrerá comigo, então de que adiantará manter a honra familiar diante dessa corte corrupta? Esse é o seu terceiro teste, meu pai: um teste de lealdade. A quem você a entregará? Ao Imperador, ou ao seu único filho?

Akio não sabia o que dizer. Mil pensamentos cruzavam sua mente. Parecia ser um dilema insolúvel, até que a resposta veio de fora: ao longe, ele ouviu trombetas imperiais anunciando a chegada de um exército.

– Parece que o Imperador não confiou na sua honra, meu pai – disse Tetsuo.

– Não pode ser! Ele... traiu a minha confiança, a minha lealdade!

– Sim. Meu pai, não há razão para o senhor permanecer aqui. Eu posso transportá-lo para o outro lado das montanhas. O senhor pode dizer que não passou no terceiro teste e não conseguiu pegar o Coração antes do exército chegar. Não seria mentira.

– Não, não seria – respondeu Akio, embainhando a espada – mas, nesse caso, meu filho, eu estaria abandonando a luta por uma causa justa. Seria um covarde e sem honra. O Bushido me impede de fazer isso.

Tetsuo olhos para o pai de olhos arregalados:

– Então, o senhor tomou sua decisão?

Seu pai sorriu e disse:

– Sim, meu filho. A minha lealdade permanece com a justiça – e com a minha família. O código é mais importante do que o posto, a corte, ou mesmo um Imperador corrupto. Doravante, eu serei Akio Hanma, o ronin. Ser desonrado perante um sistema sem honra é permanecer honrado.

Pai e filho se uniram em nome da honra, da justiça e da família, junto com o ancião Kimura e os aldeões, à espera do exército que já cruzava o velho portal.

Uma história para cada lenda

J. M. Beraldo

Há quem diga que trabalho é trabalho, não importa o que ele acarrete. Fico imaginando se a pessoa que disse essa asneira alguma vez teve de trabalhar com um yahidar.

Imagine isso: um sujeito baixinho, bastante parrudo, pele oleosa e flácida cobrindo todo o corpo, com uma língua roxa de dois quilos e meio pendendo para fora de uma boca grande o suficiente para engolir uma pessoa. Essa língua, diga-se de passagem, ele usa para limpar os olhos, como um sapo. Pensando bem, ele parece bastante com um sapo. E eu nem falei sobre os respiradouros na nuca, por onde eles soltam resíduos tóxicos da sua respiração.

Mas isso é o de menos. Acho que qualquer um nascido nos últimos setenta anos, acostumado ao fato de que a Humanidade não está só neste Universo, compreende que a vida vem em várias formas, e poucas delas são agradáveis aos nossos olhos.

O que não significa que eu precise gostar do meu cliente.

– Fico feliz que você tenha aceitado meu contrato, honorável Simone-san – disse o sujeito com um sotaque falso. Eu mencionei que yahidars são fanáticos por qualquer coisa vinda da Terra? – Temo que sem seu auxílio minha missão seria impossível mesmo para alguém com meu treinamento.

Vim encontrá-lo em um apartamento alugado num dos milhares de edifícios autossustentáveis de Niter. Era cada um praticamente uma cidade, conectado aos demais edifícios por túneis e pontes, ou externamente pelas vias aéreas. A maior parte da população do planeta provavelmente não via o céu arroxeado mais do que três vezes por ano. Não que houvesse muito o que se ver lá fora além de mais prédios.

O apartamento parecia tão genérico quanto a maioria das coisas nesse planeta. A indústria do consumo e do luxo fazia fortunas vendendo desde pôsteres físicos e vasos de plantas artificiais até projetos de design exclusivo nanofabricados.

Meu cliente, que insistia em apresentar-se como Capitão Algren, havia abarrotado o lugar com o que ele acreditava ser decoração japonesa. Guarda-chuvas coloridos de papel estavam espalhados pelo chão junto a almofadas de seda sintética. Lanternas de papel com ideogramas aleatórios iluminavam o ambiente. Havia até um dragão – chinês – pendurado no teto. Por um instante pensei em contar que aquilo não era japonês, mas não estava a fim de aguentar um yahidar chorando. O próprio havia me recebido usando um quimono de seda rosa, meias brancas até a canela e tamancos de madeira. Exigira que eu tirasse as botas enquanto sumia por trás de um biombo semitransparente para o outro único cômodo do apartamento, supostamente para trazer chá.

Até então ele havia dito muito pouco sobre o trabalho. Segurança em uma viagem importante, disse. Pagava bem.

– Então você quer que eu te proteja no caminho até a Terra. Mas proteger de quê?

A resposta veio por detrás do biombo de papel de arroz.

– Ninjas – ele disse como quem comenta sobre o clima.

Até parei de encarar o quimono azul preso à parede como um quadro.

– O quê?

– Ninjas – ele repetiu, saindo detrás do biombo com passos largos e lentos. Tinha trocado o quimono por algo um tanto mais... tradicional. O corpo rechonchudo estava coberto por uma couraça de metal e bambu pintado de vermelho e preto, a grande cabeça de sapo envolta por um elmo de abas largas, com uma lua crescente na testa. Nem sequer combinava com o resto da indumentária. – Ninjas querem minha armadura sagrada.

– Vamos começar de novo. Você tem uma armadura de samurai mágica. E ninjas querem pegá-la.

Nesse ponto eu já havia aceitado o chá que ele, ainda trajando

a armadura, servira de joelhos no chão. Era surpreendentemente bom, se bem que àquela altura eu já não duvidava de mais nada.

– Isso – ele respondeu, como se aquilo pudesse ser sério. Pegou sua xícara com ambas as mãos, murmurou algo e bebericou com aquela boca enorme sem lábios. A cena era quase hipnotizante.

Chacoalhei a cabeça, esperando despertar de um pesadelo. Não funcionou.

– E precisa que eu o escolte de volta à Terra.

Ele colocou a xícara de volta na bandeja com todo o cuidado, então concordou com a cabeça.

– Preciso levar a armadura de volta ao Santuário de Masakado antes que seja tarde demais.

– Tarde demais – repeti. – Porque os ninjas virão atrás de você.

– Os ninjas são apenas uma complicação – ele explicou, suspirando com grande pesar. – O problema é o que o espírito do honorável Taira no Masakado fará se sua armadura não for devolvida.

Ele pagava bem, repeti para mim mesma. E você precisa do dinheiro. Vai ser fácil, disse logo depois. Mas tudo tem limite.

– Ninjas não existem – acabei falando sem pensar. – Pelo menos não há uns trezentos anos. Talvez mais. Quinhentos.

Ele sorriu. Sabe aquele tipo de sorriso de quem sabe algo que você não sabe? Aquele que dá vontade de dar um soco para tirar da fuça do sujeito? Esse tipo. Mas imagine esse sorriso em um sapo obeso de um metro e meio. Um sapo usando uma armadura de samurai.

– Isso é o que eles querem que você pense.

– Quê?

– Ninjas são ardilosos! Escondem-se nas sombras, ocultam-se atrás de disfarces.

Talvez seja interessante contar que enquanto dizia isso, ele fazia mímicas, as mãos gordas passando diante dos olhos esbugalhados. Devia achar que estava em um teatro *kabuki*.

– E, quando você menos espera...

Ele deu um golpe de caratê na palma da própria mão. Um pouco de gás escapou dos respiradouros, atestando o medo oculto por trás da aparência mal feita de guerreiro milenar.

Tentei não rir, mas foi bem difícil. Acho que deveria receber um adicional de insalubridade.

Deixamos o local depois do fim da cerimônia do chá, quando o sujeito benzeu o apartamento com incenso. Não me pergunte. Fico só imaginando o que o proprietário vai pensar quando vier fazer a vistoria. Segundo meu cliente, ele não pretendia sobreviver a esta missão perigosíssima. Felizmente já havia depositado meu pagamento na conta da guilda. A questão agora era só servir de babá até chegarmos a Tóquio.

Encontrar passagem de Niter até a Terra não foi tão fácil. Claro, existiam inúmeros transportes fazendo a rota, levando carga de um lado para o outro. A Terra era um dos principais clientes das corporações niterianas. Elas já estavam lá vendendo quinquilharias horas depois de descobrirmos que éramos só uma das centenas de espécies autoconscientes dessa Galáxia.

Mas praticamente todas as naves fariam paradas prolongadas ao longo do caminho. Ninguém queria ir até a Terra. Consigo simpatizar com o sentimento. Não entendo porque qualquer um – além de um yahidar – faria isso. Eu queria algo direto e rápido, que acabasse logo com o contrato. Também preferia reduzir o risco de ser emboscado por ninjas em algum ponto de parada.

Não, não estou rindo. É impressão sua.

Uma vez arranjado o piloto, pegamos um hovertaxi até o local. De todas as possibilidades desse mundo, o motorista tinha de ser yahidar. Isso me fazia questionar quantos deles haviam migrado para Niter, provavelmente porque lá era fácil comprar muamba terráquea.

Foi uma viagem tensa e perigosa, não pelo risco do surgimento de ninjas, mas porque o motorista dirigia como louco. Dizia-se chamar Dallas. Não quero nem saber de onde tirou essa referência. Falava como um ex-militar, reclamava do governo e vez ou outra falava de espécies alienígenas que eu jamais ouvira falar. Foi quando ele balbuciava qualquer coisa sobre escolhidos, missões sagradas e poderes incalculáveis que meu cliente resolveu abrir a boca.

– Uma armadura mágica, eh? – disse Dallas, olhando pelo retrovisor. Qualquer outro tipo de pessoa faria isso num tom de piada. Não um yahidar. – Conte-me sobre ela.

Tentei me desligar da conversa. Olhei para fora, a fim de acompanhar o trânsito e pedir a quaisquer entidades divinas ou não que fizessem a viagem terminar logo.

– Mil e duzentos anos terrestres atrás o grande samurai Masakado, dono desta armadura que uso, tentou conquistar o Japão.

– Pensei que samurais fossem leais aos seus senhores.

– Ah, sim, são. Mas Masakado-san foi abduzido por celonianos.

Acho que ri alto. Os dois me olharam de relance, mas preferiram me ignorar. Não pareciam achar a história engraçada. Não era de se surpreender. A maioria das espécies inteligentes daquele canto da Galáxia havia recebido visitas de homenzinhos cinzas com grandes olhos negros. Não era à toa que acabaram expulsos da Liga dos Mundos por ignorar as leis de proteção de *espécies primitivas* como nós.

– Masakado foi presenteado com esta armadura e armas poderosas. Foram eles que o manipularam, convencendo-o que era seu destino tornar-se imperador.

– E funcionou? – perguntou o motorista, que mastigava um charuto.

Meu cliente bufou e balançou a cabeça, triste.

– Masakado foi morto por uma flechada certeira entre os olhos. Foi decapitado e levado em desfile para mostrar o que aconteceria com quem se erguesse contra o verdadeiro imperador do Japão.

Na frente, o motorista grunhiu qualquer coisa sobre alienígenas mexendo com a história humana.

Essa não era a primeira versão alterada de uma lenda que eu ouvia. Acho que desde que saímos da Terra e confirmamos que celonianos realmente vinham abduzindo pessoas da Terra, uma infinidade delas foi ajustada para culpá-los de tudo quanto é calamidade, de terremotos a casos de loucura. Celonianos costumavam fazer esse tipo de coisa, sabe-se lá por quê. Mas nem por isso eu levava essa versão da história a sério. Burra, resolvi cutucar.

– E como a armadura veio parar em suas mãos?

– Após a morte de Masakado, os celonianos levaram a armadura de volta. Com a queda da Coregência de Celon e o caos que se seguiu, a armadura foi passando de mão em mão até que o próprio Masakado me levou até ela.

Não sei por que eu ainda perco meu tempo perguntando. Nem insisti mais.

Chegamos à plataforma de pouso longos minutos depois. O nome do piloto era Dorin. Havia cerca de dez mil Dorins em Niter. Minha

teoria era que isso era o equivalente a "João Ninguém". A melhor forma de desaparecer sem ser pego era ser só mais um na multidão.

Dorin afirmava que não era o caso. Sorria muito, gesticulava com as mãos e os tentáculos capilares. Era um vendedor e um negociador nato, assim como a maioria dos niterianos. Se ele fosse humano, eu já teria dado um pé na bunda e procurado outro piloto. A única coisa que me fazia confiar no sujeito era seu registro de piloto *freelancer* cheio de notas altas dadas por clientes anteriores.

– Preciso de alguns minutos – disse ele, com aquele sorriso falso. – Coisa à toa.

A plataforma estava ocupada por máquinas e alguns trabalhadores locais. Conversavam entre eles mais do que mexiam na nave. Dorin permanecia do lado de fora, perto da rampa de acesso, mexendo no computador preso ao seu braço. Olhava para os lados o tempo todo, como se esperando alguém.

Acompanhei seu olhar, já me sentindo estúpida por ser levada pela paranoia. Um dos mecânicos, que estava de joelhos, perto de uma bomba de fluido refrigerante desligada, parecia curioso sobre meu cliente. Veja bem, eu sei que um yahidar fantasiado de samurai chama atenção, mas não em outro planeta. Niterianos estavam acostumados com tudo, pelo visto até com a excentricidade yahidar. Mas não aquele mecânico.

Percebi então que a ferramenta na mão do sujeito nada tinha a ver com o lugar onde estava. Era como usar um martelo em um fio elétrico. Percebi isso logo antes de notar a arma dentro da caixa de ferramentas.

O mecânico caiu morto com um tiro na testa antes de conseguir sacar a arma. Tudo seria perfeito se ele fosse o único. Meia dúzia deles, todos disfarçados de mecânicos e outros profissionais da plataforma de pouso, saltaram para trás da cobertura e sacaram armas até então ocultas. Agarrei meu cliente pela gola da armadura e arrastei-o para trás de um carrinho de carga, forçando-o a se abaixar enquanto continuava a atirar com minha pistola. Por sorte, eu os tinha percebido antes que pudessem se posicionar para nos cercar de todos os lados.

– Eu avisei! – gritou o samurai. – Ninjas!

– Cala a boca.

Odeio emboscadas. Não que não tenha caído nelas antes, nem que não tenha de alguma forma sobrevivido a elas. Mas odeio ser pega de surpresa. Me sinto mal com isso, como se tivesse falhado no meu trabalho. É como um engenheiro que projetou um motor errado. A diferença é que o erro do engenheiro não acaba com ele levando um tiro no peito.

Os tiros continuaram, todos erraram. Para mim era indício de uma única coisa. Eles não estavam tentando nos acertar, mas sim manter--nos abaixados ali mesmo. Queriam ganhar tempo. Mas para quê?

Alguns metros atrás de nós, ouvi Dorin gritando. Cobria a cabeça e corria para dentro da nave.

– Isso não foi o combinado! Não foi!

O que para mim era sinal de que pelo menos a passagem para fora de Niter ainda estava valendo.

– Prepare-se para correr.

– Correr? Samurai algum corre da batalha!

– Ou você corre agora, ou seu fantasminha camarada vai ficar sem a armadura mágica dele.

Meu cliente bufou. Só agora percebi que ele tinha a mão no cabo de uma de suas espadas. Nem sabia se elas eram de verdade. Mesmo que fossem, duvido que ele fosse sobreviver tempo suficiente para alcançar qualquer um dos ninjas.

Digo, assassinos.

Que seja.

Uma coisa que aprendi em quase dez anos de profissão é que você sempre precisa de uma carta na manga, mesmo que ela seja suficiente apenas para fugir com vida.

Minha carta na manga era cara. Puxei-a do bolso da calça, calculando mentalmente quanto custava, e o quanto aquilo tornava aquele trabalho menos lucrativo. O resultado ainda era o suficiente para valer a pena seguir em frente.

Ativei o dispositivo e joguei-o para o alto. Virei para o outro lado e cobri os olhos a tempo de evitar a explosão de luz.

– Estou cego!

– Você e seus ninjas.

Levantei, atirando com uma mão e arrastando meu cliente com a outra. Pulei para dentro da nave quando ela já começava a decolar.

Na plataforma, alguns dos assassinos atiravam a esmo, outros apenas cobriam os olhos sensíveis. Por um instante pensei ver alguma coisa se mover na nossa direção, um brilho rápido, uma distorção, como o calor emanando do asfalto quente.

Deve ter sido efeito da bomba de luz.

Ninguém tentou nos impedir no portal da alfândega na saída de Niter. Foi um alívio. Seja lá qual fosse o motivo do ataque – eu tinha sérias dificuldades em aceitar a versão do meu cliente –, ou o responsável acreditava no sucesso da emboscada, ou não tinha recursos para nos pegar em órbita.

Assim que a nave atravessou o portal e saltou para fora do sistema, arranquei Dorin do assento de piloto pelos tentáculos capilares e coloquei o cano da minha pistola dentro da boca dele. Deixei-o chorar e balbuciar qualquer coisa que eu não queria ouvir por um tempo antes de tirar a arma.

– Você tem uma chance de me contar a verdade. Se eu não gostar da história, você morre.

Em meio a soluços e borbulhos, ele jurou que não sabia de nada. Achava que ia levar algum tipo de contrabando para a Terra e por isso esperava a chegada do cliente com a carga. Disse, inclusive, que se soubesse que pretendiam matar qualquer um dos dois, ele jamais teria aceitado, não por qualquer lealdade forjada com os passageiros, mas porque ele e sua nave estariam na linha de tiro.

Tive de acreditar nele, primeiro porque ele parecia estar se borrando de medo, segundo porque se não acreditasse, teria de matá-lo, e não faço ideia de como pilotar uma nave. Ficar presa no hiperespaço com um yahidar não parecia uma boa escolha para o resto da minha vida.

Deixei-o voltar ao comando da nave e mandei que pegasse outra rota. Escolheu a Estrela de Barnard. Havia lá uma estação espacial independente onde poderíamos abastecer a nave sem adicionar tempo demais à viagem. Felizmente, meu cliente resolveu que seria um bom momento para meditar. Eu o deixei sentado em posição de lótus num dormitório fechado, cujo cheiro e aparência atestavam seu uso anterior como carga de animais. Não levou meia hora de meditação para estar roncando sonoramente.

Chegamos em Barnard poucas horas depois e seguimos diretamente para a estação.

Barnard tinha sua própria família de planetas, mas a pequena estrela vermelha mal tinha forças para gerar energia. Onde nenhuma vida nativa surgira, outros vieram mais tarde explorar seus recursos naturais.

Ao menos era uma das estações espaciais mais civilizadas da Zona Independente. O risco de sermos atacados por piratas era pequeno, mesmo que os preços praticados fossem muito mais altos do que deveriam.

Dorin pousou a nave em uma das plataformas internas da grande estação em forma de roda. No hangar fechado, a nave poderia ser abastecida de fluido refrigerante e oxigênio, enquanto o piloto checava eventuais danos à fuselagem. O piloto parecia excessivamente cuidadoso com sua nave. Talvez eu também fosse se dependesse dela para sobreviver.

Tínhamos cerca de duas horas para matar, tempo esse que eu esperava que meu cliente passasse dormindo.

Ele desceu a rampa de pouso com um sorriso no rosto, as mãos no cinto da armadura. Os olhos esbugalhados observavam por baixo do elmo, que parecia ter sido feito por alguém que jamais vira um elmo de samurai antes.

– É melhor ficar dentro da nave – eu disse, sei lá por quê.

– Sonhei que um dragão falava comigo.

Sorri, balancei a cabeça.

– Certo. Então volte para dentro. De repente ele tem mais alguma coisa pra te contar.

– Não, não. Recebi um chamado, compreende?

Eu compreendia que não havia nada que pudesse fazer além de nocauteá-lo. Mas tenho algo contra machucar meus clientes. Profissionalismo, sei lá. Acabei seguindo-o para longe da plataforma, mas não sem antes deixar claro para o piloto que quebraria seu pescoço se ele fosse embora antes que voltássemos.

A maioria das estações espaciais na Zona Independente eram antigas. Algumas tinham sido colônias celonianas em seu tempo de glória, outras haviam sido construídas por espécies independentes mais avançadas como os niterianos. Com o tempo, elas eram adaptadas aos fluxos de imigrantes.

Levei um susto quando percebi que andávamos por uma rua cheia de letreiros pulsantes escritos em inglês, português, francês e japonês.

Não eram só humanos vivendo por ali. Havia de tudo. Conviviam como se não estivessem em uma lata de metal flutuando no espaço a seis anos-luz da Terra. Era desconcertante.

– Há quanto tempo você não volta à Terra?

– Quem disse que faz tempo?

Acho que soei mais agressiva do que queria. Sei lá. Não gosto do assunto.

– Humanos e yahidar são mais parecidos do que você pensa.

Olhei o samurai andando ao meu lado. Visto de perto, o elmo parecia ter sido impresso em alguma nanofábrica. As imperfeições eram visíveis.

– Como exatamente?

Ele deu de ombros apesar de não ter ombros. Apontou para as lojas e pessoas à nossa volta.

– Se nós tivéssemos esse tipo de criatividade, jamais deixaríamos nosso planeta natal. Já vocês... vocês o abandonam e preferem nem lembrar que ele existe.

Concordei sem muito pensar. Voltar para quê? A única coisa que a Terra tinha a oferecer eram conflitos entre nações, corporações e religiões. Era tudo igual ao que sempre foi, com a adição de armas de energia, robôs inteligentes e meia dúzia de espécies alienígenas. A coisa só havia piorado depois que descobrimos que existem outros planetas para destruirmos.

Eu tentava entender meu cliente. Bomahii, o planeta-natal dos yahidar, era praticamente uma bola de lama tóxica e nada mais. Antes de serem descobertos por mercadores niterianos, os yahidar viviam quase como nossos homens das cavernas. Foram bombardeados pela notícia de que existia vida em outros planetas quando nem sequer sabiam que existia vida em outros continentes. A única coisa que os salvara de serem escravizados por uma corporação niteriana foi o olhar atento da Liga dos Mundos que, apesar de não interferir, deixava clara sua opinião sobre o caso. Os niterianos tiveram de agir de forma mais discreta: escravizaram através do comércio. Tornaram os yahidar viciados em entretenimento humano.

– É aqui – ele disse. Virou, atravessando uma cortina de contas para dentro de uma loja. Tive de correr para segui-lo antes que fizesse besteira.

O interior me lembrava uma daquelas lojas abarrotadas de coisas que se encontra no centro das grandes cidades da Terra. As paredes eram cheias de pequenas gavetas e prateleiras com objetos dos mais variados. Coisas que nem sei identificar estavam penduradas no teto. Tudo parecia colaborar com o cheiro forte que não era só incenso.

Meu cliente foi direto até o balcão, onde uma senhora oriental de pele enrugada e cabelos muito negros estava. Ela não se mexia. Cheguei a pensar que estivesse morta e empalhada.

– Vim ao encontro do dragão – disse meu cliente após curvar metade do corpo para frente.

Para minha surpresa, a mulher fez um movimento discreto com a cabeça, indicando a porta atrás dela.

Meu cliente agradeceu, olhou para mim com um sorriso de criança e apressou-se a seguir para a parte de trás da loja.

– É melhor ir com calma – tentei.

Ele me ignorou.

– Ei! – Respirei fundo. – Capitão Algren.

Ele parou. Virou-se na minha direção, sério, a mão no cabo da espada mais longa.

– Não sabemos o que vamos encontrar aqui, então, por favor, deixe-me ir na frente.

– Um samurai jamais se acovarda.

– Se algo acontecer a você aqui, o espírito de Masakado-san ficará sem sua armadura.

Juro que não esperava que isso fosse funcionar, mas funcionou. Ele ficou pensativo por apenas um instante antes de curvar-se para mim e me deixar passar. No fundo, acho que ele estava agradecido de não ter de fingir coragem.

O corredor atrás da loja desembocava em uma espécie de depósito mal iluminado. Havia pilhas de caixas com símbolos e letras terrestres. Seja lá qual fosse o negócio que essa loja fazia, o dono devia investir uma pequena fortuna para trazer aquilo até aqui. Se não era lucrativo vender aqueles produtos era porque a loja escondia algo melhor.

Coloquei a mão no cabo da arma ainda no coldre. Não estava gostando daquilo.

– Onde está o seu dragão?

Ouvi um som de metal batendo em metal. Virei-me a tempo de ver o dragão surgir de um buraco no chão.

Não era tão grande quanto pensei que fosse. Parecia uma cobra gigantesca, uma anaconda, sei lá. As escamas tinham um tom dourado, algumas delas vermelhas, outras verdes. Uma crista de espinhos cobria o que deveria ser a cabeça, margeada por duas fileiras de olhos negros que pareciam incapazes de piscar. Já a cabeça, erguida à altura do meu rosto, essa não tinha nada de cobra: era formada por quatro mandíbulas longas curvadas para o centro, como foices grossas cheias de pequenos dentes negros.

Saquei a arma, pronta para atirar no monstro.

– Saudações – disse uma voz artificial, vinda de um aparelho preso à parede. – Eu os estava aguardando.

Meu cliente curvou-se quase até o chão, a expressão no rosto séria demais.

– É uma honra encontrá-lo pessoalmente, poderoso dragão. Ouvi seu chamado em meus sonhos.

Percebi uma música estranha, como um péssimo flautista tentando tocar dois instrumentos ao mesmo tempo. Só quando o aparelho falou foi que percebi ser uma tradução. O som de flautas vinha de duas fileiras de buracos na parte debaixo da cabeça do dragão, opostas à crista e aos olhos.

– Sua missão é demasiada importante, Capitão Algren. Vi em sonhos que para cumprir seu destino você enfrentará os mais terríveis inimigos, dispostos a tudo para impedi-lo de aplacar a fúria do espírito de Masakado.

– Ninjas! – declarou meu cliente, olhos cerrados e o punho fechado, como se falando para uma câmera.

O dragão voltou a cantar.

– Sim. E você precisará de mais do que sua aliada para sobreviver à sua missão. Precisará de outro artefato mágico.

– Diga-me, poderoso dragão, onde posso obter tal artefato?

– Por sorte tenho-o aqui comigo. Sou seu guardião há milênios. Há, no entanto, um custo para liberá-lo.

Eu ri. Acho que nenhum dos dois percebeu. Deixei os dois negociando e olhei à nossa volta. Liguei o computador no meu antebraço e mandei rodar um aplicativo. Não levou muito tempo para confirmar minha teoria.

O dragão guinchou de surpresa, as quatro mandíbulas abrindo-se quando o agarrei pela crista e o empurrei até o chão, minha pistola pressionada entre a fileira de pequenos olhos negros.

– O que você está fazendo?

Ignorei meu cliente. Minha atenção estava em outra coisa.

Encontrei o dispositivo implantado na altura do oitavo espinho da crista. Era um receptor de algum tipo, conectado diretamente ao cérebro da criatura. Devia estar em contato com toda uma rede de hackers e espiões virtuais. Cutuquei o aparelho com o cano da arma.

– Então é assim que você sabe tanto sobre meu cliente.

Ele tocou qualquer coisa com a flauta natural. O tradutor interpretou sem qualquer sinal de medo.

– O que você esperava? Um vidente de verdade?

Levantei, coloquei a bota sobre o pescoço, a arma ainda apontada para o dragão.

– Qual é o seu envolvimento com o ataque em Niter?

– Nenhum – ele cantou. – Mas os aconselho a sair imediatamente daqui.

– Por quê?

– Porque os ninjas colocaram um rastreador na sua nave. E eles estão aqui.

A última parte da frase foi engolida pelo barulho da explosão. Fumaça e luz vieram da parte da frente da loja, onde antes estava a senhora japonesa. Perdi o equilíbrio, e foi o que o dragão precisava para se esquivar. Serpenteou para longe, o corpo longo desaparecendo pela grade no chão por onde havia entrado. Ao meu lado, meu cliente já havia sacado a espada mais longa.

Foi quando vi alguma coisa invisível se mover pela fumaça negra da explosão.

Quando peguei esse trabalho eu jurava que seria algo simples. Yahidars são propensos a fazer besteiras. Vez ou outra tal besteira é

fatal. Mas na maioria das vezes eles eram inofensivos, a não ser quando em bando ou convencidos de que eram capazes de algo de verdade.

Fumaça vinda da frente da loja começou a invadir o depósito. Comecei a tossir, já olhando à minha volta, procurando por uma rota de fuga. Nem percebi quando meu cliente se levantou, espada em punho, para enfrentar o inimigo invisível.

A fumaça negra se abriu na forma de uma pessoa que não estava lá, cuspindo um feixe de energia azulado de uma arma invisível. Não tinha como agir rápido o suficiente. O disparo atingiu meu cliente bem no peito.

Ele deu dois passos para trás, gritou de susto, olhou para baixo. Pequenos arcos voltaicos circulavam pela superfície da armadura, absorvidos pelo material.

Puxei o sujeito para trás das pilhas de caixas. Não queria correr o risco do próximo disparo atingir onde doesse.

– Sou invencível!

Devo ter rolado os olhos e feito uma cara terrível, porque o sorriso no rosto dele se desmontou como queijo derretido.

– Não é a armadura. Foi o tiro. Eles não querem matá-lo.

O que levantava uma dúvida bem interessante: por que usariam armas não letais? Talvez apenas não quisessem danificar a armadura. Era uma explicação plausível. Provavelmente a única. Não conseguia imaginar porque alguém iria querer capturar um yahidar vivo.

Joguei outra granada de luz por sobre os engradados sem nem querer pensar em calcular os custos dessa missão, então levantei e arrastei meu cliente atrás de mim. Chutei a grade por onde o dragão fugira, empurrei o samurai e pulei logo atrás. Consegui agarrá-lo pelo braço antes que rolasse para os trilhos de um trem magnético.

Fomos parar no equivalente a um metrô da estação espacial. De onde estávamos, podíamos ver a luz da estação mais próxima. Levantei e empurrei meu cliente na minha frente. Precisávamos pegar o próximo trem de volta ao espaçoporto.

A curiosidade dos outros passageiros durou alguns segundos. Só posso imaginar que tipo de coisa eles costumam encontrar no seu dia a dia.

Do túnel, não vi ninguém nos seguir, o que não queria dizer coisa alguma. Pelo jeito, nosso perseguidor tinha algum tipo de traje de camuflagem.

– Não acredito que você fez aquilo com um dragão.

– Não sei o que ele era, mas com certeza não era um dragão. Ele estava te enganando.

O trem chegou, as portas deslizaram. Empurrei meu cliente para dentro e o fiz se sentar num lugar vago. Busquei no mapa sobre a porta onde deveríamos descer.

– Ele falou em meus sonhos.

Respirei fundo. Era só uma estação.

– Provavelmente pagou um telepata para fazer isso.

– Ele ia me dar uma arma poderosa!

Cocei a cabeça, percebi que ainda estava com a pistola na mão. Isso explicava o olhar torto de um senhor no fundo do vagão. Guardei a arma e me sentei ao lado do meu cliente.

– Ia te vender qualquer coisa sem valor por uma fortuna.

– Um dragão jamais enganaria um samurai!

– Você é ingênuo demais para seu próprio bem.

As luzes piscaram. Meu coração disparou. Não foi nada. Sorri, nervosa. Não existem ninjas.

Paramos na estação seguinte. O senhor que nos olhava torto apressou-se para sair do vagão antes de nós. Caiu estrebuchando no chão, atingido por um disparo não letal que não era para ele.

– Abaixa!

Sai atirando para onde achava ter vindo o tiro. Puxava meu cliente pela armadura, forçando-o a se manter abaixado do lado oposto. Não há nada pior do que ser caçada por um sujeito invisível.

Um disparo atingiu minha perna quando eu subia as escadas. Cambaleei, tropecei. Minha perna estava dormente. Atirei para trás, empurrei o yahidar para cima. Fiquei surpresa quando o senti pegar meu braço e me arrastar para cima. Nem olhei. Só continuei a atirar para trás. Vi quando atingi algo. O "nada", aquela distorção discreta de trajes camuflados, piscou por um instante. Vi alguém magro e alto usando macacão negro e máscara. Ele buscou cobertura enquanto seu traje tentava compensar o dano.

Caímos, desajeitados, atrás de um quiosque abandonado durante a confusão.

Tínhamos munição o suficiente para durar um bom tempo. O que não tínhamos era tempo. De onde estava, podia ver as plataformas

de pouso, mas era pouco provável que conseguisse alcançá-la com a perna dormente.

– Esse trabalho já está ficando bastante caro – gritou o caçador.

Eu ri.

– Nem me diga.

– Vamos fazer um acordo?

Olhei para o meu cliente. Os olhos estavam mais esbugalhados do que o normal. Ele colocou a mão no cabo da espada. Idiota.

– Por que seu interesse nele?

– Tem uma recompensa gorda pela cabeça dele.

– Duvido. Quem poria uma recompensa em alguém tão inocente quando ele?

Foi a vez do caçador de recompensas rir.

– Você tem ideia do estrago que esse sujeito causou a uma das maiores corporações em Niter?

Olhei para meu cliente. Ele desviou o olhar.

– Tem a ficha para provar?

Houve silêncio. Fiquei com medo de que ele estivesse vindo até mim, me enrolando para me pegar de surpresa. Percebi que estava suando frio.

Meu computador vibrou. Quando o olhei, vi que havia recebido um arquivo.

O rosto de um yahidar rodava lentamente na tela. A ficha era longa e a recompensa incluía muitos zeros. O nome não era o mesmo, mas yahidar algum mantinha o mesmo nome por muito tempo. Mudavam o tempo todo de acordo com novas modas, novas profissões ou o que fosse.

Comparei a imagem ao samurai diante de mim. Nem precisei me esforçar. A culpa estava gravada no rosto de carne e osso diante de mim.

Ele tirou o elmo de mentira. Passava os dedos pelas bordas imperfeitas, o olhar vago.

– Eu só queria me sentir importante, como os heróis dos filmes.

Bufei, baixei a arma e o computador. Não podia acreditar.

– Então essa história da armadura mágica...?

– Não – ele chacoalhava a cabeça de um lado para o outro. – É tudo verdade.

– Como é que é?

Ele agarrou minhas mãos, chegou tão perto que achei que fosse me beijar.

– Você precisa completar essa missão, Simone-san. Tóquio corre risco.

– Tóquio sempre corre risco.

Ele sorriu, então se levantou, mãos erguidas em sinal de paz. Com um movimento de quem estava acostumado, soltou as presilhas da armadura e da bainha das espadas, e deixou-as cair no chão.

A alguns metros dali, o caçador de recompensas apareceu. O traje de corpo inteiro brilhava como uma noite estrelada. Ele havia removido o capuz, revelando o rosto azulado de um niteriano sorridente.

– Aposto que seu nome é Dorin.

Ele riu, mas não disse nada. Simplesmente algemou meu cliente. Cumprimentou-me e deu as costas para mim.

Fiquei sentada no chão, olhando-os partir.

Meu computador pessoal vibrou. Na tela, o alerta do depósito do pagamento pela escolta do yahidar.

Olhei a armadura aos meus pés, me perguntando por que eu me importava.

– E por que você veio?

Simone suspirou longamente, expelindo o ar como se isso fosse ajudar a tirar do peito a resposta que ela não sabia. No fundo esperava que, enquanto contava a história, a resposta viesse à tona.

– Honra? Cabeça dura? Ou talvez porque ele já tenha pago pelo serviço. Sei lá. Isso faz diferença?

O homem diante dela concordou com a cabeça. Estava diante de uma pedra alta com ideogramas antiquíssimos, falando da honra de um homem que um dia pensou que poderia ser o Imperador do Japão e morreu por isso. De onde estava Simone podia ver cada uma das letras através daquele que muitos acreditavam ser o espírito do samurai Tairo no Masakado.

Dorin completara sua parte da missão, levando Simone até Tóquio. Não questionou onde estava o yahidar. Parecia achar que ele estava morto e aceitava isso como parte da vida. De certa forma era verdade. O Capitão Algren havia morrido aquele dia.

Encontrou a capela construída em homenagem ao samurai decapitado em uma parte movimentada de Tóquio, quase perdida entre os prédios monumentais. Estava chovendo muito.

– Eu esperava que esse lugar fosse mais... velho.

O homem sorriu. Estava vestindo um quimono antigo, meias e tamancos de madeira. Simone não conseguia não se lembrar da primeira vez que vira seu cliente.

– Por várias vezes tentaram me apagar da história – ele explicou. – Destruíram esta capela inúmeras vezes. E cada vez fiz o que pude para convencê-los a reconstruir esse lugar.

– Por quê?

O espírito sorriu.

– Honra? Cabeça dura? Ou talvez porque essa era minha missão. Faz diferença?

Simone riu. Colocou a armadura que havia trazido diante da pedra ornamental.

– Quem é você, afinal? Não é um espírito de verdade.

Ele riu, mas era uma risada triste. Abaixou-se e tocou o chão sob seus pés.

– Embaixo deste lugar foi enterrada a cabeça do único humano que eu considerava um amigo. E, junto a ela, estou eu.

– O elmo da armadura.

Ele concordou.

– O computador central. Meu corpo, por assim dizer.

O holograma se abaixou ao lado de Simone. Uma mão imaterial tocou a armadura sem realmente poder tocá-la. O sorriso triste ainda estava no rosto que copiava o Masakado original. Simone se afastou, respeitando o reencontro.

– Então essa história sobre abduções e celonianos...

O holograma se levantou, o sorriso agora animado. Cruzou os braços, as mãos escondidas dentro das mangas largas do quimono.

– Você tem tempo para ouvir uma história? A história sobre um grande guerreiro que pensou que podia ser o imperador de todo o Japão?

– Acho que já ouvi essa história.

– Você ouviu uma lenda. Agora pode ouvir a história.

Simone sentiu o computador em seu antebraço vibrar. Era sinal de

que estava na hora de voltar ao espaçoporto para pegar seu voo para fora da Terra. Ela olhou a tela por um longo instante, então desligou o alarme e se sentou no chão de pernas cruzadas. Por algum motivo tinha adquirido um estranho interesse na cultura japonesa.

Ninjas não têm honra

Erick Santos Cardoso

1

Murasaki estava desolada, correndo pelo campo sem dó de atropelar os dentes-de-leão, misturando-se no voo errático das suas sementes. Queria também poder se dissolver em pedaços e flutuar com o vento, formar novas vidas onde pousasse. Que parasse onde não precisaria ser quem era ou respeitar as estúpidas leis que a isolavam nessa vila. Queria viver em todo lugar, não nessa comunidade que nem parecia fazer parte do reino de Yamato.

Cabelos compridos da cor da violeta, roupas cortadas para a liberdade de seus movimentos, o rosto sempre coberto para proteger a identidade. Um costume que seus anciões ensinaram, mas que pouco fazia sentido, afinal não havia ninguém de quem se esconder quando passeava pela ilha.

A floresta de bambu era onde encontrava a paz que lhe escapava pelos dedos, um turbilhão de sentimentos que sua juventude não sabia lidar. Com a pequena lâmina empunhada invertida, de forma que as costas da espada acompanhasse o comprimento do braço, atacava sem cessar as plantas que ousavam viver enterradas e perdidas no meio de tantos caules esverdeados, lanças apontadas para o céu como em um campo de batalha. Não queria viver com as raízes na terra.

Murasaki flutuava. Usando um intricado aparelho que consistia em uma base de metal, a qual arremessava um cabo retrátil com gancho e agarrava nos altos caules da floresta de bambus. Voava pelo balanço de um pêndulo, trocando os pontos de apoio com elegância e habilidade. Pendendo pelas longas e flexíveis hastes, às vezes se perdia no lento

chacoalhar, sentindo-se como em um barco a atravessar o oceano como fizera há muitos anos, quando viera para essa ilha. Nunca mais veria o mar. O começo da sua vida como conhecia era uma viagem sem volta, e acompanhando as memórias desconhecidas, imaginava o que era o Yamato que os mais velhos lembravam com tanta amargura.

Mais um pequeno voo. Os mestres diziam que se o seu espírito estivesse em harmonia com o vento poderia voar sem a ajuda do aparelho. Flutuar como as sementes do dente-de-leão. A garota violeta queria voar e corria pelo céu com a ajuda do vento, mas a terra a chamava de volta. Não estava pronta. Só restava usar a máquina para continuar o movimento. Mas quando viu alguém caído no meio desse nada que pensava ser só dela, perdeu a concentração e não conseguiu prender o gancho. Assustada, por reflexo atirou o cabo para qualquer direção, e quando o tranco foi absorvido pelo corpo, nem sentiu alívio, só queria ver quem seria o estranho que jazia ensanguentado.

Pousou leve e com a espada em posição de defesa, pronta para atacá-lo. Justo ela que nunca tinha enfrentado um oponente que não conhecesse. Seria esse estranho um homem de Yamato? O cabo se retraía pelo rolete automatizado enquanto a garota nem perdia tempo com formalidades.

– Quem é você?

– Não me machuque, algum animal já me feriu antes.

– Quem é você?

– Não vai nem se preocupar comigo? Estou precisando de socorro.

– Diga-me quem é você ou vou terminar o serviço eu mesma, os bichos que fiquem com seus restos.

O homem ferido estava sem a parte de cima do seu quimono, a musculatura parecia a de um deus da guerra. Murasaki sabia o que era um homem, mas nunca havia visto um tão belo e jovem despido dessa forma. Os cabelos compridos e amarrados no alto da cabeça eram como folhas selvagens, um chamado para a sua tendência rebelde.

– Eu sou Tooi.

– Tooi. Não está com frio?

– Estou com muito frio. A umidade desse lugar e o zumbido das cigarras... Parece que estou no Mundo dos Mortos.

– Não tem cigarras de onde vem? – Murasaki sorriu por baixo da máscara que cobria sua boca. O canto intenso dos insetos fazia parte da floresta como o vento e os raios de sol que rasgavam os bambus.

– Tem, mas aqui é tudo estranho demais. É como o lugar para onde todos viajarão um dia.

Murasaki não sabia se gostava dessa forma de descrever o seu lar. Podia odiá-lo, mas era a sua casa. Era o lugar para onde já tinha viajado e tudo indicava que não poderia deixá-lo.

– Você parece obcecado com o Mundo dos Mortos. Pode passar um pouco daquelas plantas no seu machucado. Parece só um arranhão, é mesmo motivo para estar caído desse jeito?

– Ah, conhece bons remédios da natureza. Não quer me ajudar com eles?

– Não. Você veio de onde? De Yamato?

– Eu vim do mar. Meu barco se quebrou e estou há dias tentando conseguir encontrar uma vila para pedir ajuda. Ainda bem que encontrei você.

– Não conte com minha ajuda. É melhor se cuidar e voltar para onde veio, use madeira, qualquer coisa, e conserte seu barco. Está a dias do mar mesmo, aqui vai acabar se machucando. Volte logo pra casa.

– Você é fria. Mais fria que esse lugar. Não pode me apresentar pessoas que me ajudariam? Onde é sua cidade?

Murasaki olhou feio para o homem.

– Você tem razão, não existe cidade. Aqui é o Mundo dos Mortos. É melhor eu não encontrá-lo de novo.

2

Mas no dia seguinte Murasaki se viu procurando aquele estranho na sua floresta. Balançou lá no alto, nos topos dos bambus, voando acima de tudo, sob o sol, tentando ver de cima o que se passava, a sua cidade a uma hora de caminhada, ninguém à vista como sempre nessa ilha. As cigarras zunindo pelo ar frio.

Voltou para a vila, correndo pelos campos de trigo que a circundavam, mas sentiu um calafrio quando avistou sobre as casas de madeira uma coluna escura que se estendia ao céu.

O Mundo dos Mortos era silêncio e o crepitar do fogo não deixava dúvidas de quem eram os vencedores e vencidos.

Seu estômago embrulhou, e enquanto seus olhos buscavam alguém agonizando que pudesse ser salvo, encontraram homens de

preto armados finalizando a execução da tarefa. A tarefa de execução. Suas lâminas e tiros de chumbo penetravam os corpos sem piedade, e todos esses que apenas tentaram viver sem olhar para o passado sangraram para o fim.

Quem eram essas pessoas que assassinavam os seus amigos e familiares?, Murasaki não conseguia nem especular o que estava acontecendo. Perdendo a reação, era visível como tinta preta sobre papel. Um descuido infantil que foi seguido por armas e lâminas que lhes eram apontadas.

Tooi surgiu de trás de uma das casas. Sorria e apoiava a espada no ombro, o corpo tão desnudo quanto antes, uma ombreira protegendo o ombro direito, sem qualquer sinal de ferimentos. Sinalizou para os companheiros que apontavam espingardas para a moça que não fizessem nada, teria o seu duelo com ela sem interferências.

– Olá, garota violeta. Não vai me deixar ver o seu rosto antes de terminarmos com isso?

– Tooi. Por que fez isso com meu povo, você é um demônio? Não fazemos mal a ninguém, vivemos em paz!

– A ignorância é uma benção, mas peço desculpas se os jovens têm que pagar pelos erros dos mais velhos. A sua vila abriga inimigos do Imperador que se refugiaram aqui há muito tempo. E só nós sabemos desde quando temos procurado por ela. Você é parte desse legado sem nem saber. Mas não pense que não sou grato por nos ter mostrado o caminho para cá. É realmente bem escondida, bem no meio de montanhas. Mas nem os invisíveis podem desviar de balas, não é mesmo? Só me perdoe a sinceridade, é meio ridículo usar uma máscara para esconder o rosto quando vocês não conhecem ninguém estranho.

– Não é qualquer um que pode ver o rosto da morte. Não vai ter essa honra.

Murasaki avançou como uma águia em rasante, mas Tooi era muito mais habilidoso que a garota imaginara. Com pouca dificuldade e jogo de pernas, evitou as investidas da espada curta dela e um dos revides arrancou um tufo dos seus cabelos purpúreos.

Pulou para trás e viu a enorme mecha perdida. Sem ter tempo de se preparar para uma nova investida, desviou por reflexo dos cortes de Tooi. A espada dele rasgava o ar e podia atingi-la à distância.

– Ora, é mesmo melhor do que eu pensava, jovem. Não preciso que esteja perto de mim para que possa cortá-la. Prepare-se!

Murasaki dançou desajeitada, tentando aumentar a concentração. Era como desviar de espadas invisíveis arremessadas pelo vento. Mal podia saber de onde vinham, só havia vibrações.

Girando sobre os próprios pés, tentou sentir o vento e se aproximar do oponente, mas um corte atingiu sua coxa. A dor era como um beliscão forte e agudo.

A gargalhada de Tooi a despertou.

Enfurecida, Murasaki atacou sem cuidado e travou lâminas com o guerreiro que, sem perder o sorriso, empurrou-a e então rodopiou no pé de apoio, desequilibrando a oponente e lançando sua pequena espada ao chão.

Sem saber o que fazer, a garota estacou, lembrando-se do aparelho às costas.

– Pegue a espada! Não pense que sou como um de vocês, não mato pessoas indefesas sorrateiramente. Sou um servidor e nós vivemos pelo caminho dos guerreiros. Não espero que entenda o que é honra, mas que isso seja uma lição de cortesia!

Murasaki não sabia do que ele estava falando. Só sabia o que era ser invisível, o que era confundir-se com a natureza e ser lépida e fluida como a brisa que carregava os dentes-de-leão.

– Não sei por que está fazendo isso. Eu nunca matei ninguém. – A garota pulou para apanhar a espada e, após uma rápida cambalhota, preparou o cabo e pulou para o primeiro telhado que conseguiu enganchar.

– Vai fugir? É inútil, vamos caçá-la e destruí-la, senhorita invisível. Mas isso não me surpreende. Fugir de um duelo é típico de vocês.

O coração de Murasaki queria escapar pela boca. Não conseguia pensar em revidar os insultos e sumiu em plena luz do dia, a dor da perna lembrando-lhe da derrota.

3

Com a ajuda do seu aparelho, a garota violeta subiu morros e penhascos, árvores e rochedos e, lá de cima, já sabia que eram quarenta e sete homens. Eles que atacaram a sua vila e assassinaram velhos que não queriam se lembrar de como lutar e jovens que

nunca souberam o que era um verdadeiro combate. Murasaki não queria pensar nessa perseguição suicida, queria se dissolver como um dente-de-leão e criar vida onde quer que o vento a levasse. Voar, andar pelos ares e perder-se, ser transparente a quem quisesse feri-la. Mas Tooi não escaparia dessa ilha, ele conheceria o silêncio que é o Mundo dos Mortos, nem que fosse a última coisa que fizesse.

Balançando pelas florestas e flutuando pela brisa, conseguiu se antecipar a todos os lugares por onde os servidores passariam e planejou como tomaria as suas vidas, como uma deusa da morte, invisível e impiedosa.

4

Tooi e seu grupo chegaram a um desfiladeiro. Por mais que procurassem, não havia sinal da garota de cabelo violeta, nem grandes rochas ou algo que pudesse ser usado para tentar esmagá-los durante a passagem. Mesmo hesitantes, seguiram.

A morte veio em silêncio. Voando em pêndulo, Murasaki soltou granadas cheias de pólvora e cravos no meio da fileira de servidores que, ao bater no chão, devastaram joelhos, braços e até cabeças. Morte súbita. Urros de desespero ecoaram pelas paredes de pedra. Quando tentaram preparar as armas de fogo, uma nova rajada de explosivos incendiava os últimos guerreiros que entraram em pânico e atiraram para todos os lados. A garota invisível sabia que era a sua deixa e afastou-se, puxada pelo gancho, flutuando para longe da visão deles e dos barulhentos berros de pólvora e chumbo.

5

Metade dos homens de Tooi foi inutilizada no desfiladeiro, mas sabiam que se parassem a marcha, condenariam todo o grupo.

– É apenas uma maldita menina! Se tivessem atirado nela na vila, nada disso estaria acontecendo!

– Mas, Senhor Tooi, apenas seguimos as suas instruções, não queríamos interferir em um duelo honrado entre dois oponentes e...

– com um vento súbito, a garganta do servidor abriu um sorriso vermelho e ele tombou, gorgolejando.

– Que a morte seja piedosa para quem cai em combate. Estava ferido pela garota demônio, seu espírito perdeu a clareza. Que essa sorrateira encontre a justiça como os seus antepassados assassinos. Nossa missão é em nome do Imperador, não podemos esmorecer. Avante!

E logo o grupo estava acampado com seus sacos de dormir em volta de uma fogueira. Os vigias pareciam mais assustados que o medo inspirado por uma jovem garota sugeria.

Tomaram suas refeições. Alguns bebericaram o saquê e dormiram sob o céu estrelado e estranhamente agradável na ilha onde a brisa fria parecia não ter fim.

A fogueira crepitava paciente, sem pressa para que a noite passasse, aquecendo aqueles que viajaram muito para executar a vontade de seus senhores.

Um vulto, que parecia um chicote gigante, largou um pacote que se abriu em um monte de terra sobre o fogo. O barulho foi seco e abafado, assassinou a luz, sem chance de reação.

– Atenção! Atenção! Ela está aqui! Alerta!

Alguma coisa foi arremessada aqui, ali, também acolá. Não dava para ver nada, a noite era iluminada pela lua, mas os olhos ainda sentiam falta do fogo.

Alguém gritou, parecendo sentir uma dor lancinante.

– O que está acontecendo, alguém venha cá! – berrou outro. – Meu pé! – sua voz desafinava enquanto urrava.

Outros servidores temiam até sair dos sacos de dormir. Um deles tropeçou sobre outro, que se escondia amedrontado, e caiu de cara em algo que lhe perfurou o olho e o nariz.

– Que dor horrível, são cravos, a maldita encheu o acampamento de cravos! Preciso de ajuda, está doendo demais! – praguejava, como se a angústia pudesse ser coberta por seus gritos.

Murasaki os deixou com suas dores, mas não sem antes incomodar os formigueiros que já havia detectado antes de apagar o fogo.

6

Murasaki sonhou o sonho do dente-de-leão. Viu-se enraizada, presa por um comprido caule em uma terra úmida e fria, sempre assediada pelo vento que a balançava de um lado para o outro. O vento era violento, mas sua insistência não era má. Ela percebeu que a dança da sua liberdade só seria através do vento, não pela interferência de alguém que a rompesse do solo e a despedaçasse para que voasse pelo ar. Uma nova lufada de vento a pendeu para frente, então se sentiu dissolver. Cada pedaço seu seria levado por caminhos transparentes sem que resistisse, sentiria a sua condução para que subisse tranquila, sem medo de onde seria o seu pouso. Estaria livre.

7

Apenas um décimo dos homens de Tooi seguia na frente, todos os outros ficaram para trás se tratando e esperando uma escolta para saírem da ilha que já apelidavam de "Mundo dos Mortos", o lugar amaldiçoado onde todos passariam a eternidade por terem chacinado a vila dos invisíveis.

Tooi não gostava que falassem desse jeito e já havia agredido subalternos que ousavam citar o tal do Mundo. Não havia sinal de Murasaki. A garota parecia a brisa da maldita ilha, estava por toda parte e ao mesmo tempo em lugar nenhum.

Podiam ver o oceano. Ele se estendia como a passagem para o mundo dos homens, a escapatória desse lugar estranho e para onde nunca mais queriam voltar. O barco continuava ancorado no mar, no mesmo ponto que o deixaram, balançando com as ondas, preguiçosamente.

– Enfim, o mar. Quero ver o que essa garota vai fazer em campo aberto. Não se preocupem, homens. Vamos conseguir reforços com quem está cuidando do barco, salvaremos os nossos companheiros e partiremos dessa maldita ilha. Cumprimos a nossa missão, orgulhem-se!

Mas não havia ânimo ou orgulho nos rostos dos servidores. Todos seguiam cansados, vestidos com suas roupas escuras. Corpos e espíritos destroçados, que apenas se arrastavam pelo caminho.

A areia era um alívio para os pés que enfrentaram dias de caminhada

e os cravos da garota violeta. Encontraram os botes atrás de rochedos e, tomando um deles, o pequeno grupo remou ansioso para a embarcação que conteria os reforços para saírem dali.

Espingardas armadas e prontas para alvejar a menina demônio, mas ela era como o vento.

Quando subiram na embarcação, o silêncio do Mundo dos Mortos parecia ter chegado primeiro. Os servidores viram o terror nos últimos olhares daqueles homens caídos no convés, expressões paralisadas em eterna agonia. Alguns haviam vomitado antes de morrer. Muitos ainda seguravam pequenos copos de madeira.

– Maldita garota violeta! Apareça! Não pode envenenar a todos, nós sabemos que você está aqui! – Tooi gritava para tentar se convencer de que não estava pasmo com a situação. Aquilo não era possível, o grupo inteiro derrotado por uma mera garota.

– Ah, ele está no mar! Homem ao mar! – gritou um servidor.

Os outros tentaram puxar o companheiro da água, mas ele se debatia, tentando respirar, não entendia que era o seu pulmão que paralisava, e por isso o corpo se negava a absorver o ar.

– Saiam daí! Ela está por perto, deve ter feito alguma coisa! – gritou Tooi.

Um dos servidores reclamou:

– Meu pescoço, alguma coisa me atingiu o pescoço!

– Tem um dardo no seu pescoço! Ali! Ali está ela! – apontou para a lateral do barco. A garota violeta guardou o tubo de sopro na faixa da cintura e atirou o cabo para o mastro, subindo com o repuxo do aparelho para cima do convés. Lançou um pacote que transformou o bote em uma imensa pira. Os gritos não a incomodavam. A brisa do mar era fria, mais fria que a da floresta.

Murasaki flutuou para dentro do barco como uma semente seca de dente-de-leão.

– Garota violeta! A sua arrogância em vir me enfrentar sozinha será sua ruína!

– Tooi. Você veio de longe para trazer a morte para o meu povo. É isso que há em Yamato? Yamato envia a morte para aqueles que querem viver em tranquilidade? Não me diga que é esse o lugar que sempre tentei entender, o lugar para onde sonhei ir um dia. É de lá que você vem, corvo infeliz? É de lá que o meu povo veio?

– Foi criada ignorando tudo o que os seus velhos fizeram no mundo dos homens? Você pensa que essa vida que leva é real? Esse é mesmo o Mundo dos Mortos, e nesse lugar se escondem da vergonha de seus atos. A ignorância que impõem aos seus filhos mostra que nem têm a dignidade de assumir o que fizeram. Seu povo é um povo de assassinos, executaram muita gente sob ordens de pessoas inescrupulosas, quando tinham que atender aos chamados do Imperador para vingar os inimigos. Nós somos a justiça, nós somos a lembrança para que nunca alguém sonhe em trair os seus senhores ou cometer crimes contra a sociedade e possa sair impune. É em nome disso que vou prevalecer, sua garota estúpida. Quem esconde o próprio rosto quando nem conhece a própria vergonha de seus crimes? Que criação absurda é essa que lhe impuseram?

Murasaki ficou em silêncio. Pediu à brisa que lhe acalmasse o espírito e a preparasse para a morte. Que viesse e fosse pacífica.

– Lute comigo, Tooi, que o Mundo dos Mortos engula a nós dois. Não posso viver sem isso.

Tooi sacou a espada longa e brandiu-a com fúria em uma dança perfeita, certeira. Murasaki saltou e se apoiou na ponta dos pés, deslizando pela brisa sem se prender, como se tocasse um longo tecido de seda e navegasse por suas nuances. A sua lâmina curta bloqueou um golpe, depois investiu para que o servidor não se sentisse dono da situação. Tooi recuou.

– É bom que pule sem parar, pois a sua espada não tem alcance, eu sempre vou chegar em você primeiro! – gritou o servidor. – Engula isso!

Os cortes invisíveis faziam o ar cantar, mas Murasaki não os temia agora. As gargalhadas de Tooi não a incomodavam, ele rasgava o vento em cortes diagonais que exigiam que a garota se atirasse em piruetas, girando o corpo sobre o próprio eixo, acrobacias que acompanhavam a brisa que soprava cada vez mais forte.

– Uma hora você vai cansar! Morra!

Ser um dente-de-leão era soltar-se pelas ondas do vento, era viajar por um caminho que não poderia ser visto além da terra e do mar. A garota violeta estava leve, e por isso podia ver as feridas que a espada raivosa de Tooi riscava no ar.

Prevendo a sua dança, o servidor projetou um corte em cruz que

a atingiria quando voltasse para o chão para se impulsionar. Mas Murasaki não precisava do convés para se atirar para o alto. Suas pernas corriam pelo vento e suas esquivas eram impossíveis, erráticas, imprevisíveis. A garota rodopiava pelo ar como as sementes secas do dente-de-leão.

Então a garota mergulhou para o embate final e cruzou espadas com Tooi, uma surpresa que logo se tornou um sorriso de triunfo no rosto do belo guerreiro. Ele impôs o seu peso e força sobre ela, primeiro uma vez, depois a desequilibrou, saltando para um corte frontal. Era o que a garota queria. Com um rápido giro de pés, saiu da trajetória, e com a lâmina empunhada invertida, bateu na arma do oponente de lado, arrancando-a de sua mão. Seu corpo girou leve e mal parecia tocar o barco.

A espada do servidor rodopiou e cravou-se na madeira no convés, o cabo apontado para o céu, esperando ser retomado para a luta.

Tooi paralisou, sem saber o que fazer por um instante que pareceu eterno. Lembrou-se de como Murasaki fugira no primeiro duelo deles.

– Atacaria um oponente desarmado? Tenho certeza que as regras de um combate digno e honrado também chegaram ao Mundo dos Mortos, não é? – gargalhou.

Murasaki o olhava fixamente, hipnótica como uma serpente.

– Garota violeta, não me odeie. A morte e a vida são aspectos que temos que aceitar se queremos viver sob os deuses. Não há escolha, temos que servir e viver pela posição que temos na sociedade. Compreender isso logo é o primeiro passo para uma existência pacífica. E se somos efêmeros e meras partes nisso tudo, a honra é a única coisa que pode perpetuar a nossa existência através da história. – Tooi deu uma cambalhota e esticou o braço para apanhar a sua espada, e então seus olhos mergulharam em um lodo vermelho.

Tooi não sabia o que incomodava mais, se a dor da separação do próprio braço ou o ardor que o sangue lhe causava nos olhos. Sentia um grito agudo de sua alma que parecia com a vibração incessante das cigarras da floresta dos bambus. E o ruído não parava nunca.

– Por que uma pessoa que não tem rosto e nem faz parte do mundo dos homens deveria se preocupar com honra? Enxugue os seus olhos e veja a sua vida escorrendo, esse é o rio que vaza de você mesmo. Olhe para o céu cinzento e procure a justiça do seu

Imperador, que duvido que saiba o que se passa em uma pequena ilha tão longe de seus domínios. Só por sua imensa arrogância pensa que tem poder sobre aqueles que não o quiseram mais servir e ousaram almejar uma vida de verdadeira liberdade. Sem honra, sem história, sem nomes. Sem rostos. Nós não existimos. Pessoas invisíveis não têm honra.

Tooi ouvia o som das cigarras e afundou o próprio rosto no mar carmesim, empapando seus olhos para nunca mais ver. O ruído do Mundo dos Mortos nunca parou.

8

O único homem que sobreviveu no barco que deixou o Mundo dos Mortos navegou sob a vigilância da garota violeta por alguns dias. O vento a acompanhava e as velas nunca encontraram tão favorável empurrão para a viagem. O próprio navegador se impressionava com a força dessa estranha menina.

Murasaki não queria voltar para a sua ilha, mas não era com orgulho que flutuava como uma semente de dente-de-leão para pousar longe dali. Se lhe faltava alegria por poder conhecer o mar e o cheiro do sal, não lhe faltava disposição de encontrar um pedaço de terra onde poderia florescer e, sob um novo rosto, criar vida.

Longe do Mundo dos Mortos.

Guerreiros sob a luz do sol nascente

Eduardo Kasse

é paulistano, nascido em 10 de abril de 1982. Escritor, palestrante e analista de conteúdos, vive nos mundos do planejamento estratégico da informação, edição de textos e literatura. É autor da série Tempos de Sangue, que já tem três romances publicados: *O Andarilho das Sombras* (2012), *Deuses Esquecidos* (2013) e *Guerras Eternas* (2014). Participou também com um conto em *Imaginários v. 5* (2012) que se passa no mesmo universo ficcional.

Aya Imaeda

Nasceu em São Paulo-SP, em 1992, e cresceu no litoral paulista. Estuda Ciências Biológicas na USP e, atualmente, trabalha com roedores subterrâneos de uma região desértica da Argentina. É especialmente fascinada por histórias folclóricas e mitológicas de diferentes culturas, e, muitas vezes, inspira-se em suas criaturas para escrever as suas histórias. *Canção do Corvo* é o seu primeiro conto publicado.

Bruno Magno Alves

É paulistano de nascimento, jundiaiense de coração e carioca honorário. Transformou o hobby em profissão: é produtor editorial em formação e trabalha como revisor em editora. Não é *shinobi* nem inexpressivo, e gostaria portanto de agradecer a um certo Cravo, vulgo Atlas, por uma dupla fatídica de personagens e uma ajuda na edição.
Twitter @brunoctem Blogs estacaocadente.wordpress.com / adlectorem.wordpress.com

Alexandre Heredia

É de São Paulo, formado em Engenharia Elétrica e pós-graduado em Criação Literária. São dele os romances *Legado de Bathory*, *Predadores* e *Emboscada* (Tarja Editorial). Foi um dos organizadores da Coleção Necrópole (Editora Alaúde) e já participou de diversas coletâneas de ficção fantástica em diversas editoras.
Blog: gardenalcomfantauva.blogspot.com.br Twitter @AleHeredia

Roberta Grassi

Nasceu em Guarulhos, na grande São Paulo. Participa das coletâneas *Meu Amor é um Sobrevivente* (2013) e *Nós Estamos Aqui – histórias da juventude* (2014), ambas da editora Draco, e *Horas Sombrias* da editora Andross. Publicou o seu romance *A luz de um isqueiro* pela editora Deuses.
Twitter @robertagrassi

Ana Lúcia Merege

Descende dos fenícios, os primeiros senhores do mar. Publica pela Draco a série de fantasia épica iniciada com *O Castelo das Águias* (2011), cuja sequência é *A Ilha dos Ossos* (2014), além de vários contos e novelas no universo fantástico de Athelgard. Na mesma editora, organizou a coletânea arturiana *Excalibur – Histórias de reis, magos e távolas redondas* (2013)e é coorganizadora da coleção Amores Proibidos. Publicou os romances juvenis *O Caçador* e *Pão e Arte*, e o ensaio *Os Contos de Fadas*, além de artigos sobre leitura, literatura e áreas afins.
Blog www.estantemagica.blogspot.com

Ágatha Yukari

Web designer formada em jogos digitais. Ficwriter de carteirinha, blogueira e aspirante a quadrinista.
Blog yukarishii.com

Jessica Borges

Tem 25 anos, é estudante de Letras na Universidade de São Paulo. Adora boas histórias, cães e chocolate, podendo variar a ordem segundo o dia. Já teve um conto publicado pela Revista Trasgo e, mesmo sabendo o quanto é difícil escrever, está disposta a aprender.
Twitter e Wattpad @JFBorges21

André S. Silva

Carioca formado em Letras pela UFRJ, começou na literatura ainda adolescente, escrevendo fanfictions de Arquivo X. De lá pra cá, atuou como roteirista da OTP Filmes, foi premiado no Desafio Literário e no Prêmio Henry Evaristo de Literatura Fantástica pelo site A Irmandade, e publicou de forma independente seu primeiro romance de fantasia, *Simuum – O Rapto do Sol*. Pela Editora Draco, teve contos publicados nas coletâneas *Dragões*, *Solarpunk* e *Excalibur*.
Twitter @andressilva

Cristiano Konno

Brasileiro, 30 anos, residente da capital de São Paulo. Formado em Polímeros pela FATEC, em busca da realização de um sonho antigo, tornar-se um escritor de literatura Fantástica. Inspirado por vários autores, mas entusiasta das obras de Stephen King.

Felipe Alves

Tem 21 anos e escreve desde os 4. Criador do blog que migraria para o canal do Youtube Dossiê do Felipe, onde narra e compartilha histórias que circulam pela internet e por vezes algumas escritas por ele mesmo. Hoje vive na cidade do Rio de Janeiro com seus dois vira-latas.

Mickael Menegheti

Psicólogo, vê na literatura o eco da alma corporificar-se em palavras. Conheceu o mundo das letras por culpa da série Vaga-lume com o clássico *O mistério do cinco estrelas* e desde então não parou mais. Fã assumido de J.R.R. Tolkien, Arthur C. Clarke e Luís da Câmara Cascudo. Teve o conto *Brasil: terra amaldiçoada* publicado na antologia *Brasil Fantástico* pela Editora Draco (2013). Os contos *Vampiro no Divã* e *O Guardião do Sono* foram publicados pelo site Sobre Livros. Atualmente é colaborador do site Homo Literatus e está finalizando um romance de fantasia.

Cintia Lopes

Baiana e apaixonada pela cultura pop, sempre gostou de ler e escreve desde os 10 anos. Sonha em ser roteirista de desenhos brasileiros e inovar o mercado audiovisual.

Carol Peace Medeiros

É conhecida principalmente por suas publicações online em formato Webnovel. Sua real paixão são as artes, principalmente as literárias!
Twitter @peacemakersama Facebook.com/peacemakersama
Tumblr.com/peacemakersama

Samuel Cardeal

É contador, mas sua paixão está na arte de contar histórias. Tem dois romances publicados de forma independente e gosta de escrever sobre qualquer coisa, desde comédias românticas a histórias cheias de sangue e sarcasmo.
Blog desarranjocerebral.blogspot.com.br Twitter @SAMUELCARDEAL

L. E. Peret

É jornalista, assessor de imprensa, doutorando em Sociologia, escritor, especialista em Cultura, ativista de Direitos Humanos, protetor de animais e pesquisador de gênero, sexualidade e mídia.
Twitter @eduardoperet Facebook.com/eduardo.peret
Blog ocabideiro.blogspot.com

J. M. Beraldo

é um nômade carioca que ganha a vida como game designer. Tem contos nas antologias *Piratas* (2015), *Outro lado da cidade* (2015), *Sagas 4* (2013) e *Brinquedos Mortais* (2012), publicou os romances *Véu da Verdade* (2005), *Taikodom: Despertar* (2008) e *Império de Diamante* (2015), trabalhou em dezenas de video games, e escreveu uma penca de livros de RPG. Tem ideias demais e tempo de menos, mas jura que um dia coloca tudo para fora. Site www.jmberaldo.com

Erick Santos Cardoso

É desenhista de coração e editor de profissão. Mestre em comunicação, amante da cultura pop em todas as suas vertentes. Tem na Editora Draco o seu projeto para produção e desenvolvimento da literatura de entretenimento nacional.
Twitter @ericksama

Este livro foi impresso em papel pólen bold
na Printing Solutions & Internet 7 S/A em junho de 2015